MESA
PARA
UM

MESA

PARA

UM

BETH O'LEARY

Tradução de Paula Di Carvalho

Copyright © 2022 Beth O'Leary Ltd

TÍTULO ORIGINAL
The No-Show

COPIDESQUE
Nina Lopes

REVISÃO
Agatha Machado
Marcela Ramos
Iuri Pavan

DIAGRAMAÇÃO
Ilustrarte Design e Produção Editorial

DESIGN DE CAPA E ILUSTRAÇÃO
© studiohelen.co.uk

CIP-BRASIL. CATALOGAÇÃO NA PUBLICAÇÃO
SINDICATO NACIONAL DOS EDITORES DE LIVROS, RJ

038m

    O'Leary, Beth
        Mesa para um / Beth O'Leary ; tradução Paula Di
Carvalho. - 1. ed. - Rio de Janeiro : Intrínseca, 2023.

        Tradução de: The no-show
        ISBN 978-65-5560-740-6

        1. Romance inglês. I. Carvalho, Paula Di. II. Título.

23-81960   CDD: 823
                            CDU: 82-31(410.1)

Meri Gleice Rodrigues de Souza - Bibliotecária - CRB-7/6439

[2023]
Todos os direitos desta edição reservados à
EDITORA INTRÍNSECA LTDA.
Rua Marquês de São Vicente, 99, 6º andar
22451-041 — Gávea
Rio de Janeiro — RJ
Tel./Fax: (21) 3206-7400
www.intrinseca.com.br

Para Bug

Siobhan

Ele não vem.

Siobhan expira lentamente pelo nariz. Está tentando se acalmar, mas acaba parecendo mais um touro furioso do que uma pessoa zen.

Ela cancelou um café da manhã com uma amiga para isso. Fez cachos no cabelo, passou batom e depilou as pernas (não só até o joelho, mas até lá em cima, caso ele se animasse a subir a mão por sua coxa debaixo da mesa).

E o maldito não vem.

— Eu não estou irritada — diz ela a Fiona. Elas estão numa chamada de vídeo. Sempre fazem chamada de vídeo; Siobhan é uma grande defensora do poder do contato visual. Além disso, ela bem que gostaria que *alguém* visse como está espetacular hoje, mesmo que fosse só sua colega de apartamento. — Estou conformada. Ele é homem, então é claro que me decepcionou. O que eu esperava?

— Você se maquiou para transar — comenta Fiona, estreitando os olhos para a tela. — Não são nem nove da manhã, Shiv.

Siobhan dá de ombros. Está sentada num desses cafés que se orgulham em ser excêntricos, uma qualidade que sempre a irrita profundamente em qualquer coisa ou qualquer um, e tem um *latte* meio bebido com dose dupla de espresso e leite de aveia na sua mesa. Se soubesse que levaria um bolo no Dia dos Namorados, teria pedido leite de verdade. Siobhan só é vegana quando está de bom humor.

— Sexo é o que fazemos — diz ela.

— Mesmo quando marcam de tomar café da manhã?

Eles nunca tinham marcado de tomar café da manhã. Mas quando ela lhe disse que faria uma visita rápida a Londres, ele respondeu: "Por acaso topa tomar café da manhã comigo amanhã...?" Chamar para tomar café da manhã era definitivamente significativo; ainda mais no Dia dos Namorados. Em geral, os encontros deles acontecem no quarto de hotel dela, normalmente depois das onze da noite; eles se veem na primeira sexta do mês, e em qualquer outro dia que ela por acaso esteja em Londres.

Está bom assim. Está ótimo. Siobhan não *quer* mais do que isso; ele mora na Inglaterra, ela mora na Irlanda, ambos são ocupados. O combinado deles funciona perfeitamente.

— Tem certeza de que não quer esperar mais cinco minutos? — pergunta Fiona, levando uma das mãos delicadas aos lábios enquanto engole um bocado de cereal. Está sentada à mesa da cozinha delas, o cabelo ainda preso na trança que usa para dormir. — Talvez ele só esteja atrasado?

Siobhan sente uma pontada de saudade de casa, por mais que só esteja longe há um dia. Sente falta do cheiro cítrico familiar da cozinha delas, da paz do seu closet. Sente falta da versão de si mesma que ainda não cometeu o erro de torcer para que talvez seu *affair* favorito queira algo mais.

Ela dá um gole no *latte* da maneira mais despreocupada possível.

— Ah, por favor. Ele não vem — diz ela, dando de ombros. — Já estou conformada.

— Não acha que talvez esteja desacreditando...

— Fi. Ele disse 8h30. São 8h50. Ele me deu um bolo. É melhor eu simplesmente... — ela engole em seco — aceitar e superar.

— Tudo bem — diz Fiona, suspirando. — Bem, beba seu café, lembre que você é excelente e se prepare para arrasar hoje. — O sotaque americano dela se destaca quando diz *arrasar*; hoje em dia, na maior parte do tempo, ela parece ser de Dublin tanto quanto Siobhan.

Quando as duas se conheceram na Gaiety School of Acting, aos dezoito anos, Fiona exalava sotaque nova-iorquino e confiança, mas dez anos de testes de elenco fracassados haviam apagado seu brilho. Ela não tem sorte, sempre acaba como substituta. Siobhan acredita piamente que esse é o ano de Fiona, assim como fez em todos os anos da última década.

— Quando é que eu não estou pronta para arrasar? Fala sério.

Siobhan joga o cabelo bem na hora em que um homem passa atrás dela; ele esbarra na sua cadeira. O café balança na mão dele e se derrama um pouco no ombro de Siobhan. O líquido é absorvido pelo tecido vermelho do seu vestido, deixando uma manchinha, duas gotinhas, feito um ponto e vírgula.

Tem tudo para ser uma cena de primeiro encontro de comédia romântica. Por um milésimo de segundo, ao se virar, Siobhan considera essa possibilidade; ele até que é bonitinho, alto, o tipo de homem que você espera que tenha um cachorro grande e uma risada alta. Então ele diz:

— Deus do Céu, você vai arrancar o olho de alguém com todo esse cabelo!

E Siobhan decide que não, ela está mal-humorada demais para homens grandes e imponentes que não se desculpam imediatamente após derramar café em vestidos de alta-costura. Ela sente um calor furioso e justiceiro brotar no peito e agradece por isso, aliviada, até; é exatamente o que ela precisa.

Ela estende a mão e toca no braço dele, bem de leve. Ele desacelera, as sobrancelhas um pouco arqueadas; ela faz uma pausa deliberada antes de falar:

— Você quis dizer "Mil desculpas"? — pergunta, com uma voz meiga.

— Cuidado, amigão — diz Fiona no celular, que agora está apoiado no vaso de planta terracota bambo no centro da mesa.

Ele não toma cuidado. Siobhan sabia que ele não tomaria.

— Pelo que exatamente eu deveria pedir mil desculpas, Rapunzel? — pergunta.

Ele segue o olhar de Siobhan até a mancha de café no ombro dela e dá uma risada calorosa e complacente. Finge estreitar os olhos, como se não houvesse nada ali; está tentando ser engraçadinho, e, se ela estivesse de bom humor, digno de leite vegano, talvez até entrasse no jogo dele. Mas, para a infelicidade do homem com o café, Siobhan acabou de levar um bolo no Dia dos Namorados.

— Esse vestido custou quase duzentos euros — declara ela. — Você gostaria de transferir à vista ou parcelar?

Ele joga a cabeça para trás e ri. Alguns casais olham para os dois.

— Muito engraçado — fala ele.

— Eu não estou brincando.

O sorriso dele murcha, então as coisas começam a esquentar de verdade. Ele ergue a voz primeiro; ela pega o celular e encontra o vestido na loja Net-a-Porter; ele perde a cabeça e a chama de *madamezinha boca-suja*, o que é uma ofensa excelente, porque fornece mais cinco minutos de munição para Siobhan. Fiona está gargalhando na tela do celular, e por uns bons segundos Siobhan quase esquece que está sozinha num café entediantemente excêntrico depois de levar um bolo.

— Você é implacável, Shiv — diz Fiona, de maneira afetuosa, quando Siobhan volta a se acomodar na cadeira.

O homem saiu pisando duro depois de jogar uma nota de dez na mesa dela "para a lavagem a seco". Todo mundo está encarando. Siobhan joga os cachos louros reluzentes causadores-de-brigas por cima do ombro e vira o rosto para a janela. Queixo erguido. Peito estufado. Pernas cruzadas.

Nesse ângulo, só Fiona percebe que ela está tentando não chorar.

— A briga ajudou? — pergunta Fiona.

— Claro. E estou dez paus mais rica também. O que será que eu compro? — Siobhan funga e puxa o cardápio do outro lado da mesa. Espia o relógio: nove horas. Ainda são nove da manhã e ela já está batendo o recorde de um dia ruim. — Ovos fritos "para olhar pelo lado bom", talvez? Um smoothie de couve "continue sorrindo"?

Ela espalma a mão no cardápio e o empurra para longe; o casal na mesa ao lado se sobressalta de leve e lança um olhar hesitante para ela.

— Que merda, esse é sem dúvidas o pior lugar do mundo para levar um bolo no Dia dos Namorados — diz ela. A fúria crescente em seu peito se dissipou, e agora só sobrou um aperto, a dor solitária e sufocante das lágrimas iminentes.

— *Não* deixa isso te afetar — fala Fiona. — Ele é um babaca se te deu um bolo.

— Ele *é* um babaca — repete Siobhan ferozmente, com a voz embargada.

Fiona fica quieta. Siobhan suspeita que a amiga esteja lhe dando um tempo para se recompor, o que a deixa ainda mais determinada a não permitir que nenhuma das lágrimas tremulando em seus olhos escorra por suas bochechas.

— Sei que era importante para você, Shiv — diz Fiona, hesitante. — Você chegou a... Esse não é o seu primeiro encontro de verdade desde Cillian?

Siobhan faz uma careta, admitindo a derrota e secando os olhos.

— Como assim, você acha que eu não tenho nenhum encontro há três anos?

Fiona só espera pacientemente; ambas sabem que ela não teve. Mas a amiga a conhece bem demais para *dizer* isso. Depois de algum tempo, Fiona suspira e pergunta:

— Vai dar um pé na bunda dele, então?

— Ah, já dei. Ele *já era* — responde Siobhan.

Ele vai se arrepender do dia em que lhe deu um bolo. Siobhan não sabe o que fazer, ainda não, mas vai descobrir. E ele não vai gostar.

Miranda

São 9h03.

E ninguém apareceu.

Miranda rói o cantinho da unha do polegar e se recosta no carro, dando chutinhos no pneu com a bota. Aperta o rabo de cavalo. Confere os cadarços. Vasculha a mochila e se certifica de que está tudo ali: duas garrafas d'água, seu kit de escalada, a serra manual que ganhou dos pais de aniversário com seu nome gravado no cabo. Tudo presente e correto, nenhum item saltou magicamente para fora da bolsa durante o caminho de vinte minutos do apartamento dela até ali.

Às 9h07, ela enfim ouve o som de pneus no cascalho. Miranda se vira assim que a caminhonete de Jamie chega, de um verde chamativo, estampada com a logo da empresa J Doyle. O coração martela as costelas feito um pica-pau, e ela endireita um pouco a postura enquanto Jamie e o restante da equipe saem do carro.

Jamie sorri para ela enquanto eles se aproximam.

— AJ, Spikes, Trey, essa é Miranda Rosso — anuncia ele.

Dois deles lançam para Miranda um olhar com o qual ela já está mais do que acostumada: uma olhadela preocupada, nervosa, de garotos que foram firmemente instruídos a não serem inapropriados. Trey é baixo e atarracado, com olhos fundos e taciturnos. Spikes é um palmo mais alto do que Trey e tem o físico de um jogador de rúgbi, de peito largo sob a camiseta suja e desbotada. Os dois acenam com a cabeça para ela e logo voltam a atenção para a árvore no canto do terreno onde estacionaram.

E tem AJ. O olhar para Miranda é bem diferente: a olhadela de cima a baixo de um homem que ouve "não faça nada inapropriado com a garota nova" e encara como um desafio.

Miranda foi alertada sobre AJ. Ele tem uma reputação e tanto. *Aquele AJ já ficou com mais mulheres do que escalou árvores*, dissera o ex-chefe de Miranda quando ela contou que ia sair da empresa para se juntar à equipe de Jamie. *Rosto angelical, coração de um desgraçado impiedoso.*

Então Miranda está preparada para os olhos verdes penetrantes, o maxilar barbudo, os braços musculosos tatuados. Ela está pronta para as sobrancelhas erguidas que recebe quando seus olhares se encontram, a expressão que diz: *Eu devoro mulheres que nem você no café da manhã.*

No entanto, ela não está *totalmente* preparada para o filhotinho de cachorro, uma mistura de cocker spaniel com poodle, em seus braços.

Ela hesita. AJ acaricia a cabeça do animal, implacável, como se fosse perfeitamente normal chegar no local de trabalho com um cachorrinho minúsculo.

— Ah, é, e esse é o Rip — diz Jamie sem muito entusiasmo. — Cachorro novo. Pelo visto, não pode ficar sozinho em casa, não é isso, AJ?

— Ele tem ansiedade de separação — explica AJ, erguendo Rip um pouco mais alto em seu peito largo e musculoso.

Miranda está se esforçando muito para não sorrir. O plano dela para lidar com AJ era ignorá-lo completamente; ela já percebeu que, em geral, essa é a melhor estratégia com homens que se acham. Mas... *droga*, o filhotinho é muito fofo. Ela nunca conseguiria resistir a esses que parecem bichinhos de pelúcia, com o pelo todo enroladinho e nariz arrebitado.

— Oi, Rip — diz ela, estendendo a mão para que ele cheire. — Oi, carinha!

O rabo de Rip começa a balançar do lado de AJ, e Miranda tenta não se derreter.

— Ele gostou de você — comenta AJ com uma voz doce, o olhar malicioso percorrendo-a de cima a baixo novamente, e o cérebro de Miranda pisa no freio.

O cachorrinho pode ser fofo, mas ela está dedicando atenção demais ao torso do homem que o segura. Essa não era a estratégia.

— Oi — fala ela, se forçando a desviar o olhar de Rip e direcionar seu sorriso para Trey e Spikes. — Prazer em conhecer vocês.

— Rosso é uma escaladora e tanto — diz Jamie, dando tapinhas nas costas de Miranda. — Vocês tinham que ter visto ela no desafio de resgate aéreo. Nunca vi ninguém subir numa árvore tão rápido. Você tem kit de escalada?

— Uhum — responde Miranda, apontando para a mochila com a cabeça.

— Vou te deixar com a árvore maior — continua Jamie. — O cliente quer reduzir um terço da copa. — Ele aponta com a cabeça para uma bétula-branca que assoma sobre o jardim frontal do casarão em frente à qual eles estacionaram. É alta e esguia, se balançando e contorcendo ao vento. — Quer mostrar a esses garotos como é que se faz?

— Sempre — afirma Miranda, já se agachando para abrir a mochila e pegar seu arnês.

Nenhuma emoção se compara à de uma escalada.

Quando tinha quinze anos, Miranda estava voltando da escola a pé e escutou homens gritando à distância. Ela seguiu os sons até os arboristas em treinamento da faculdade de silvicultura na rua de sua escola. Havia uma fileira de pinheiros, altos e lindos, com cordas amarelas e laranja penduradas nos galhos. Os homens acima dela se locomoviam por entre as árvores como o Tarzan, saltando pelas bifurcações de galhos e segurando troncos entre os joelhos, se debruçando para trás nos arneses. Tinha até um pendurado de cabeça para baixo.

Nunca passara pela cabeça de Miranda que era possível escalar árvores como profissão.

Vendo que ela observava a cena, o instrutor avisou sobre um dia aberto ao público na semana seguinte, quando ela poderia tentar por conta própria se quisesse. Assim que sentiu o arnês suportar o seu peso, assim que chegou ao primeiro galho e olhou para o chão lá embaixo, Miranda teve certeza.

Dez anos depois, ela não só escala árvores profissionalmente como faz isso *muito bem*. E por mais que seus pais ainda não entendam por que a filha mais velha insiste em uma profissão tão perigosa que foi aconselhada a providenciar um seguro de vida no primeiro dia, eles acabaram se conformando, em grande parte porque é impossível não ver como Miranda é apaixonada pelo que faz.

Assim que chega à copa da árvore, com sua corda principal ancorada ao galho mais alto capaz de suportar seu peso, Miranda se esquece de Trey, Spikes e AJ. Ela se esquece até de Carter, do encontro deles na hora do almoço, da roupa dobrada com cuidado no fundo da mochila. Estar em cima de uma árvore a doze metros do chão é absolutamente apavorante, não sobra espaço para mais *nada*. É só você, as cordas, o vento e a árvore, respirando ao seu redor, impedindo-a de cair.

AJ está podando uma cerca viva na frente da propriedade, com Rip saltitando de empolgação ao redor dos pés dele; Jamie a princípio fica de olho em Miranda, até que mais ou menos meia hora depois se afasta para ajudar AJ. Os outros garotos estão fazendo o trabalho de solo, o mais pesado, enfiando galhos no triturador. A manhã passa em rugidos de motosserras e serragem brilhante como purpurina.

Miranda desliza pela corda principal e aterrissa com força, afundando os calcanhares no solo sob a árvore. A corda desce até ela com facilidade, sem se agarrar em nada. Foi uma boa manhã. O cabelo dela está se soltando do rabo de cavalo; algumas mechas se grudam à testa quando ela tira o capacete.

— Nada mal — diz AJ quando ela passa por ele indo na direção de Jamie.

— Ah, valeu — responde Miranda, e sorri para Jamie. — Tudo certo, chefe?

— Ah, é verdade! — exclama Jamie, se levantando com os braços cheios de galhos de aveleira e os olhos brilhando. Ele já está com quarenta e tantos anos, não é mais o escalador mais rápido, não é o que assume os riscos. No entanto, ainda tem certa ousadia. Um arborista bom de verdade é viciado em adrenalina no grau certo. Ou então viciado demais e muito sortudo. — Você precisa sair às 12h30, certo? Para seu encontro?

Miranda limpa a serragem da calça para operadores de motosserra. Está usando suspensórios, pois calças de proteção são feitas para homens e sempre ficam largas demais na cintura. Uma amiga que ela conheceu no curso de resgate aéreo lhe deu a dica de que suspensórios a salvariam da humilhação de acabar com a calça nos tornozelos um dia.

— Isso! Vou almoçar — diz ela, desmontando a motosserra e colocando-a na caçamba da caminhonete de Jamie. — Hoje é *Dia dos Namorados*, sabe.

— Minha esposa me lembrou disso de manhã — responde Jamie, fazendo uma careta.

— Um encontro na hora do almoço? — pergunta AJ às costas dela.

Ela não se vira.

— Meu namorado queria me encontrar assim que eu terminasse meu primeiro trabalho com Jamie.

— Ou ele já reservou o horário da noite para outra mulher — diz AJ.

Miranda não é muito temperamental. Acha que qualquer um que aja como um babaca provavelmente tem motivo para isso, e não adianta nada perder a cabeça. Mas também sabe que tolerância pode parecer fraqueza, ainda mais se você for mulher. Ela engole em seco.

— Quais são seus planos para a noite, então, AJ? — pergunta ela, enquanto olha para trás e vislumbra o sorrisinho enviesado dele diante da pergunta. — Algum encontro especial?

— Depende — diz ele.

— De quê? — Miranda solta o rabo de cavalo e passa os dedos pelos nós. Seu cabelo é grosso e escuro, arrepiado ao redor do rosto, cacheado nas pontas, e está quase sempre embaraçado.

— Se Jamie vai deixar eu te chamar para tomar um drinque hoje à noite.

— AJ! — esbraveja Jamie. — O que nós conversamos vindo pra cá?

Miranda faz um breve contato visual com AJ. Ele a está provocando, ou talvez a testando. Mas há uma intensidade genuína em seu olhar, e Miranda percebe com um sobressalto que ele faria isso, que a chamaria para um drinque e depois a levaria para a casa dele. Esse homem maravilhoso e perigoso.

Um tanto lisonjeiro, levando tudo em consideração. Por mais que ela saiba que ele transa com qualquer coisa que se mexa.

— Por que não? Você está livre à noite — argumenta AJ, cruzando os braços tatuados. Os bíceps dele são enormes. Miranda pode apostar que ele cruzou os braços para se exibir.

Ela mantém o queixo erguido.

— Não estou interessada — declara, e sorri. — Mas valeu. — Ela se volta para Jamie. — Sete horas amanhã, certo? Você vai me mandar o endereço por mensagem?

— Não estou interessada! — exclama Jamie. — Quando foi a última vez que você ouviu isso de uma mulher, AJ?

Ele dá de ombros, se abaixando para pegar Rip, e Miranda sente seus olhos fixos nela quando começa a se afastar.

— Faz tempo — responde ele. — Mas eu sempre venço pelo cansaço.

Miranda ri ao ouvir isso.

— Esta aqui, não — diz ela alegremente por cima do ombro. — Sou comprometida.

— Com o sr. Encontro na Hora do Almoço! — exclama AJ. — Garota de sorte.

Ela é sortuda, *sim*. Na maioria dos dias, nem consegue acreditar na sorte que tem. Imaginava que Carter fosse o tipo de cara que nunca olharia duas vezes para alguém como ela: ele é tão *maduro*, ganha um bom salário, usa ternos bem ajustados. E é maravilhoso. De um jeito adulto, não como o desleixado do AJ. Carter usa óculos de armação redonda e tem um maxilar reto, másculo, além de um sorriso que derrete qualquer um.

Reg, um dos colegas de trabalho de Miranda, foi quem os apresentou. Ele jogava futebol com Carter, e um dia, há um ano, Reg levou Miranda para um pub com metade do time para beber depois da pelada. Carter estava impecável, usando o terno do trabalho porque se esquecera de levar outra muda de roupa para usar depois do jogo, e se destacava como uma moeda de um centavo polida. Sorriso brilhante e cabelo úmido. Enquanto o restante dos rapazes sacaneava a roupa dele, ele baixou timidamente a cabeça, seus óculos refletindo a luz do pub, e Miranda sentiu um frio na barriga. Aquela abaixada de cabeça denunciou a presença do menino por baixo do adulto de ombros largos; fez com que ele parecesse acessível.

Miranda não conseguiu parar de encará-lo, até que ele finalmente notou e abriu um sorrisinho indagador para ela, um convite mais discreto do que ela esperava. Ele devia estar acostumado a ter mulheres caindo em cima dele, pensou, mas não havia expectativa ali. Ela acabou pedindo a Reg para apresentá-los, encorajada pelas três cervejas, inebriada pelo sorrisinho que Carter lhe dera. *Rosso, Carter, Carter, Rosso*, dissera Reg. *Carter, pegue uma bebida para ela, vai, essa mulher merece ser bem tratada.*

Agora, cinco meses depois, Carter ainda parece estar levando o conselho de Reg a sério; o restaurante para o qual a convidou no Dia dos Namorados é do tipo que não tem preços no cardápio e cujos pratos são decorados com gotas de molho ao redor da comida. Não fica longe de Erstead, a cidade próxima a Surrey onde Miranda mora. Ela troca de roupa no McDonald's da esquina, passa protetor labial e rímel e se sente muito bem consigo mesma durante a caminhada de três minutos até o restaurante chique, então imediatamente passa a se sentir infantil e malvestida ao ir até a mesa deles em seu vestido-avental azul e scarpins arranhados. Todas as outras mulheres parecem muito sofisticadas.

Miranda levanta um pouco o quadril da cadeira e puxa o vestido para baixo discretamente, escondida pela toalha de mesa. É um restaurante elegante, então eles pegam leve na decoração de Dia dos Namorados: pétalas de rosa nas mesas, muitas velas, um ligeiro clima esnobe.

Miranda chegou um pouco atrasada, então leva um tempinho para se dar conta de que já passou bastante das duas da tarde e ainda não há sinal de Carter. Ele costuma se atrasar, então não é uma grande surpresa. Mas, lá para as duas e meia, quando o garçom pergunta se ela quer uma bebida, ela pede uma Coca; sente que está ficando constrangedor esperar sentada ali, cercada por casais apaixonados, remexendo no guardanapo e batucando com o pé.

Ela manda uma mensagem para Carter: Cadê você?! Bjs

Depois outra: Você está muito atrasado, né?

Então: Carter?? Oi?

Lentamente, bem lentamente, ela vai deixando de ser a mulher que está esperando alguém para ser a mulher que levou um bolo. A cena ainda é a mesma; ela continua ali, olhando o celular frequentemente, terminando a bebida rápido demais. Mas todo mundo percebe que o status dela está mudando a cada segundo, e quando Miranda chega à marca dos quarenta e cinco minutos sem mover um músculo, ela se torna digna de pena.

Então, chega o momento em que ela simplesmente não aguenta mais ficar parada. A cada minuto, a sensação de inquietude aumenta e a necessidade de mexer suas pernas e seus braços se torna inevitável, mesmo depois de uma manhã de trabalho. Ela diz a si mesma que vai esperar até as 15h10, mas só aguenta até as 15h05, quando se levanta para pagar a bebida no bar.

Não dá para negar: ele deu um bolo nela.

Ele provavelmente tem uma explicação bem razoável, ela diz a si mesma. Alguma história muito engraçada. Ele vai lhe contar imitando vozes diferentes para cada pessoa envolvida; é muito bom em fazer sotaques, imita com perfeição o do pai dela e o do vizinho que veio de Liverpool. Eles vão rir do acontecido. Vai se tornar uma das piadas internas deles: *Lembra aquela vez em que você me deu um bolo no Dia dos Namorados?*

Mas nesse exato momento é uma bela droga. Miranda morde o lábio enquanto espera a máquina do cartão imprimir sua via. Sabe que perdoará Carter. Provavelmente já o perdoou, na verdade, antecipando sua desculpa excelente. Por um instante, é muito bom imaginar que ela é o tipo de mulher que não perdoaria. O tipo de mulher que diria: *Eu não engulo essas merdas. Se me deu um bolo, já era. Tchau.*

Quando Miranda chega em casa, já são 15h30, e ainda não há notícia de Carter. Ela sente falta da antiga colega de apartamento; adoraria ter alguém para fazer uma xícara de chá solidária agora. Ela para no meio da sala, escutando o tráfego do lado de fora, se perguntando se Carter concluiu que ela não era a pessoa certa para ele, afinal.

Isso não ajuda em nada, Miranda Rosso, diz a si mesma, chutando os scarpins para longe. *Recomponha-se.*

Não são nem cinco da tarde; o dia ainda será longo. Ela vai passar aspirador, fazer o jantar e dormir cedo. Não adianta nada ficar se lamentando. Quando foi que isso já levou alguém a algum lugar?

Jane

O segredo são os canapés. Enquanto tiver uma tortinha de queijo de cabra em miniatura ou um rolinho primavera minúsculo na boca, Jane tem pelo menos três segundos de mastigação para pensar numa resposta quando for confrontada pela inevitável e terrível pergunta que surge quando se leva um bolo numa festa de noivado.

— Continua voando solo, meu bem? — pergunta Keira.

Ela segura uma taça de espumante em cada mão, mas consegue empinar os peitos mesmo assim; os colares desaparecem brevemente no decote do vestido de baile.

Keira ajuda no brechó beneficente de Count Langley duas vezes por semana. Ela é uma das pessoas mais determinadas a juntar Jane e Ronnie Langley, o filho do conde e o homem que causou toda essa confusão.

Quando Jane começou a trabalhar no brechó, Ronnie demonstrou interesse por ela. Todo mundo que trabalha para o Fundo Count Langley é muito próximo de Ronnie, que tem um daqueles rostos de feições trágicas dignos de pena e ainda está solteiro aos trinta e cinco anos, mesmo sendo o herdeiro de uma mansão decrépita — o que todo mundo menos Jane parece considerar o maior exemplo de bom partido.

Tornou-se a missão de todos do brechó juntar Jane e Ronnie. Então Jane contou uma mentirinha. Ela disse que tinha namorado. A mentira foi crescendo ao longo dos anos, mas nunca fora posta à prova como agora.

— Tenho certeza de que ele está a caminho, só ficou preso no trabalho — diz Jane baixinho, olhando o relógio.

São 18h15; ainda falta mais uma hora de "drinques e confraterniza-ção" antes do jantar.

Keira a encara, seus cílios postiços tremulando enquanto observa a roupa de Jane: a mesma que ela usou para trabalhar mais cedo. As bo-chechas de Jane esquentam. Pensou que conseguiria passar despercebida com o vestido de algodão verde-claro se tirasse o cardigã de lã e a meia-calça, mas, agora que está aqui, é óbvio que sua roupa não é formal o bastante. Atrás de Keira, a multidão cresce; tem *tantos* convidados, mais pessoas do que Constance e Martin conhecem pelo nome, com certeza. Eles estão na prefeitura de Winchester; o tema do evento, como espera-do, é Dia dos Namorados. Há uma quantidade grotesca de cor-de-rosa na decoração.

— Escuta, meu bem — diz Keira, suas rugas se aprofundando quando ela franze o rosto. — Todo mundo sabe que você está mentindo sobre ter namorado. É melhor assumir logo, se...

— Jane, querida, posso falar com você? — chama Mortimer.

Jane se vira para Mortimer com uma expressão fervorosa de gratidão. E, aparentemente, Keira não fica nada feliz vendo Jane ser levada para o canto do salão, longe do burburinho.

Mortimer Daperty tem setenta anos; ele usa um terno marrom para trabalhar todo dia, sempre almoça sanduíche de atum e diz "Tchau, tchau, Jane! Até mais!" ao ir embora às seis da tarde. Quando não tem mais ninguém no brechó, ele e Jane permanecem num silêncio caloroso envolto pelo cheiro de naftalina, passam roupas doadas a vapor e arru-mam livros usados sem trocar sequer uma palavra.

— Você está com uma cara péssima — diz Mortimer com um tom bondoso.

— Eu... não me dou bem com multidões — responde Jane, tentando acalmar a respiração.

— E o rapaz que você disse que viria...?

Jane tem muita prática em se esquivar de perguntas pessoais vindas de colegas de trabalho. Mas Mortimer não costuma perguntar essas coisas, então ela é pega de surpresa e, antes que perceba, acaba respondendo:

— Ele estava me fazendo um favor. Não estamos juntos, mas ele disse que seria meu acompanhante para eu não precisar vir sozinha. — Ela olha para os sapatos. Sapatos confortáveis, de couro marrom macio, do tipo que ela não usaria nem morta. — Keira tem razão: eu menti sobre ter um namorado.

Mortimer só assente.

— Uma medida de proteção muito razoável — diz ele. — E esse seu amigo, ele nem telefonou?

Jane esperava algum julgamento de Mortimer, mas a expressão dele é bondosa.

— Não. Ele não ligou — responde ela, voltando a olhar para os sapatos.

Mortimer suspira, mas não é com Joseph que Jane está decepcionada; é consigo mesma. Ela deveria saber que não podia depender de outra pessoa. Ultimamente tem preferido plantas e gatos a humanos: ambas as espécies têm um histórico muito melhor.

Todo dia desde que voltou para Winchester, Jane vai à Hoxton Bakehouse no primeiro horário e compra um pote de iogurte light com fruta e granola. É um gasto injustificável, na verdade, mas a rotina é reconfortante, é como calçar todos os dias as mesmas botas gastas.

Na primeira vez em que viu Joseph na padaria, logo depois do Natal, ela parou tão de repente que quase tropeçou nos próprios pés ao entrar. Ela o reconheceu. Não sabia dizer exatamente de onde, mas ele parecia... importante. Alguém do seu antigo trabalho, talvez? Ela disse "Ah!" em voz alta e o encarou, antes de se dar conta de que encarar é a maneira mais rápida de chamar a atenção para si e deveria ser evitada a qualquer custo.

Joseph se virou para olhar, mas não pareceu reconhecê-la. Abriu um sorriso enorme e alegre para ela. Ligeiramente perplexo, talvez.

"Olá", disse ele.

Por um momento, Jane ficou imóvel, paralisada, olhos arregalados. Então...

"Desculpa, achei que você fosse... outra pessoa", murmurou ela, desviando o olhar e indo em direção ao fim da fila para sair de vista. Mas sentiu o olhar dele fixo nela, afável e curioso, ao sair da loja com seu croissant. Depois disso, ela o viu todos os dias por duas semanas, mas ainda não sabia de onde o conhecia. Não cometeu o erro de encará-lo novamente.

Então, justo quando Jane tinha relaxado um pouco...

"Isso é meio estranho, não é?", perguntou Joseph, se virando de repente para ela enquanto esperavam na fila.

Jane piscou depressa.

"Desculpe?", respondeu, olhando para o chão.

"Ora, eu sei várias coisas sobre você. Sei que usa macacão amarelo nas segundas-feiras, camiseta azul-clara nas terças, vestido branco esvoaçante nas quartas, aquele vestido verde-primavera com cardigã nas quintas e suéter rosa-claro nas sextas. Sei que lê, porque está sempre com um livro. E sei que gosta de pãozinho de canela, porque sempre os olha com desejo antes de pedir o iogurte. Nos vemos todos os dias. Mas nunca nos falamos."

As palmas dela suaram. Ninguém nunca notara as roupas dela tão rápido. E Jane tinha certeza de que não ficava de olho nos pãezinhos de canela; pelo menos não *toda* manhã.

Por fim, incapaz de adiar por mais tempo, ela ergueu o olhar para ele.

Ele era inegavelmente bonito, mas, se a perguntassem por quê, ela teria dificuldade de responder. O rosto dele era muito eloquente e expressivo; as sobrancelhas eram um pouco retas e grossas demais e pareceriam muito austeras num homem que sorrisse menos. Sua pele branca e macia estava corada nas maçãs do rosto pelo calor da padaria, e seu maxilar estava salpicado de pontinhos de barba por fazer em um tom mais escuro do que seu cabelo cor de avelã. Nada em seu rosto explicava por que ele era tão atraente, mas quando ela o encarou nos olhos, sentiu aquela empolgação perigosa, animalesca, que temos na presença de pessoas bonitas.

"Não acho tão estranho assim", disse ela, sem se dar conta. "Você fala com as pessoas que se sentam ao seu lado no trem?"

"Falo", respondeu ele prontamente.

"Ah, que horror", disse Jane antes que pudesse evitar, e ele caiu na gargalhada.

"Meu nome é Joseph", anunciou ele. "Me diz uma coisa, onde você arruma todos esses livros?"

Foi assim que eles acabaram num clube do livro de duas pessoas. Jane não faz amizade com pessoas; ou melhor, as pessoas não fazem amizade com Jane. Ainda assim, de alguma forma, ela acabou indo tomar café numa manhã de domingo com ele alguns dias depois, conversando sobre *Passagem para o Ocidente*, de Mohsin Hamid. "Livros me trazem alegria", disse ele para ela, que sentiu uma felicidade súbita, porque é *exatamente* assim que ela se sente em relação aos livros.

Jane, pelo menos, se certificou de que não haveria nada de romântico na relação deles. Também contara a mentira "eu tenho namorado" para Joseph, como medida de proteção, como disse Mortimer. Foi só no começo de fevereiro, quando ela e Joseph já haviam se tornado amigos, que Jane confessou que, na verdade, não tinha namorado.

"Ah, que boa notícia", disse Joseph. "Porque eu estava começando a pensar que esse cara era um grande babaca."

"Como assim?!" Jane sempre se esforçara muito para fazer o namorado fictício parecer um partidão.

"Ele nunca está com você!", respondeu Joseph com uma risada. "E não te deu nada de aniversário?"

É verdade, Jane não chegou ao ponto de comprar um presente para si mesma como se fosse do namorado fictício.

A tranquilidade com que Joseph recebeu a confissão a deixou mais calma, e nas últimas duas semanas eles se aproximaram ainda mais. Ela tinha desistido de vez de tentar descobrir de onde o reconhecia; foi o que chamou sua atenção a princípio, talvez, aquela estranha e persistente sensação de familiaridade, mas eles já tinham passado disso. Ele é simplesmente Joseph e pronto.

E, com o tempo, ela aprendeu a não se distrair com o calor solar do sorriso dele, ou com a maneira como seus olhos ficam mais verdes dependendo da luz.

Ele já sabe mais sobre Jane do que qualquer outra pessoa que ela conheça. Não tudo, é claro, mas, ainda assim, ele parece não se incomodar com as partes que ela considera impossíveis de gostar: a maneira como ela fala tudo o que pensa, suas regras e rotinas, sua indecisão. A sensação de conversar com alguém de novo tem sido boa. Ela começou a pensar: *Que mal isso pode fazer?*

Agora, enquanto Keira vem na direção dela com Ronnie ao lado, Jane pensa: *Esse. Esse é o mal que pode fazer.*

— Jane — diz Keira, puxando Ronnie pelo braço. — Ronnie estava me dizendo agora mesmo que *ele* também não tem acompanhante para esta noite.

Ronnie está visivelmente tremendo ao lado da formidável Keira. Está tão constrangido que Jane o sente irradiando por debaixo do terno como o calor de um forno, mesmo a vários passos de distância.

— O-oi — cumprimenta ele. — Que bom ver você, Jane.

— O acompanhante de Jane está... — Keira a olha com expectativa.

Sob o olhar pretensioso de Keira, Jane desiste das desculpas de *Ele está atrasado* ou *Tenho certeza de que vai chegar a qualquer minuto.*

— Ele não poderá vir — declara Jane.

— Ah, pobre Jane! Tão apaixonada! — exclama Keira.

Jane não faz ideia de onde Keira tirou essa ideia, por mais que, infelizmente, ela esteja certa.

— Sua mãe ainda não começou a importuná-la para lhe dar netos? Estou no pé dos meus filhos há anos, mas eles continuam enrolando — comenta Keira, dando um gole na bebida.

Jane range os dentes por um momento antes de responder:

— Minha mãe já morreu.

Keira se retrai. Abre e fecha a boca. Essa é sempre a pior parte dessas conversas: o silêncio que paira até que a outra pessoa decida com qual frase sentimental vai responder.

— Ah, meu bem, eu não sabia! Você nunca comentou! — exclama Keira. Ela abaixa a voz: — Então foi por *isso* que saiu de Londres e veio para cá?

A palavra *Londres* faz Jane se encolher, como se alguém tivesse acabado de segurá-la pelos ombros. Keira nunca deixa essa pergunta para lá; ela a faz pelo menos uma vez por mês, de um jeito ou de outro, com a casual persistência de uma fofoqueira muito talentosa.

— Não — responde Jane, tomando cuidado para manter a voz estável. — Não, minha mãe morreu há bastante tempo. Eu era muito nova. Mal me lembro dela.

— Que tremenda *tragédia* — comenta Keira.

Ronnie está desconfortável, mudando o peso de um pé para o outro, como uma criança que precisa ir ao banheiro. Keira dá tapinhas no braço de Jane, sua mão suada e bem-intencionada; Jane precisa de toda a sua força para não afastá-la. Ela não gosta de ser tocada quando está triste. Ultimamente quase nunca é tocada, então a sensação é ainda pior, como vestir um agasalho de lã áspero depois de usar seda.

— Bom, você tem a nós, meu bem, vamos cuidar de você — conclui Keira. Ela dá uma piscadela lagrimosa e exagerada. — Por que Ronnie não substitui o seu acompanhante durante o jantar, hein? Vai saber! Esse poderia ser o começo de uma nova história para vocês!

Ao entrar no brechó na manhã seguinte, Jane verifica discretamente se há alguém inconveniente como Keira por perto antes de seguir para o balcão. A festa de noivado foi um inferno. Ela só foi porque Constance, a noiva, sempre fora gentil quando elas trabalhavam juntas no brechó; o evento foi um bom lembrete de que sair da zona de conforto nunca acaba bem. Ela inspira o aroma mofado do brechó e começa sua rotina de sempre: limpar o cômodo, abrir o caixa, depois começar a organização das sacolas de doação.

O chão da loja já foi varrido e há flores frescas no vaso da mesinha de centro próxima às estantes de livros, cuidadosamente posicionadas para alegrar o espaço. O brechó beneficente Count Langley fica em uma das construções do século XV a nordeste da cidade, à beira do rio; ele é todo composto por vigas escuras decadentes e tábuas de madeira barulhentas, e há mofo se espalhando atrás do banheiro dos funcionários como uma onda avançando na areia. O Fundo Count Langley é proprietário do prédio; a organização beneficente ajuda indivíduos que estão se aproximando do fim da vida. Seus fundos diminuem com a mesma rapidez com que o mofo cresce.

— Jane!

Ela se encolhe. É Keira emergindo dos fundos. Jane deveria ter imaginado quando viu as flores. Ela se vira, e vê que a mulher está acompanhada de Constance e Mortimer. É um número completamente desnecessário de pessoas para cuidar do brechó, e Constance não deveria estar na cama com o marido?

— Ah, meu bem — diz Keira, se aproximando com os braços estendidos. — Passei a noite toda arrasada pensando em você sozinha na festa. Vamos sentar para conversar? Ronnie não foi encantador durante o jantar?

Não é *possível* que Jane teria que aguentar um dia inteiro disso. Ela não *aguentaria*.

— Jane? — chama uma voz às costas dela ao mesmo tempo que o sino em cima da porta ressoa.

Ela se vira para a entrada. Ali, de cabeça baixa ao passar pela porta de umbral baixo, usando um suéter de lã cinza-claro, está Joseph.

— Jane, eu sinto *muito* — diz ele, se aproximando. — Oi, todo mundo, oi. Eu sou Joseph. Um prazer conhecer todos vocês. Sinto muito por não ter ido à festa ontem.

Então ele apoia a mão na lombar de Jane e a beija delicadamente na bochecha.

É um beijo meigo, um beijo de namorados. Ele faz isso com tanta tranquilidade, com tanta naturalidade, que Jane fica ainda mais surpresa com a onda de desejo que a invade quando os lábios dele roçam sua bochecha.

Joseph nunca a tocou. Nem uma vez. Eles não trocaram um aperto de mãos quando se conheceram; nem se cumprimentam com um abraço. Ele não a guia pelo cotovelo quando eles avançam por uma multidão. Ela gosta disso nele: não é de tocar, e essa distância, essa ausência de flerte, lhe dá segurança.

Mas também significa que ela não fazia a menor ideia de como seu corpo reagiria à sensação dos lábios de Joseph na sua pele até esse exato momento. O coração dela está palpitando, ela sente calor, seus lábios estão entreabertos. Tudo por causa de um mísero segundo de contato.

Mortimer conduz Joseph para se sentar nos fundos da loja. A pulsação de Jane vai se acalmando aos poucos; ela observa todos os outros puxarem cadeiras. Keira encara Joseph de boca aberta; Jane repara no pedacinho de algo verde entre dois dentes dela. Constance está de olhos arregalados e afobada: parece que Keira a inteirou das novidades da noite passada. Jane não consegue reprimir um sorriso crescente. A sensação de surpreender todo mundo, para variar, é mesmo incrível.

— Mil desculpas, Jane — diz Joseph no ouvido dela enquanto todos se sentam num círculo torto entre as lixeiras e caixas do cômodo dos fundos. — Vou te recompensar.

O rosto dele está franzido de preocupação, cheio de vincos e linhas intrigadas, mas são seus lábios que chamam a atenção de Jane. Ela nunca tinha notado a cor deles: um vermelho fosco, acastanhado. São lábios românticos. Do tipo que sabe exatamente o que faz.

— Está tudo bem — responde ela.

— Não, não está nada bem. Eu te decepcionei.

Ele começa a se justificar, atraindo a atenção do grupo. O celular dele quebrou, depois, ficou preso atrás de uma plataforma elevatória, que deve ser um tipo de veículo, imagina Jane, então seu carro enguiçou e o motorista teve que ajudá-lo a empurrar até um lugar seguro, e o reboque demorou muito para chegar, e ele não conseguia se lembrar do número de Jane...

Os dois fogem para a cozinha mais ou menos cinco minutos depois, para pegar uma xícara de café para Joseph. É mais uma copa do que uma cozinha, com um exaustor antigo chacoalhando sem parar na parede feito um fumante com tosse, mas, ainda assim, eles têm privacidade.

— Alguma daquelas coisas é verdade? — pergunta Jane a ele. — O carro, a tal da plataforma, o reboque?

Joseph fecha os olhos por um momento e suspira. Ele sempre parece muito ocupado quando chega; carrega uma aura consigo, esse frenesi levemente agitado, como se tentasse estar em vários lugares ao mesmo tempo. Mas hoje está com um ar mais estressado do que agitado. Parece exausto.

— Não. Uma parte, mas não, não tudo.

Jane assente, baixando o olhar para o próprio café. Ela costumava tomar café puro, mas agora toma com leite, às vezes até com um pouco de creme.

— Eu te decepcionei. Jane. Por favor. Olhe para mim.

Ela ergue os olhos, mas se fixam nos lábios dele de novo. Ela não consegue pensar em ficar com raiva dele porque seu cérebro está ocupado com aquele beijo, aquele meio segundo durante o qual ela baixou a guarda e se permitiu trocar Joseph de categoria em sua mente.

Não é como se ela *nunca* tivesse pensado em namorar Joseph. Ele é muito atraente, e, até onde Jane sabe, solteiro; ele nunca mencionou namorada alguma. Mas ela se manteve firme e ignorou esse impulso, sabia que não seria sensato, que, se ela se permitisse ver Joseph daquele jeito, teria que cortá-lo de vez da sua vida. E com ele é fácil manter essa distância: ele é cauteloso, age como se soubesse que ela tem medo e pudesse sair correndo a qualquer hora, feito um cervo, caso alguém chegue perto demais.

— Eu tive um dia muito, muito ruim ontem — diz ele. Baixa o olhar, bagunçando o cabelo com uma das mãos. — Queria poder... voltar atrás e fazer tudo diferente.

Parte do truque para não deixar as pessoas entrarem em seu coração é não se importar quando elas mentem para você; não se importar nem um pouco com o que elas dizem. Isso é mais difícil do que deveria com Joseph. Jane não tem tomado cuidado.

— Está bem — responde ela depois de um momento.

Joseph para, ainda com a mão na cabeça, e a olha atentamente. Essa é a diferença entre Joseph-que-acabou-de-chegar e Joseph-que-está-presente. Depois que ele se acomoda, ele escuta, escuta *de verdade*, com o nível de atenção que a maioria das pessoas só consegue fingir.

— Como assim? Sério? — pergunta ele.

— Sim, sério. Você me fez um grande favor ao concordar em ir à festa de noivado da minha colega de trabalho e fingir ser meu namorado. Foi um pedido bem estranho que eu fiz.

O rosto dela cora só de pensar. Eles tiveram essa ideia na última reunião do clube do livro; Jane contou um pouco sobre a mentira que inventara no trabalho, como ela crescera, como seria constrangedor quando todos descobrissem na festa de noivado que ela não tinha namorado nenhum, e ele disse: "Você pode muito bem me levar. Eu sou um ótimo acompanhante de mentira. E adoro uma desculpa para usar smoking."

— Você... — Ele balança a cabeça de leve. — Você deveria estar gritando comigo.

Ele parece exausto agora que não está mais atuando para os colegas de trabalho dela; os pés de galinha nos cantos dos olhos castanhos parecem mais fundos do que da última vez em que ela o viu, há alguns dias, e a pele dele está seca e cansada. Ela olha com mais atenção: há um resquício de hematoma no canto da sobrancelha, como se ele tivesse levado um soco.

— Acho que você não precisa de ninguém gritando com você — diz ela, se perguntando se seria inconveniente perguntar sobre o hematoma.

— Preciso, sim — retruca ele avidamente. — Eu mereço muitos, muitos gritos. Eu... Merda.

Ela olha para ele com um olhar questionador.

— Sei por que você não está com raiva de mim — diz ele, dando um tapa na testa. — É porque não espera nada melhor.

— Como assim?

— Eu acabei de confirmar tudo o que você pensa sobre como as pessoas sempre a decepcionam, não foi? Você não está com raiva porque nem chegou a ficar surpresa.

Ela ficou um pouco surpresa, na verdade. Mas, durante a noite, se repreendeu pelo lapso de julgamento, e aqui está ela convicta de que há um motivo para ter desistido de tentar fazer amigos.

— Exigi muito de você, só isso — diz Jane com um sorrisinho. — Mas não se preocupe. Eu cometo muitos erros, mas tento não repetir o mesmo.

Miranda

Miranda está no meio de uma escalada em um carvalho quando recebe a primeira ligação de Carter. Ela perde todas as dez primeiras ligações dele, na verdade, já que seu celular está enfiado no fundo da mochila. Se estivesse com ele no bolso, sentiria tanta vontade de ler qualquer mensagem de Carter que acabaria olhando o celular enquanto estivesse pendurada de cabeça para baixo no arnês.

Ela está determinada a se manter positiva hoje. Comeu uma tigela enorme de mingau no café da manhã, lavou o cabelo e decidiu que há muitos motivos para se alegrar. Talvez tenha sido *um pouco* grossa com AJ quando ele começou a perguntar sobre o "encontro na hora do almoço" dela (aspas dele, não dela), mas, sendo sincera, aquele homem é capaz de testar a paciência de um santo. E agora ela está no alto de uma árvore, com o vento soprando por entre os galhos ao seu redor, e é um bom dia. Todo dia é um bom dia, se você prestar atenção o suficiente.

Miranda acabou de começar um corte traseiro quando Carter aparece no pé da árvore dela com um grande buquê de flores.

Ela o avista por entre os galhos inferiores e perde o fôlego por um momento. Ela realmente não esperava: como é *possível* que ele esteja aqui?

— Carter? — grita ela.

— Oi! — berra ele para Miranda. — Eu sinto muito! Vim pedir desculpas!

— Você... — Ela encara o chão, até que percebe que já cortou mais da metade do galho. — Se afaste da árvore, Carter!

Onde todo mundo se enfiou? Ela ergue o olhar e avista Trey e Spikes no triturador e a silhueta pequena e indignada de Jamie, com AJ ao lado e Rip aos pés, se aproximando do carvalho.

Ah, merda. Ela precisa descer dali antes que eles esfolem Carter vivo por entrar no local de trabalho.

Miranda está apressada. Afobada. Não dormiu muito.

Por isso, quando se vira para se posicionar e começar a descer, ela corta não só sua corda principal como também seu cordelete.

Só percebe que fez isso ao sentir um toque muito leve da corda na coxa. Está equilibrada numa bifurcação entre galhos, então nenhuma das cordas está suportando o peso dela, algo que também poderia ter passado despercebido. Mas quando os restos do cordelete caem ao redor dos seus joelhos, Miranda sente algo deslizar pela calça, ergue os olhos para a corda principal e nota.

A motosserra vibra na sua mão. Ela acabou de... cortar as cordas. E agora...

Agora Miranda Rosso está em cima de um carvalho, a quinze metros do chão, e não há absolutamente nada a segurando.

— Miranda? — chama Carter.

— Ah, não — diz Miranda com a voz fraca.

Lá embaixo, Jamie e AJ estão gritando, provavelmente com Carter. Ela verifica o quanto de corda ainda sobrou; não tem nem metade do que precisa para sua descida. Não foi muito fácil subir até ali. Não há a menor chance de conseguir voltar para o chão sem cordas. Seria uma morte quase certa.

Ela se mexe devagar. Equilibrar-se nesse galho não parecia nem um pouco difícil quando a corda principal estava presa acima dela, mas agora é assustadoramente perigoso.

— Rosso! Fique parada! É uma ordem! — A voz de Jamie ecoa por entre as folhas.

Miranda congela.

— Vou mandar AJ te buscar! — diz Jamie. — Não. Se. Mexa!

Mesmo agora, numa situação que poderia realmente ser descrita como quase morte, Miranda ainda encontra espaço para pensar: *Ah, droga, AJ não.*

— Apoie a bunda no galho para tirar o peso das pernas! — orienta Jamie.

Então está bem, pensa Miranda. É bom ter um plano, mesmo que seja "apoie a bunda". Ela se mexe aos pouquinhos. Um movimento errado e cairá pelo meio dos galhos letalmente sólidos, quebrando as costelas a cada golpe, até aterrissar igual a uma boneca de pano nos destroços ao pé da árvore.

O tempo se alonga feito um elástico; nunca pareceu tão lento, mas depois que ela termina de manobrar e está sentada com o galho entre as pernas, tudo parece acabar num segundo. Ela expira, com o coração martelando.

Ao arriscar uma olhadela para baixo, Miranda vê AJ jogando a corda principal ao redor de um galho à sua direita. Ele já não está longe. À distância ela avista Carter, com seu buquê de flores, parado ao lado de Jamie. Ao lado do impassível e desleixado Jamie, Carter parece um modelo em seu terno, os óculos brilhando sob a luz.

— Está machucada? — pergunta AJ.

— Não, estou bem! — responde Miranda. — Só me sentindo meio idiota, na verdade.

AJ não comenta nada, grunhindo com esforço ao saltar por uma bifurcação num galho e se agarrar com as coxas, já recolhendo a sobra do cordelete. Ele está quase na altura dela agora, a apenas um galho de distância.

— Vou jogar meu cordelete ao redor do tronco. Não se encolha.

Miranda parece ofendida.

— Eu não vou me encolher.

O cordelete dele vem voando na direção dela, o mosquetão a centímetros da sua cabeça. Ela se encolhe. AJ percebe e abre um sorrisinho. Está sem fôlego por causa da escalada, o peito subindo e descendo com força, mas continua perfeitamente calmo quando se puxa, passa ao redor de Miranda e — tão rápido que ela não tem tempo para entrar em pânico — segura a cintura dela com um dos braços. Em segundos, o arnês dele está afivelado ao dela.

O perigo ainda não passou. Os dois estão pendurados na mesma corda; assim que ela sair desse galho, todo o seu peso puxará AJ para baixo. Ele ficará instável no próprio arnês, precisará encontrar o caminho com dois corpos em vez de um só, e, mais importante, Miranda terá que envolver as pernas e os braços nele. Só pensar em fazer isso a deixa corada de vergonha.

— Você sabe o que fazer. — É tudo o que ele diz, arqueando uma sobrancelha.

Miranda engole em seco. É uma situação de emergência. Um resgate aéreo. Não há absolutamente nada de sexual em se agarrar a AJ, levando em conta que eles estão a quinze metros de altura, usando calças de proteção e ainda correndo o risco de morrer.

Só que... AJ está ofegando e olhando para ela daquele jeito provocativo e implicante dele, e toda a adrenalina deixou seu corpo vibrando. Os braços dele são musculosos e cobertos de arranhões; um longo corte vermelho atravessa a tatuagem de um pássaro voando logo acima do cotovelo. Ela está tão perto que vê os pontos cor de resina nos olhos castanhos dele.

Parece ligeiramente sexual.

— Está bem — diz Miranda, arquejando um pouco mais do que gostaria. — Eu vou... me segurar em você agora.

— Aham — responde AJ com a voz risonha.

— Cale a boca — diz ela, se ajeitando nos braços dele. AJ é robusto e forte e seus braços a seguram com firmeza. — Isso é constrangedor, está bem?

— Se você diz. — AJ se inclina no arnês, se recostando um pouco para trás para que ela possa escalar seu corpo.

Mesmo através da flanela, Miranda sente o calor dele contra o peito ao envolvê-lo com os braços e soltar o peso no arnês, deslizando pelo torso de AJ. Ela vira a cabeça, pressionando a bochecha no peito dele. Um dos braços de AJ está enlaçado ao redor dos ombros dela, enquanto o outro afrouxa a corda para que eles comecem a descer pelos galhos.

Eles não falam durante a descida; os lábios de AJ estão comprimidos com o esforço, e o peito dele sobe e desce na bochecha de Miranda.

Quando finalmente chegam ao chão, eles aterrissam com força, camba- leando em direções opostas nos arneses conectados.

— Obrigada — diz Miranda quando eles se equilibram. Ela engole em seco e ergue o olhar para o dele. — De verdade. Valeu. Você acabou de... bem, salvar minha vida, provavelmente.

AJ sorri ao esticar a mão pelo espaço entre eles para desafivelar os arneses.

— Vai me deixar te levar para tomar um drinque agora? — pergunta.

Miranda ergue as sobrancelhas.

— Meu namorado está logo ali, AJ.

— Mir! — chama Carter bem na hora.

— Fique onde está — ordena AJ para Carter por cima do ombro de Miranda. — Idiota — murmura, segurando o cotovelo dela e guiando-a para longe da árvore.

Rip vem correndo, balançando desastradamente entre os pés deles, cheirando as canelas de AJ.

Miranda franze a testa, soltando o cotovelo da mão dele.

— Eu sei andar sozinha. E ele não é idiota, só não sabe onde pode ficar.

AJ dá de ombros.

— Então tá — diz, erguendo as sobrancelhas. — De nada.

Ela bufa.

— Eu já tinha agradecido.

— Miranda? — chama Carter. — Você está bem?

Ela se vira para ele e, ao vê-lo — com o terno coberto de serragem, cabelo bagunçado, aquele buquê gigante nas mãos —, sente toda a raiva se dissolver. De repente ela se dá conta de como ficou assustada em cima da árvore. Muito assustada, na verdade. Corre para o namorado e se cho- ca com ele, soltando um *uuf* e afundando o rosto na camisa de Carter. As flores balançam em sua visão periférica enquanto ele a abraça.

— Meu Deus, Miranda — diz, apertando-a com força. — Eu sinto mui- to. Eu sinto muito.

* * *

Eles vão até o fim do jardim onde a equipe está trabalhando. Atrás deles há uma casa enorme com janelas salientes e calhas branquíssimas. O jardim é espetacular, mesmo agora, na garoa de fevereiro: os gramados são impecáveis, e os canteiros, cuidadosamente cobertos com casca de madeira. O dono já podou os arbustos de flores de inverno, nota Miranda, satisfeita.

Carter se senta num banco sob um salgueiro, apoiando o buquê nos joelhos e erguendo os olhos para ela. Ele é tão bonito, com cabelo castanho bagunçado e olhos brandos e preocupados por trás dos óculos, que ela leva um momento para lembrar que deveria estar furiosa.

— Você está bem? — pergunta ele baixinho, pegando a mão dela. — Aquilo pareceu bizarramente assustador.

— Estou bem — responde Miranda, por mais que, na verdade, esteja tremendo e sua voz saia meio oscilante, como se estivesse com frio. Mas a admiração com que ele olha para ela do banco vale a mentira.

— Não acredito que você faz coisas assim todo dia. — Carter balança a cabeça.

— Eu não costumo cortar minhas cordas com tanta frequência assim — diz Miranda com um sorriso sarcástico.

Ela agradece por ele não saber o suficiente sobre o trabalho para perceber como aquilo tudo foi constrangedor.

Carter aperta a mão dela, então parece se lembrar das flores no colo e as ergue para Miranda.

— São para você — diz ele, e seus olhos voltam a ficar preocupados; ele pisca rápido demais atrás dos óculos. — Para pedir desculpas.

— O que *aconteceu* ontem? — pergunta ela ao pegar as flores. A adrenalina do incidente no carvalho ainda corre por suas veias, e ela agarra o buquê com força. — Você me deu um bolo!

O rosto de Carter se contorce; ele parece genuinamente angustiado.

— Eu sei. Me sinto péssimo... Não foi minha intenção, Mir, espero que saiba disso; espero que nunca pense que eu faria aquilo de propósito, ou que eu faria *qualquer coisa* para te magoar.

— Não — diz ela depois de pensar por um momento. — Mas *mesmo assim* me magoou.

— É claro. Sem dúvida. E sei que você merece uma explicação e... e eu vou explicar... é só que não consigo totalmente meio que.... mas eu *vou*, e...

Miranda franze a testa. Ela nunca o viu assim, todo emotivo, embolando as palavras. É um pouco desconcertante; Carter sempre parece tão *composto*, e a exasperação na voz dele é tão atípica que, por um breve instante, ela se pergunta se é uma atuação, como se ele estivesse se passando por outra pessoa. Então ele fecha os olhos e Miranda nota como parece cansado, exaurido e moído como se tivesse saído de uma máquina de lavar. Não dá para fingir isso.

— Eu sei que nem sempre sou... tão... aberto. E quero ser mais aberto com você. — Ele ergue o olhar para ela, a voz ávida. — Acho que as coisas estão muito bem entre nós; quer dizer, estavam, antes de eu estragar tudo ontem. E você é muito importante para mim. De verdade, Miranda. É só que eu sou muito, muito ruim com essas coisas de sentimentos. E o que aconteceu ontem foi... foi... Mas eu prometo que vou tentar, e vou explicar, eu vou, é só que...

O pomo de adão oscila quando ele engole em seco. Miranda suaviza; é desconfortável ficar parada ali, assistindo em silêncio. Ela nunca foi de guardar rancor, e qualquer raiva que sentiu ontem parece ter sumido; a única coisa que ela quer agora é que sua relação com Carter volte a ser como era.

Mas ela segura um pouco mais a onda. Sempre soube que Carter é areia demais para o caminhão dela, mas tem consciência de que isso não significa que ela deve ceder o tempo todo; deve ser o contrário, na verdade.

— Você não podia nem ter mandado uma mensagem? — pergunta ela. — Só me respondido?

— Eu devia ter feito isso. Queria ter feito. Mil desculpas. É só que minha cabeça estava... uma loucura, mas isso não é desculpa. Eu sinto muito.

Miranda franze a sobrancelha. É o mistério que a incomoda, mais do que qualquer coisa agora. Mas ele parece tão arrasado que ela sente que não dá para continuar pressionando.

— Você... você pode passar esse fim de semana comigo? — pede ele.

— Sério?

— Não, é claro que você não vai querer, eu acabei de... — Ele engole em seco, limpando serragem das coxas. — Talvez fosse mais fácil conversar com você lá, só isso.

Ela sente lágrimas na mão à qual ele está agarrado.

— Carter! — diz ela, se abaixando para encará-lo. — Carter, está tudo bem. Não chore.

— Meu Deus — responde ele, soltando a mão dela para enxugar os olhos. — Me desculpa. Eu realmente não queria chorar. E agora aquele grandalhão tatuado que te resgatou da árvore também me viu chorando em cima de você — comenta ele, olhando por cima do ombro de Miranda. — Ótimo.

Ela se vira e flagra AJ desviando o olhar de volta para a cerca viva que está podando.

— Ah, ignore ele — diz ela, voltando-se para Carter. — Ele é só um desses caras que gostam de fingir que são intimidadores.

Carter lança um olhar frio para ela.

— Você vai duvidar da minha masculinidade agora, não é?

Ela dá um beijo rápido nos lábios dele.

— Acho você muito másculo, sim, senhor. Não tem nada de errado com um homem chorando.

Carter desvia o olhar ao ouvir isso.

— Mas *tem* algo de errado com um homem que dá um bolo numa mulher num restaurante — diz Miranda, mesmo não tendo nenhuma intenção de brigar. Ela largou as flores na grama e gira um caule de lírio entre os dedos, virando o rosto. — E acho, sim, que mereço uma explicação. Mas entendo que talvez você não queira falar sobre isso aqui.

— Eu provavelmente não deveria ter vindo, não é? — fala ele com pesar, e Miranda ri. — Quer dizer, considerando o que isso causou.

— Você quase me matou *de fato* — confirma ela, então arqueja quando ele segura sua mão.

— Não diga isso — responde ele. — Por favor, não diga isso.

— Estou brincando! — exclama ela. — Você não tinha como saber que não podia me cumprimentar. A culpa não é sua.

— Eu sou um idiota. Um idiota em dobro. Um idiota por não ter aparecido ontem, um idiota por ter aparecido aqui hoje. Me desculpe, Miranda, eu prometo que vou te recompensar.

Ela acredita nele. Não sabe exatamente por quê, mas tudo o que ele fala soa sincero. Ele parece mesmo péssimo com o que aconteceu; com certeza seria difícil fingir a expressão de culpa e angústia no rosto dele.

— Eu ainda estou brava com você — diz ela, para lembrar tanto a si mesma quanto a ele.

— Eu sei. É claro que está. Com todo o direito.

— Mas vou passar o fim de semana com você.

Seus ombros murcham.

— Obrigado. Eu juro que vou te recompensar.

Começa a chover; ela ouve AJ gritar uma instrução para Jamie, a voz ecoando pelo gramado.

— Preciso voltar — diz Miranda em um tom de pesar quando Carter tira os óculos para esfregar os olhos vermelhos.

— É claro, é claro. Posso... — Ele ergue o olhar, pondo os óculos e sorrindo de repente. Um sorrisinho típico de Carter que faz Miranda se sentir imediatamente melhor. — Posso ajudar?

— Ajudar?

— Eu te atrasei hoje! Me deixe ajudar. — Ele começa a tirar o paletó. — É óbvio que não sei escalar árvores, mas tem alguma outra coisa que eu possa fazer?

Miranda não consegue decidir se isso é fofo ou constrangedor.

— De verdade, não precisa...

— Miranda — diz Carter, fixando um olhar muito sério e maduro nela —, estou me sentindo um frouxo. Pode colaborar, por favor?

Ela ri pelo nariz.

— Tudo bem. Você pode trabalhar no solo com Trey, eu acho; Jamie vai agradecer pela mãozinha. Mas vai destruir seu terno. Acho que ninguém nunca fez trabalho braçal de terno.

Carter mexe as sobrancelhas, e ela percebe que ele está se esforçando para se livrar do homem que chorava no banco há apenas alguns minutos, mas está funcionando: ali está o Carter dela, fazendo palhaçada para ela rir, tomando uma atitude, surpreendendo-a. Ela já está relaxando.

— Se trabalho braçal de terno é o caminho para o seu coração, Miranda Rosso, então é o que eu vou fazer. Muito bem. Onde você precisa de mim?

Miranda faz uma careta.

— Se você puder recolher as aparas... embaixo da escada do AJ... — Ela não segura a risada diante da expressão de Carter. — Mas não precisa!

Ele suspira.

— Ninguém disse que pagar penitência era fácil — diz Carter com uma piscadela que quase a distrai da vermelhidão ao redor dos olhos dele.

Então avança em direção a AJ determinado, já arregaçando as mangas para expor seus antebraços bronzeados, o relógio dourado brilhando na luz.

Siobhan

As viagens para Londres são sempre frenéticas. Nos dois anos em que morou ao lado da estação Finchley Road, depois de se formar na escola de teatro, Siobhan fez pelo menos dez amigos para a vida toda, e agora, quando está na cidade, precisa organizar estrategicamente um encontro atrás do outro para matar as saudades como se fossem reuniões de negócios, coordenando localizações — *que tal irmos a Covent Garden em vez disso?* — até que seu dia inteiro seja uma longa conversa profunda. Às vezes ela simplesmente fica num café e espera eles chegarem e irem embora como se fossem candidatos a uma vaga de emprego.

Dessa vez ela fica grata pelo fluxo constante de pessoas. Organizou um evento de Dia dos Namorados num espaço de pilates intitulado *Ame-se primeiro: não espere que ele faça isso por você*, e passou o resto do dia com amigos. Cada vez que ela expunha a mágoa — *ele me deu um bolo, acredita?* —, ficava um pouco mais fácil.

"Não é interessante?", disse sua amiga Kit, mastigando, pensativa, um biscoito de aveia. "Dizem que é difícil sumir hoje em dia, com as redes sociais e tudo, mas tenho certeza de que as pessoas não faziam *ghosting* naquela época, faziam?"

"Ele é um símbolo de tudo que tem de errado com a masculinidade moderna", falou Vikesh para ela, bebendo seu suco verde. "Tipo, que afronta! Que presunção! Por falar nisso, te contei sobre o cara que literalmente saiu andando no meio do boquete?"

"Só tem uma opção", disse Marlena, com um bigodinho de *latte*. "Você vai ter que ir atrás dele para se vingar."

Agora Siobhan está no palco de novo, e, com a ajuda dos amigos, a tristeza do dia anterior já foi repaginada e transformada numa anedota perfeita para a marca dela.

— Sabe o que aconteceu comigo ontem? — pergunta para a plateia, cruzando as pernas e se inclinando para a frente. — Levei um bolo. No Dia dos Namorados.

Um arquejo toma a multidão.

— Pois é. Eu sei. E sabe o que pensei enquanto esperava sentada com meu *latte* frio, me perguntando se ele apareceria ou não? Pensei na vergonha. Podemos conversar um pouco sobre isso? Eu pensei em como estava me sentindo humilhada, e em como todo mundo do café parecia estar com pena de mim, e, droga, não sei vocês, mas eu *odeio* pra cacete que sintam pena de mim.

Muitos acenos de cabeça vindos da plateia.

— Mas por quê? Por que detestamos tanto isso? E se chamássemos o sentimento de *compaixão* e pensássemos: nossa, não é incrível que desconhecidos me olhem e pensem *Tadinha, espero que ela esteja bem*? Porque, na verdade, é isso que *eu* penso se vejo uma mulher que parece ter levado um bolo. Eu não penso *Meu Deus, que patético, que fracassada, ninguém a ama*. Vocês pensam?

Todos negam.

Mesmo que provavelmente tenha um ou outro babaca ali que pense isso, Siobhan acredita de verdade na mensagem dela — de que no fundo as pessoas são boas, gentis e dignas de amor —, mas também acha que tem muita gente que esconde isso bem.

— Então por que deixamos nossa *vergonha* nos fazer pensar o pior das pessoas ao nosso redor? E, veja só, como foi que essa sensação apareceu e disse "A culpa é sua"? Quando, quer dizer, de quem é a culpa de eu ter ficado sentada sozinha naquele café? Minha? Ou dele?

— Dele! — gritam todos, e Siobhan sorri.

— Deixa eu contar o que eu fiz assim que saí daquele café. Eu bloqueei o número daquele cara e apaguei todas as nossas mensagens e sumi da vida dele, porque até parece que eu ia esperar ele sumir primeiro, não é? E vocês já sabem o que eu vou dizer. Se coloquem em primeiro lugar. Não esperem que ele faça isso por vocês.

É o final perfeito; o coração está martelando no ritmo dos aplausos, e Siobhan sente a pele reluzindo, iluminada, vibrando amor-próprio, e pensa: *Esse é o único amor de que eu preciso. O meu.*

Quartos de hotel são surpreendentemente esquecíveis, pelo menos na opinião de Siobhan. Agora que viaja muito a trabalho, ela parou de se lembrar dos quartos individuais e só se lembra de um hotel, cuja roupa de cama às vezes parece um pouco diferente de uma lembrança para a outra.

Fiona ama quando a amiga volta de um hotel. À medida que o sucesso de Siobhan cresceu, o mesmo aconteceu com a qualidade dos produtos gratuitos que ela recebe, e agora não é incomum que ganhe alguns artigos de luxo de cama, mesa e banho quando vai embora.

Agora ela pode comprar itens de qualquer marca que quiser, é claro, mas alguns hábitos são difíceis de perder, e brindes nunca deixaram de ser encantadores.

Ela veste o roupão (medíocre: um pouco duro demais da lavagem, mas grosso de uma forma agradável e longo o bastante para chegar aos tornozelos) e ouve uma batida na porta. Franze a testa; sua mente estava focada nos brindes, e por um segundo absurdo ela pensa: *Talvez tenham me mandado bebidas de presente.*

Mas não são bebidas.

É Joseph Carter.

A palavra que Siobhan usaria para melhor descrevê-lo é *carismático*. Outros poderiam dizer *bonito* primeiro, mas ela suspeita que seja o carisma que contribui para sua beleza. Ele tem feições normais, belos olhos cor de avelã, boa estrutura, mas quando seu rosto é fotografado, não há nada tecnicamente memorável sobre ele. Ainda assim, pessoalmente ele é o tipo de homem que faz todas as cabeças no recinto virarem. Ele é *divertido*; sempre pronto para rir, topa qualquer coisa. Mas o charme nunca parece cínico: por baixo de toda a palhaçada, ele tem uma energia eu-sou-um-cara-legal, uma sinceridade.

Se estivesse num drama adolescente norte-americano, Joseph seria o único jogador de futebol americano que fala com os nerds; se estivesse num filme de desastre, seria o cara que volta para salvar o personagem secundário para o qual ninguém liga. De óculos, ele é sexy e adulto; sem óculos, deixa transparecer o sorrisinho charmoso de menino, deixa seus olhos rápidos e inteligentes te encararem sem desviar.

Quando Siobhan o conheceu, ele estava contando a alguns colegas de trabalho sobre o dia em que foi a uma entrevista de emprego e, em vez de dizer "Adorei te conhecer, muito obrigado", ele disse "Obrigado por te conhecer, te adoro muito".

Todas as pessoas do lugar olhavam para ele. Siobhan o observou por um tempo; ela sempre apreciou pessoas que sabem segurar uma plateia. Ele tem um desses sorrisos que nos fazem sentir a única pessoa do mundo.

Coisas brilhantes atraem Siobhan. Joias caras, lingerie de luxo, homens bonitos com sorrisos perfeitos. Ela sabe que essas coisas são provavelmente boas demais para serem verdade, mas não deixa de querê-las mesmo assim.

E, naquela noite, depois que o roubou da multidão de admiradores, Siobhan descobriu que transar com Joseph era absolutamente maravilhoso. Ele era tão atencioso; aquele mesmo impulso que o permitia se adaptar a qualquer grupo, que o ajudava a manter o interesse da plateia, o tornava um amante excepcional.

Ainda assim, ela se certificou de que fosse só isso, só sexo; sabia que não deveria deixar um homem como Joseph chegar perto do coração dela. Esse jeito sou-um-cara-legal não engana Siobhan: pela sua experiência, homens que parecem tão perfeitos quanto Joseph Carter geralmente se revelam completos babacas quando você os conhece. Ela vinha mantendo as coisas bem casuais, o que foi inteligente de sua parte, porque *olha* o que aconteceu quando aceitou um café da manhã.

— Trouxe óleo de massagem — diz Joseph, com as mãos erguidas em redenção na porta do hotel.

Ele de fato segurava um frasco de... ah, seu favorito de longe, óleo de vetiver e camomila. A libido traidora dela dá uma pontada. Massagens são seu ponto fraco; ela está o tempo todo tensa, e a dor prazerosa de um dedão apertando suas escápulas sempre a deixa letárgica de desejo.

Ela sacode o corpo.

— Vaza — fala, fechando a porta na cara dele.

A porta bate no pé de Joseph.

— Siobhan — chama ele.

Seu tom é bem-humorado, o que aumenta ainda mais a raiva dela.

— Não tem graça nenhuma — retruca ela com rispidez. — Você me deu um bolo.

— Eu me atrasei, Shiv! Desculpa, sei que não é *nem um pouco* aceitável, e te devo um enorme pedido de desculpas, mas... você bloqueou meu número por me atrasar meia hora?

Ela abre a porta de repente; ele pisca com surpresa. Parece meio... desarrumado. Sua camisa e calça sociais estão amassadas e empoeiradas, e seu cabelo — sempre meio bagunçado — está todo arrepiado.

— Foi mais de meia hora — diz ela, apertando o roupão ao redor do corpo. Para um homem que ela publicamente jurou detestar, ele está com uma aparência adorável que a deixa bem distraída. — Como é que eu vou saber se você ao menos chegou a aparecer?

Ele franze a testa e balança a cabeça de leve. Sincero como sempre.

— Por que eu mentiria?

Humm. Ela o observa com mais atenção. Sua curiosidade acaba vencendo.

— O que aconteceu com *você* hoje?

— Ah... — Ele passa a mão pelo cabelo, então tenta ajeitá-lo de novo. — Eu passei o dia indo a todos os seus hotéis favoritos, tentando te encontrar.

Ela estreita os olhos. Seu coração palpitante adoraria acreditar, mas a cabeça dela é sensata demais.

— Certo — diz Siobhan. — Bem, você me encontrou. Oi. Tchau.

Ela começa a fechar a porta de novo, mas Joseph a segura com uma das mãos. Aquele relógio dourado em seu pulso brilha sob as luzes do hotel, atraindo o olhar dela para as linhas firmes do antebraço dele. Siobhan não resiste a um belo antebraço. Abdômen, peitoral... ela se vira sem isso, mas um homem usando um relógio elegante com as mangas da camisa arregaçadas a faz perder a razão.

— Siobhan — fala ele, baixando a voz. — Vai. Por favor. Me dá outra chance.

— Não, foi mal. Eu não trabalho com segundas chances.

Ele segura a mão dela quando ela a ergue para ajeitar o roupão. Siobhan inspira bruscamente ao sentir o toque; os olhos dele brilham com o som.

— Me dá só uma noite — sussurra ele. — Uma noite para eu te fazer mudar de ideia.

Ela não deveria fazer isso de jeito nenhum. Deveria expulsá-lo e encontrar outro cara bom de cama; ela não precisa *especificamente* de Joseph, por mais que ele a atraia de uma maneira desconcertante, por mais que ele faça aquele negócio com a língua que...

— Você pode me expulsar de manhã e eu nunca mais te ligo. Só me dá mais uma chance. — Os olhos dele estão carregados de desejo, e ela ama ver o efeito que causa sobre ele, como apenas um toque o deixa louco.

Ela engole em seco.

— Uma noite — diz, com a voz rouca. — Só isso.

Jane

Quando Jane chega ao trabalho no sábado, Mortimer está pendurado pelas mãos a uma viga do teto e com um espanador de penas entre os dentes.

— Ah, olá, Jane querida — diz ele, a voz abafada, chutando o ar com seus sapatos sociais convencionais. — Será que você poderia fazer a gentileza de me passar aquele banco?

Jane leva um momento para reagir; não é que não esteja acostumada a acontecimentos estranhos no brechó, mas ela ainda não tomou seu café, e sonhava acordada ao entrar.

— Ah, Mort, o que você...

Jane se apressa para ajeitar o banco caído embaixo dele, que apoia os pés com um suspiro de alívio.

— Você não deveria subir nisso — diz Jane ao ajudá-lo a descer. — Eu posso limpar lá em cima.

— Não gosto de pedir essas coisas a você, querida — responde Mortimer, limpando as lapelas e ajeitando o cabelo grisalho para trás.

— Eu não sou da realeza, Mort — diz Jane.

— Não, mas você é um anjo — afirma ele, marchando para a cozinha. — E não vou deixar que faça faxina, não se puder evitar.

— Eu certamente não sou um anjo — fala Jane, surpresa, mas Mort já está longe demais para ouvir.

A máquina de café zumbe na cozinha. É um presente recente do companheiro de Mortimer, Colin, que acabou de se aposentar de uma vida de serviço no Ministério das Relações Exteriores. Ele começara a ajudar no brechó uma vez por semana, e quando viu o café instantâneo que Mortimer entregava a Jane toda manhã se declarou *indescritivelmente horrorizado* e comprou uma máquina decente para eles. Quando Mortimer tentou vendê-la no brechó, Colin deu uma bronca tão alta nele que Jane teve que se esconder atrás da arara de roupas vintage para que não a ouvissem rindo.

Há quatro novas sacolas de doação hoje: uma cheia de panelas e frigideiras, duas cheias de eletrônicos inúteis que eles nunca vão conseguir vender e uma lotada de roupas.

As mãos de Jane param numa bela blusa de seda; ela a inclina contra a luz, procurando manchas. Sacolas de doação sempre têm uma história: crianças crescendo, adolescentes saindo de casa, mulheres declarando que nunca mais vão vestir trinta e oito e não estão nem aí. Quando Jane se mudou de Londres para Winchester, ela levou quase todas as suas roupas para um brechó beneficente; vai saber o que os voluntários fizeram com tantos terninhos cinza e saias-lápis que apareceram na porta deles.

O celular dela vibra no bolso; ela verifica a tela e morde o lábio. *Pai ligando.* Ela perdeu as últimas três ligações dele; precisa atender essa.

— Oi, pai — diz, enquanto se certifica de que Mortimer continua na cozinha. — Como você está?

— Janey — responde ele. Parece aliviado, e o estômago de Jane dá um nó; ela demorou demais, ele está preocupado. — Tudo igual por aqui. Como você está?

— Bem, ótima. — Ela tenta reunir a energia necessária para essa conversa. — Mas estou no trabalho agora.

— Em um sábado?

Jane se encolhe.

— Eles exigem demais de você nesse lugar — continua ele.

Ela ouve o rangido do encosto da poltrona quando ele se recosta, e é como se ela estivesse lá na salinha de estar deles, com o tapete estampado e as lâmpadas quentes empoeiradas, o cheiro sufocante de lavanda dos buquês que a vizinha Judy sempre deixava quando procurava uma desculpa para checar como eles estavam.

Há uma pausa. Ela o visualiza afundando na poltrona, o pé pairando no ar antes de continuar seu eterno batuque.

— Tem certeza de que ainda está se divertindo em Londres, meu amor? Sabe, se quiser voltar para casa, tem um trabalho te esperando na lavanderia. É só pedir.

Ela tapa os olhos com a mão por um momento, angustiada, indignada consigo mesma, fazendo todo o esforço possível para tranquilizá-lo. A essa altura, ela já deveria ter aperfeiçoado a arte de mentir, mas as mentiras ficam cada vez mais difíceis; elas entalam na garganta como algo rançoso e seco.

— Não, não, sério, está tudo ótimo, pai. Vou a um pub hoje com algumas das outras meninas do meu setor. Um lugar novo legal em Clapham.

Mortimer voltou com o café; o rosto de Jane cora quando ele coloca a caneca silenciosamente ao lado dela. Ele deve ter ouvido a mentira.

— Que bom, fico feliz — comenta o pai de Jane, e parece ter funcionado; ele parece mais tranquilo.

— Preciso ir, pai, mas te ligo logo. Talvez uma chamada de vídeo.

— Seria maravilhoso. Estamos todos muito orgulhosos de você aqui em Mortley, espero que saiba disso. Eu estava falando com Katie agora mesmo em Morrisons, e ela me disse que você é uma verdadeira inspiração para o filho dela; ele vai tentar entrar para a universidade esse ano.

A ideia de ser uma inspiração para qualquer um é genuinamente dolorosa.

— Que legal — diz Jane, com a voz um pouco embargada. — É melhor eu ir, pai... depois a gente se fala.

— Se cuida. Tchau, tchau.

Jane larga o celular e ergue a caneca de café até o nariz. Só pelo cheiro, ela percebe que Mortimer se lembrou de usar leite integral. Sente uma pontada de afeto por esse homem, com seu terno marrom e sua meticulosidade, então uma pontada de tristeza ao se perguntar o que ele deve pensar dela agora, depois de ouvi-la mentir.

— Era o meu pai — começa Jane, arriscando uma olhadela para Mortimer. — Eu só... não gosto de deixá-lo preocupado. Por isso falei aquelas coisas. Sobre Londres. Ele se preocupa muito, e eu não... Não é...

Mortimer a encara com uma compaixão inesperada, e ela olha para o café em suas mãos para não fazer contato visual com ele.

— Sem julgamentos por aqui, querida. A mãe de Colin ainda acha que eu sou uma senhora chamada Bluebell. Às vezes só conseguimos contar certas verdades quando estamos prontos.

Jane ergue o olhar para ele com surpresa.

— Bluebell? — repete ela depois de um momento.

Mortimer sorri, enrugando os olhos.

— Uma piada interna. Mas sim. Bluebell tem uma doença e não pode sair de casa, o que explica a ausência de viagens para visitar a mãe de Colin em Edimburgo. A mãe dele tem noventa e cinco anos, então não pode vir aqui.

— Ah... — Jane franze o rosto de leve. — Você fica chateado? Em saber que Colin mente sobre você?

A pergunta escapa; é pessoal demais, ela não deveria fazê-la, mas Mortimer responde antes que ela possa voltar atrás.

— Fico, mas ele fica mais por não conseguir contar a verdade. Mas acho que ele vai chegar lá. Com um pouco mais de tempo — diz num tom tranquilo.

Se a mãe de Colin está com noventa e cinco anos, acho que ela não tem muito mais tempo, pensa Jane, mas esse provavelmente é um pensamento que já passou pela cabeça de Mortimer, e ela consegue segurar a língua antes de dizê-lo em voz alta.

— Obrigada — fala ela em vez disso. — Por não me julgar. É muita gentileza sua.

Ela larga o café e mexe distraída nas bolsas de doação: um cabo USB, uma chaleira, um gorrinho de lã.

Mortimer conhece Jane há um tempo, e agora sabe duas de suas mentiras. Mas ele não diz mais nada, e quando ela levanta o rosto, nervosa, fica surpresa ao ver que ele ainda exibe seu sorriso bondoso.

O sino da porta toca e uma mulher ruiva de meia-idade entra na loja, vestindo o que parece ser um pijama de flanela. Está segurando um guarda-chuva e leva um tempo para forçá-lo a se fechar; um dos aros está quebrado, curvado para dentro feito uma perna de aranha. Ela xinga com violência. Jane pisca. A mulher tem sotaque da Cornualha, ombros largos e pés virados para fora; parece totalmente alheia à presença de Mortimer e Jane, que assistem à dificuldade dela com o guarda-chuva de lados extremos do balcão.

— Posso ajudar? — pergunta Jane em certo momento.

Os palavrões da mulher se agravam cada vez mais, e Mortimer fica boquiaberto de choque. Mulheres provavelmente não falavam *caralho* na época dele.

— Não se preocupe — responde a mulher depois de um tempo. — Não há mais esperanças para mim e meu guarda-chuva.

Quando o guarda-chuva enfim cede e se fecha, a mulher bufa e ergue o olhar para eles com um sorriso alegre.

— Vocês têm roupas? — pergunta ela. — Tamanho quarenta e quatro?

— Claro — diz Jane, reagindo primeiro.

Não é incomum que as pessoas apareçam no brechó beneficente depois de um desastre com a própria roupa: café derramado numa lapela, meia-calça desfiada, calça jeans rasgada em lugares infelizes. Mas uma mulher de pijama em busca de um traje completo é novidade.

— O objetivo é parecer o tipo de mulher que não se tranca para fora do próprio apartamento de pijama antes do primeiro dia de trabalho decorando uma mansão gigante para um novo cliente — diz a senhora ruiva, seguindo Jane pela seção de roupas femininas.

Jane se encolhe com compaixão.

— Ah, sinto muito. Quanto tempo você tem?

A mulher confere o relógio.

— Mais ou menos uma hora. Sem pressa, exceto pelo fato de que estou achando um pouco peculiar andar por aí sem calcinha por baixo disso — diz ela, gesticulando para a calça do pijama de flanela.

Jane ri.

— Não deixe Mortimer te ouvir falando calcinha — comenta ela, baixando a voz e olhando de relance para o balcão. — Ele chama todas as roupas de baixo que recebemos de *inomináveis*.

A mulher cai numa gargalhada tão alta que Jane literalmente pula de susto.

— Desculpa, eu herdei do meu pai — diz ela. — A risada. Terrível, não é?

— Nem um pouco — responde Jane, e ela está falando sério; a risada é charmosa, do tipo que deixa você à vontade consigo mesmo por tabela. — Eu é que estou meio assustada.

A mulher inclina a cabeça para o lado.

— Manhã ruim?

— Não tanto quanto a sua — diz Jane. A frase escapa, e ela se encolhe, esperando que a mulher se ofenda, mas é recompensada por outra gargalhada.

— Isso é bem verdade. Eu me chamo Aggie, por sinal — declara a mulher, estendendo a mão.

— Jane.

Elas trocam um aperto de mão; Jane se surpreende com o leve absurdo de um cumprimento tão formal enquanto Aggie está de pijama com estampa de ovelhas.

— O que acha de um vestido transpassado? — pergunta Jane, afastando um monte de vestidos para mostrar um azul-escuro na altura dos joelhos com uma faixa na cintura.

— Uuh, é até mais bonito do que os que eu teria no guarda-roupa! — exclama Aggie, recuando um passo para admirá-lo. Então franze a testa. — Mas eu não tenho como pagar, não carrego dinheiro no pijama.

— Não se preocupe — diz Jane. — Vamos deixar anotado e você passa amanhã para pagar. Deixe-me só buscar uma inominável para você...

Aggie sai transformada da loja; Jane está bem orgulhosa do seu trabalho. Elas encontram até uma bolsa de mão grande o bastante para caber o pijama dela.

A chuva cai lá fora, forte e interminável; a vista da rua é sempre distorcida pelo vidro antigo das janelas do brechó, mas com as gotas de chuva escorrendo pelos painéis, a cena parece uma pintura. Jane olha para fora por um tempo, perdida em pensamentos. Aggie era legal. Não deixou Jane com a sensação de estar passando vergonha, mesmo quando Jane deixou escapar um comentário muito direto. Jane conseguiu relaxar na companhia de Aggie. Foi... muito agradável, na verdade.

Então a porta do brechó se abre com força e Joseph Carter cambaleia para dentro, com o casaco pingando. Ele se apoia na estante de livros mais próxima, mãos brancas de frio.

Então, de uma hora para a outra, Jane se lembra.

Um homem cambaleando para dentro da sala do chefe dela num acesso de raiva. Joseph.

A gritaria, a porta batida. *Sua culpa. Um acidente.* Mais palavras do tipo, cujo sentido se perdia ao chegar ao outro lado da parede. Então ele saiu cambaleando de novo, rosto contorcido. A mão de nós de dedos brancos agarrando o batente.

Ele *tinha* trabalhado na empresa antiga dela. Os caminhos deles já haviam se cruzado na época em que Jane era uma pessoa totalmente diferente.

— Está meio chuvoso lá fora — diz Joseph, se sacudindo com um sorriso pesaroso. — Desculpe. Fiz uma poça no chão.

— Vou buscar o rodo — anuncia Mortimer, saindo depressa.

— Oi — cumprimenta Joseph, sorrindo para Jane, que está paralisada. — Alguma chance de vocês venderem guarda-chuvas?

Pergunte a ele, pensa ela. *Fale que se lembra dele, que vocês dois já se conheciam. Pergunte a ele o que houve naquele dia, quando entrou no escritório com tanta raiva.*

— Humm — diz ela, se virando para o cesto de vime onde ficavam os guarda-chuvas.

Só sobraram três: um da Peppa Pig, um com formato de coração e um estampado com as palavras *Deixa que eu te guardo!*

— Pode escolher — fala Jane depois de um momento.

Joseph abre um sorriso entretido ao seguir o olhar dela. Os ombros do casaco dele se encharcaram, o cabelo foi penteado para trás e ele está mais lindo do que nunca, com seus ombros largos e bochechas rosadas e molhado de chuva.

Jane tem um motivo para não mencionar o passado. Ela e Joseph chegaram até ali sem falar da época dela em Londres, e ele claramente não a reconheceu; por que cutucar esse ninho de vespa? E se ele não quiser nada com Jane depois de descobrir quem ela é? Por mais que tenha jurado que manteria distância, por mais que tenha prometido ignorar o frio na barriga que a invadiu quando ele beijou sua bochecha, ela não suporta a ideia de perdê-lo agora.

Isso vai dar problema, pensa ela com desânimo enquanto Joseph abre o guarda-chuva em formato de coração e cai na gargalhada. *É exatamente por isso que eu deveria me ater a plantas e gatos.*

Miranda

— Não pense demais — diz Adele, como se não tivesse passado a última hora descrevendo todos os piores cenários possíveis para Miranda. — Só espere para ver o que ele diz.

Elas estão na estação Waterloo; Miranda achou que seria agradável ir fazer compras com as irmãs em Long Acre antes de pegar o trem até Winchester para passar o fim de semana com Carter, mas o passeio com as meninas não deu uma levantada na confiança como ela esperava.

Adele e Frannie estão *loucas* para saber exatamente o que houve no Dia dos Namorados. As duas acabaram de completar dezoito anos; são gêmeas bivitelinas, por mais que ambas tenham os mesmos olhos castanhos redondos e uma tendência a tratar Miranda como a irmã idosa e muito constrangedora. E, desde ontem, as duas moram no apartamento dela.

Adele vinha importunando Miranda havia meses; as gêmeas estavam desesperadas para sair da casa dos pais e começar a vida adulta, mas nenhuma das duas conseguiu arrumar um emprego até o momento. Quando a antiga colega de apartamento de Miranda se mudou, ficou cada vez mais difícil arrumar desculpas para não aceitá-las no quarto extra, e depois da sua noite relativamente trágica de Dia dos Namorados, ela enfim cedeu.

Mas ela nunca deveria ter lhes contado o que aconteceu com Carter. É *bem* o tipo de fofoca que elas amam. Enquanto Miranda experimenta calças jeans na H&M, Adele e Frannie especulam alegremente as verdades secretas que Carter pode revelar nesse fim de semana: uma segunda namorada, uma ficha criminal, um harém de mulheres morando no só-tão dele.

— Eu só estou animada para ficar na casa dele — diz Miranda com firmeza, tentando manter a atitude com a qual acordou de manhã.

Ela só esteve no apartamento de Carter em Winchester algumas ve-zes. Eles quase sempre se encontram na casa dela em Erstead, por mais que a "casa dela" seja um apartamento minúsculo em cima de uma loja de tapete cuja persiana do quarto só desce até metade da janela.

— Vai ver ele precisou enterrar um corpo no Dia dos Namorados — sugere Adele quando elas entram na estação Waterloo. — Isso explicaria por que ele não quer falar por mensagem.

— Sim — concorda Miranda com seu último resquício de paciência —, vai ser isso mesmo. Valeu, Adele.

— Só o que eu vou dizer — continua Adele, depois de já ter dito apro-ximadamente cem coisas — é que ele é muito charmoso. Esse costuma ser um sinal certeiro de um psicopata.

— *Carter?* — diz Frannie, olhando para Adele com espanto. — O na-morado da Miranda? Um psicopata?

Adele fica meio envergonhada.

— Tudo bem, talvez eu esteja indo um pouco longe demais.

— Você *gosta* do Carter!

— Eu gosto, eu gosto — confirma Adele. Ela brinca com o elástico de cabelo neon em seu coque. — Eu lembro.

— Tenho certeza de que tem alguma explicação muito sem graça e razoável para tudo — fala Miranda com firmeza quando a plataforma dela se acende no painel de partidas. — Carter não é o tipo de cara que tem segredos obscuros. Ele é muito...

— Certinho? O típico norte-americano? — sugere Adele.

— Ele é de Hampshire — informa Miranda, tentando não parecer exasperada.

— Você entendeu! — diz Adele.

Ela está de sombra azul-elétrica e calça de couro brilhante hoje; tudo muito Spice Girls e *muito* Adele. Ao lado dela, Frannie parece mais apagada, mesmo estando bem colorida também: hoje está de macacão vermelho-vivo.

— Ele *de fato* tem o estilo arrumadinho de cara legal — observa Frannie. — Tipo um Capitão América moreno.

— Vou entrar no meu trem agora — diz Miranda, se aproximando para abraçá-las. — Por favor, controlem a imaginação enquanto eu estiver fora.

— Lembra que todo mundo achava o Ted Bundy superfofo! — grita Adele do outro lado da estação, fazendo várias pessoas virarem a cabeça. — Ninguém nunca suspeita dos bonzinhos!

Carter está esperando na plataforma quando Miranda chega em Winchester. Por um momento, os olhos dela passam direto por ele, que está sem óculos, usando um suéter de lã, calça jeans, botas e um casaco aberto que ela nunca viu. Está tão acostumada a recebê-lo em casa com o terno de trabalho que o estranha, como se estivesse conhecendo um Joseph Carter diferente, seu dublê que usa calça jeans.

Ele abre um sorriso de orelha a orelha quando a vê, e ela não se contém e faz o mesmo. O sorriso de Carter é contagioso, como se não fosse apenas um sinal de como ele está se sentindo, mas uma deixa para todo mundo ao redor.

— Olá — diz ele ao se aproximar. — Você está linda.

Ele a beija timidamente na boca, de um jeito meio não-sei-bem-se-tenho-permissão-para-te-beijar; Miranda resiste ao impulso de prolongar aquilo e puxá-lo para mais perto. Ela pode até não achar que ele é um *serial killer*, mas continua com o pé atrás.

Ao saírem da estação, Miranda vira à esquerda para o estacionamento, como fez todas as vezes em que veio visitar Carter. O asfalto brilha com a chuva recente, e o casaco de Carter está úmido no braço dela, mas o céu clareou para um lindo tom de papel de seda azul.

— Ah, não — diz ele, estendendo a mão para tocar o braço dela. — Eu me mudei.

Ela hesita no meio do passo.

— Você se mudou? Quando?

Ele parece desconfortável.

— Voltei para a casa da minha mãe — explica, acenando com a cabeça na outra direção, para o centro da cidade. — Semana passada.

Agora estamos chegando a algum lugar, pensa Miranda, e seu estômago embrulha. O histórico familiar de Carter é meio misterioso para ela; ele já mencionou que o pai foi ausente durante a infância, e ela sabe que ele não tem irmãos, mas Carter nunca falou muito sobre a mãe.

— Está bom — diz ela. — Vai na frente.

A casa não fica longe da estação. É de tijolos cinza-claro, com um telhado pontudo e um arco gótico acima de uma porta preta. Grandiosa, mas não particularmente grande. Parece meio deslocada entre as casas vizinhas, todas novas; do outro lado da rua tem uma academia e uma agência funerária, e, por mais que não queira, Miranda pensa de novo na teoria de Adele sobre ele enterrar corpos e se encolhe.

— Olha, é melhor... — Carter faz uma pausa enquanto eles sobem os degraus íngremes de concreto até a porta. Tem um jardinzinho de ambos os lados: lavandas precisando de poda e uma hidrângea pequena. — É melhor eu te preparar.

Miranda engole em seco.

— Está bem...? — diz ela.

— Você está prestes a conhecer minha mãe — continua Carter. — E talvez seja meio que... um choque.

O cérebro de Miranda começa a girar. Um choque *como*? Será que a mãe dele é famosa? Ou é algo trágico... será que ela foi terrivelmente ferida pelo que quer que tenha acontecido no Dia dos Namorados?

— Ela não está muito bem — diz Carter, e o coração de Miranda derrete.

— Ah, Carter, eu sinto muito — responde ela, buscando o braço dele. Ele vira o rosto.

— Tudo bem. — Sua voz falha um pouco.

É angustiante ver Carter emotivo de novo. Ele costuma ser tão positivo; nada o irrita, nem furadores de fila, nem pessoas que riem com *kkk*, nem mesmo Adele. Eles estão em território desconhecido: Miranda nunca precisou cuidar dele, e sente uma pontada de ansiedade.

— O que ela... O que é? — pergunta Miranda. Ela sente imediatamente que a pergunta foi insensível.

Atrás deles, o tráfego passa, e um ônibus para no ponto próximo. Duas adolescentes os encaram ao descerem do ônibus.

— Vamos entrar, Carter — diz Miranda, ainda com a mão no braço dele. Ela não vê seu rosto, mas os tendões do pescoço estão saltados como cordas. — Carter?

— Ok — diz ele, por fim se mexendo.

Ele abaixa a cabeça ao procurar as chaves de casa nos bolsos do casaco. Quando finalmente olha para ela, não há sinal de que estava chateado, e abre o sorriso caloroso e tranquilizador de sempre antes de destrancar a porta.

O corredor está escuro. Uma correspondência desliza sob o pé de Miranda; um envelope branco endereçado à *Sra. Mary Carter*. Ela se abaixa para pegá-lo e, quando se levanta, há uma mulher parada na sua frente.

Miranda arqueja e leva a mão com o envelope ao pescoço; sente o papel cortar seu queixo.

A mulher deve ter uns setenta anos e usa um vestido comprido e largo meio anos 1920: mangas três-quartos, miçangas pretas na gola. Ela é muito pálida e magra. Seus olhos são cor de avelã, como os de Carter, e o cabelo é bem branco. Todos ficam quietos por muito tempo, até que Mary Carter parece voltar à vida.

— Queridos! — exclama ela, abrindo um sorriso que torna o parentesco com Carter inegável. É um sorriso de anfitrião perfeito. — Sejam bem-vindos! — Ela beija o filho na bochecha, e Miranda a ouve perguntar baixinho no ouvido dele: — Qual é essa, Joseph?

— Essa é Miranda — responde Carter.

— Miranda! — exclama Mary. — Ah, que fofo, um nome Shakespeariano. Entre, querida, vamos servir o chá da tarde na sala de estar.

Miranda segue Carter pela casa. *Qual é essa?* Ela franze a testa; o que significa *isso*?

Hesitante, ela deixa o envelope numa mesa lateral enquanto segue para o sofá da sala. O cômodo é totalmente diferente do que ela pensou ao ouvir Mary dizer "servir o chá"; imaginou tapetes grandes estampados e papel de parede, talvez com uma lareira aberta. Pomposo o suficiente para pessoas que *servem chá*. Em vez disso, é bolorento e antiquado. Os sofás têm sainhas bege para esconder os pés, e Miranda inala o cheiro da poeira quente na tela da televisão de tubo antiga. Está passando, em volume alto, algum programa infantil, no qual dois apresentadores sorridentes vestidos de amarelo dançam por um campo de flores da mesma cor.

— Sentem-se, os dois — diz Mary, passando por eles para ajeitar uma almofada no sofá. Ela não presta nenhuma atenção à televisão. — Hoje está frio demais, não está?

A sala está sufocantemente quente; aquele calor abafado e seco formado depois de muitos meses de radiador ligado e nenhuma janela aberta.

— Você comeu? A Ania veio? — pergunta Carter enquanto a mãe se senta na poltrona de frente para o sofá, de costas para a televisão.

Os olhos de Mary Carter disparam para Miranda, então para o filho. Suas mãos começam a se agitar no colo, um dedão alisando o outro.

— Eu vou lá conferir e fazer um chá para nós — anuncia Carter depois de um momento, quando a mãe não responde. — Miranda? Pode me dar uma mãozinha?

Miranda se levanta num pulo. O ímpeto de sair do cômodo é quase avassalador. Ela não tem certeza do que está acontecendo, mas sabe que está fora da sua zona de conforto; isso é coisa de adulto, o tipo de situação em que a mãe dela saberia bem o que fazer, e Miranda se sente terrivelmente jovem. Ela quer tanto fazer parte da vida de Carter, mas, agora que está aqui, se assusta um pouco com o que encontrará. Culpa de Adele com todo aquele papo sobre segredos obscuros.

— Desculpe — diz Carter assim que eles saem da sala. Ele está visivelmente controlado agora, e aperta a mão dela de maneira reconfortante. — É... é a demência. Ela piorou bastante essa semana.

Demência. O avô de Miranda por parte de pai teve a mesma coisa antes de morrer; seu coração aperta por Carter ao se lembrar de quão rápido o *nonno* dela deixou de reconhecê-la quando ela ia visitá-lo.

— Sinto muito, Carter — fala ela enquanto eles atravessam a cozinha.

É apertada, mas tem o pé-direito alto e uma janela comprida que deixa entrar um feixe de sol invernal. O sol ilumina uma camada de sujeira nas superfícies e no chão de linóleo. Miranda sente uma vontade instantânea de limpar; a necessidade a domina como uma fome ou sede. Ela se sentiria muito melhor se pudesse *fazer* alguma coisa agora, esfregar as bocas do fogão ou passar pano nos armários. Em vez disso, direciona sua atenção para a chaleira, um objeto sujo de plástico que parece combinar mais com o apartamento dela do que com a casa da Sra. Mary Carter.

— Desculpe. Ainda não consegui fazer uma faxina. Com o processo de me mudar e organizar as contas bancárias da minha mãe... Aí passei o dia fora hoje tentando arrumar um sistema de segurança para ela, um botão de emergência e uma fechadura de banheiro que não permita que ela se tranque lá dentro, e eu deveria ter faxinado antes de você chegar. Mas... eu queria ser, sabe, transparente com você. — Carter abre as mãos. — Seja bem-vinda à minha bagunça — diz ele timidamente, abaixando a cabeça, seus olhos buscando os dela.

Miranda não sabe o que dizer por um momento.

— Está decepcionada comigo? — pergunta Carter, olhando ao redor como se visse o lugar pelos olhos dela.

— Decepcionada com você? — Miranda franze a testa, frustrada consigo mesma. — Não! Não, meu Deus, pelo contrário. É incrível que você esteja fazendo isso tudo. Eu só estou preocupada com você; é muita coisa para cuidar sozinho.

— Eu tenho uma tia em Braishfield, não é muito longe daqui. Ela tem ajudado muito. E contratei uma empresa de cuidadores — explica Carter, passando a mão no cabelo. — Eles deveriam mandar uma mulher chamada Ania duas vezes por dia para cozinhar para minha mãe, mas ela diz que sempre vem alguém diferente, e ontem expulsou quem quer que fosse porque pensou que a pessoa estivesse roubando os sachês de chá dela.

Miranda está de costas para a chaleira; sua mão paira sobre a caixa aberta de sachês de chá quando ele diz isso, e ela pensa por um momento que é melhor não tocar neles, então afasta o pensamento e pega três. Abre os armários na altura da cabeça dela à procura de canecas e encontra uma quantidade imensa de louças de porcelana que parecem muito sofisticadas, com bordas douradas e estampas floridas.

— E você está morando aqui com ela agora? — pergunta Miranda, enquanto procura canecas normais e não encontra nenhuma.

Ela escolhe três louças rugosas delicadas e dá uma olhadela em Carter, esperando que ele peça para ela guardá-las de volta, mas ele nem pisca.

— Pareceu a única solução — diz Carter, abrindo a geladeira. — Como eu vou saber se ela almoçou?

— Olhe a lixeira — sugere Miranda. — E... — Ela se inclina para a frente. — Tem um prato suja na pia.

Carter não se mexe, então ela confere a lixeira para ele. Enquanto abre a tampa suja, imagina que é a mãe dela que não lembra se almoçou ou não, e o pensamento é doloroso demais para suportar sequer por um instante; ela o afasta antes que sua imaginação prossiga. Não há por que pensar nisso. É melhor ser útil.

— Tem migalhas, parecem recentes — diz Miranda. — Acho que ela comeu um sanduíche. Talvez de queijo com picles?

— Obrigado — diz Carter baixinho, fechando a geladeira.

Miranda se vira, mas ele não está olhando para ela, está encarando a porta da geladeira fechada. Ela se aproxima e fala:

— Sinto muito que você tenha lidado com tudo isso sozinho na semana passada.

Ele vira o rosto, e ali estão os tendões do pescoço de novo, tensos de emoção.

— Obrigada por ser transparente. Obrigada por me trazer aqui — continua ela.

Miranda não sabe se essa é a coisa certa a dizer — parece grosseiro, talvez —, mas ele a puxa para um abraço esmagador, então ela conclui que agiu bem.

— Miranda, eu... Tem...

Ela espera, só que ele não diz mais nada, só a abraça.

— Eu entendo — responde ela, hesitante. — Mas, da próxima vez, você não pode me deixar esperando num restaurante sem a menor ideia do que está acontecendo na sua vida.

Ele a abraça com muita força. Ela se aconchega mais, inalando o cheiro invernal em seu agasalho: ar frio, fumaça.

— Sei que isso tudo é meio pesado — fala Carter, com a voz embargada —, mas prometo que ainda vamos ter um fim de semana divertido. Assim que minha mãe estiver acomodada, eu vou te levar para jantar, está bem? Sei que ainda tenho muito para te recompensar.

— Joseph? — chama Mary da sala. A voz dela se eleva. — Joseph, cadê ela?

Carter solta Miranda e recua um passo.

— Estou indo, mãe. Miranda está aqui comigo.

Miranda vira as costas para os sachês de chá dentro das xícaras chiques e se ocupa procurando uma colher de chá enquanto Carter vai até a mãe.

— Ela, não — diz Mary. — Ela, não. Onde está a mocinha simpática com quem você anda saindo em Londres?

— Mãe, sente-se — pede Carter com calma. — Miranda já está vindo com o chá.

— Não me manda sentar. — A voz de Mary é estridente e assustada.

Miranda leva as duas primeiras xícaras para a sala. A televisão está nas alturas — com alguma canção de ninar —, e ela está com muito calor no suéter de gola rulê. Mary está de pé ao lado da janela, e Carter, no sofá, com os ombros curvados para a frente.

— Ah, olá, querida — diz Mary com alívio, se virando para olhar Miranda. Ela se aproxima, estendendo a mão para a xícara de chá. — Você deve ser a Siobhan.

Carter se levanta de repente, parando ao lado de Miranda.

— É *Miranda*, mãe — corrige ele, com um tom nervoso. — Desculpe. Ela está confusa — acrescenta para Miranda em voz baixa.

— Tudo bem — responde Miranda, sorrindo para ambos. — Vou buscar o outro chá.

— Eu falei alguma coisa errada? — pergunta Mary enquanto Miranda sai da sala. — Joseph, querido? Eu falei alguma coisa errada?

Siobhan

— Você transou com ele, não foi? — pergunta Fiona assim que Siobhan entra no apartamento.

Fiona fez o chá quando o táxi de Siobhan estava a três minutos de distância. As duas têm acesso permanente à localização do celular uma da outra, algo que adotaram inicialmente como medida de segurança, mas na realidade é usado para adiantar pedidos de bebidas e bisbilhotar como estão indo os encontros.

— Sim, eu transei com ele — confirma Siobhan, suspirando e se jogando numa cadeira à mesa da cozinha. — E estou furiosa comigo mesma desde que ele saiu do quarto de hotel. Mas, quando aquele homem está na minha frente, eu não consigo pensar direito.

— Como ficaram as coisas entre vocês? — pergunta Fiona ao entregar o chá para Siobhan.

Siobhan se lembra da manhã; enroscados nos lençóis juntos, o cabelo dele bagunçado de sono, a insistência dele para sair e comprar café para os dois na cafeteria da rua. *Não se mexe*, disse da porta. *Eu ainda tenho muito para te recompensar.*

— Ah, você está sorrindo — diz Fiona, olhando de relance por cima do ombro da amiga enquanto limpa as superfícies. — Então posso concluir que ele foi perdoado?

— Não! Não. Eu não deveria ter transado com ele, obviamente.

— Você disse que não iria. Várias vezes — responde Fiona com um tom leve. — Promessas foram feitas, se não me engano.

Siobhan apoia a cabeça nas mãos.

— Não me chute quando eu já estou no chão, Fi, meu ego não aguenta.

Fiona ri, se acomodando de frente para ela com o chá.

— Está bem, está bem. Então foi a última vez, é isso?

— Com certeza. A última das últimas. Nunca mais vou transar com ele.

É uma mentira tão descarada que Fiona nem comenta. Ela se recosta na cadeira e esfrega os olhos. *Ela está cansada*, pensa Siobhan, franzindo a testa. Fiona é muito bonita, pele escura, olhos grandes e cílios compridos e adoráveis, mas há vestígios levíssimos de rugas nas laterais de sua boca, e uma mais profunda está definitivamente se formando entre as sobrancelhas. Ela tem um teste de elenco depois de amanhã, e é importante que pareça revigorada e bem-disposta; ela vai competir contra novinhas bonitinhas que acabaram de se formar na escola de teatro.

Que alívio descobrir que Fiona precisa de alguém que cuide dela.

— Mas chega de falar sobre aquele cara. Vamos fazer máscaras faciais — diz Siobhan com empolgação. — Isso vai me animar.

Na manhã seguinte, Siobhan tem três sessões virtuais agendadas com funcionários do seu maior cliente corporativo. A marca dela começou como um negócio de *life coaching*, e isso ainda é o cerne da coisa. Mas, depois que Cillian foi embora — e de toda a tristeza que veio em seguida —, Siobhan passou a se dedicar de corpo e alma ao trabalho. A cada novo sucesso, se sentia mais segura do que nunca de que essa empolgação era exatamente do que ela precisava, então se esforçou mais, fez mais. Ela incorporou a verdade que vendia aos clientes: se quiser alguma coisa com vontade o bastante, se você se dedicar totalmente a esse objetivo, terá o mundo em suas mãos.

Os acessos ao seu blog aumentaram; seu Instagram cresceu. Siobhan se tornou mais do que uma *life coach*; ela se tornou uma inspiração, em especial para mulheres jovens. Chegaram convites para ações com influenciadoras, uma coluna num blog feminino popular, uma participação num programa de rádio local. Agora Siobhan e seu agente decidiram pelo termo "Empoderadora" como seu cargo, por mais que ela saiba que é um pouco ridículo e, quando está bêbada, se chame de "Imperadora" em vez disso.

O negócio cresceu tão rápido que chega a ser assustador. Seu crescimento súbito sem dúvida demonstra que ela poderia cair depressa, e Siobhan sente constantemente como se houvesse areia escapando por entre seus dedos enquanto ela corre, como se o chão estivesse esperando para fazê-la tropeçar.

As sessões virtuais são sua rede de segurança. Enquanto as tiver, mesmo que o restante desmorone ao seu redor, ela estará segura.

A primeira sessão é com Chanelzinho, como Siobhan se refere a ela mentalmente; uma assistente pessoal que deseja mudar de carreira. Siobhan esperou pacientemente enquanto Chanelzinho desvendava como as expectativas baixas dos pais a refreavam; está quase pronta para decolar, e Siobhan não consegue conter um sorriso de satisfação ao ouvi-la dizer: "Acho que mereço mais do que isso."

Siobhan apelidou o cliente seguinte de Olhar Quarenta e Três. O nome verdadeiro é Richard, e ele é um desses coroas gatos de olhos brilhantes que você simplesmente sabe que só está solteiro porque traiu a esposa. Siobhan está convencida de que ele esconde coisas dela. Ele é bom de papo, o tipo de cara que as mulheres chamam de *cafajestes*, mas com quem acabam flertando quase por acidente, e ela está determinada a descobrir o que o motiva. É em parte curiosidade, mas também a única forma de ajudá-lo; ele foi rejeitado para uma promoção duas vezes, e ela não consegue descobrir por quê. A resposta está ali em algum lugar; ele só precisa se abrir.

Portanto, quando ele começa a sessão perguntando "Posso falar sobre um assunto pessoal com você?", Siobhan precisa se esforçar muito para não parecer empolgada demais.

— É claro. Esse é o seu momento — diz ela.

Richard está um pouco pixelado na tela do notebook dela, sentado à mesa de trabalho. As prateleiras atrás dele são cheias de livros que parecem importantes, objetos marrons e cromados e penduricalhos que se espera encontrar no escritório de um homem solteiro: pesos de papel, globos, troféus. Siobhan se pergunta onde eles acham essas coisas; existe uma loja para homens ricos solteiros com mais de cinquenta e cinco anos onde tudo é feito de couro marrom gasto?

— Acredito que tenha tomado uma decisão ruim hoje.

Siobhan espera pacientemente, fazendo uma expressão de interesse empático.

— Minha secretária, eu e ela, nós estamos... quer dizer, eu diria que tem rolado um flerte entre nós dois nesse tempo em que trabalhamos juntos, mas... nunca passamos desse limite. — Richard faz contato visual com ela pela câmera de uma forma tão súbita que a assusta; ele está olhando diretamente para a câmera. Seus olhos são de um azul-claro frio que poderia ser quase cinza. — Até hoje.

— O que aconteceu hoje? — incita Siobhan.

Richard suspira, esfregando a mão na boca.

— Ela entrou na minha sala com um... vestidinho cinza, justo na cintura, apertado na bunda.

Meu Deus, pensa Siobhan, que não esperava ouvir a palavra "bunda" em suas sessões virtuais de manhã. Por um momento preocupante ela acha que talvez dê uma risada, mas então Richard volta a olhar para ela e a sensação passa.

— Ela deu a volta na mesa. Normalmente, quando precisa me entregar alguma coisa, ela só passa o que quer que seja por cima da mesa, mas... talvez tenha visto algo no meu rosto, talvez tenha sido a maneira como eu olhei para ela. Ela parou a apenas um passo de mim. Eu estava aqui na minha cadeira, já olhando-a de baixo... — A expressão dele se torna pesarosa. — Bem, enfim. Nós nos beijamos. E depois...

Ele está esperando a deixa de Siobhan. Por mais que não queira, ela está fascinada. A voz dele é suave e grossa; é uma linda atuação.

— Sim? — diz Siobhan. Ela mantém o tom perfeitamente estável. Seu interesse educado, profissional de sempre. Ela percebe a reação dele, um leve brilho nos olhos, e deseja que estivessem cara a cara; se ele não fosse só uma imagem na tela do notebook, talvez ela conseguisse interpretar aquela microexpressão. Já faz tempo desde a última sessão presencial com Richard; quando ela voltou para Dublin, a empresa dele permitiu que ela fizesse sessões virtuais com os funcionários. Ela ainda tenta en-contrá-los ao vivo sempre que pode, mas já faz alguns meses que não acontece.

— Nós transamos. Na mesa — completa Richard.

Siobhan se esforça bastante para não erguer as sobrancelhas. Sincera-mente, isso parece demais uma fantasia sexual masculina para ser verda-de, mas Richard nunca demonstrou nenhuma tendência a mentir. Talvez esse seja o tipo de coisa que acontece com homens como ele.

— Você se referiu ao acontecido como uma decisão ruim, Richard — diz Siobhan depois de um tempo. — Pode explicar melhor?

Richard espera um pouco antes de responder:

— Ora, e não é? Ela é minha secretária.

Siobhan fica em silêncio. A função dela não é julgar; na verdade, ela não estaria fazendo seu trabalho se julgasse. Estaria privando os clientes do autoesclarecimento se lhes dissesse o que fazer.

— Estou numa posição de poder em relação a ela — diz Richard len-tamente. — Foi inapropriado.

Ele olha para ela, esperando uma resposta. Está buscando permissão? Absolvição? Foi por isso que contou essa história? Mas não parece ser o caso; não explica o deleite com que Richard recontou tudo.

— Richard — fala Siobhan —, como você está se sentindo?

Richard desvia o olhar da tela por um momento, pensando.

— Jovem — responde, enfim. — Eu me sinto jovem e idiota. E é diver-tido. Você já fez algo que não deveria? — pergunta ele, então ri. — Des-culpe, não posso te perguntar isso.

Ela abre um sorriso discreto.

— Não, você provavelmente não deveria me perguntar isso.

Mas ela está pensando na noite com Joseph, naqueles momentos de-liciosos até altas horas da madrugada, no gosto da pele dele. Em como ela sorriu no travesseiro quando ele saiu para comprar café para eles. Em como o coração dela se alegrou quando ele voltou.

***

O ritual antes de um teste de elenco é sempre o mesmo. Siobhan prepara um banho de banheira para Fiona com óleo de lavanda; o verdadeiro, que custa cinquenta euros a garrafa. Elas praticam uma última vez enquanto a banheira está enchendo; Siobhan diz a Fiona que é o melhor teste que ela já viu, eles vão comer na mão dela, ela vai ganhar um Olivier até o fim do ano. Então Siobhan leva um chá com mel para Fiona na banheira. (Qualquer senso de vergonha em relação à nudez uma da outra já acabou há anos, mais ou menos na época em que Fiona arrancou uma farpa da bunda de Siobhan depois de uma aventura sexual particularmente imprudente, e durante a época em que Fiona fazia teste para uma série que continha nudez e precisou passar duas semanas andando pelo apartamento com os peitos de fora para se "habituar".)

— *Mentira*. Olhar Quarenta e Três está transando com a secretária? — pergunta Fiona depois que Siobhan a inteirou.

Há uma cadeira no banheiro para que elas conversem melhor; Siobhan está com os pés apoiados na borda da banheira e Fiona está usando uma touca roxa ridícula à qual ela é muito apegada por ter sido presente da avó.

— Clichê, né? — diz Siobhan, inspecionando as unhas. Ela precisa refazer sua esmaltação em gel.

— É melhor tomar cuidado, Shiv — alerta Fiona. — Um homem que transa com a secretária definitivamente não tem nenhum melindre em dormir com a *life coach*.

— Melindre?

— Ah, não enche — diz Fiona, jogando bolhas nela. — Você entendeu.

— Ele tem mesmo essa vibe, não vou mentir. Mas acho que só gosta de flertar.

— Ainda assim. Fique de olho.

— Não é como se ele pudesse me seduzir via Skype, né?

Fiona olha para ela com perspicácia.

— Você gosta dele?

— Quantos anos você tem, dez?

Fiona continua encarando, com as sobrancelhas erguidas. Siobhan revira os olhos.

— Ele é sexy, de um jeito meio questões-mal-resolvidas-com-o-pai. Mas não. Eu não gosto dele. E não faria nada mesmo se gostasse. Ele é um cliente.

— Humm. Joseph não era um cliente?

— Não! — exclama Siobhan alto demais. — Não, ele *não* era um cliente. Sim, nós nos conhecemos numa das minhas sessões de treinamento de assertividade corporativa, mas eu nunca... — Ela nota a expressão de Fiona. — Ah, vá se foder — conclui, empurrando o ombro da amiga com o pé.

Fiona ri e afunda o queixo entre as bolhas para fugir dela.

Jane

Jane está vinte minutos atrasada para a reunião noturna do clube do livro com Joseph; Aggie, a ruiva de pijama, passou no brechó bem no fim do dia com uma lista de roupas particularmente estranha que ela precisava encontrar até a manhã seguinte. Quando Aggie enfim foi embora, Jane ficou com uma forte impressão de que o objetivo da visita não era apenas comprar chapéus extravagantes. Aggie vai ao brechó com muita frequência. Talvez seja solitária, mas não é bem isso. Às vezes Jane acha que Aggie pode estar querendo saber como ela está, mas parece improvável; por que se daria ao trabalho?

Chegar atrasada deixou Jane afobada, e o cachecol dela de alguma maneira embolou todo no cabelo; ela se atrapalha com ele enquanto se aproxima do restaurante. Costuma usar um rabo de cavalo baixo, mas, ao sair do brechó, num momento de vaidade, tirou o elástico e passou os dedos pelos fios, olhando seu reflexo na janela. As mechas escuras desciam até a cintura, mais sem graça impossível. Antigamente, seu cabelo a deixava desesperada, nunca conseguia prender os cachos ou fazer um coque. Agora ela quase nunca pensa nele. Mas deixá-lo solto suaviza seus traços, faz seus olhos grandes não parecerem tanto com os de um inseto, deixa suas maçãs do rosto menos angulosas, e saber que veria Joseph lhe deu uma súbita vontade de ficar um pouco... mais bonita.

Ao avistar Jane, Joseph abre um sorriso radiante. Ele está sentado perto das janelas embaçadas do Piecaramba, o restaurante preferido deles para o clube do livro, mas levanta ao vê-la. Usa gorro de lã e luvas; é um dia meio agourento, o céu arroxeado e fechado, já escurecendo. O coração de Jane dá um tranco, como o puxão de um balão. Ela hesita por um momento ao se aproximar. Eles não costumam se abraçar, mas, dessa vez, tudo o que ela quer é ser envolvida por seus braços.

Ele estende a mão e desembola delicadamente o cachecol do cabelo dela. Os dedos dele roçam no pescoço de Jane, que arqueja, mesmo que ele esteja de luva.

— Desculpe o atraso — diz ela ao segui-lo para dentro.

— Ah, não se preocupe, você sabe como eu sou. Foi pontual para os meus padrões.

É verdade. Joseph está sempre fazendo um milhão de coisas de uma vez: e-mails, ligações, visitando sei lá quem, fazendo um favor para um parente de segundo grau.

— Como vai sua mãe? — pergunta Jane enquanto eles seguem para a mesa deles.

O Piecaramba é entulhado de memorabilia de cultura pop: pôsteres do Hulk nas paredes, quadrinhos antigos, *action figures* equilibrados nos parapeitos. Jane não faz ideia do que se trata a maioria dos pôsteres, mas gosta do clima do lugar, do aconchego, da sensação de que todo mundo é bem-vindo. E Joseph gosta dos *action figures*. Ele lhe ensinou a parar de chamá-los de "bonecos", e ela prontamente atendeu, então pelo menos está aprendendo.

— Minha mãe teve um dia bom, na verdade — diz Joseph, puxando a própria cadeira e tirando o casaco. — Como você está?

Jane sorri. É tão típico de Joseph focar em qualquer coisa que não seja ele mesmo; é parte do charme dele, mas Jane às vezes se pergunta se esse carisma é apenas uma distração.

— Estou bem — responde ela. — Deve ser muito difícil cuidar dela.

Joseph pisca rápido por trás dos óculos.

— Ah, sabe como é — diz ele com um sorriso animado —, a gente faz o que pode. Não consigo imaginar como deve ter sido difícil para *você* perder a mãe tão nova. Sou muito sortudo por ter tido a minha comigo... por ainda tê-la comigo, mesmo que ela não esteja tanto *aqui* quanto antigamente. Mas você perdeu tanta coisa...

— E estamos falando de mim de novo. — A frase escapa, rápida e ousada; ela fica imediatamente ruborizada de vergonha.

— Ah, calma aí, essa é boa... Você está *me* acusando de ser evasivo, Jane Miller? Nunca conheci uma mulher mais misteriosa do que você!

Jane o encara com uma curiosidade genuína.

— Eu não sou misteriosa. Sou sem graça. Só faço as mesmas coisas sem parar. Visto as mesmas roupas. Peço a mesma comida toda vez que viemos aqui. Saio para trabalhar, leio um livro, vou dormir.

— É verdade — reconhece Joseph, inclinando a cabeça. — De certa forma. O que é misterioso é o *porquê*.

Jane se remexe ligeiramente na cadeira, prendendo o cabelo atrás das orelhas.

— Eu... — Ela hesita. — Eu só gosto da minha rotina.

— Humm. — Ele parece estar pensando sobre o assunto com muita seriedade, o que é gratificante; Jane presumiu que ele fosse zombar dela. As pessoas costumam achar a rotina e os hábitos dela engraçados. — Você sempre gostou? Tipo, de rotina?

Ela desvia o olhar. Relembra aqueles primeiros dias em Winchester, que foram um horror; as *opções* eram intermináveis. Ela ficou muito assustada.

— Sim — responde —, mas... antes de eu me mudar para cá, não fazia as coisas *tão*... — Ela se esforça para encontrar a palavra. Quase disse *eu tinha mais liberdade*, mas isso não seria nem um pouco verdadeiro. — Manter uma rotina é fácil — conclui. — Significa que eu não preciso tomar decisões todo dia. Sei exatamente o que vestir, aonde ir, o que comer.

— Em quanto tempo ler? — diz Joseph, sobrancelhas erguidas.

Jane engole em seco. Ele está se referindo à regra dela de um livro por semana, que sempre o deixou perplexo e já causou problemas para o clube do livro deles. Teve uma semana em que eles decidiram trocar o livro depois de ler alguns capítulos, mas Jane precisou explicar que não poderia escolher outro até a semana seguinte. Joseph sabe que não é pelo custo — depois de encontrá-la tantas vezes no café da biblioteca, sabe bem que ela é uma frequentadora assídua —, então decidiu incentivá-la a pegar um segundo livro emprestado sempre que ela terminasse de ler o primeiro antes do fim da semana.

— Um livro por semana foi um agrado que eu me permiti assim que saí de Londres — explica ela. — Era um capricho.

— E não pode se permitir nenhum a mais agora? Você lê tão rápido, um por semana não chega nem perto de ser suficiente.

Jane franze a testa, tensa.

— Não é... Não posso.

— Eu entendo o atrativo da rotina — fala Joseph com delicadeza. — Tipo, eu amo tanto comer peixe com batata frita na sexta que fico genuinamente triste quando preciso jantar outra coisa, sabe? Mas... essa regra de um livro só não é meio restritiva?

Jane fica triste. É o que as pessoas sempre dizem. *Restritivo. Estranho. Entediante.*

— É... é simples — responde ela, um pouco na defensiva. — Era disso que eu precisava quando cheguei a Winchester. Eu precisava de simplicidade.

Joseph abre um sorriso tranquilo, reconfortante.

— Uuh, um pedacinho da verdade — diz ele, se inclinando na direção dela. — Uma *pista* sobre quem Jane Miller realmente é.

— Pare com isso — fala ela, mas se anima um pouco; é muito difícil não sorrir quando Joseph está sorrindo. — Juro, não tem nada para desvendar; eu só não sou muito interessante.

— Olhe, por acaso eu sei que isso está longe de ser verdade.

Jane ergue o olhar para ele, então logo desvia para a mesa. Se ele está tentando fazer com que ela se sinta melhor, está funcionando, e ela está começando a relaxar de novo quando ele inclina a cabeça e pergunta:

— Algum dia você vai me contar o que aconteceu em Londres?

Jane engole em seco. Isso é culpa dela, pois encorajou a intimidade ao tentar espiar por trás das defesas dele primeiro. Mas, agora que estão aqui, essa seria a abertura perfeita. *Na verdade, a gente trabalhou na Bray & Kembrey na mesma época. Você não vai se lembrar de mim, mas provavelmente ficou sabendo do que aconteceu.* Ela poderia dizer isso. Abrir-se para ele.

— Você vai me contar exatamente o que aconteceu no Dia dos Namorados? — pergunta ela em vez disso. Mantém a leveza na voz e torce para ele não perceber seu tremor.

Joseph franze a testa de leve, abrindo a boca como se fosse falar, mas a fecha de novo. Ele está de preto, o que deixa seus olhos mais verdes por trás dos pequenos óculos redondos. Jane gosta dos óculos. Joseph é um homem do tipo bem-vestido, bem-composto, mas os óculos o fazem parecer alguém que não se preocupa com o que os outros pensam dele. E são fofos. Funcionais, autênticos e práticos.

— Carter! — chama uma voz do outro lado do restaurante.

Ambos se viram na cadeira quando um homem de terno entra no lugar. Ele tem o cabelo preto e brilhante, graciosamente caído sobre a testa, e está vestindo uma roupa que Jane supõe ser muito cara. Exibe um sorriso que alguém poderia interpretar como atrevido se quisesse ser generoso, ou arrogante se não quisesse.

— Scott, oi! — exclama Joseph, se levantando para abraçá-lo. — Essa é a Jane. Jane, esse é o Scott.

Scott a analisa. Ela o encara rapidamente, então volta a olhar para a mesa. Jane não conhece muitos amigos de Joseph; a maioria mora em Londres. Mas já ouviu falar de Scott, geralmente quando Joseph comenta sobre suas saídas noturnas com os caras.

— Prazer, Jane — diz Scott, e ela nota o sorriso tranquilo na voz dele. Ele se vira para Joseph. — Como você anda, Carter? Estamos precisando marcar uma cerveja, né?

Eles jogam conversa fora por um tempo enquanto Jane analisa o cardápio e escuta distraidamente sobre quando os pais de Scott voltarão de Hong Kong e como o horário de trabalho no escritório de advocacia onde Joseph trabalha é uma merda.

— E... como está Fifi? — pergunta Scott.

Jane continua lendo as opções — como se não fosse pedir a mesma torta de sempre —, mas se suas orelhas pudessem se eriçar, elas teriam feito isso. Joseph nunca mencionou nenhuma Fifi.

— Scott... — diz Joseph em tom de aviso, e Scott ri.

— Está bem, está bem, não vou perguntar. — Scott dá um tapinha nos ombros do amigo. — Vamos tomar uma cerveja na semana que vem.

— Com certeza — responde Joseph, voltando a se sentar. — Se cuida.

— Quem é Fifi? — pergunta Jane quando Scott sai do restaurante com seu embrulho para viagem.

As sobrancelhas de Joseph se arqueiam.

— Interessante.

— O que é interessante?

Ele tenta não sorrir.

— Água da casa? — pergunta, arrastando a cadeira para trás para ir buscar um copo para cada um.

— O que é interessante? — repete Jane quando Joseph volta, e dessa vez ele não disfarça o sorriso, que vai até os olhos.

— Você nunca me perguntou sobre mulheres, só isso.

— Perguntei, sim!

— Não, você não perguntou... nunca — fala Joseph, dando um gole na água. — Acredite em mim, eu lembraria. Você *nunca* menciona minha vida amorosa. Nem a sua.

Jane começa a ficar afobada de novo.

— Você sabe que eu não tenho vida amorosa.

— Mas não sei por quê — observa Joseph, erguendo a sobrancelha, provocativo.

Jane engole em seco e estende a mão para a bolsa, de onde tira o livro *How Not to Be a Boy*.

— Podemos pedir a comida? Estou pronta se você estiver, ok?

— Sabe, como seu namorado de mentira, eu acho que mereço saber só um pouquinho mais sobre a sua vida amorosa — argumenta Joseph.

Ela pisca.

— Você não precisa mais ser meu namorado de mentira.

Joseph faz uma careta.

— Eu acabei de ser demitido?

Isso arranca um sorriso de Jane, por mais que suas mãos estejam tensas no colo. Tem algo diferente nele hoje. Parece que ela lhe deu permissão para iniciar conversas que ele costuma educadamente evitar. Será que fez isso de propósito?

— Você *de fato* chegou atrasado para o trabalho — diz ela, conseguindo manter o tom leve.

Ele dá sua típica risada alta e expansiva, do tipo que costuma tranquilizá-la; só que hoje faz o estômago dela se revirar deliciosamente.

Ai, meu Deus. Ela gosta dele. Ela *gosta* dele. Naquele momento, enquanto Joseph ri, Jane sente como se tivesse acabado de dar um passo para a frente e encontrado nada embaixo do pé, feito um personagem de desenho animado caindo de um precipício.

Durante o mês seguinte, Jane se concentra em sua rotina. O plano dela ao sair do Piecaramba é dar um gelo em Joseph — é a opção mais segura —, mas depois de passar pela agonia de ignorar as mensagens dele por um ou dois dias, ela pega o celular, clica no nome dele e digita: "Foi mal, esses últimos dias foram corridos! Vamos ler o último do Stephen King em seguida?"

Ela é fraca demais, pelo visto. Não consegue se controlar. Então desistiu de lutar contra o anseio de vê-lo e encontrou um meio-termo fazendo sua especialidade: criando um sistema.

Ela tem permissão de ver Joseph uma vez por semana. Uma ligação; uma quantidade moderada de mensagens, com pelo menos uma hora entre as respostas; nada de sonhar acordada com ele. Ela deve pensar nele como outro apaixonado por livros, alguém com quem pode conversar sobre as leituras. Nada mais. Essas são as regras.

Elas pareciam razoáveis quando Jane as estabeleceu, mas agora, no fim de março, ela mal consegue acreditar em quantas vezes se permitiu quebrá-las.

Está trancando o brechó beneficente e pensando em Joseph beijando-a na bochecha quando uma voz que ela não reconhece chama seu nome:

— Jane? Jane Miller?

Ela se vira. É um dia cinza, molhado, e a mulher atrás dela está usando uma capa de chuva grande; só quando esta abaixa o capuz que Jane se dá conta de quem é. Lou Savage; secretária de um dos sócios seniores da Bray & Kembrey.

Ver Lou provoca uma sensação vertiginosa em Jane, como se tivesse voltado no tempo. Ela não mudou: terno cinza por baixo da capa de chuva, saltos de oito centímetros, cabelo louro curto com uma faixa grossa de raiz escura crescendo na divisão. Era sempre Lou quem a convidava para tomar um drinque depois do trabalho quando Jane entrou na Bray; foram quase amigas.

— É você mesmo! — exclama Lou, se aproximando com um sorriso. — Nossa, como você está?

— Eu... estou bem — responde Jane com esforço, engolindo em seco, as palmas começando a suar. Tudo nessa mulher a leva de volta para aquela época: seu asseio, seu tom de voz, o brilho profissional no sorriso. — É melhor... eu preciso ir para casa.

— Ah, claro — diz Lou, com um sorriso hesitante. — Certo, desculpe.

— Não, não é... eu não quero ser grossa — fala Jane, mas está respirando rápido, e as chaves do brechó machucam a palma de sua mão.

A expressão de Lou suaviza.

— Ah, tudo bem. Parece que você viu um fantasma, mas a sensação deve ser essa mesmo, provavelmente. Já faz um tempo, e eu sei que quando você saiu da Bray & Kembrey foi tudo meio... — Ela faz um círculo com a mão, então arregala os olhos. — Desculpa, você deve... Não é como se eu soubesse o que aconteceu, mas... — Ela murcha um pouco. — Você sabe que as pessoas comentam.

Lou é mais humana do que Jane se lembra; sua agitação é estranhamente tranquilizadora. Ela é só uma pessoa, reforça Jane, não é a personificação de nada, tampouco é assustadora. É só uma pessoa que acorda todo dia de manhã, escova os dentes e se esquece de trancar a porta às vezes.

— Então é aqui que você mora hoje em dia? Que fofo! Winchester é linda. O que você faz? — pergunta Lou, ajeitando o capuz molhado e erguendo o olhar para as janelas do brechó.

— Trabalho aqui.

— Ah, em tempo integral?

De repente, Jane se dá conta do crachá no peito dela dizendo *voluntá-ria*. Ela vê uma centelha de curiosidade no rosto de Lou e depois o momento em que a expressão dela fica neutra novamente.

— Ah, que bom que você encontrou algo para fazer que te deixa feliz! — diz Lou. Ela morde o lábio por um momento quando o silêncio se prolonga. — Escuta, eu sempre me senti meio... Bem, eu sinto muito que ninguém tenha feito uma despedida decente para você. Não foi justo da nossa parte. — Ela revira o bolso e estende um cartão. — Aqui. Me ligue se precisar de qualquer coisa, ou se quiser só conversar. Por favor — fala enquanto Jane apenas encara o cartão —, aceite. — Sorri. — Mesmo que só para que eu me sinta melhor.

Jane pega o cartão. Olha para o pequeno logo, uma bolota. *Bray & Kembrey* numa fonte elegante oficial logo abaixo. E mesmo com o calor do brechó atrás dela, sente como se estivesse de volta a Londres, uma mulher diferente. A tristeza se torna subitamente sufocante.

— Nem todo mundo acreditou na versão dele da história, sabe — diz Lou baixinho ao se virar para ir embora. — Você ficaria surpresa.

Siobhan

A agenda diária de Siobhan é programada minuto a minuto. Ela tem treze minutos para ir do estúdio da Golden Day Radio até a estação de trem; o trem para Limerick leva duas horas e seis minutos; ela tem cinco minutos para pegar um café e um lanchinho saudável (na realidade, um biscoito), então tem um carro reservado para levá-la ao centro comercial onde ela orientará cento e cinquenta funcionários de *call center* a moldar suas próprias definições de sucesso. O voo dela para Londres é às quatro horas; ela cronometra tudo perfeitamente, nunca precisa esperar para o embarque ser anunciado e nunca precisa correr.

No entanto, adormece no voo e baba no ombro da senhora sentada ao lado.

— Não se preocupe, querida — diz a mulher, dando um tapinha na mão de Siobhan quando esta se desgruda do seu cardigã. — Comi seu lanche em troca.

— Eu deveria ter usado esse tempo para escrever posts para o blog — declara Siobhan, atordoada, encarando a tela preta do laptop à frente quando o anúncio ressoa, pedindo-a para se preparar para o pouso.

— Bem, parece que seu corpo tinha outros planos — responde a idosa, dando batidinhas com um guardanapo no ombro úmido.

Quando o avião pousa, Siobhan sai às pressas de novo, lamentando pelo tempo perdido. Corre pelo aeroporto até passar todo mundo que saiu do avião antes dela e entra no começo da fila do táxi enquanto todos se enrolam com cafés, carrinhos de mala e crianças. É fácil para Siobhan. Ela está sozinha.

O dia passa assim, em intervalos minúsculos de minutos, até ser consumido por completo e ela estar no seu quarto no Thames Bank Hotel, quase zonza de cansaço. Ela se senta no sofá de dois lugares à janela e tira os sapatos de salto alto, mexendo os dedos. Tem uma bolha nova; ela a nota distraidamente, sabendo que estará ocupada demais amanhã para sentir a dor.

Pega o celular por instinto e olha os e-mails, depois o Twitter, depois o Instagram. Essas costumavam ser as partes tranquilas do dia dela, mas agora fazem parte do trabalho, e ela se dedica a isso com a mesma concentração que tudo parece exigir ultimamente. Responde o máximo de comentários que consegue, então bloqueia a tela do celular e fecha os olhos, reclinando a cabeça no encosto do sofá.

Essa noite é dela, e Siobhan já sabe como vai passá-la. Transou quatro vezes com Joseph desde que prometeu para Fiona que não chegaria nem perto dele. Ela tem ido a Londres com mais frequência do que o normal nos últimos meses, e, para ser sincera, não consegue ficar longe dele. Parece um clichê tão patético, *não consegue ficar longe*; o tipo de coisa que pessoas fracas dizem para justificar um comportamento ruim. E também não justifica a compulsão, o *desejo* que Siobhan sente por ele; só pensar nele a deixa derretida, como se estivesse entrando numa banheira perfeitamente aquecida.

Estou em Londres e livre se você estiver. Bjs

Os dois tiques azuis aparecem, então Joseph começa a digitar. Siobhan lembra que não comeu, então esquece de novo imediatamente, porque ele respondeu:

Oi! Por que você não respondeu minha última mensagem? Estou no Last Out. Posso te encontrar depois... ou você poderia vir me encontrar para um drinque. Bjs

Last Out é um desses pseudobares de jazz onde os músicos tocam versões cheias de saxofone de músicas como "Happy" e "Valerie". Não é bem o estilo de Siobhan — muito forçado, cheio de pessoas que acham que estão ouvindo jazz de verdade —, mas é um bar onde todo mundo dança, mesmo na fila para o banheiro, e ela realmente ama dançar. A ideia de pressionar seu corpo no de Joseph numa pista lotada lhe dá um frio na barriga de expectativa.

Com quem você está? Bjs

É aniversário de um grande amigo. Adoraria ter você aqui. Bjs

Ela não deveria sair essa noite. Está exausta; não há dúvidas de que vem exigindo muito de si. Mas... aquela sensação de banho quente, aquela sensação de ter Joseph ao lado. É tão difícil resistir...

Siobhan começa a digitar.

Chego em quarenta minutos. Bjs

Joseph está muito bêbado e dançando quando ela chega. Siobhan percebe pelos movimentos dele: cotovelos um pouco juntos demais, pés não totalmente no ritmo da música. (Ela tinha razão: ele está dançando ao som de "Happy".)

O cabelo dele está arrepiado e a camisa está colada de suor às costas. Ela vê as curvas do seu braço definido pelas mangas, a sombra da barba no maxilar quando ele ergue o rosto para o teto, de olhos fechados. Ela vai direto até ele e o abraça antes que ele a veja; a maneira como os olhos de Joseph se iluminam quando ele olha para ela é provocante, a faz sentir algo delicioso no fundo do peito.

— Oie — diz ele, e a beija intensamente. Eles começam a dançar juntos. — Estou bêbado — anuncia com uma franqueza encantadora, e ela ri.

— Está mesmo.

— Eu estou bêbado e estou... estou... — Ele olha ao redor por um momento, estreitando os olhos de leve. — Estou aqui — completa, com certa surpresa. — Com você.

— Aham. — Siobhan tenta não rir. — Você me mandou mensagem.

— Óbvio, é claro que mandei — diz ele, e a beija de novo. — Oi. Oi.

Ela já está sentindo um calor subir, e quando Joseph segura sua cintura, puxa-a para mais perto, passa a mão no cabelo dela, a sensação se intensifica. Tem alguma coisa nele. Um magnetismo, uma atração, como se ele fizesse o mundo ao redor girar para dentro e Siobhan tivesse sido pega no rodamoinho. Agora, pressionada ao corpo quente dele, dançando a ponto de perder o ar, Siobhan sente algo se aquietar dentro de si. Aquela urgência que sempre fervilha dentro da sua barriga sossega quando Joseph a abraça. O pensamento a deixa nervosa, e ela se afasta um pouco, tomando consciência de repente de que está começando a suar.

— E aí, quem é o aniversariante? — pergunta, olhando ao redor.

Joseph aponta por cima do ombro dela, sorrindo para alguém que ela não consegue ver.

— O cara com aquela camisa *horrível* — diz, quando Siobhan segue a direção do dedo dele. — Scott! Venha conhecer a Siobhan!

Scott atravessa a multidão aos empurrões, segurando um copo meio vazio. Ele está usando um broche de aniversário no peito e seu cabelo escuro brilha prateado sob as luzes. Siobhan ri pelo nariz ao reconhecer que a camiseta "horrível" é da coleção atual da Dolce & Gabbana. Joseph está por fora de todas as tendências e isso é adorável.

— Ah! A famosa Siobhan! — Scott também está bêbado e a encara com uma expressão firme, mas ele é tão gato que ela ignora.

— Eu mesma. Feliz aniversário! — berra Siobhan por cima da música. — Eu vou até o bar, vocês querem alguma coisa?

Ela está sóbria demais, seus pés doem. E a intensidade da dança com Joseph a deixou desconcertada.

— Eu vou com você — diz Scott.

Eles avançam juntos pela multidão dançante e param lado a lado no bar. À esquerda de Scott, uma mulher vestida com lantejoulas prateadas balança os quadris no ritmo da música, e ele dá uma olhada nela com a prática de um homem bom em julgar o nível de bebedeira e/ou solteirice de uma mulher. Siobhan também é boa nesse jogo, e a mulher definitivamente está bêbada *e* é solteira, mas, para sua surpresa, Scott volta a atenção para ela.

— E aí, Siobhan, o que você faz?

— Sou *life coach*.

Isso costuma gerar uma variedade de respostas. Há uma grande quantidade de pessoas que pensam que *life coach* é basicamente outro termo para "golpista"; elas em geral já começam perguntando quanto Siobhan cobra. Então tem as pessoas que querem terapia gratuita e logo começam uma ladainha com questões de autoestima. Por fim, há aqueles que querem desafiar Siobhan para descobrir exatamente o que a qualifica para aconselhar outras pessoas sobre a vida delas. Esses últimos quase sempre são homens.

Scott sobe de maneira considerável no conceito de Siobhan quando mostra que não é nenhuma das alternativas anteriores, e, em vez disso, diz:

— Aposto que deve ser um trampo difícil lidar com os problemas dos outros o dia todo.

— É, às vezes. — Ela sorri para ele. — O que você faz?

— Trabalho com angariação de fundos — diz ele, e ela pensa: *Ah, excelente, você está exatamente onde deveria.*

— Como você e Joseph se conheceram? — pergunta enquanto Scott pede uma taça de pinot grigio para ela.

— Estudamos juntos em Winchester. Ele era muito nerd, sabe, nós dois éramos. — Ele abaixa a voz, conspiratório, sorrindo: — Não fale para ele que eu te contei isso.

Siobhan ri e permite que Scott sustente seu olhar por um tempo um pouco longo demais, pensando. Ele é bonito, se veste bem e exala uma confiança sexy. Por um segundo, ela se permite pensar que poderia ir para casa com Scott em vez de Joseph, e se pergunta o que Joseph faria. Será que ficaria furioso com ela? Terminaria tudo? Ou nem se importaria?

— Posso te perguntar uma coisa? — indaga Scott.

Ela ergue as sobrancelhas como se dissesse: "Vá em frente."

— Você sabe que ele sai com outras mulheres, né?

A banda começa uma versão animada de "Just Haven't Met You Yet". A batida vibra pelo balcão do bar sob o cotovelo de Siobhan, e ela sabe que, se pudesse ouvir o próprio batimento cardíaco, ele também estaria acelerado.

— Não somos exclusivos — diz.

Isso é verdade, mas não explica por que ela está afundando as unhas na palma das mãos.

— Bom saber — fala Scott com um sorriso provocativo, encantador, mas a pergunta tirou Siobhan do eixo; ela se volta para a pista e vê Joseph ali, tentando digitar no celular enquanto dança, seu rosto franzido iluminado pela tela.

— Foi bom te conhecer, Scott — diz ela, e segue na direção de Joseph, abrindo caminho pela multidão.

Seus olhares se encontram quando ele guarda o celular, e ali está aquela expressão surpresa, satisfeita no rosto dele de novo e a dor correspondente no peito de Siobhan.

Joseph estende a mão.

— Dance comigo! — pede ele com um dos seus sorrisos contagiantes.

Ela pega a mão dele. Não é sempre assim?

Joseph já está acordado quando o despertador de Siobhan toca na manhã seguinte. Está de barriga para cima ao lado dela, sua barba por fazer um pouco maior hoje, os olhos cor de avelã abertos.

— Eu — anuncia ele — estou com uma ressaca gigante.

Siobhan começa a rir, e Joseph vira a cabeça. Seus olhos se franzem.

— Bom dia — diz ele. — Me diga, como você acorda tão bonita?

Eu só tiro metade da maquiagem antes de deitar, pensa Siobhan. *Só dos olhos, então passo spray fixador no resto.*

— É um dom — responde ela, se espreguiçando, as costas arqueadas.

O olhar dele dança pelo corpo dela, como esperado.

— Obrigado por ter ido ontem — diz ele, virando-se de lado e passando a mão pelas costelas dela, do peito até o osso do quadril. Ela estremece, seu corpo já despertando sob o toque dele. — Foi... é. Eu gostei de ter você lá.

Siobhan ergue a sobrancelha quando os dedos deles se mexem no quadril dela.

— Você gostou de ter alguém em quem se esfregar na pista de dança?

— Eu gostei de te levar para sair. Gostei de te apresentar para alguns amigos. — Ele apoia a bochecha numa das mãos, mas o braço erguido não esconde o rubor do seu rosto.

Siobhan inclina a cabeça. O rubor é bem fascinante, e o impulso dele de cobri-lo é ainda mais. Ela se lembra do que Scott disse ontem à noite — "Ele era muito nerd" — e pensa *Sim, dá para perceber*. Joseph tem um visual que melhora com a idade; ele deve ter sido um adolescente desengonçado, com os ombros largos demais, aquelas sobrancelhas retas e grossas, um pouco pesadas para o rosto dele. E é inteligente, ela sabe disso — ele lê livros finalistas de prêmios. Ela os vê dentro dos bolsos dos seus casacos e uma vez saiu do banho e o encontrou lendo de cabeça para baixo na cama, com os pés em cima da cabeceira.

Esse rubor dele lhe dá vontade de fazer coisas que ela não deveria. Dá vontade de subir no colo dele e beijá-lo até despedaçá-lo, até chegar ao coração dele. A mão dele desceu mais, para a coxa dela. Ela se concentra na sensação. Não deveria estar pensando em quem Joseph é por dentro. Ele é bom de cama. É só isso que importa.

— Foi divertido — diz ela, expirando quando os dedos de Joseph se aproximam de onde ela quer. Então, porque de alguma maneira não consegue resistir, acrescenta: — Scott é bonitinho também.

A mão dele para. Siobhan provavelmente deveria ter previsto isso. Talvez tenha previsto. É inegável que foi uma coisa idiota de se dizer. Aquele impulso de provocar Joseph, de irritá-lo, é um sinal certeiro de que ela está sentindo coisas por ele que não deveria.

— É, ele sempre faz sucesso com as mulheres — responde Joseph. Seu tom é leve, mas há uma tensão inconfundível.

Se era ciúmes que Siobhan queria, ela conseguiu, mas isso só a deixa ansiosa e nervosa. Ela recua ligeiramente e Joseph ergue a mão de volta à barriga dela, sinal vermelho.

— E aí, qual a programação de hoje? — pergunta ele, tentando ajeitar o cabelo bagunçado com a mão que apoia sua cabeça.

Siobhan fecha os olhos por um momento ao pensar no dia que tem pela frente.

— Um pouco de imprensa, uma sessão virtual que agendei como favor.

— Você ainda faz sessões individuais com clientes?

Ele afasta a mão da barriga dela e a estende para a mesa de cabeceira num gesto quase dolorosamente familiar para Siobhan; está tateando em busca dos óculos para enxergá-la direito. Ela engole em seco. Seria muito fácil se apaixonar por esse homem quando ele está assim, com olhos sonolentos e de ressaca.

— Quando o valor compensa — diz ela, e ele sorri, sem se deixar enganar.

— Eu fico impressionado que você encontre tempo — comenta ele, pondo os óculos. — Já vi sua agenda. Sete dias por semana, e tem até *pausas para o banheiro.*

Ela se irrita; é um ponto fraco. Seus amigos vivem mencionando sua agenda cheia também.

— É, é lotada, mas o que eu deveria fazer, desperdiçar oportunidades? — pergunta ela, se sentando na cama.

Suas roupas estão espalhadas pelo chão de um jeito cômico: seu sutiã está em cima da mesa, com a alça pendurada para fora, e tem um sapato entre as duas almofadas do sofá.

Joseph segura o braço dela. Siobhan recua, mas ele a toca de novo, insistente, e ela se vira para olhá-lo.

— Eu estava tentando dizer que deve ser difícil às vezes — explica ele. Sua expressão está ainda mais determinada do que o normal. — Só isso. Eu não queria te criticar. É bem óbvio que você é incrível no que faz.

É desconcertante como ele parece entendê-la. Ela geralmente não permite que os homens com quem transa a conheçam de verdade. Siobhan abre um sorriso trêmulo para Joseph, mas ele não se contenta; se senta ao lado dela, entrelaçando os dedos nos dela. Suas tentativas de ajeitar o cabelo não foram particularmente bem-sucedidas; está todo abaixado de um lado e arrepiado do outro. Ele pisca os olhos sonolentos por trás dos óculos ridículos e adoráveis, e o frio na barriga de Siobhan some, sua irritação se extingue como uma chama na boca de um fogão.

— Desculpe por ser grossa — diz ela depois de um momento. — Acho que estou um pouco... exausta.

Ele leva a mão dela aos lábios.

— Talvez você precise de um descanso.

Ela se irrita outra vez.

— Não posso — responde. — Não é tão simples.

— Está bem — diz ele com tranquilidade. — Então você está precisando de mais massagens, óbvio.

Ele é bom demais em acalmá-la quando ela começa a ficar nervosa. Ela se vê sorrindo e virando para lhe dar um beijo, quebrando uma das suas regras sagradas com contatinhos (nada de beijo matinal até todo mundo ter escovado os dentes) e a cena parece perigosamente encantadora.

Ela se levanta, pegando o celular, e vai para o banheiro. Esse negócio com Joseph está ficando intenso demais; é melhor ela cortar antes que alguém acabe magoado.

Depois de ligar o chuveiro, enquanto espera a água esquentar, Siobhan verifica suas notificações. Tem uma do seu aplicativo de ciclo menstrual: sua menstruação está um dia atrasada.

Ela já estava sentindo certa ansiedade depois daquele momento com Joseph, e agora congela. Olha a data: sete de abril. O aplicativo acertou. Sua menstruação está atrasada. Suas menstruações são regulares como um relógio; só atrasou um dia uma vez, e foi porque estava grávida.

— Não, não, não — diz em voz alta, recuando para a porta.

Sente um frio nauseante, como se algo rastejasse por sua pele.

— Oi? — pergunta Joseph do outro lado da porta, e ela se sobressalta; tinha se esquecido de que ele ainda estava ali, atrás da porta fechada, na parte de sua vida em que esse desastre ainda não aconteceu.

Ela precisa sair e comprar um teste de gravidez. Mas até pensar nisso a deixa enjoada. Está totalmente convencida do resultado; não aguenta pensar naquela espera de três minutos, a segunda linha surgindo devagar ao lado da primeira, a certeza horrível de que ela foi indescritivelmente idiota. Ela e Joseph sempre usaram camisinha; mas usar apenas esse método contraceptivo não é totalmente eficaz, é? Ela deveria ter voltado a tomar pílula quando o sexo com Joseph passou do combinado de uma-vez-por-mês. Leva a mão à barriga e aperta com força. Como foi *idiota*. Baixou a guarda para esse homem e agora a pior coisa que poderia acontecer aconteceu e ela sabe muito bem o que vem em seguida, ela simplesmente *sabe*.

— Tudo bem aí dentro? — pergunta Joseph.

— Tudo! Mas você pode ir? Tipo, pode ir embora, por favor?

De repente, se torna imprescindível que Joseph Carter saia do quarto de hotel dela.

— Oi? Como assim, ir embora? — Ele se aproxima da porta. — Você está bem?

As lágrimas estão tão iminentes que ela sente uma pressão e um incômodo atrás dos olhos. Range os dentes com força.

— Eu só quero que você saia.

— Você quer que eu vá embora? Aconteceu alguma coisa?

— Estou *bem*, só *saia* daqui — diz ela, aumentando o tom de voz. Não vai segurar as lágrimas por muito mais tempo. — *Vá embora*, Joseph. Dê o fora.

Há um longo silêncio. Então, Siobhan ouve o som do passado se repetindo; se ouve sendo deixada de lado, abandonada, um fracasso. Há uma inevitabilidade terrível nisso tudo. Não é só o susto da gravidez, ela já sente: está em algum ponto crítico, e isso parece derrubá-la. Ela se sente muito furiosa, completamente fora de controle. Já desmoronou assim uma vez, e é ainda pior agora que sabe como as coisas estão prestes a ficar horríveis.

— Por quê? — pergunta Joseph. Ele parece preocupado, como se realmente se importasse, mas logo vai embora, ele vai, ela sabe que vai. — Eu falei alguma coisa errada, Shiv?

Siobhan fecha os olhos com força, lágrimas escorrendo pelas bochechas.

— Não — diz ela, com a voz embargada. — Eu só preciso que você vá embora. Está bem? Vá. Embora.

Outro silêncio. As unhas de Siobhan se afundam na pele das palmas. Depois de um longo momento, Joseph tenta girar a maçaneta, e Siobhan se encolhe, mesmo que tenha trancado a porta.

— Eu disse para você *ir embora*! — grita ela.

— Está bem, desculpe, eu... eu vou, se é o que você quer — diz Joseph pela porta. — Mas promete me ligar se precisar de qualquer coisa?

Siobhan não responde. Não vai prometer nada para ele.

— Está bem. Por favor, se cuide, Shiv. Por favor, me ligue se eu puder ajudar.

Depois de um tempo, ela o ouve se afastar, ouve a porta do quarto se fechar. Ela desliza pela porta do banheiro e chora, ouvindo sem parar o som da porta se fechando.

Miranda

Carter se joga na cama de Miranda, cobrindo os olhos com a mão para bloquear a luz do sol de primavera que entra pela janela.

— *Gnnh* — diz ele.

Miranda dá um sorrisinho e se acomoda ao lado dele. Ela mudou a disposição dos móveis do quarto de novo, uma atividade à qual se dedica a cada poucas semanas, um tipo de *feng shui* ansioso. O quarto pode ser apertado e úmido nos cantos, mas é *dela*, e ela ama cada centímetro dele, da persiana velha quebrada à estante de livros que construiu com madeira de demolição. A disposição atual significa que o feixe de luz do sol de abril que entra pela janela ilumina sua cama num amarelo morno, cítrico; Miranda quer se banhar nele como um gato.

— Bebeu demais? — pergunta ela a Carter.

Ele estava na festa de aniversário de Scott ontem à noite e disse que voltaria para a casa dela depois, já que sua tia passaria a noite com a mãe, mas ela recebeu uma mensagem truncada lá pelas 22h30 avisando que ele estava bêbado demais e dormiria na casa de Scott. Ela não teria se importado se ele chegasse bêbado; preferiria que fizesse isso, na verdade, a dormir na casa de Scott. Miranda não confia muito em Scott. Ele é uma dessas pessoas que dizem "é só brincadeira, é só brincadeira" depois de um comentário grosseiro como se isso fosse anulá-lo, e uma vez, quando ela estava com o cabelo preso em duas tranças, ele puxou uma e disse que ela era "fofa demais".

"Você deveria me ver com uma motosserra, cara", respondeu ela, e ele riu.

— Sim, demais — responde Carter. Ele está um pouco rouco. — Vem cá? — Ele dá tapinhas no próprio peito, e Miranda se deita em cima dele. — Melhor assim — diz, suspirando. — Sua mera presença é um bálsamo para a alma, Miranda Rosso.

Miranda sorri. Carter cheira ao sabonete líquido dela; ele entrou no chuveiro assim que chegou essa manhã. Pelo visto, Scott passa uma hora no banho toda manhã, e Carter não quis se dar ao trabalho de esperar até ele terminar.

Os últimos dois meses de Miranda e Carter foram bons. Ela tem ido a Winchester a cada poucas semanas; até o acompanhou numa visita ao médico com a mãe. Eles estão agindo muito mais como namorados do que antes; por incrível que pareça, aquele Dia dos Namorados estranho parece ter aproximado os dois.

— Está sugerindo que eu me venda por aí como curadora de ressaca? — pergunta Miranda, se aconchegando.

Carter dá risada.

— Sou egoísta demais para isso. *Minha* curadora de ressaca. — Ele beija a cabeça dela. — Só você me faz rir quando me sinto tão desprezível.

— É uma daquelas ressacas que fazem seus órgãos arder, como se estivessem com raiva de você e lhe punindo de dentro para fora?

— Que ilustrativo — diz Carter, e ela percebe que o fez sorrir. — Mas acho que *descrever* a ressaca não vai realmente ajudar.

— Brunch! — grita Frannie pela porta.

Carter geme baixinho.

— Carter está de ressaca! — grita Miranda de volta.

— Será que a gente pode... abaixar um pouquinho o volume da família Rosso hoje? — pergunta Carter, pesaroso.

Miranda ri.

— Ah, então ele não quer frittata? — berra Frannie.

— Frittata? Desde quando você sabe fazer frittata?

— Estou tentando algo novo! Frittata de salsicha e pimenta!

— Ai, meu Deus. Por favor, não digam frittata de novo. — Carter se senta, esfregando os olhos. — Só de pensar em ovos... *blerg*. — O celular dele vibra; ele o confere, tensiona o rosto e resmunga. — Droga. Preciso passar no escritório.

— Em um sábado? — pergunta Miranda antes que consiga se controlar. Carter faz uma careta.

— Advogados não respeitam finais de semana.

— Aff. Está bem. Tem certeza de que não quer...

— Miranda, estou te avisando — diz Carter numa voz severa que sempre a faz rir.

— Frittata! — grita ela quando ele avança para a porta com a bolsa carteiro no ombro.

— Quando eu não estiver de ressaca — fala Carter, girando e apontando o dedo para ela —, você será impiedosamente punida com uma sessão de cócegas.

Miranda veste uma calça jeans e um suéter de gola V que sua mãe lhe deu no último aniversário — está se arrumando para beber umas cervejas com Jamie e a equipe em comemoração ao rendimento particularmente bom de março. Enquanto está calçando os sapatos, nota que Carter esqueceu o casaco no pé da cama e sorri. Miranda pega o casaco e o veste, dando um sorrisinho para si mesma, se sentindo o tipo de garota que usa o moletom do namorado na festa.

Frannie está no sofá, conferindo um site de fofoca no celular, quando Miranda sai do quarto. A casa ainda cheira às frittatas queimadas horríveis dela. Adele saiu para resolver alguma pendência misteriosa, o que deve ter sido só uma desculpa para não ter que comer sua porção.

— Ai, meu Deus, estou literalmente obcecada com Harry e Meghan, não consigo parar de ler esse negócio — comenta Frannie, erguendo o olhar do celular. — Uuh, casaco novo?

— É do Carter. — Miranda não contém o sorriso. — Ele deixou aqui hoje de manhã. Acho que gostei.

— Você parece um marshmallow vermelho. — Frannie não parece falar isso como um insulto. — Já olhou os bolsos?

Miranda a encara.

— Como assim? Por que eu faria isso?

— Por que você *não* faria isso? — retruca Frannie, já se debruçando por cima do sofá e revirando o primeiro bolso que alcança. — Humm, chiclete!

— Ei, para! — exclama Miranda quando Frannie começa a olhar o outro, já mascando o chiclete.

— Uma nota fiscal! — Frannie a sacode no ar, então se abaixa quando Miranda tenta pegá-la.

— A gente não pode sair... olhando os bolsos do Carter! — diz ela.

— São seus bolsos no momento — observa Frannie. — Bem, parece que seu namorado comeu um belo café da manhã de ressaca hoje no Balthazar, em Covent Garden! Não surpreende que não quis minha frittata de salsicha deliciosa!

— Me dê isso — pede Miranda, recuperando a nota e enfiando-a de volta no bolso.

O coração dela está fazendo *tum-tum-tum* no peito; quando Frannie percebe a expressão da irmã, logo fica séria. Essa é a diferença entre Frannie e Adele: Frannie percebe quando deixa alguém chateado.

— O que foi? Mir? O que houve?

— Não, nada.

— Seu rosto ficou pálido e triste. O que foi?

Miranda engole em seco. Scott mora em Tooting. Não há absolutamente nenhum motivo para Carter estar do outro lado da cidade essa manhã. Por que ele iria do apartamento de Scott até o centro de Londres para tomar café sozinho e depois até Surrey para passar o sábado com ela?

Com os olhos de Frannie fixos nela, Miranda volta a olhar a nota fiscal. É uma sensação repulsiva. Como tirar um curativo ou espremer uma espinha: horrível, mas irresistível.

Parece que Carter só pediu comida para uma pessoa: panquecas de banana e um café. Talvez tenha dividido a conta com alguém. Foi provavelmente uma reunião de trabalho que ele apenas se esqueceu de mencionar.

Mas Carter tem um cartão da empresa, que com certeza o teria usado se fosse uma reunião de negócios. Essa nota diz que ele pagou com cartão de débito Visa. E hoje é *sábado*.

— Miranda? — diz Frannie, os olhos redondos. — O que você está pensando?

— Nada — responde Miranda. — Ele só foi tomar café sozinho em Covent Garden. Isso não é estranho. Não significa nada.

Mas de fato sugere — só um pouquinho, se você for do tipo desconfiado — que talvez ele não tenha dormido na casa de Scott ontem à noite. E se ele não dormiu lá...

Onde é que ele estava?

Miranda chega no pub suada e agitada. Durante toda a viagem de ônibus, não conseguiu pensar em nada além daquela maldita nota fiscal.

Ela confia demais nas pessoas; é o tipo de mulher que alguém escolheria para aplicar um golpe, com seu rosto alegre, ingênuo e sua vontade de enxergar sempre o melhor dos outros. Mas estamos falando de Carter, e Miranda sempre sentiu lá no fundo que ele é bom demais para ser verdade. Então ela pode tentar justificar o quanto quiser essa nota fiscal, mas a dúvida já estava ali... e agora foi alimentada.

— Rosso! — grita Jamie quando Miranda entra no pub.

O cheiro é a primeira coisa a atingi-la: o cheiro reconfortante e confiável de um lugar onde muitas cervejas já foram derramadas nos tapetes. Então ela avista a equipe numa mesa perto dos fundos, Jamie com o braço levantado para chamar sua atenção, e ela percebe que ele já bebeu alguns copos. Ela sorri ao se aproximar deles. Pubs, caras másculos, essas coisas confortam Miranda. É onde ela se sente em casa.

— Vai beber o quê, Rosso? Cerveja, vinho? Uma dessas bebidas coloridas com nomes ridículos? — pergunta Jamie, já seguindo para o bar.

— Qualquer chope que tiver — diz Miranda —, mas pequeno.

— Pequeno! — Jamie pausa, recalibrando, visivelmente lembrando que Miranda é uma jovem que trabalha para ele. — É claro. Certo, um chope pequeno, então.

Miranda se vira para AJ, Trey e Spikes. AJ está relaxado; talvez esparramado seja uma definição melhor. Ele ocupa quase o banco todo de um lado da mesa, joelhos arreganhados, ombros enormes apoiados no encosto estofado do banco. Trey está encurvado ao lado dele, encarando a bebida, como se fizesse um teste de elenco para seu futuro papel de velho-no-pub-às-dez-da-manhã. Spikes está sentado num banco pequeno demais para ele e mexendo a cabeça para a frente e para trás, como se acompanhasse o voo de uma abelha; Miranda se vira para seguir o olhar dele e percebe que, na verdade, seu colega está observando mulheres passando pelas janelas do pub.

— Bem. Mais uma semana boa — diz ela, tentando não rir de Spikes.

— Aquele carvalho foi um pé no saco — comenta o rapaz. Então percebe o que disse e faz uma cara maliciosa. — Pelo menos ninguém precisou ser resgatado desse.

AJ levanta uma sobrancelha, observando Miranda; até Trey ergue lentamente o olhar da cerveja.

Miranda ri e responde:

— Tudo bem. Já superei a vergonha. Faz quase dois meses que AJ precisou me resgatar daquele carvalho. Podem me zoar. Estou pronta.

— Ah, nós já zoamos bastante... você só não escutou — diz Trey, então, depois de um longo momento, o canto de sua boca curvada para baixo se ergue bem de leve.

— Valeu — responde Miranda em tom seco.

Ela passou a gostar bastante de Trey. Ele é meio parecido com Ió, do Ursinho Pooh: triste, melancólico, mas, mesmo assim, divertido de se ter por perto.

— Pelo menos você não caiu — comenta Spikes, bebendo sua Guinness com surpreendente delicadeza para um homem tão grande. — Trey caiu no primeiro dia de escalada.

O rosto de Trey volta à sua carranca habitual.

— Caí nada — defende-se ele, olhando feio para Spikes.

— Como você chamaria o que aconteceu, então? — pergunta Spikes.

— Foi um... um leve deslize. Que aconteceu mais rápido do que eu achei.

— Ele ralou a frente do corpo todo no tronco de uma figueira — conta AJ para Miranda, se inclinando para a frente. — Você precisava ter visto o estado do pau dele depois, parecia um pepperoni meio mastigado.

Trey e Spikes pausam em um silêncio constrangedor. Eles *nunca* falam assim quando Miranda está por perto. AJ a observa, esperando, com aquele olhar característico dele, aquele que diz "Eu te conheço como a palma da minha mão". Miranda fixa o olhar nele e sorri.

— Se você está tentando me impressionar, AJ — diz ela com leveza, pegando o copo que Jamie lhe entrega ao voltar para a mesa —, vai precisar de algo melhor do que o pau do Trey. Sem ofensas, Trey.

AJ ri. Ele tem uma risada forte, que vem do fundo da garganta e provoca arrepios, e Miranda fica impressionada — como acontece com frequência — ao pensar que deve ser fácil para ele conquistar mulheres. Trabalhando com os garotos, ela já ouviu muitas histórias sobre AJ: relatos de ménages, sua preferência por louras e uma história particularmente ridícula sobre ele ter transado na traseira de uma caminhonete enquanto outra pessoa dirigia pelo país.

— Salame — fala Trey, taciturno. — Não pepperoni. Um salame grande. Um salame grosso.

Quando AJ entorna o resto da cerveja e vai para o bar, Miranda estende a mão para impedi-lo.

— Minha vez — diz ela. — Eu te devo uma bebida.

Seus olhares se encontram e ela sente o rosto corar ao se lembrar do momento há quase dois meses quando AJ a chamou para um drinque, ainda sem fôlego da descida deles pelos galhos do carvalho. Ele ergue um pouco as sobrancelhas, mas não diz nada, só a segue até o bar. Ao ver o olhar questionador dela, explica:

— Vou ajudar a carregar; não confiaria cinco canecas de cerveja a essas mãos.

Ela revira os olhos, mas está sorrindo. É um alívio ser zombada, na verdade. Quando as pessoas não estão te sacaneando é que você sabe que realmente te acham uma idiota, e levou tempo demais para esses caras começarem a implicar com ela.

— Então, AJ — diz ela quando eles se juntam ao grupo de pessoas esperando suas bebidas no bar. Miranda pensa duas vezes se deve apoiar os braços no balcão, que está manchado de bebidas derramadas e certamente muito grudento. — Nenhum trabalho amanhã cedo. O que a noite reserva para você? Sexo em cima de um pinheiro, sexo a quatro numa cesta aérea?

Ele não responde e, quando ela se vira para encará-lo, a expressão dele está sombria. Ela se pergunta se o ofendeu, mas não é bem isso; o olhar dele é mais intenso do que irritado, e está fixo nela.

— Sabe, se você quer ser vista como um dos caras, tudo bem — fala ele baixinho, se aproximando ligeiramente. — Mas, só para você saber, eu nunca te vi desse jeito.

A respiração de Miranda entala na garganta. AJ anda bem-comportado nas últimas seis semanas. Às vezes dá uma ou outra flertada — nada muito exagerado, só um olhar demorado, uma das mãos na lombar ao passar por ela —, mas nada que Miranda sinta necessidade de repreender. Ela já está se acostumando; já percebeu que o flerte é o comportamento habitual de AJ.

Então isso — o olhar intenso, a proximidade corporal — é um pouco inesperado. Ela sente a pele corar e se vira de costas para ele, em direção ao bar.

— Eu não estou tentando ser um dos caras — responde, mantendo o tom leve. — Quero ser parte da equipe. Não sei o que ser mulher tem a ver com isso.

Ela o escuta bufar ao ouvir isso; uma risada, talvez, ou uma exclamação de surpresa. Ele não responde. Ela chama a atenção do bartender e pede a rodada deles. Quando finalmente volta a olhar para AJ, ele a está observando de maneira pensativa. Como se talvez não a conhecesse como a palma de sua mão, afinal.

— Você é assim com ele? — pergunta AJ, pegando duas cervejas do balcão.

— Assim com quem?

— Com seu namorado. Você é assim? Confiante, sexy? Você mesma?

— AJ — alerta Miranda. — Já chega.

— Não posso dizer que você é você mesma?

— Não pode dizer que eu sou... Você não pode flertar comigo.

Ele dá um sorriso discreto e balança a cabeça enquanto eles seguem para a mesa.

— Miranda... se você não quer que eu te ache sexy, precisa parar de me dizer que não podemos ter nada. Gosto do que é proibido. É, tipo... pura tentação.

— Imaginei que esse fosse o atrativo — diz Miranda enquanto eles ziguezagueiam pelo pub cheio.

— Pense o que quiser. — AJ esbarra de leve nela enquanto eles passam por entre as mesas. — Mas se eu só quero você porque não posso ter, não é melhor sair comigo? Só para eu sossegar o facho?

— Aaron Jameson, você é um galinha sem-vergonha — fala Miranda com firmeza. — Vá flertar com uma das vinte mulheres do bar que estão babando por você.

— Eu não quero as vinte mulheres do bar — diz AJ quando eles chegam à mesa.

— Bem, você já transou com pelo menos duas delas, se me lembro bem — comenta Jamie, estreitando os olhos para o grupo de mulheres viradas na direção de AJ. — Então seria meio constrangedor.

Siobhan

Siobhan conseguiu cancelar a sessão individual, mas não pôde fugir de todas as entrevistas com a imprensa. Não faz ideia do que disse em nenhuma delas. Já anoiteceu, e as conversas com blogueiros e jornalistas menores se tornaram um branco impenetrável na mente dela. Até onde ela sabe, pode até ter mandado o editor do *Dublin Business Journal Monthly* se foder.

Enquanto caminha pela escuridão até o ponto de táxi do aeroporto de Dublin, ela se sente outra pessoa. Não de forma abstrata, mas de uma maneira muito real, tangível. Ela não é a Siobhan *Life Coach*; ela não é Siobhan, a Empoderadora, a marca, a mulher de negócios; ela nem mesmo é a Siobhan colega de apartamento de Fiona. Desde essa manhã, ela só está... pairando no ar.

É impressionante que ainda esteja colocando um pé depois do outro para andar; as pessoas ao redor parecem reais, e seus pés parecem reais, mas ela sente uma necessidade forte, urgente, de perguntar a alguém: "Eu estou aqui? Tem certeza? Essa sou eu?"

Não foi bem assim da última vez. Ela desmoronou, mas ao menos sabia quem era. Por mais que talvez preferisse não saber.

— Está tudo bem aí? — pergunta o taxista quando a vê parada ao lado do carro, encarando a janela.

O próprio rosto a encara de volta. Está distorcido e estranho. Ela afunda as unhas na palma da mão até doer, mas de uma maneira reconfortante, que a traz de volta para si mesma. Mantém as unhas ali, cravadas na pele, um lembrete de que ela é real.

— Sim — responde. — Sim, estou bem.

Ela entra no táxi, que percorre as ruas de Dublin. Siobhan observa os rostos pela janela e deseja que alguém se vire e olhe para ela enquanto passa.

— Ai, meu Deus — diz Fiona ao abrir a porta do apartamento.

Siobhan tocou a campainha; a ideia de encontrar as chaves na bolsa pareceu realmente difícil, como caminhar numa poça de cimento fresco.

— Ai, meu Deus, Shiv, você está com uma cara...

Siobhan consegue sorrir. Fiona parece tão ela mesma... Como se nada tivesse mudado.

— Eu estou com uma cara de merda, né? — pergunta Siobhan.

— Está — responde Fiona, guiando-a com firmeza para dentro. — Uma merda linda, obviamente, porque é você, mas uma merda mesmo assim. Sente-se aí, vou fazer um chá para você.

O chá está tão quente que a caneca queima a mão fria de Siobhan; ela sente as marcas que suas unhas deixaram, como furos de alfinete, ardendo um pouco mais do que o resto da pele.

E começa a chorar. Já chorou muito hoje. Todos os momentos em que outras pessoas não estavam presentes se resumiram a encarar o nada ou se enroscar em posição fetal, o rosto encharcado de lágrimas, as mãos cerradas em punho.

— Você está esgotada — diz Fiona, sentando-se ao lado de Siobhan no sofá e puxando uma manta por cima das pernas das duas. — Acho que está estressada, meu amor.

Siobhan balança a cabeça, agarrada à caneca quente.

— Minha menstruação está atrasada — anuncia ela com a voz engasgada, e Fiona arregala os olhos.

— *Ah.* — Ela estende a mão e segura o pulso de Siobhan. — Shiv, vai ficar tudo bem. Você fez um teste?

Siobhan balança a cabeça. Uma lágrima pinga no chá.

— Estou tão... — Ela busca as palavras certas para conseguir dizer que está completamente perdida e apavorada. — Eu baixei a guarda com Joseph — diz com uma voz que é um choramingo infantil, e ela mal se reconhece. — E agora olhe isso. Olhe só onde eu estou. Meu Deus, foi um *erro* tão grande me permitir... me permitir...

— Se apaixonar por ele?

— Não! — diz Siobhan, levantando a cabeça de repente. Fiona está embaçada e turva por entre as lágrimas. — Não, eu não me apaixonei, eu não me apaixonei. Não posso ter me apaixonado.

— É isso, bota para fora — fala Fiona.

É só então que Siobhan nota que suas lágrimas se tornaram soluços, entrecortados e arquejados. Suas pernas começam a doer subitamente. Ela sente uma vibração nas mãos e no rosto; não é um formigamento, isso seria suave demais. É como uma estática poderosa e barulhenta sob sua pele.

— Está bem, talvez não tanto assim — diz Fiona, arregalando de leve os olhos. Pega o chá das mãos trêmulas de Siobhan. — Shiv, respire. Respire. Olhe para mim.

Siobhan tenta. Fiona é a mesma de sempre, mas é como se Siobhan não conseguisse identificá-la. Só consegue pensar: *Eu não sou o suficiente. Não consigo fazer isso de novo. Não consigo sobreviver a isso de novo.* O pensamento é tão forte que ocupa toda a mente dela e não deixa espaço para mais nada, nem para Fiona.

— Inspire, expire, inspire, expire — tenta Fiona, acariciando as costas de Siobhan, mas a respiração da amiga não obedece; está acelerada demais, em grandes golfadas de ar que atingem o fundo da garganta como se fosse algo duro.

— Eu... não consigo... — diz com esforço. Como ela interrompe isso? Como faz isso parar?

— Você está hiperventilando. Precisa tentar acalmar sua respiração. Como no começo de uma meditação, está bem?

Não vai rolar. Siobhan baixa a cabeça para as coxas, fechando os olhos com força, ombros tremendo. Ela pensa por um milésimo de segundo no som da porta do hotel se fechando, e sua respiração se acelera ainda mais e ela perde totalmente o controle sobre o próprio corpo, está em queda livre. Os olhos dela vão ficar tão inchados, pensa, desesperada. Como vai desinchá-los para a primeira sessão amanhã? Ela vai se apresentar numa escola. Vai ficar na frente de todas aquelas pessoas, que vão vê-las como ela realmente é: frágil, inadequada.

— Preciso fazer um teste — declara Siobhan para os joelhos.

— Certo. Vamos fazer isso, então.

— Não consigo. Não posso fazer isso. Não consigo.

— Eu vou estar bem do seu lado. Vou te acompanhar. A cada passo.

Siobhan não consegue levantar a cabeça dos joelhos. Os sentimentos estão vindo em ondas, um pior do que o outro, e é como se o corpo dela estivesse aceso de ódio, como se o sentimento corresse por suas veias como tinta.

— Vamos começar só com um banho — diz Fiona em certo momento. — Vamos lá, para a banheira.

Siobhan se permite ser guiada, se apoiando no braço de Fiona; ela não sabe se suas pernas vão aguentá-la. Tem algo horrível acontecendo com ela. Está desmoronando.

— Vamos fazer as coisas em intervalos de cinco minutos — continua Fiona ao tirar a camisa molhada de lágrimas do corpo trêmulo de Siobhan. — Que nem suas agendas de trabalho, mas todas as tarefas são fáceis. Todinhas. Os próximos cinco minutos serão nessa banheira. Eu estarei aqui em todos os segundos desses cinco minutos. Vamos falar sobre a nova temporada de *RuPaul's Drag Race*. Talvez a gente lave seu cabelo, talvez não, como você quiser.

Siobhan soluça nas mãos molhadas, encurvada na água morna com as pernas no peito.

— Me desculpe — responde ela com esforço. — Você tem coisas... Você tem coisas para fazer...

— Siobhan. — Fiona pinga óleo de lavanda na banheira. — Quantas vezes você já cuidou de mim?

Sim, pensa Siobhan, *mas isso é diferente*. Essa é a dinâmica delas; Siobhan é a que conserta as coisas, a que chega e resolve tudo para todo mundo. Ela nunca permite que alguém a veja *fraca* assim, nem mesmo Fiona.

— Você nunca esteve tão na merda assim — diz Siobhan, enfiando o punho nos olhos.

Ela volta a cravar as unhas nas palmas, buscando aquela sensação que encontrou enquanto estava esperando o táxi, a breve satisfação advinda de uma dose suave de dor.

— Pare com isso — ordena Fiona, de maneira incisiva, buscando uma das mãos de Siobhan. — Shiv. Pare com isso.

Siobhan deixa Fiona abrir sua mão. Há quatro cortezinhos em meia-lua em sua palma, as marcas das unhas postiças dela, azulados e inchados. Dois começaram a sangrar; Siobhan observa o sangue com um prazer dissociado.

Fiona pega uma esponja e limpa com delicadeza uma das mãos, depois a outra.

— Por favor, não faça mais isso — diz ela baixinho.

Siobhan ergue o olhar para a amiga. Ela se sente minúscula e perdida. Completamente arruinada.

— Shiv, me promete. Da próxima vez que quiser se machucar assim, você me procura, onde quer que esteja.

— Eu não estava me machucando — diz Siobhan, piscando.

Fiona ergue as sobrancelhas, mostrando o sangue empoçando na palma esquerda de Siobhan.

— Está bem — continua ela. — Bom, seja lá como você chame isso.

— Ah, eu... — começa Siobhan enquanto Fiona limpa o sangue. — Desculpe. É só que... me acalma. Eu não queria que sangrasse.

— Há outras maneiras de se acalmar. E nós vamos encontrá-las. Mas, primeiro, vamos lavar seu cabelo?

Siobhan se permite ser deitada na água. Ela fecha os olhos. Cinco minutos por vez. Ela consegue. Com certeza.

— Fi — diz de repente, abrindo os olhos e levantando a cabeça da água. — Fiona, eu sou real? Estou aqui de verdade?

Fiona espalha xampu nas raízes do cabelo de Siobhan.

— Você é real, Siobhan Kelly. Se fosse fruto da imaginação de alguém, provavelmente seria menos boca-suja e não pegaria tanto os meus sapatos emprestados.

Siobhan dá uma risada ao ouvir isso. Elas se entreolham com surpresa; aparentemente nenhuma das duas pensou que ela tivesse capacidade de rir. Fiona sorri e se inclina para a frente para massagear o xampu no couro cabeludo de Fiona.

— Qual tal combinarmos uma coisa? — diz ela. — Se você deixar de existir, eu vou te contar. Fechou? Serei a primeira pessoa a te avisar se você não estiver mais aqui.

Siobhan volta a fechar os olhos e faz que sim levemente antes de deslizar para dentro d'água.

Jane

À medida que a primavera se transforma em verão, Jane começa a relaxar. O cartão de visitas de Lou está enfiado em segurança atrás de um pote de geleia com flores secas na cornija. Jane continua ligando para o pai e contando mentirinhas inocentes, andando até a Hoxton Bakehouse para tomar café da manhã, calçando os sapatos marrons gastos e remendando os cotovelos do cardigã de quinta-feira quando começam a puir. Um livro por semana. Um pouco de creme no café. Uma bela e cuidadosa simplicidade; essa é a vida que Jane criou para si mesma.

Então há Joseph. Certamente belo, mas nada simples.

Jane tentou ver Joseph como amigo de novo, mas é como se ela tivesse acendido uma luz e agora não conseguisse encontrar o interruptor para desligá-la. Não dá para reduzir o brilho. Seus sentimentos por ele estão brilhando cada vez mais conforme o tempo passa, e às vezes ela sente que ele deve vê-los reluzindo em seu peito, a grande e poderosa bola de amor que cresce ali.

Ele não faz nada para ajudar. É gentil, inteligente e charmoso; escuta, se lembra das coisas que são importantes para ela. Nunca passa dos limites, não tenta flertar.

E lhe traz livros.

Começou em maio: um livro extra da biblioteca na porta da casa dela. Nenhum bilhete, nada, mas ela sabe que foi ele. Ela o pega e entra no apartamento; a tentação é grande demais e não há regras claras quando *outra* pessoa lhe dá um livro. Ela terminará o *thriller* do clube do livro deles na quarta-feira, e a noite de quinta parece tão longa e vazia...

Ele os deixa na porta dela toda semana. Jane nunca o confronta sobre isso, e Joseph também não confessa, mas um dia ele pergunta o que ela achou de *Oroonoko*, e ela manda uma mensagem para ele quando chega *àquele* momento de *Garota exemplar*, e, assim, os livros na sua porta se tornam parte da rotina.

Ao longo de junho e julho, ela e Joseph apostam corrida em todos os tipos de livro, desde *thrillers* sombrios a romances sensuais; Joseph lançou o desafio de esquecer o esnobismo literário e tentar de *tudo*. Em meados de julho, eles se encontram para debater *Como conquistar um duque*, e Jane decide usar o seu vestido favorito, "o de sábado". Ela se deita de barriga para cima no gramado da catedral e deixa a saia creme se abrir como um leque ao redor das pernas, a seda tão leve que parece nem tocar a grama. O sol é um brilho morno brumoso por trás dos óculos escuros. Ela apoia o livro aberto no abdômen enquanto espera Joseph, sentindo a agitação por baixo das páginas, o frio na barriga de empolgação por saber que em breve ele estará deitado na grama ao seu lado.

— Estou atrasado! De novo! — anuncia Joseph com alegria ao se sentar pesadamente. — Mas tenho uma desculpa excelente.

Jane sorri, os olhos fechados por trás dos óculos escuros, resguardando o momento em que vai abri-los e ver Joseph.

— Você sempre tem.

Joseph grunhe de felicidade ao se esticar ao lado dela.

— Existe alguma coisa melhor do que sentir o sol no rosto? — pergunta ele.

A maneira como você sorri quando me vê do outro lado da rua, pensa Jane. *A sensação das nossas mãos se tocando de leve. Seu cheiro, cedro e limão.*

— Eu amo o verão — responde ela distraidamente —, mas prefiro a primavera. Toda aquela esperança, tudo ao redor aguardando para ganhar vida.

Com os olhos fechados, ela imagina que o corpo dele está só a um fio de cabelo de distância dela, que ela poderia rolar direto para os braços dele. O sol se esconde atrás de uma nuvem e reaparece, seu calor preguiçoso percorrendo a pele de Jane.

— Deixe só eu adivinhar. Você também prefere a véspera do Natal ao Natal em si? — pergunta Joseph, e ela ouve o sorriso na voz dele.

Jane comprime os lábios. Os últimos Natais foram eventos horríveis, forçados; ela e o pai passam o dia com a família da tia, mas o pai odeia as festas de fim de ano e Jane odeia ter que contar tantas mentiras. *Sim, Londres é ótimo, sim, o trabalho vai bem...*

— Qual foi sua desculpa para o atraso? — pergunta Jane, sem muita vontade de falar sobre o Natal.

Mas sim, ela sempre amou a expectativa da véspera, e prefere sextas a sábados, e às vezes passar o dedão pela lombada imaculada de um livro novo é tão delicioso que ela *quase* desiste de começar o primeiro capítulo.

— Eu estava comprando lanchinhos apropriados para nosso clube do livro.

Jane ouve o farfalhar de sacolas de papel. Ela se vira de lado, deixando *Como conquistar um duque* cair na grama, e abre os olhos quando Joseph começa a esvaziar as sacolas. A barba está maior hoje, como se ele não tivesse tido tempo de fazê-la; ela muda o rosto dele, renovando sua aura de cara legal. Ele está de short e camiseta branca, e a gola V mostra um pouco dos pelos do peito, algo que ela nunca pensou que acharia atraente, mas para onde agora não consegue parar de olhar.

— Pão de ló — anuncia ele solenemente —, já que aparece naquela cena com a rainha. E enroladinhos de salsicha fálicos, em homenagem ao pênis do duque — Jane começa a rir nessa hora, e ele sorri para ela, encantado —, e alguns desses pãezinhos doces redondos com cereja em conserva no meio por razões que espero serem óbvias. — Ele os organiza em pares e abre um sorriso radiante. — Eu te fiz rir!

— Fez mesmo — diz ela, se apoiando num cotovelo.

— Não é uma tarefa fácil — responde ele, dando uma grande mordida num enroladinho de salsicha. — Humm. Tão bom quanto a bela donzela disse. E aí, o que achou do livro? Ótimo, não é?

A sem-vergonhice dele é contagiante. Ela se pergunta se ele chegou armado com piadas de comidas fálicas como um meio de quebrar o gelo. Eles nunca debateram sobre um livro com tantas cenas de sexo; seria a cara de Joseph pensar nisso e achar uma maneira de tornar as coisas mais confortáveis.

— *Muito* bom — admite ela, pegando um pãozinho doce. Parece meio indecente ir direto para a cereja em conserva, mas ela o faz mesmo assim. — Li num dia só. Achei que o duque seria péssimo, mas ele era dominante e "duquês" sem ser um completo...

— Babaca? — sugere Joseph, terminando o enroladinho de salsicha. — Totalmente. Não foi nada do que eu esperava. Cenas de sexo em livros costumam ser tão constrangedoras, não é? Todo aquele papo sobre o que vai aonde, ou então eles seguem outra linha e transformam tudo em analogias sobre o movimento das marés ou algo do tipo, aí você não entende o que os personagens estão fazendo. Mas... — Ele pega seu exemplar e abre numa página dobrada para baixo. — Aqui. A maneira como ele descreve o ato de tocá-la depois de tanto tempo sonhando com isso, quando diz que ele "passou as mãos pela pele da barriga dela, macia como seda, e mal respirou. Era tão intenso, como o gosto do mel mais rico, quase doce demais para suportar, e quando ele levou os lábios ao volume dos seios dela, seus..."

Ele pigarreia, ainda olhando para o livro. O coração de Jane está martelando, acompanhado de uma sensação correspondente em seu baixo ventre, porque ela sabe como aquela cena continua, e sequer *pensar* em ouvir Joseph descrever um duque fictício beijando os mamilos de uma donzela fictícia já basta para deixá-la ardente de desejo. Ela mantém o rosto cuidadosamente inexpressivo, mas ele com certeza sente a tensão no ar entre os dois, o calor denso, como se o sol tivesse apontado um raio poderoso sobre eles.

— Pois é, então — conclui Joseph, e suas maçãs do rosto estão tingidas de um rubor cor-de-rosa fofo que não ajuda em nada os sentimentos que florescem na barriga de Jane. — Achei que fez total sentido. Entendi exatamente o que ele quis dizer. Tipo, eu consegui imaginar. Foi bem sugestivo. — Ele ergue o olhar com timidez. — Meu Deus, não é de se espantar que seja tão difícil escrever uma boa cena de sexo. Eu nem consigo falar sobre uma.

Jane sorri.

— Entendo o que quer dizer. A parte da espera é o que deixa tudo tão... tão sexy, não é? — Ela baixa o olhar ao dizer *sexy*; não é uma palavra que Jane costuma pronunciar com frequência, mas ela não consegue pensar em nenhuma outra. — Todo o tempo que eles passam sem se tocar significa que, quando se tocam...

— É — diz Joseph, pigarreando. Ele pega o pão de ló e começa a desembrulhá-lo. — Acho que algumas pessoas valem a espera.

Ela pensa sem parar nesse comentário depois que eles se separam, cada um levando sua cota de comida. Sempre que sua mente vagueia, em vez de levá-la de volta a lugares aonde ela não quer ir, a leva àquele momento fofo e sexy na grama, com Joseph dizendo "algumas pessoas valem a espera", e Jane nunca se cansa de relembrá-lo.

A frase lhe volta algumas semanas depois, num daqueles dias escaldantes do começo de agosto que fazem parecer que a Inglaterra foi parar num lugar mais próximo do Equador. Ela e Colin estão tomando sol em cadeiras dobráveis em frente ao brechó beneficente; já faz duas horas desde o último visitante (procurando protetor solar, que eles não vendem), e Colin é um gerente substituto muito mais tolerante do que o companheiro. "Sacolas de doação podem esperar", disse ele, expulsando Jane para o lado de fora. "Esse clima não espera."

— Então, Jane — fala Colin, ajeitando o boné. Ele é completamente careca, e Mortimer insiste muito que ele use um chapéu quando está sol; Colin obedece, mas afirma que Mortimer não pode opinar sobre o *tipo* de chapéu. Hoje ele está com um boné preto de aba larga que diz "Que se foda" em letras grandes na frente. — Estou pensando em pedir Mort em casamento.

Jane se vira para encará-lo por trás dos óculos escuros. Eles estão bebendo chá gelado; ela fez um pouco outro dia, e agora Colin diz que está *obcecado* e insiste que ela faça sempre que ele está na loja. O coração de Jane se alegrou quando ela viu uma sacola de limões na cozinha, rotulada: "Para o chá gelado especial da nossa Jane!! NÃO TOQUE!"

— Que incrível — responde ela.

— Sempre pensei que ele fosse fazer o pedido. Ele disse, uma vez, há anos, que queria pedir. Acho que está esperando alguma coisa, mas não sei o quê. — Colin dá um gole no chá gelado. — E acredito totalmente que valerá a espera, é claro que *ele* vale a espera, mas fico me perguntando se não deveria tomar uma atitude e fazer eu mesmo o pedido.

Jane morde o lábio e pensa em quando perguntou se Mortimer se importava de Colin mentir sobre ele para a mãe. "Acho que ele vai chegar lá", dissera Mortimer. "Com um pouco mais de tempo."

— Você gostaria de um casamento grande? Com toda a família presente? — pergunta Jane.

— Grande, com certeza — diz Colin com uma risadinha. — Tenho certeza de que Mort ia querer o pessoal dele todo lá, mas eu só tenho minha mãe agora, e ela... bem, ela não conseguiria ir de qualquer maneira, a não ser que nos casássemos em Edimburgo.

Jane não *sabe* se a mãe de Colin é a última coisa que Mortimer está esperando antes de pedi-lo em casamento, mas... Havia algo na voz de Mortimer quando eles falaram sobre "Bluebell". Uma falsa leveza, nada convincente. Por um momento, Jane pensa na última conversa dela com o pai — ela fingiu estar no Regent's Park — e fecha os olhos com pesar.

— Você gostaria que ela estivesse lá? Sua mãe? Você... acha que Mortimer gostaria? — pergunta Jane com cautela.

Colin é esperto demais para cair nessa; ele lança um olhar desconfiado para ela.

— Ele comentou alguma coisa com você?

Jane não deveria se envolver. Não é da conta dela, que de fato desenvolveu uma relação relativamente boa com essas pessoas; não quer estragar tudo ao se meter. Mas há uma pontada de mágoa na voz de Colin, uma cautela em sua postura, e por um estranho momento ela tem vontade de estender a mão e apoiá-la no braço dele, um impulso que não sente há muito tempo.

— Ele me contou outro dia que ela não sabe sobre vocês dois — revela com delicadeza. — Ele estava tentando me consolar, na verdade, por mentir para o meu pai. Eu não contei ao meu pai que fui embora de Londres. Não consigo me forçar a decepcioná-lo. — Ela aperta o rabo de cavalo, desviando o olhar. — O que eu quero dizer é: às vezes nós mentimos para quem amamos, eu entendo. Mas será que essa pode ser a peça faltando, a última coisa que Mortimer está esperando?

Colin baixa o olhar para a bebida, o boné sombreando seu rosto.

— Quer saber — diz ele numa voz bem fraca —, acho que eu já sabia disso, na verdade.

Jane fica em silêncio. A rua está agitada, lotada de pedestres com sacolas de compras empilhadas nos braços, mas ninguém vem na direção do brechó beneficente; ela e Colin estão sentados em seu próprio mundinho ensolarado, com chá gelado nas mãos.

— Obrigado, Jane — fala ele.

O celular de Jane vibra alto na mesa de vime entre eles. Colin se sobressalta, levando a mão ao peito.

— Caramba. Eu odeio esses troços malditos — diz ele, olhando-o com desgosto.

Jane sorri e abre o e-mail. É um convite virtual. *Martin Wang & Constance Hobbs, juntamente às suas famílias, o convidam para a cerimônia de casamento...*

O coração dela afunda de tristeza; parece descer até sua barriga, como uma pedra, terrível. Ela terá que ir. Seria grosseiro faltar, ainda mais depois de comparecer à festa de noivado em fevereiro. Mas o que vai vestir? Com quem vai conversar? E se for deixada sozinha na multidão, ou pior, for pressionada a jogar conversa fora com estranhos? Ela murmura "um momentinho" para Colin e volta para o frescor do brechó; o sol quente e seco subitamente se torna demais para ela.

Não tem ninguém lá dentro, e enquanto está parada ali desfrutando do silêncio, Jane sente uma vontade súbita de *fazer* alguma coisa. Ela se permite um satisfatório momento de petulância infantil e joga o celular no urso-polar de pelúcia gigante que fica do lado do balcão. O celular quica entre as orelhas, cai nas pernas esticadas dele e aterrissa no colo.

— É ridículo deixar esse pobrezinho sentado desse jeito — diz uma voz no meio das estantes à direita do balcão.

Jane se sobressalta, vira e vê uma mulher entrando no brechó com uma enorme pilha de livros. Ao olhar com mais atenção, identifica Aggie, a mulher do pijama.

— Já estou aqui há um tempo — explica Aggie, deixando os livros no balcão com um grunhido. — Desculpe se te assustei. Não sei você, mas eu nunca vi um urso-polar sentado assim. Não que eu tenha visto muitos ursos-polares. Enfim, o que eu quero dizer é que entendo por que você gostaria de acabar com o sofrimento dele.

Jane recupera o celular do colo do urso, um tanto sem graça.

— Eu só... recebi um e-mail sobre algo que não estou muito a fim de fazer — diz Jane, guardando o celular no bolso.

— Parece que tenho o hábito de aparecer aqui nos seus dias ruins. — Aggie abre um sorriso. — Olha, que tal tomarmos um chá e você me contar tudo?

Jane pisca. Está preparando sua resposta de sempre para esse tipo de pergunta — "Muito gentil da sua parte, mas estou ocupada" — quando Aggie volta a falar.

— Tenho uma ideia melhor, na verdade. Será que seu chefe pode te dar alguns minutos?

— Ah, eu não sou chefe de ninguém — diz Colin distraidamente, entrando na loja. Ele ainda está com o boné "Que se foda"; Jane nota o olhar admirado de Aggie. — Jane, pode fazer um intervalo se quiser.

— Estou bem — fala ela depressa. — Obrigada. Preciso organizar as...

— Cinco minutos — insiste Aggie. Ela olha para Jane com astúcia. — Três, se preferir. Qualquer um pode abrir mão de três minutos.

É um argumento difícil de rebater. E tem alguma coisa em Aggie. Ela a lembra de Joseph, por mais ridículo que pareça. Aggie sempre parece prestar atenção no que você diz, ela transmite aquela sensação cativante de que está realmente te escutando em vez de só pensar no que dizer em seguida, assim como Joseph.

— Se eu não melhorar sua manhã, juro que te deixo em paz para todo o sempre — diz Aggie, levando a mão ao coração. — Mas aposto que, se me der três minutos, eu posso te fazer sorrir.

Por que está se dando ao trabalho?, Jane quer perguntar. *Por que está sequer tentando?* O silêncio se prolonga entre elas; Jane não sabe o que dizer. Aggie suspira.

— Olha, Jane, eu só acho que podíamos ser amigas, basicamente isso — continua Aggie depois de um momento, com certa exasperação. — Acho que não peço para ninguém ser meu amigo desde que tinha doze anos e precisava que alguém se sentasse comigo no ônibus, mas você não parece estar entendendo minhas insinuações, então resolvi ser direta.

Jane fica atônita.

— Ah — responde ela, surpresa. — Jura?

— Eu não era muito descolada quando tinha doze anos — afirma Aggie, seca.

— Não, quero dizer... — Jane se interrompe.

— É tão difícil assim acreditar que alguém quer ser sua amiga? — pergunta Aggie. Ela está brincando, mas fica séria ao ver a expressão de Jane. — Ah. *Certo.* Bem, vamos lá então. Não vou aceitar "não" como resposta.

Aggie guia Jane para fora da loja, deixando sua torre de livros para trás no balcão.

— Eu sou teimosa feito uma mula — diz Aggie com animação, virando à esquerda ao sair da loja e seguindo para as casas à beira do rio. — Não teria desistido até você aceitar, sabe. Pronto, eu moro aqui.

Ela destranca a porta de um pequeno prédio bem cuidado de tijolos vermelhos, com gerânios em vasos azuis de ambos os lados da porta.

Elas seguem escada acima e entram no apartamento quatro. O cômodo é iluminado e decorado por alguém que claramente tem um olhar artístico. Jane entra na sala de estar, onde há um sofá ocre comprido decorado com almofadas de estampa de pavão; os rodapés são pintados de preto, e as tábuas do piso foram envernizadas até brilhar. Jane se vira para registrar tudo, então ri de repente ao ver a enorme obra de arte que ocupa a parede dos fundos.

É uma tela rosa-choque, a cor tão forte que parece reluzir. Uma frase que deve ter sido escrita com caneta permanente cobre a superfície.

A maioria das pessoas é uma bosta, o que você vai fazer a respeito disso?

— Gostou? — pergunta Aggie, deixando a bolsa no sofá. Ela olha o relógio. — Não responda, já perdemos um minuto e meio. Venha cá.

Ela leva Jane até a varanda. Não é uma vista particularmente inspiradora. Abaixo deles há um estacionamento ladeado de garagens com portões de ferro abaixados feito olhos tristes, fechados.

— Aqui — diz Aggie, e coloca algo pesado e macio nas mãos de Jane.

É um balão de água. Há um balde cheio deles no canto da varanda, diferentes cores e tamanhos, todos caprichosamente amarrados.

Jane encara a coisa viscosa, escorregadia e infantil em suas mãos, então ergue o olhar para Aggie.

— Vou demonstrar — fala. Erguendo o braço com uma manobra exagerada feito um jogador de boliche, ela lança o balão pela varanda no asfalto lá embaixo.

Ele aterrissa com um estalo, explodindo num jorro colorido de água.

— Sua vez — incita Aggie.

— Você quer que eu... jogue balões de água da sua varanda? No chão?

— Sim — confirma a mulher pacientemente. — Vá em frente.

— E a bagunça? — pergunta Jane.

— Vou limpar mais tarde. Vivo fazendo isso. Só vai fundo.

O balão treme e escorrega nas mãos de Jane. Ela o segura com a mão direita e olha para baixo. Os restos do balão de Aggie estão no chão, um espirro de borracha verde-claro no asfalto.

Jane joga seu balão. Ela o faz com muito mais força do que pretendia; quando seu braço começa a se mexer, ele simplesmente ganha força, e de repente ela sente vontade de *quebrar* tudo, de ver aquela água-viva redonda em sua mão explodir.

Quando o balão estoura, ela sente como se estivesse libertando algo.

Antes que Jane consiga se virar para Aggie, a mulher já lhe passou outro balão, esse escuro, vermelho-vivo, e um pouco maior. Jane se inclina sobre o parapeito e o ergue bem alto, então solta. E depois outro balão. E outro. É imensamente satisfatório; ela começa a rir, então Aggie também joga alguns balões. Alguém abre uma janela abaixo e se debruça para fora, curioso, se retraindo ao ver duas mulheres adultas gritando de alegria e jogando balões de água da varanda.

Quando todos os balões acabam, Jane está sem ar. Vira-se para Aggie, que está sorrindo para ela, uma mecha de cabelo vermelho colada à testa.

Sua *amiga* Aggie.

E por que não? Jane acreditou por muito tempo que ninguém ia querer ser amigo dela; morar em Londres lhe ensinou essa lição. Mas aqui está uma mulher que *pediu* para ser amiga dela, e logo no fim da rua tem uma sacola de limões para "nossa Jane", e esperando no celular tem um recado de Joseph dizendo que a última mensagem dela o fez sorrir.

Talvez não seja tão difícil gostar de mim, pensa Jane ao olhar para Aggie. *Talvez eu não seja tão esquisita, tão difícil. Talvez ele também estivesse errado sobre tudo isso.*

— Bom, né? — pergunta Aggie.

— É, sim — responde Jane, e sorri. Para sua imensa surpresa, ela está feliz.

Felicidade é um desses sentimentos que você só nota que sumiu quando ele aparece de novo.

— Convide-o para ir com você, então — diz Aggie, estendendo a mão para a garrafa de vinho.

Ela está esticada no sofá ocre; Jane está sentada na poltrona, segurando uma das almofadas de pavão contra o peito. Mal consegue acreditar que isso aconteceu. Incentivada por Aggie, ela mandou uma mensagem para Colin perguntando se ele se importava se ela não voltasse para a loja; ele ligou para responder ("Meus dedos não servem para digitar nesses negócios", disse) e observou que tinham vendido zero produto nas últimas quatro horas, então a presença dela provavelmente não era necessária, mas que ele ligaria se surgisse uma onda súbita de clientes.

Agora são dez da noite e Jane ainda está no apartamento de Aggie.

— Não posso convidá-lo para ir comigo — responde Jane.

Faz tanto tempo que ela não fica na companhia de outra pessoa, só conversando. Ela se sente exausta e entusiasmada.

— É claro que pode — diz Aggie. — Você já o convidou para uma festa antes, não foi?

— Era diferente naquela época. Agora...

Agora Jane tenta interpretar as escolhas de livros que ele deixa na porta dela, fica horas pensando por que ele lhe deu *Razão e sensibilidade*, por que escolheu *A culpa é das estrelas*. Agora, quando eles estão longe, ela anseia que ele apareça em seu típico turbilhão de energia de última hora, anseia ouvir sua risada, olhar em seus olhos calorosos cor de avelã e sentir aquele frio na barriga. Agora ela está se apaixonando por ele.

— Por que simplesmente não o chama para sair? — pergunta Aggie.

A maquiagem dela se acumulou um pouco nas ruguinhas dos olhos, e a saia está toda embolada embaixo das coxas, mas Jane já conhece Aggie bem o bastante para saber que ela não está nem aí para isso.

— Não posso. — Jane brinca com a ponta da almofada no colo dela, o coração martelando. — Eu não sei namorar direito.

— Você não... sabe namorar... direito?

— Não sou uma boa namorada — explica Jane.

Há uma longa pausa.

— Taí uma coisa bem estranha de se dizer — responde Aggie depois de um tempo. O tom dela não carrega nenhum julgamento, só curiosidade.

Jane ergue o olhar para ela.

— Ah, eu só quis dizer que não sou boa em relacionamentos. Os homens simplesmente... cansam de mim depois de um tempo. Eu sempre entendo tudo errado. — Ela ergue o ombro. — E sou intensa. Quando me apaixono por alguém, quando estou com alguém, eu perco... — *Eu me perco*, pensa ela. — Eu perco a perspectiva — completa em vez disso.

— Humm — fala Aggie, inclinando a cabeça. — Posso só dizer que "não sou uma boa namorada" parece uma ideia que outra pessoa colocou na sua cabeça? "Eu sou intensa"? "Eu sempre entendo tudo errado"? Quem disse essas coisas sobre você, Jane?

Jane encara Aggie. Elas ficam paradas assim, em silêncio, Aggie olhando-a sem rodeios e Jane surpresa.

— Ah — diz ela. — Humm.

— Ex tóxico? — pergunta Aggie, solidária. — Aprontou com você, foi?

O batimento cardíaco de Jane parece pulsar nas bochechas, verme-lho-fogo.

— Ajuda dizer que *eu* te acho incrível? Basicamente passei meses correndo atrás de você até que aceitasse ser minha amiga — observa Aggie, balançando a taça de vinho. — E todo mundo daquele brechó fala de você como se fosse uma neta amada. As pessoas te amam, Jane. Apesar do que já te disseram.

Jane não sabe o que dizer. É como se Aggie tivesse derramado um balde de água fria sobre a tristeza fervescente e miserável que sempre queima no peito dela, extinguindo-a com um único grande jorro. *As pessoas te amam, Jane.*

Para a vergonha de Jane, seus olhos começam a lacrimejar. Ela encara a almofada no colo. Não sabe o que dizer.

— Obrigada — sussurra. — Você é muito gentil.

Aggie faz um *pff* e diz:

— Que nada, eu sou só sincera. E, para falar a verdade, é óbvio que você está meio apaixonada por esse tal de Joseph, e merece ser feliz, deveria chamá-lo para sair. Assim pelo menos ele vai saber como você se sente; é muito pior continuar do jeito que está, com você apaixonada e ele sem nem saber.

— É pior, sim — concorda Jane, engolindo as lágrimas. — Mas é muito mais seguro.

Cinco dias depois, sentada de frente para Joseph na mesa preferida deles do Josie's Café, Jane se vê dizendo:

— Sabe quando você me perguntou se eu tinha te demitido como meu namorado de mentira...?

— Aham.

Joseph está limpando os óculos na camiseta. Está com um brilho no olhar e cheio de energia hoje; acabou de jogar futebol, ainda está com o cabelo molhado do banho. Ele sorriu quando ela chegou no café e disse

"Jane, você está linda hoje", e ela pensou "Casa comigo, casa comigo, casa comigo", então "Pare com isso, Jane, só *pare* com isso."

— Bem, eu estava me perguntando se você aceitaria seu antigo cargo de volta. Se aceitaria voltar à empresa para um último trabalho, na verdade.

Ela estava tentando aliviar o clima, mas agora deseja não ter falado *a empresa*. Joseph ainda não sabe que Jane trabalhava na Bray & Kembrey, e ela se encolheu um pouco ao dizer a palavra; agora ele a está olhando com sua expressão cabeça-inclinada-olhos-curiosos.

— Precisa de um acompanhante de novo? — pergunta ele depois de um tempo.

Jane baixa o olhar para o cardápio. Por quê, por que ela puxou esse assunto? Por que não é possível agarrar as palavras no ar e jogá-las fora?

— O casamento de Constance vai ser no final de setembro. Eu preciso ir, mas odeio esse tipo de evento grande, e realmente... adoraria se você fosse comigo.

— Como seu namorado de mentira — diz Joseph.

— Ah, deixa para lá, é idiota demais. Eu não deveria ter perguntado — fala Jane, cobrindo o rosto com as mãos.

— Está tudo bem — diz Joseph depois de um instante. — Eu só queria deixar claro.

É claro que sim. Provavelmente existe alguma mulher linda e adorável lá fora com quem ele vem conversando num aplicativo de namoro ou algo assim; ele pode até ter uma namorada, Jane não tem como saber. Faz muito tempo que não falam da vida amorosa dele; desde que Scott fez aquele comentário, aquela menção a uma mulher chamada Fi, ou Fifi, talvez. Joseph nunca mais citou nenhum nome parecido, nunca falou de nenhuma namorada, mas Jane também nunca perguntou.

— Vamos só fingir que eu nunca falei isso — declara Jane, voltando a baixar os olhos para o cardápio, mesmo depois de eles já terem feito o pedido. — É que eu realmente... odeio muito ir a esses eventos sozinha. Mas preciso ser mais corajosa. Será um bom desafio para mim.

Ela não está falando sério. Já está pensando numa desculpa para faltar ao evento: será que poderia ter uma intoxicação alimentar? Ela preferiria não mentir... já que anda fazendo tanto isso. Mas talvez pudesse só comer um frango malpassado, ou beber leite azedo?

— Vai ser um prazer, se você quiser. Se precisar de companhia — diz Joseph.

— Ah, não. Não precisa.

Ela o sente buscando seu olhar, abaixando a cabeça para tentar fazer contato visual. O batimento dela parece tão forte e alto que ela tem certeza de que ele consegue ouvir, como se uma percussão poderosa e intensa pulsasse pelo café.

— Jane — diz Joseph em certo momento. — Está tudo bem. Se você precisa de mim, eu estarei lá. — Há uma pausa. — É para isso que servem os amigos — completa ele, e Jane sente vontade de chorar.

— Claro. É para isso que servem os amigos.

Miranda

É dia vinte e cinco de agosto: aniversário de Miranda e seu dia favorito.

Ela sabe que deveria preferir o Natal ou alguma outra data que envolva celebrar boas ações, família e, bem, outras pessoas. Mas ela simplesmente nunca perdeu aquela empolgação infantil de acordar num dia em que pode fazer tudo o que quiser o dia *todo*. Todo mundo tem que ser legal com você, você recebe um monte de mensagens de amigos e até mesmo surpresas, como esta: Carter aparecendo no apartamento dela com um prato enorme de panquecas embebidas em xarope de bordo.

— Trazidas diretamente de Winchester — anuncia ele, orgulhoso, deixando-as no balcão da cozinha.

São do Josie's Café, o lugar de brunch favorito de Carter. Miranda abre um sorriso radiante para ele.

— Você as trouxe até aqui de trem?

— É claro. Só o melhor para você.

Ele a beija, curvando-a para trás em seu pijama rosa estampado e quase a derrubando. Quando Adele entra, eles estão enroscados, se beijando, no braço do sofá.

— Eca — diz Adele em meio a um bocejo. — Feliz niver, Mir. Isso é para dividir?

Ela já tirou um garfo de algum lugar e está avançando com tudo para as panquecas.

— São só para Miranda — fala Carter antes que a namorada consiga abrir a boca e dar um fora na irmã. — Privilégios de aniversário: não precisar dividir.

— Obrigada — sussurra Miranda no ouvido dele quando eles se levantam, ajeitando as roupas.

— Bom dia — diz Frannie, entrando com os chinelos de Miranda e uma roupa que só poderia ser descrita como um *négligé*. — E aí, o que vamos fazer hoje antes de a festa começar?

— *Nós* vamos passar o dia em Londres — responde Miranda, tomando o garfo que Frannie acabou de tirar da gaveta. — Nada de panquecas! Prepare seu próprio café da manhã!

Frannie faz bico.

— Aniversariante metida. Então não estamos convidadas?

— Não, não estão — responde Miranda. — Vocês podem arrumar o quarto extra antes de todo mundo chegar para a festa à noite.

— Por que nosso quarto precisa estar arrumado? — pergunta Adele, comendo um punhado de cereal direto da caixa. — Ninguém vai entrar lá, né? Eu tenho coisas valiosas.

— Como assim? Não tem nada — diz Miranda. — E pode ser que alguém entre lá, é uma festa. Só arrumem, está bem?

— Você já foi divertida um dia — reclama Frannie.

— Não fui nada — diz Miranda com animação.

— É verdade — comenta Adele. — Você já nasceu ajuizada.

Carter ri, então lança um olhar arrependido para Miranda para ver se ela se importou. Ela sorri para ele, por mais que, na verdade, preferisse que ele não ouvisse esse tipo de coisa; Adele e Frannie sempre a fazem parecer uma *fracassada*. Ela consegue aguentar a implicância dos caras do trabalho, mas de alguma forma suas irmãs sempre parecem cutucar a ferida.

O celular de Miranda vibra; uma chamada de vídeo dos pais. Eles estão de férias num trailer na Áustria; desde que as gêmeas saíram de casa, eles embarcaram em várias aventuras que Miranda não consegue deixar de pensar que são mais apropriadas a adolescentes mochileiros, ainda mais considerando que eles insistem em levar a avó dela junto.

Miranda pega as panquecas e o garfo e vai para o quarto, atendendo enquanto se ajeita com as costas apoiadas na cabeceira. Sua mãe, pai e *nonna* aparecem na tela, mas depois somem; pelo visto, sua mãe é a responsável por segurar o celular e, como de costume, não consegue pegar o jeito de apontar para o rosto deles. Mas isso não os afeta e eles se lançam numa versão cacofônica de "Parabéns pra você".

— Miranda! Minha bebê! — diz a mãe, falando muito mais alto do que o necessário. — Toda crescida! Ah, eu me lembro de quando você era uma coisinha minúscula, com as mãos fechadas e os pezinhos miúdos, se esgoelando quando a colocaram nos meus braços pela primeira vez...

É a clássica conversa de aniversário, que é basicamente um monólogo proferido pela mãe de Miranda sobre a vida da filha até agora; sua *nonna* e seu pai contribuem de vez em quando, mas a mãe gosta de permanecer no holofote, então eles não conseguem participar muito. No final, Penny Rosso não está nem mais tentando enquadrar o marido e a sogra na tela.

Quando eles se despedem, as bochechas de Miranda estão doendo de tanto sorrir e ela terminou a caixa inteira de panquecas, que, com certeza, deveria servir duas pessoas. Quando ela volta à cozinha, Adele está jogada no sofá, assistindo a um vídeo no celular com o volume alto, e Carter está curvado sobre a mesa da cozinha, escrevendo alguma coisa. Ele ergue o olhar, então esconde o papel no colo. Ela sorri. O cartão de Natal dele foi uma ilustração feita a mão de Miranda em cima de uma árvore de Natal segurando uma motosserra minúscula. Ele não desenha bem, e a menina do cartão não tinha nada a ver com ela, mas não fazia diferença: o importante era que ele tinha se esforçado.

É fofo que ele esteja desenhando um cartão de aniversário para ela também. Só teria sido um tiquinho mais fofo se ele tivesse feito com antecedência, em vez de enquanto ela se arruma para sair. Faz parte do charme de Carter se atrasar sempre e deixar tudo para a última hora, mas também é um pouco irritante para Miranda, que nunca entendeu direito como as pessoas podem estar sempre atrasadas. Por que não percebem que precisam de mais tempo para se arrumar?

— Me dá dois minutos, aniversariante — diz ele com timidez, cobrindo o papel com a mão. — E aí vou te levar numa aventura.

* * *

Miranda sente que está criando memórias hoje. Ela simplesmente sabe que esses momentos com Carter voltarão à sua mente quando ela for deitar, ou no dia em que pegar esse mesmo trem para o centro de Londres e não conseguir conter um sorriso.

As coisas têm estado um pouco... pacatas entre eles. Não ajuda que as duas irmãs adolescentes de Miranda vivam perambulando ruidosamente pelo apartamento com música alta, chapinhas e conversas intermináveis aos gritos (*Por que elas nunca estão no mesmo cômodo quando conversam?*, Miranda se pergunta). Mas enquanto ela e Carter caminham de mãos dadas pelo Kew Gardens sob uma garoa de verão, e enquanto Carter a deixa tagarelar com empolgação sobre as árvores e os arbustos que eles encontram enquanto exploram... as coisas voltam a parecer perfeitas.

No trem a caminho de casa, ele conta sobre um momento especialmente ridículo entre sua tia e sua mãe, e completa com uma imitação excelente do sotaque escocês afetado da tia. Miranda cai na gargalhada a ponto de parecer um porquinho, assustando o idoso que cochila do outro lado do corredor. Ouvir Carter falar tão abertamente — e até com leveza — sobre a doença da mãe enche seu coração de alegria. Ao secar os olhos e apertar a mão dele, ela sente que recuperou seu antigo Carter, resiliente, sempre rindo, sempre *a* fazendo rir.

Eles voltam para casa um pouco mais tarde do que planejaram; os convidados vão chegar às 19h30 e já passou muito das seis. Frannie ainda está de *négligé* e Adele está limpando a cozinha com o pano errado, formando arcos molhados pelas superfícies e talvez até deixando-as com uma aparência pior do que se estivessem sujas.

— Quer que eu faça sua maquiagem? — oferece Adele com gentileza quando Miranda sai do quarto com a roupa da festa às 19h30.

— Como assim? Eu já estou de maquiagem!

Frannie e Adele se entreolham. Não se trata de um daqueles olhares secretos de gêmeos; é visível para todos os presentes, e quer dizer: "Ela não tem salvação."

Só depois de observar esses olhares que Miranda percebe que Trey, AJ e Spikes estão parados na entrada do apartamento e Carter está fechando a porta; ela ajeita a postura, corando de repente. É estranho ver todos eles aqui, como se suas duas vidas estivessem sobrepostas, embaçando a cena.

— Acho que sua maquiagem está ótima — diz Carter, ao mesmo tempo que AJ diz:

— Você está linda.

Todo mundo fica imóvel. Em meio ao silêncio, Frannie derruba uma tampa de garrafa no chão da cozinha e solta um gritinho de susto. AJ não fica constrangido nem afobado e nem sequer olha para Carter. Apenas sorri para Miranda.

— AJ, não é? — pergunta Carter, tenso.

Carter está maravilhoso: de calça cáqui e camisa, moderno, elegante, o tipo de homem por quem é impossível não se apaixonar.

AJ aperta a mão de Carter. Ele também fez um esforço esta noite; está com um moletom largo de capuz e uma de suas raras calças jeans sem rasgos ou manchas. AJ não trabalha com "apresentável"; esse é o máximo da elegância dele.

— Ambrose — diz Spikes ao apertar a mão de Carter.

— O quê?! — exclama Miranda, voltando à vida. — *Ambrose?*

Spikes fica envergonhado.

— O que foi? — responde ele. — Não fui eu que escolhi.

— Eu achava mesmo que seu nome era Spikes — diz Miranda, pensativa, aceitando a caixa de cervejas que ele estende mais ou menos em sua direção. — Valeu, vou botar na geladeira.

— Então — fala Carter, seguindo-a pela cozinha. Ele se inclina para a frente e sussurra no ouvido de Miranda enquanto ela abre a geladeira: — Você não me contou que o cara grandão e tatuado do seu trabalho estava apaixonado por você, né?

— Ah, para — retruca Miranda calmamente, realocando alguns dos muitos potes de iogurte pela metade de Adele para abrir espaço para as cervejas. — AJ só gosta de criar problema.

— Humm. Eu preciso dar uma de homem das cavernas e mandar ele tomar no cu?

— Você acabou de dizer "cu"? — pergunta Miranda, se virando para encará-lo.

— Sim — confirma Carter, sério. — Foi muito ameaçador.

Miranda ri e o beija, entrelaçando os braços ao redor do pescoço dele.

— Deixe o cu das pessoas em paz, por favor.

— É bom estabelecer limites, Rosso — diz Trey ao passar com um copo plástico cheio de vinho tinto.

Miranda apoia a testa no ombro de Carter, suspirando e rindo ao mesmo tempo.

— Desculpe — fala ela. — Meus colegas de trabalho são um pouco... diferentes dos seus.

— Ei. — Carter balança os ombros para que ela levante a cabeça. — Se você gosta deles, eu gosto deles.

— Miranda, chegaram mais dos seus homens de meia-idade! — grita Adele.

É seu ex-chefe e um dos escaladores do seu último emprego. Ela abre um sorriso radiante para os dois, se soltando de Carter para correr para abraços e cumprimentos.

— *Todos* os convidados dessa festa acham que uma camiseta larga e uma calça jeans formam um look? — pergunta Frannie quando Miranda volta à cozinha, carregada de garrafas.

— Aham — responde Miranda alegremente. — Sem dúvida.

É uma festa longa com muita bebedeira, o tipo de noite que se arrasta e se estende até a madrugada e que deixa você tão inebriada de cansaço que não sabe se é a bebida ou a exaustão que a está deixando tonta. Miranda acaba dormindo em cima de Adele, no sofá, por volta das cinco da manhã.

AJ foi embora com Trey um pouco antes da meia-noite, provavelmente para uma boate ou algo assim. Miranda ignorou AJ a noite toda; quando ele se aproximou para falar com ela por volta das 23h30, ela disse "Você mandou mal", lhe entregou o abridor de garrafa e foi atrás de Carter.

Miranda acorda às 8h30; cedo demais, levando em consideração a hora em que foi dormir. Vai mancando até a cozinha (Spikes pisou no dedo do pé dela ontem à noite durante um *beer pong* acalorado, gerando uma longa discussão para decidir se ela precisaria ir para a emergência, e a conclusão foi: não, é só um dedo do pé, para que eles servem mesmo?).

— Ei — sussurra Carter, saindo do quarto de Miranda.

Ela esfrega os olhos.

— Você dormiu na minha cama?

Ele sorri, passando o braço ao redor da cintura dela e beijando-a na testa.

— Alguém precisava dormir lá. Muito bem. Qual é o seu café da manhã de ressaca pós-festa-de-aniversário preferido?

Isso acende alguma coisa nela. O negócio do café da manhã de ressaca pós-festa-de-aniversário. Durante os últimos meses, Miranda genuinamente deixou para lá aquela nota fiscal amassada de panquecas de banana em Covent Garden; ela nunca questionou Carter sobre isso, porque confia nele, e mal pensa no assunto hoje em dia.

Mas, ao encarar seus olhos sonolentos e cabelo bagunçado, ela se lembra da nota fiscal. Só por um momento. Longo o bastante para fazê-la dizer:

— Balthazar em Covent Garden é o seu, né?

Ele franze a testa, se afastando para olhá-la melhor.

— Hein?

— Seu lugar favorito para um café da manhã pós-festa.

Ele não diz nada, só a observa.

— Depois da festa de aniversário de Scott, quando você estava morrendo de ressaca. Era lá onde você estava antes de vir para cá, não era? — Miranda engole em seco. Sente-se um pouco enjoada; a ressaca está assentando em seus poros, densa e grudenta.

Carter franze ainda mais o rosto. Avalia a expressão dela.

— Era? — repete ele depois de um tempo. — Eu falei isso?

Parece uma coisa estranha de se dizer, por mais que ela não saiba precisamente por quê. O corpo dela vibra com aquela sensação difusa advinda da desidratação e do excesso de álcool.

— Você deve ter falado — responde ela em tom leve. — De onde mais eu tiraria essa ideia?

Se Carter está tentando disfarçar a surpresa, não está fazendo um trabalho muito bom. Ele continua franzindo a testa, com a mão na cintura dela, quando Frannie sai do quarto extra e avisa que vai correr.

Miranda se encolhe, interrompendo o contato visual com Carter.

— Vai *correr*?

Frannie está com o cabelo comprido preso num rabo de cavalo alto e um short ridiculamente curto.

— Aham — diz ela, como se Miranda estivesse muito lenta hoje. — Acordei com um pouquinho de ressaca, na verdade, e pensei que uma corrida ajudaria.

— Ela ainda não sabe o que é ressaca — comenta Carter num tom de presságio ao observá-la sair saltitando pela porta. Então olha para Miranda e sorri. — E aí... café da manhã completo? No café da esquina?

— Sim, com certeza — responde ela com alívio, se recostando no peito dele. *Graças a Deus acabou*, pensa. Não sabe muito bem como queria que aquela conversa continuasse, mas definitivamente não era assim.

Siobhan

— Eu acho — diz Siobhan, passando pela amiga Marlena, que está boiando num flamingo inflável — que preciso descobrir o sentido da vida. Só isso.

Elas estão na Grécia, perto de Atenas. Fiona escolheu o hotel, que é absurdo: um palácio espetacular cinco estrelas cheio de funcionários que saem apressada e obedientemente do seu caminho e se aproximam com drinques em bandejas se você estiver deitado à beira da piscina.

Quando descobriu que não estava grávida, lá em abril, Siobhan não melhorou como esperava. Continuou mal. Continuou insegura sobre seu objetivo no mundo, na verdade, e mesmo agora ainda é assombrada por uma tristeza terrível, ansiosa, uma sensação de total inadequação.

Ela tirou uma licença prolongada do trabalho. Saiu das redes sociais, parou de trabalhar no blog, passou seus clientes individuais para outro *life coach*. Lenta e dolorosamente, em meio a conversas profundas intermináveis com amigos e um intenso período de terapia, ela passou o verão descobrindo como se recompor.

— O sentido da vida? — pergunta Marlena, ajeitando o maiô preto.

As pernas dela estão enroscadas ao redor do pescoço da boia, e há vários homens na beira da piscina que, pela maneira como a olham, parecem estar morrendo de inveja do flamingo.

Marlena é o tipo de mulher que você nunca descreveria como bonitinha, e sim linda. Ela é a amiga mais próxima de Fiona e Siobhan da época da escola de teatro, e voltou para Dublin em julho, o que significa que Siobhan e Fiona finalmente a veem na frequência que gostariam. Ela é modelo em tempo integral agora, e está sempre acompanhada por uma bela namorada, mas elas nunca duram tempo suficiente para Siobhan conhecê-las direito. Marlena é uma ótima amiga, mas péssima namorada.

— Sim, isso — confirma Siobhan, se virando de barriga para cima. — Acho que posso simplesmente descobrir o sentido da vida, aí poderei decidir o que fazer.

O céu está de um azul bem forte e sem nuvens, e a água está deliciosamente fresca no calor. Já faz uma semana que elas estão ali; Siobhan deveria se sentir mais relaxada do que está. Já faz cinco meses desde que sua suspeita de gravidez a lançou numa espiral inexplicável de loucura. Oito semanas desde que Joseph enfim desistiu de tentar contatá-la.

A princípio, ela o tratou como sempre trata caras quando está dando gelo neles. Ignorou suas mensagens — na realidade, quando sua saúde mental começou a ficar instável, uma única mensagem dele lhe provocava crises de choro que a faziam perder a noção de tempo, até ela se dar conta de que tinha passado horas no sofá, destruída de insegurança. Ele, por outro lado, não fez o que a maioria dos homens faz: não ficou irritado, não foi arrogante, nem desapareceu depois de uma ou duas semanas. Ele continuou mandando mensagens; não com tanta frequência a ponto de pressioná-la, mas o suficiente para demonstrar que ainda pensava nela e que queria saber se ela estava bem.

Até que, em certo momento, ele parou. *Já faz três meses*, escreveu ele. *Então acho melhor eu acreditar que você quer mesmo que eu te deixe em paz. Espero de verdade que esteja bem, Shiv, e que talvez nossos caminhos se cruzem de novo um dia. Bjs.*

— Decidir o que fazer sobre...? — pergunta Marlena, baixando os óculos escuros no nariz.

— Sobre... tudo. — Siobhan gesticula a mão vagamente para o céu. — Trabalho. Homens. Dinheiro. — Ela pensa *filhos*, mas não se força a dizer a palavra. Só o pensamento já lhe traz sofrimento. Esse assunto surgiu repetidamente nas conversas intermináveis que ela teve sobre seu término, e ainda não encontrou uma maneira de abordá-lo sem sofrer. — Todas as coisas importantes — completa, enfim.

— Bem, só para constar, eu acho que é sexo — diz Marlena. Ela se espreguiça, arqueando as costas, e suspira alto.

Um dos admiradores na borda da piscina parece a ponto de desmaiar.

— O que é sexo? — pergunta Fiona, nadando para perto com sua touca de banho roxa favorita.

— O significado da vida — explica Marlena.

— Ai, meu Deus! — exclama Fiona, parecendo horrorizada ao avançar pela água. — Que deprimente! Se o significado da vida for sexo, para que eu estou vivendo?

— Sinceramente — diz Marlena. — Eu venho me perguntando isso sobre você há um tempo.

Fiona joga água na amiga, e ela solta um gritinho estridente, levando a mão aos óculos escuros, mas não consegue manter o equilíbrio e o flamingo tomba, jogando-a na água. Vários homens se empertigaram em suas espreguiçadeiras, provavelmente torcendo para que Marlena precisasse ser salva, mas ela volta à superfície alguns segundos depois, cuspindo água, enquanto o flamingo inflável flutua com alegria para o outro lado da piscina.

Quando Fiona e Marlena começam uma guerra de água nada civilizada, Siobhan nada até sua bolsa, à beira da piscina, e pega o celular. Nenhuma mensagem nova. Ela abre a conversa com Joseph e lê a última mensagem. A vontade de responder a toma de uma maneira terrivelmente parecida com a compulsão de se machucar: um impulso profundo, primário, que exige uma força visceral para ignorar.

Uma nova mensagem chega enquanto ela segura o celular; é Richard, Olhar Quarenta e Três, seu cliente. Ela pisca com surpresa.

Espero que esteja aproveitando suas férias. Não vejo a hora de voltarmos às nossas sessões. Não é a mesma coisa sem você. Bjs

— Siobhan Kelly! — esbraveja Fiona.

Siobhan se vira. Fiona não é de esbravejar, mas sua expressão fica subitamente severa.

— O que você está olhando, mocinha? — pergunta Fiona.

— Ah, não. — Marlena, no canto da piscina para fugir de Fiona, nada de peito até ela. — Ela não estava fazendo isso, estava?

— Eu não estava olhando o e-mail! — protesta Siobhan, rindo. — Juro.

Siobhan tem achado um *pouco* difícil se afastar da vida profissional durante esse período de recuperação.

— Você estava franzindo a testa. Uma expressão muito Siobhan-no--trabalho — observa Fiona em tom severo.

— Eu não estava. De verdade. Eu... — Ela grunhe baixinho. — Se quer saber, eu estava olhando as mensagens do Joseph.

— *Ah* — diz Fiona.

— Mas não vou mandar nada para ele — completa Siobhan rapidamente.

— Mas me refresque a memória... Por que não...? — pergunta Marlena, se segurando na borda da piscina.

— Estávamos nos envolvendo demais. Estava ficando *sério*. Eu não quero isso.

— E não quer isso porque...? — Marlene mantém o mesmo tom. — Quer dizer, você sabe que eu dou todo o meu apoio para a vida de solteira, mas você parecia bem feliz com esse cara quando estavam saindo.

— Relacionamentos são estressantes e te prendem e... simplesmente... não valem a pena.

Fiona e Marlena estão com expressões idênticas: olhos semicerrados, cabeça inclinada.

— Vou dizer uma coisa que você não vai gostar — fala Marlena. — Seu ex te tratou muito mal, Shiv.

— Eu não quero falar sobre o Cillian — responde Siobhan, recuando um pouco pela água.

— Sei que não quer. Você nunca quer. Mas o fato é que ele deixou você na mão, e você estava... estava *grávida*, Shiv...

— Pare — retruca Siobhan rispidamente, com o rosto corando.

Elas nunca mencionam isso. *Nunca*. Fiona encara Marlena de olhos arregalados, como se mal conseguisse acreditar que ela tivesse tido aquela audácia.

— Eu não me surpreenderia se parte do que você passou esse ano fosse uma forma de processar esse trauma — continua Marlena, inabalável.

— Sim, bem, todo mundo já chegou a essa conclusão — diz Siobhan secamente. — A suspeita de gravidez trouxe lembranças à tona, blá-blá--blá. Parabéns.

— Não é só sobre a gravidez. É sobre Joseph também — insiste Marlena. — Cillian magoou você. E agora você afasta as pessoas para não ser afastada primeiro.

Siobhan se retrai, magoada. O sol está quente demais nos ombros dela, mesmo dentro d'água.

— Não afasto nada.

— Afasta, sim — diz Marlena com firmeza.

— Meu Deus! Isso é uma intervenção? Você não pode fazer uma intervenção de biquíni! Fala sério. Vamos só relaxar. Não é esse o objetivo das férias?

— O objetivo é autocuidado — explica Fiona. Ela está desconfortável; odeia conversas tensas e odeia quando Siobhan se deixa levar pelo temperamento. Mas está resistindo, com o lábio inferior preso entre os dentes.

— Nós queremos ajudar — declara Marlena. — Mas você precisa deixar. Essa história com Joseph... Tipo, ele parece genuinamente *legal*. Ele te fazia feliz. Aquelas mensagens que ele mandou eram mensagens de um cara legal. Fico com medo de você estar se sabotando. Você não se permite ser feliz. Você se cobra tanto no trabalho, como se tivesse que provar que a sua vida é completa, significativa e...

— Chega! — sibila Siobhan, jogando as mãos para cima e levantando água. — Eu não vim até Atenas para ouvir que minha vida não pode ser completa e significativa a não ser que eu tenha um namorado!

As duas a encaram, obstinadas, decididas. Ninguém vai recuar.

— Você sabe que não é isso que queremos dizer — fala Fiona finalmente.

Siobhan bufa e se vira para sair da piscina.

— Vou tomar banho — diz ela. — Vejo vocês mais tarde para tomar uns drinques e me *divertir*. Qualquer menção a traumas e eu vou embora, entenderam?

Fiona e Marlena seguem as regras de Siobhan pelo restante das férias. Nenhuma menção a traumas. Mas a tensão paira entre elas, e Siobhan não consegue esquecer o que elas disseram. *Você afasta as pessoas.*

Será que é verdade? Parece absurdo. Por que diabos ela faria isso, quando a última coisa que Siobhan quer na vida é ficar sozinha?

Jane

— Eu estou tão... diferente — diz Jane, se virando de um lado para outro em frente ao espelho.

Aggie abre um sorriso radiante para o reflexo dela, encarapitada na cama logo atrás com a sacola de compras on-line nos joelhos.

— Você está igual — assegura Aggie —, só está arrumada.

Jane nem acredita que vai fazer isso. Quando se mudou para Winchester, estava tão magoada, tão frágil; a quantidade de escolhas que surgiu diante dela de uma hora para outra a deixou extremamente sobrecarregada. Depois de deixar Londres para trás, não havia ninguém para lhe dizer o que comer, aonde ir, o que vestir. Tomar decisões foi exaustivo demais.

Por isso ela comprou sete looks, um para cada dia da semana, todos cuidadosamente compostos de camadas para servirem para todas as estações. Era muito mais simples; a deixava livre para tomar outras decisões, as que importavam.

Mas outro dia Aggie disse: "Por que não vestir outra coisa além do vestido verde-claro na quinta-feira? E, por sinal, por que não se permitir comer um pãozinho de canela no café da manhã em vez do iogurte?" E Jane pensou: *Eu não posso. Eu não posso.*

Até que outro pensamento a atingiu, súbito como um raio: *Isso não é liberdade.* Os sistemas dela podem tê-la acalmado, mas agora se tornaram outra armadilha. Ler dois livros por semana é simplesmente *melhor*, e por que Jane não deveriam se permitir algo melhor?

Então aqui está ela, fazendo compras.

O vestido é vermelho-escarlate; a saia vai até o chão e tem uma fenda na coxa, revelando o que parecem ser *metros* de perna a cada passo. Jane não mostra suas pernas assim há bastante tempo, e de alguma forma elas parecem infantis ao serem expostas, com joelhos ossudos e esquisitas. O gato dela, Theodore, a observa do seu canto quentinho ao lado do radiador, uma bola cinza de desaprovação.

— Você não acha que o vermelho é meio... chamativo demais? — pergunta Jane.

— Não tem nada de errado em chamar atenção — responde Aggie.

Se você tiver algo a esconder, tem, sim, pensa Jane, o estômago se embrulhando enquanto ela se vira para avaliar as costas. O tecido está esticado na bunda, que está bem mais flácida do que da última vez que a olhou. O cabelo está solto — ela costuma usá-lo assim agora — e menos desarrumado desde que Aggie aparou as pontas.

— Eu não deveria ficar com ele — diz Jane, inquieta. — Não preciso disso. Posso só usar...

— Jane — interrompe Aggie com tom severo. — Por que você não deveria ficar com o vestido?

— Porque... — *Eu não mereço.* É o que brota na cabeça de Jane.

Aggie lança um olhar sábio para ela e responde:

— Você está se punindo por *alguma coisa*, não importa o que diga. Quem quer que tenha feito você acreditar que não merece as coisas é um babaca, entendeu? Você não se permite uma única peça nova de roupa há anos. Esse vestido é feito de garrafas de plástico recicladas, pelo amor de Deus, mulher. Não dá para causar menos culpa do que isso. E você está espetacular. É sério. Joseph vai ficar de queixo caído.

No dia seguinte, Joseph chega cedo para o casamento, o que é surpreendente. Ele espera por Jane na frente da igreja, o paletó pendurado no braço, o mesmo sorriso caloroso e disposto no rosto. Está com um terno azul-escuro, uma gravata de lã bordô e óculos; parece tão relaxado, tão naturalmente bonito. Jane está uma pilha de nervos, como se seu estômago fosse um novelo de lã. Ele sempre foi tão alto assim? De repente fica um pouco intimidador de terno, uma versão alternativa do homem de olhos mansos que ela costuma ver de suéter.

Joseph arregala os olhos quando ela se aproxima.

— Você está incrível — diz ele, beijando-a na bochecha. — Uau. Vermelho?

Jane encara os sapatos dele.

— Foi ideia da Aggie — explica ela. Sua voz sai ainda mais baixa do que o normal, e Joseph abaixa a cabeça para escutar. — Estou um pouco arrependida.

— Não, ficou lindo em você — diz ele, oferecendo o braço. — Muito bem. Está pronta para ser minha namorada?

É horrível o salto que seu coração dá. Como se ela tivesse acabado de passar num quebra-molas a toda velocidade.

— Estou pronta — responde ela, com a voz só um pouco trêmula. — Obrigada por fazer isso. De novo.

— Sem problemas — diz Joseph num tom alegre. — Se bem que dessa vez é melhor combinarmos direito nossa história. Sua colega Keira me encheu de perguntas na manhã seguinte à festa de noivado, e eu mal me lembro do que falei para ela. Nós nos conhecemos...

— Na Hoxton Bakehouse — responde Jane enquanto eles seguem para a entrada da igreja. É um dia claro e ensolarado de setembro; choveu de manhãzinha, mas agora o sol saiu e as poças entre os paralelepípedos estão reluzindo em dourado. — Nós dois falamos isso. Mas acho que você disse que...

— Comecei a ir à padaria só para ver você — completa Joseph. — É. Eu esbarrei em você uma vez e a achei linda, então comecei a passar todo dia no mesmo horário, na esperança de ver você.

É demais; chega a doer. Mas é uma dor deliciosa, boa e ruim, como a ardência causada pelo açúcar no fundo da garganta ao dar uma bela mordida num donut cheio de geleia.

— E sobre o nosso primeiro encontro? — pergunta ela. Sua voz acaba saindo num sussurro; Joseph com certeza percebe que tem alguma coisa errada.

— Acho que falamos que nos aproximamos como amigos no início — responde ele depois de um momento. — Talvez seja melhor não complicar e dizer que numa noite depois do clube do livro...

Ele está esperando que ela se pronuncie e complete a frase, mas ela não consegue, ela não consegue.

— As coisas mudaram — continua ele em voz baixa ao chegarem às portas da igreja. — E percebemos que nossos sentimentos tinham evoluído de amizade para algo muito mais profundo.

Eles entram na igreja. Já tem pelo menos cem pessoas lá dentro. Jane inspira o cheiro: pedra fria, um toque de incenso, o levíssimo ranço de mofo de uma construção sem investimento para consertar as goteiras do telhado.

Eles seguem em fila até seus assentos logo antes de começar a música. Quando Constance aparece, andando até o altar de braço dado com o filho, Jane sente uma onda de inveja pura e concentrada. A noiva está radiante de alegria. Jane tira uma foto do momento da assinatura da certidão para mandar ao seu pai mais tarde; prova de que ela fez algo com os amigos esse fim de semana.

Depois da cerimônia, eles caminham até a festa, num pub próximo. Está abarrotado e quente lá dentro, cheio demais; a equipe do bar parece estressada e não há nem de longe mesas suficientes para todos. Jane e Joseph se espremem até uma pilastra com borda grande o bastante para acomodar um copo. Joseph se afasta por mais ou menos dez minutos, buscando bebidas para eles no bar, e Jane fica sozinha, exalando desconforto. É nesse momento, claro, que Keira aparece.

— Jane! Olhe só para você! — exclama ela, olhando-a de cima a baixo. — Que legal, tentando se arrumar um pouquinho! Fico muito lisonjeada.

Colin aparece atrás de Keira, vestindo terno rosa-claro e chapéu, com Mortimer ao lado, usando uma variação particularmente elegante do seu terno marrom de sempre.

— Você está deslumbrante — diz Colin, e Mortimer assente com firmeza.

— Maravilhosa, Jane querida — complementa ele.

— Obrigada — fala Jane, relaxando um pouco.

— E está com aquele homem lindo a tiracolo de novo! Fico *tão* feliz! Mas suponho que ele não seja um conde, né? Que nem o Ronnie? — diz Keira bem no momento em que Joseph finalmente se espreme por entre dois grupos de homens de meia-idade com um copo em cada mão.

Ele está suando um pouco, as luzes do pub se refletem em sua testa e no lábio superior. Jane acha um tanto charmoso, o que parece entristecê-la num novo nível; mesmo suado, ela não resiste a ele.

— Talvez você não precise de um conde, meu bem — continua Keira, dando um cutucão nela. — Mas fique sabendo que todo mundo morre de curiosidade de saber de onde você tira todo esse seu dinheiro.

Joseph olha de relance para Jane ao lhe entregar uma taça de vinho branco e cumprimentar Colin e Mortimer. O estômago dela se revira. *Não, não, não*, pensa Jane, agarrando a taça. *Hoje não, por favor.*

— Então, Joseph! — diz Keira, se virando para ele, para o alívio de Jane. — Vocês dois serão os próximos?

— Desculpe, próximos a fazer o quê? — pergunta Joseph com educação.

— Os próximos no altar! — exclama Keira, estendendo a mão para dar batidinhas na bochecha de Jane.

— *Ah* — diz Jane, se retraindo e lançando um olhar assustado para Joseph, que, para seu alívio, parece tentar conter o riso.

— Não estamos com pressa — responde ele diplomaticamente.

— Quantos anos você tem mesmo, meu bem? — pergunta Keira a Jane.

— Trinta — responde Jane.

— Aah, ora, seu tempo está acabando! — diz Keira.

Jane já está tensa depois do comentário sobre dinheiro. Ela aguentou silenciosamente muitos comentários maldosos de Keira ao longo dos anos. Então, pensa: *Por que eu engulo esses sapos?*

— Você quer dizer que meus anos férteis estão contados e por isso eu deveria correr para me casar? — pergunta Jane. — Isso é meio insensível, Keira.

Ela simplesmente não resiste, e, na verdade, é *bom* expressar o pensamento em voz alta sem se encolher de sua própria franqueza. Ela está com raiva, e por que não estaria? Poderia nem *querer* ter filhos. Por acaso ela quer, bastante, quando for o momento certo; mas como Keira pode saber?

— Ora, eu só estava sendo sincera! — retruca Keira com arrogância.

Jane precisa reprimir um sorrisinho maldoso ao ver as bochechas de Keira corarem. Já está se sentindo melhor.

— Como está sua situação reprodutiva? — pergunta Jane, se virando para Joseph. — Fértil, é?

Ele solta uma daquelas risadas entretidas que ela ama, daquelas que significam que ela o surpreendeu.

— Sabe, não costumam me perguntar muito isso — responde ele.

— Jura? — diz Jane, olhando de relance para Keira. — Deve ser ótimo.

— Vou dar mais valor a essa sensação daqui para a frente — comenta Joseph solenemente, e Colin dá uma risadinha atrás dele. — Agora, se me dá licença, Keira, Colin, Mortimer...

Ele leva Jane para longe passando no meio da galera. Apesar da multidão, ela está se sentindo triunfante por finalmente ter enfrentado Keira. Contudo, ao se enfiarem mais na aglomeração, ela precisa se agarrar à manga de Joseph quando alguém a empurra, e de repente a proximidade de todos aqueles corpos é sufocante. O triunfo se evapora, e ela segura a manga de Joseph com mais força.

— Aonde estamos indo? — indaga Jane logo que a porta do jardim do pub entra em seu campo de visão.

— Achei que você pudesse querer um pouco de ar. Sei que não é fã de multidões.

Jane respira fundo quando eles chegam ao jardim, olhando de relance para dentro.

— Obrigada. Ah, eu não devia ter falado com a Keira daquele jeito — diz ela, inquieta.

— Foi incrível! — responde Joseph, com os cantos dos olhos enrugados. — Nunca vi você assim. Gostei dessa Jane língua afiada.

Ela vislumbra o olhar caloroso dele e tenta não sorrir.

— Ah, bem. Ela não dá as caras com frequência; pelo menos não de propósito.

— Posso perguntar... — diz Joseph enquanto eles abrem espaço para um casal de passagem. — O comentário de Keira, sobre dinheiro... O que ela quis dizer? Seu trabalho no brechó beneficente não é remunerado?

Jane fecha os olhos por um momento aflitivo. Torceu tanto para ele deixar para lá. Ela gira a taça de vinho de um lado para outro pela haste, observando o líquido refletir a luz fraca enquanto sente a vergonha corar sua pele.

— Não — responde ela, ainda com os olhos no vinho. — Não, eu sou voluntária lá.

— Ah, nossa — diz Joseph, franzindo a testa de leve. — Ah, está bem.

Ele é educado demais para fazer a pergunta — *De onde você tira dinheiro, então?* —, mas ela paira no ar como se tivesse sido dita.

Jane respira fundo novamente. O silêncio permanece e a tensão aumenta. Ela vai ter que mentir.

— Quando eu saí do meu antigo emprego, recebi um... uma... compensação do meu chefe. Estou fazendo o dinheiro render. — Ela engole um bocado de vinho e se sente ainda mais corada de vergonha.

— Ah, certo, tipo uma rescisão?

— Uhum — responde Jane para dentro da taça.

— Com o que você trabalhava mesmo?

Isso está virando um pesadelo. Jane busca uma maneira de fugir da conversa, mas não encontra nada; o tecido macio e elástico do vestido de repente parece apertado como um espartilho. Ser interrogada por Keira sobre suas escolhas de vida seria menos desconfortável que isso.

— Eu trabalhava num grande escritório de advocacia — informa ela, por fim. Não é mentira, mas certamente é uma resposta evasiva.

— Não acredito! — diz Joseph, um pouco surpreso. — Você sabe o que eu faço, né?

— Sim, sei. — Jane olha ao redor, se desesperando. — Está ficando com frio?

— Não — responde Joseph com firmeza. — Por que você não comentou que trabalhava com direito também? Eu devo conhecer a equipe de TI da empresa; talvez eu tenha trabalhado lá, já rodei bastante pelo meio.

— Uhum. — Sua voz sai terrivelmente sufocada e aguda. — É, talvez. Ele suspira.

— Jane...

Ela fecha os olhos por um momento.

— Por que você está me pressionando?

— Desculpe — diz ele depois de uma pausa. — Eu só não entendo por que isso é... difícil. Você é muito fechada. Por que não posso saber esse mísero detalhe sobre você?

— Achei que entendesse. Tipo... por que não posso saber o que aconteceu no Dia dos Namorados? — pergunta Jane, abrindo os olhos para encará-lo. — Não é a mesma coisa?

Ele fica em choque, como se ela tivesse lhe dado um tapa.

— Ah — diz. — Eu... É diferente. — Um músculo se contrai em seu maxilar. Ele é expressivo normalmente, mas agora seu rosto está rígido.

— Por quê? — pergunta Jane.

— Porque é... — Ele murcha de repente. — Ah, caramba, não sei. Desculpe. Não quero insistir para que você fale sobre seus segredos se não quiser. Acho que não consigo controlar minha vontade de *conhecer* você. — Ele olha para o copo vazio. — Merda. Acho que é culpa da dose dupla de vodca.

Duas crianças vestidas com roupa social passam correndo entre eles, e Jane se apoia na parede do pub.

— Vou pegar outra bebida para você — diz Jane, estendendo a mão trêmula para o copo dele. — A mesma?

— Então... essa conversa acabou?

— O que você quer que eu diga?

— Quero que me diga coisas que não diz a outras pessoas — responde Joseph com uma intensidade súbita. Ele está mais próximo de Jane, mas ela não sabe qual dos dois se aproximou primeiro. Ambos seguram o copo vazio, como se estivessem paralisados. — Quero que se abra para mim. Eu não deveria querer isso, sei que não, mas quero.

Jane encara fixamente o pescoço dele. Ela não suporta erguer o olhar para o seu rosto. Em vez disso, examina os pontinhos da barba feita, como areia escura em sua pele.

— Por que você me chamou para vir hoje? — pergunta Joseph em voz baixa.

Ele encosta nela. Só um dedo no dedo dela, no copo que esquenta em suas mãos. Ela sente uma explosão de sensações quando a pele dele roça a sua e por um milésimo de segundo se pergunta se ele lhe deu um choque elétrico.

— Eu queria... — A garganta dela está muito seca. Alguém está rindo alto demais ali perto. — Eu queria você. Digo, aqui. Não queria vir sem você.

— Então queria um amigo. Só isso.

Por um breve instante, Jane ergue o olhar para Joseph. As pupilas dele estão dilatadas, como poças de tinta. Há algo novo, forte e ávido em seu olhar. Uma onda de desejo a invade quando os olhares dos dois se encontram; então eles se afastam, afobados, constrangidos, porque Keira apareceu de novo, piscando seus enormes cílios postiços e oferecendo um meio pedido de desculpas por ter sido grosseira. Joseph solta o copo que eles estavam segurando enquanto exibe seu olhar sempre receptivo e amigável, e acabou, passou, como se o momento nunca tivesse existido.

— Vou pegar outro para você — diz Jane, já se afastando com o copo na mão.

Eles são chamados para a refeição pouco depois da conversa com Keira, e Jane fica estarrecida ao ver que os casais foram separados nas mesas, provavelmente para encorajar a socialização, que por acaso é uma das atividades de que menos gosta. A mulher ao lado dela é namorada de alguém na mesa dos noivos. Não para de ajeitar o cabelo sobre os ombros e falar sobre reality shows que Jane nem sabia que existiam; é tudo intensamente estressante.

Jane foge para o banheiro, e seu celular vibra enquanto ela espera na fila. Uma mensagem de Aggie.

Já se declarou para ele?! Bjs

Jane morde o lábio por um momento, então sai da fila e segue para o jardim, já ligando para Aggie.

— Eu *não posso* me declarar — sussurra, se encolhendo num banco com as costas apoiadas na parede do pub. — Aggie, eu não posso. Mesmo que pudesse... mesmo que eu quisesse. Ele me perguntou sobre Londres.

— Ah — responde Aggie, impassível. — É um bom sinal.

— Um bom sinal?

— Essa é a diferença entre amizade e romance, Jane. Um amigo não precisa de você inteira. Se não quiser me contar sobre a sua vida antes de nos conhecermos, não dou a mínima; estou interessada na Jane de aqui e agora, não estou? Eu te aceito como você é. Mas, se eu te amasse, ia querer tudo. Não ia? Você não o quer inteiro? Todos os segredos dele? Todas as versões de Joseph que existem por aí, todas as pessoas que ele é quando está no trabalho, com a mãe e com os amigos no pub?

— Sim — diz Jane pesarosamente.

Ela quer saber por que a menção ao Dia dos Namorados o atingiu como um soco; quer segurar as mãos dele enquanto ele lida com a demência da mãe; ela quer descascar todas as camadas dele até encontrar seu âmago, a essência de Joseph, o homem que ele é quando está sozinho. Ela não tem mais como negar; está amarga e dolorosamente apaixonada.

— Mas você não quer falar com ele sobre o que aconteceu em Londres? — incita Aggie.

Jane morde o lábio, hesitante.

— Não é só isso. A gente trabalhava junto.

Aggie inspira entre dentes.

— Ah, está brincando. Você conheceu Joseph em Londres?

— Não — diz Jane, alisando o vestido vermelho sobre as coxas. — Eu o conheci em Winchester. Mas o reconheci do meu trabalho antigo. Eu só...

achei que ele nunca fosse se dar conta de que já trabalhamos no mesmo lugar, já que ele não notou na hora, e eu não pensei que o assunto fosse... vir à tona.

Há um breve silêncio na linha.

— Alô? — fala Jane, verificando o sinal.

— Continuo aqui — responde Aggie. — Mas estou me perguntando se o que você disse é verdade, só isso.

Jane pausa, um pouco afrontada.

— Como assim?

— Bem... você não me contou exatamente o que aconteceu em Londres, então estou chutando. Mas, pelo que eu entendi, faz um tempão que não deixa nenhum cara falar com você por mais de cinco minutos. Então por que deixou ele?

— Você acha que eu estava... você acha que eu fiquei amiga de Joseph porque ele trabalhava na Bray & Kembrey? — Jane balança a cabeça. — Não, não foi isso. Definitivamente não foi isso.

— Talvez não. Mas acho que você sabia que tinha esse risco. Acho que sabia que o assunto poderia vir à tona. E isso é interessante. Talvez você esteja pronta para falar sobre o que aconteceu, não?

Jane olha os bancos de piquenique com logos nos guarda-sóis e lixos esperando serem recolhidos logo abaixo. Canecas de cerveja pela metade, pacotes de salgadinhos, cinzeiros. Há um lenço de seda largado embaixo de um banco, e, por um momento, na escuridão, parece um animalzinho encolhido.

— Se isolar e seguir suas rotinas nunca esteve nos seus planos como mudança de vida, esteve? — pergunta Aggie gentilmente. — É só um mecanismo para lidar com tudo, certo? Fico me perguntando se você precisava de um tempo para processar algumas coisas, e de tranquilidade para tal, mas agora talvez não precise mais. Pode ser que você esteja num momento do seu processo em que é necessário falar.

Jane fica em silêncio, experimentando a ideia como alguém faria com um vinho na boca. Nunca imaginou que talvez estivesse passando por um *processo*. Ela é um antes-e-depois: era uma pessoa, então se desfez dos seus pertences, entrou num trem e se tornou outra pessoa. A ideia de que ainda está em evolução é algo surpreendente. Ela se remexe, desconfortável, desejando não ter deixado o casaco lá dentro; a temperatura vai baixando conforme anoitece, e suas pernas expostas se arrepiam de frio.

— Ou não — continua Aggie em tom divertido diante do longo silêncio de Jane.

— Não, não, eu entendi — diz Jane, pigarreando. — É só... uma ideia complexa.

— Bem, deixe quieto por enquanto, então — responde Aggie, à vontade. — Mas confie nos seus instintos. Se quiser se abrir para Joseph, faça isso. Que mal vai fazer? Você conhece esse cara muito bem, né? Sabe se pode confiar nele?

Jane hesita. Ela confia *mesmo* nele? Por mais que seja completamente hipócrita da parte dela se ressentir dos segredos de Joseph, a primeira coisa que lhe vem à cabeça é: *Ele se recusa a me dizer o que aconteceu no Dia dos Namorados.* Isso o torna indigno de confiança?

Não deveria. Mas parece um segredo importante. Jane não consegue evitar a sensação de que, até que descubra, não vai conseguir confiar plenamente em Joseph.

O dia não passou bem como Jane imaginara, mas o momento depois da primeira dança, quando Joseph pega a mão dela e a conduz até a pista, é exatamente tão lindo quanto ela sonhara.

— Está tudo bem com você? — murmura Joseph, com o rosto no cabelo dela.

Ela faz que sim, fechando os olhos com força por um instante ao oscilar em seus braços. Está tocando "All of Me", de John Legend, e a letra é tão perfeita que dói. Pela primeira vez em muito tempo, Jane deseja se entregar a alguém, cada pedacinho dela, todas as suas dificuldades e contradições.

— Jane — sussurra Joseph, baixando a mão para a lombar dela, puxando-a para mais perto.

O calor do corpo dele a deixa fraca. Ela não consegue se forçar a abrir os olhos. Eles balançam, mal mexendo os pés, e Jane sente a respiração dele no seu cabelo, levíssima, inebriante.

— Jane, desculpe por ter pressionado você hoje mais cedo, eu entendo que só precise de um amigo.

Outro choque elétrico percorre o corpo de Jane quando ele ajeita a mão direita na dela. O menor dos contatos com ele a deixa arrebatada. Como seria beijá-lo, com desejo, sentir sua língua e sua barba áspera, corpos pressionados um no outro?

— Não foi por isso que eu chamei você.

A frase sai apressada, vindo de um lugar sombrio e impulsivo, a parte dela que poderia parar na plataforma de trem e — por um milésimo de segundo — se imaginar avançando para os trilhos. No silêncio que se segue, ela está genuinamente chocada consigo mesma.

— Não? — pergunta Joseph depois de um momento, aproximando o rosto do dela ao dançarem.

Ao redor deles, outros casais giram lenta e preguiçosamente enquanto a música se transforma em outra.

Jane se afasta para olhar o rosto dele. Seus olhares se encontram, e é como se um raio de sol a iluminasse; ela o sente por todo o corpo, em cada centímetro.

— O que é isso? — pergunta ele, rouco. — O que estamos fazendo aqui?

— Não sei.

Eles mal se movem, e o rosto de Jane está erguido em direção ao dele. É impossível dizer o que é mais difícil: lutar contra o impulso de beijá-lo ou se entregar.

Ela ergue o queixo. É um movimento minúsculo, tão sutil, mas as pupilas de Joseph dilatam e o maxilar dele se contrai, e ela sabe que ele também está sentindo, o hálito entre seus lábios, a decisão esperando para ser tomada.

Quando vem, o beijo é elétrico. É um levíssimo sussurro, um toque, mas queima o corpo de Jane como brasa. Os lábios deles roçam de novo, um pouco mais forte; o calor incendeia Jane de cima a baixo, e ela precisa de todas as forças para não desabar em cima dele, para não deixar os joelhos cederem.

Então ele se afasta subitamente, as mãos nos ombros dela, a cabeça baixa. Jane hesita, quase perdendo o equilíbrio.

— Me desculpe — diz ele, com a voz embargada. — Eu não posso, eu não posso.

Ela leva um tempo para entender as palavras. Ainda sente o fantasma dos lábios dele nos dela, como se Jane ainda estivesse naquela página.

Ele a segura com os braços esticados, agarrando os ombros dela com firmeza. A respiração dele está entrecortada e o olhar continua fixo no chão. Ficar parada ali parece errado, é como se os dois tivessem congelado no tempo, enquanto o restante dos convidados dança ao redor.

Como assim, não pode?

O horror vai aumentando lentamente, percorrendo sua pele como um arrepio.

— Me desculpe, Jane. Eu não deveria... Sinto muito.

Tem outra pessoa. Alguma mulher linda, maravilhosa, que pode beijá-lo como se não fosse nada de mais.

— Você deveria ter me dito que está saindo com alguém — diz Jane. A calma em sua voz a assusta. — Por que não falou nada antes?

Joseph leva tanto tempo para responder que ela se pergunta se ele a escutou.

— Desculpe — fala ele em determinado momento, erguendo a cabeça. Há desespero nos seus olhos, e exaustão, e talvez um quê de selvageria. — É difícil explicar. Eu sou... eu sou meio fodido, de verdade, Jane, mas estou tentando. Estou tentando ser um homem melhor.

Ela não deveria ter erguido o queixo. Se não tivesse feito aquele minúsculo movimento, se tivesse se mantido imóvel, agora não estaria sentindo essa dor inacreditável no peito. Jane sempre entende tudo errado, *sempre, sempre*.

— Desculpe. Eu nunca deveria ter... Eu deveria ter sido mais claro. Mas realmente quero ser seu amigo, se você me quiser — diz ele. — Se você ainda me quiser.

Não, pensa ela. *Não, não, não. Eu quero você inteiro, todos os pedaços, ou nada. Isso dói demais.*

Mas não o suficiente para dizer adeus.

Então ela apoia a cabeça no peito dele e responde:

— É claro. É claro que somos amigos.

Miranda

Outubro passa, e o outono se aproxima: chuva entrando pela gola das capas de chuva de Miranda, grandes montes de folhas secas de cores vivas, bolotas e castanhas intermináveis. Ela já está ansiando pela primavera. Quanto mais curtos os dias ficam, menos Miranda se sente como ela mesma.

A única notícia boa em meio a toda a umidade e todo o frio é que as coisas com Carter parecem estar melhorando. Algo mudou perto do fim do verão: ele se tornou mais presente, mais participativo. Antes dessa mudança acontecer, ela nunca havia identificado por que sentia que ele não era seu por inteiro.

É sexta pós-Halloween, e Scott vai dar uma festa; algo que ele faz por qualquer motivo. Carter vai direto para o apartamento de Miranda depois do trabalho para eles se arrumarem juntos; ele está afrouxando a gravata ao abrir a porta. Ela ama aquele gesto, a inclinação de sua cabeça ao fazê-lo, o fato de que isso representa que seu namorado agora é o Carter-divertido, não o Carter-trabalhador.

Ele se inclina para beijá-la e sente o cheiro do cabelo recém-lavado dela.

— Oie. Você está com cheiro de verão.

— Quem dera. — O apartamento está terrivelmente frio, em parte porque não há radiadores o suficiente, em parte porque Miranda sempre se esquece de ligar o aquecedor até que seja tarde demais. — Essa é a sua fantasia?

Ela aponta para a bolsa carteiro na mão dele, e Carter sorri.

— É, sim. Uma amiga que escolheu para mim. Não sei por que a deixei ajudar.

Miranda está sempre muito segura de que não precisa desconfiar mais de Carter até o momento em que ele faz algo assim: mencionar uma mulher, mas não pelo nome. Então *pá*, tudo volta: Dia dos Namorados, a nota fiscal, Mary Carter ter perguntado *qual delas* Miranda era da primeira vez que a visitou.

— Ah, é? — Ela usa o tom mais despreocupado que consegue. — Quem?

— Ai, meu Deus — diz Carter, parando no meio da sala, então caindo na gargalhada.

Adele e Frannie acabaram de sair do quarto com suas fantasias de Halloween.

— Eu não *acredito* que deixei você me convencer disso — diz Frannie.

Frannie é a parte de trás do gato. Adele é a da frente. A frente é com certeza a melhor das duas opções.

— Vocês duas vão passar a noite toda grudadas? — pergunta Miranda. — E se uma precisar fazer xixi?

— Fazer xixi é o de menos. E se uma de nós conhecer um cara gato? — diz Frannie.

— Não vai ter cara gato nenhum! — exclama Miranda, percebendo de repente que levar Frannie e Adele para uma festa de adultos é um erro gigante, quer elas tenham dezoito anos ou não.

— Não se preocupe — diz Adele. — Ninguém nunca vai se interessar pela Frannie vestida de bunda de gato, né? E olha só, tem zíper.

Ela se vira, tentando demonstrar como poderia abrir o zíper do corpo do gato e livrar Frannie de passar a noite seguindo Adele obedientemente, mas não consegue alcançar.

— Aqui, deixa que eu abro.

Ela abre o zíper com certa dificuldade. O gato se divide ao meio; Carter parece um tanto horrorizado, e é *de fato* meio grotesco. Por mais que a fantasia não seja nada realista, ninguém quer ver um gato cortado ao meio.

— Pronto! — diz Adele. — Perfeito.

— Agora Frannie é só um gato sem cabeça — observa Carter.

— E isso é, tipo, a coisa mais Halloween possível, não? — comenta Adele com tranquilidade.

É um bom argumento, mesmo que ela tenha metade de um corpo de gato pendurado atrás das pernas. A frente da fantasia sem dúvida é decotada, nota Miranda com uma careta. A fantasia da coitada da Frannie é só feltro preto até o pescoço, e sua metade do gato fica projetada para a frente, dando a impressão de que ela está vestida de freira grávida.

— Andem, se arrumem logo! — diz Adele, escoltando Carter e Miranda para o quarto de Miranda. — Fran, precisamos comprar cerveja.

— Vestidas *assim*? — pergunta Frannie enquanto Miranda fecha a porta do quarto.

Carter solta uma risada.

— Suas irmãs...

— Eu sei — diz Miranda, revirando os olhos, mas sorrindo. — Certeza que vamos nos arrepender de levar as duas. Deixa eu ver a sua fantasia, então... ah, *amei*!

É uma fantasia de caubói completa, com chapéu e botas.

— Vou parecer um idiota — diz Carter, esfregando o cabelo e observando o traje na cama de Miranda.

— Você vai ficar sexy — retruca ela, experimentando o chapéu. — Ai, meu Deus, você podia ter avisado. Eu teria arrumado uma roupa de vaqueira!

Ele arregala os olhos.

— Eu queria *mesmo* ter te avisado — diz, se aproximando e a segurando pela cintura. — Esse chapéu ficou bom demais em você.

Ele mexe as mãos, levantando a camiseta dela. Ela ergue a cabeça e ele a beija suavemente, mas com vontade; um daqueles beijos habilidosos de Carter, do tipo que a deixa de pernas bambas.

Miranda olha de relance para a porta.

— Não temos tempo — sussurra ela. — Aquelas duas vão nos matar.

— De quanto tempo você *realmente* precisa para se arrumar? — pergunta Carter, começando a beijar o pescoço dela.

Isso também mudou nos últimos tempos. Ele sempre foi um cara sexual; Miranda tinha a sensação de que ele estaria a fim sempre que ela estivesse. Mas, nos últimos dois meses, isso ficou mais intenso; ele parece querê-la mais, e isso a empolga, esse novo anseio dele, a maneira como não consegue tirar as mãos dela.

Do lado de fora, a porta do apartamento bate quando as gêmeas saem. Carter ergue as sobrancelhas.

— A loja de bebida fica só a três minutos a pé — diz Miranda pesarosamente, subindo as mãos pelo peito de Carter.

Ele continua de paletó, ainda com a gravata frouxa.

— Mas numa fantasia de meio gato...

— Mais devagar — concorda Miranda. — Cinco minutos.

— E escolher cervejas...

— Adele é *muito* exigente. — Miranda joga o chapéu para longe e tira a camiseta.

— Além disso, sabe — diz Carter, deslizando as mãos para o fecho do sutiã de Miranda —, aquela faixa de pedestres da sua rua, o sinal demora muito a abrir.

Miranda está rindo, sem fôlego e acalorada enquanto ele desliza as alças do sutiã pelo ombro dela.

— Você sabe mesmo falar sacanagem, né? — provoca ela, então arqueja quando sua pele nua encosta no tecido do terno dele.

Carter ri com a boca na dela e conclui:

— Eu nem cheguei à parte de como a calçada na frente do pub fica lotada.

Mesmo Miranda se arrumando em uma supervelocidade, eles se atrasam; ela expulsa Carter do quarto para enrolar Frannie e Adele quando as duas voltam da loja de bebida e dedica toda a sua atenção a tentar dominar o cabelo bagunçado. Ela nem precisa chegar perto de uma cama para estar com cara de quem acabou de acordar; é muito injusto. Carter estava com uma aparência perfeitamente civilizada ao sair do quarto, dando uma piscadela para Miranda, já vestido de caubói.

— Mir, meu celular está aí dentro? — pergunta Carter alguns minutos depois, quando Miranda já está um pouco menos afobada e mais Alice no País das Maravilhas.

Ela olha ao redor. O celular de Carter está em cima da cama.

— Aham — responde, então olha para si mesma. Ela está só de calcinha e meia-calça branca; planejava terminar a maquiagem antes de pôr o vestido. — Humm...

— Só olhe o evento — pede Carter. — Precisamos do endereço para Adele pedir um Uber para a gente.

É assim que Adele tenta apressar Miranda. Ela revira os olhos e abre o calendário de Carter.

Já está no dia de hoje, e ali está o evento: *Festa de Halloween na casa do Scott*. Mas é outro evento mais embaixo que atrai o olhar de Miranda.

Minha noite ;)

Aquela carinha piscando. Não é o tipo de coisa que Carter escreveria, ainda mais numa mensagem só para si mesmo. É algo que uma mulher escreveria. E *ela* com certeza não adicionou isso ao calendário dele.

Miranda hesita só por uma fração de segundo antes de clicar no evento. Onde normalmente ficaria a localização, está escrito: *Primeira sexta do mês é MINHA, Joseph Carter, e não se esqueça disso. Bjs.* O evento está programado para repetir uma vez por mês.

— Mir? — chama Carter.

Ela engole em seco. Seu coração está batendo forte e pesado. Ela vai voltando pelos meses, setembro, agosto, julho, procurando vestígios de si mesma na agenda de Carter. *Jantar com Mir. Noite na Miranda. Mir em Winchester.*

Ela nunca passou a primeira sexta do mês com Carter. Eles se viram nos dias antes e depois em agosto e julho; se viram na sexta seguinte em setembro, mas nunca na primeira sexta do mês. Ela continua deslizando a tela: junho, maio, abril. A primeira sexta de abril caiu no aniversário de Scott: dia seis. Foi no sábado, sete de abril, que Miranda encontrou aquela nota fiscal mostrando que Carter tinha tomado café no centro de Londres.

Era lá que ele estava quando disse que ia à festa de Scott? Com outra mulher?

A porta se abre com um clique.

— Você está bem?

Miranda o encara. Ele deve conseguir interpretar sua expressão, porque fica imediatamente sério, entra no quarto e fecha a porta.

— O que houve?

Ele olha de relance para o celular na mão dela e tensiona o rosto.

— Você me pediu para olhar — diz Miranda, apressada.

— Quis dizer no Facebook — responde ele de um jeito rígido.

Ele estende a mão para o celular. Ela o entrega, a tela ainda acesa na primeira sexta-feira de abril. *Minha noite ;)* está bem ali, conflitando com o evento da festa de aniversário de Scott, ambos lado a lado.

Carter olha para a tela do celular por um tempo, e, pela primeira vez, suas emoções não estão expostas no rosto, prontas para serem interpretadas. Na verdade, Miranda não identifica nada em sua expressão nesse momento.

— Tinha um evento hoje. — A garganta de Miranda está muito seca. — Eu... deslizei para os meses anteriores.

Ele demora muito para erguer o olhar. Miranda morde o lábio. Está confusa demais para saber se o que fez foi paranoico ou razoável. Não sente nada além do martelar do coração e do suor pinicando a nuca. Ela continua sem blusa, só de meia-calça, e a percepção a faz cruzar os braços por cima dos peitos.

— Miranda — diz Carter depois de um silêncio sufocador, terrível. — Isso não é o que parece.

É o que eles sempre dizem, não é? Quando alguém confronta um traidor na televisão, ele diz: "Não é o que parece."

— O que é, então? — pergunta Miranda, e quer realmente saber; está desesperada para ouvir uma explicação que faça absoluto e perfeito sentido.

A pele dela está vibrando com a necessidade urgente de *se mexer* que sempre a domina quando está em pânico. Ela quer correr, subir numa árvore, sentir os músculos queimando.

Carter não diz nada. Engole em seco. Ao observá-lo, Miranda sabe que ele está tentando inventar uma mentira, e de repente fica com medo de que ele não encontre uma mentira boa, de que ela precise tirar as meias-calças de Alice no País das Maravilhas, vestir o pijama e chorar na cama porque eles terminaram.

— Era uma ex? — pergunta ela de repente. — Foi uma ex-namorada que adicionou isso ao seu calendário, tipo, como um evento repetido?

Carter lambe o lábio inferior. Então finalmente olha de relance para ela.

— Foi — responde ele. Tenta sorrir, o que só piora as coisas, porque o sorriso é *falso*. Não é o sorriso normal dele. Seu rosto está pálido demais; ele parece cansado e um pouco chocado. — É, foi isso. Desculpe. Eu deveria ter apagado.

— Por que não apagou? — A voz de Miranda parece diminuir. Ela queria estar vestida.

— Não sei. — Ele esfrega a boca com uma das mãos. — Acho que não pensei nisso.

— Quando o evento aparece todo mês, você não pensa em apagá-lo?

Carter se encolhe.

— Desculpe. Achei que tivesse feito isso, mas talvez... talvez eu só tenha apagado um único evento em vez de todos...

Agora ela sabe que ele está mentindo. Voltou o calendário dele até abril, e os eventos continuavam lá.

— Vou apagar todos. Vou fazer isso agora.

Ele o faz de maneira tão decidida que causa uma ligeira dor em Miranda; é como se precisasse demonstrar para ela, como se ela estivesse sendo descabida.

— Sabia que nós nunca nos vimos na primeira sexta do mês?

Carter recua ligeiramente, olhando-a de cima com aqueles olhos vidrados, nada típicos de Carter.

— Não mesmo? — Ele se recompõe. — Nunca? Com certeza já deve ter acontecido.

— Bem, não pelos últimos seis meses. Não olhei antes disso.

— É coincidência, Miranda.

Ela baixa o olhar para os pés. Carter a toca, bem de leve, no ombro direito. Ela pensa em se encolher ou se balançar para afastá-lo, mas parece tão natural sentir o toque da mão dele que quando ela finalmente decide reagir já é tarde demais.

— Miranda? O que você está pensando?

— Onde você estava na sexta, seis de abril?

Parece impossível fazer contato visual com ele agora que ela desviou o olhar.

— Como... como assim? Eu teria que olhar minha agenda, Mir, não consigo simplesmente... — Ele pausa. — Ah, espera aí, esse é o dia do aniversário do Scott. Eu estava na festa dele. — Sua voz baixou ligeiramente; ele está irritado pela pergunta, e isso faz o temperamento equilibrado de Miranda enfim se alterar.

— Bem, o que eu deveria pensar? — pergunta ela, dando uma olhadela nele. — Você tomou café da manhã no centro de Londres na manhã seguinte. Tinha um evento com alguém na agenda naquela noite.

— Eu também tinha o aniversário de Scott na agenda naquela noite — observa Carter. — E hoje eu tinha aquele... aquele evento repetido lá, mas estou aqui, não estou? Não estou com mais ninguém. Nós vamos a uma festa de Halloween juntos.

— Certo — diz Miranda, porque, para sua irritação, foi um bom argumento. — Está bem. Humm... está bem. Então uma ex criou o evento, você não chegou a apagá-lo e é pura coincidência nunca ter estado comigo nas datas em que tinha esse compromisso na agenda.

— Estamos juntos agora, não estamos?

— Você está realmente ficando bravo comigo? — As bochechas de Miranda latejam, coradas. — Você está *realmente* erguendo a voz para mim quando tem um *compromisso noturno* na agenda com *outra mulher*?

— Miranda — diz Carter com um suspiro exasperado. — Esse evento está na minha agenda há muito tempo, ok? Eu prometo, eu... não estou mais saindo com essa pessoa.

Miranda percebe a cuidadosa ausência de um nome.

— Bem, você apagou o evento agora, não foi, então é impossível saber quando ele foi criado no calendário — observa ela, cerrando os dentes.

Eles se encaram, silenciosos por um instante. Carter pega o vestido na cama e entrega para ela.

— Toma — diz ele, e de alguma forma isso a irrita também, como se ele estivesse lhe dizendo para se cobrir.

— Eu ainda não terminei de me maquiar — retruca ela com rispidez. — Preciso fazer isso antes de me vestir.

Carter ergue as mãos naquele gesto masculino universal que diz "Nossa, está bom, não precisa ser grossa". Lá vai um pouco mais do brilho do Carter-Perfeito.

— O que vocês dois estão fazendo aí dentro? É melhor não estarem se engraçando! — grita Adele do outro lado da porta.

Miranda fita os olhos de Carter por um momento. Apenas vinte minutos antes, ele estava dentro dela, pressionando-a contra a porta, segurando a parte de trás de suas coxas. Parece um ato absurdamente íntimo de se fazer com esse estranho.

Ela fecha os olhos e tenta clarear a mente. A explicação dele faz sentido, por mais que não tenha dado nenhum motivo razoável para ter tomado café da manhã no centro de Londres no dia sete de abril se ele de fato estava no aniversário de Scott na noite anterior. Mas Miranda *sabe* que ele mentiu para ela. Simplesmente sabe. Queria não ter lhe oferecido uma ex-namorada como solução, porque agora nunca vai saber se ele só concordou porque pareceu a saída perfeita.

— Você e essa mulher. Ficaram juntos por quanto tempo?

— Miranda... você quer mesmo falar sobre isso agora?

Ela não quer. É doloroso imaginá-lo com outra pessoa, mais doloroso do que nunca quando parte dela está convencida de que o *minha noite* não veio de ex-namorada nenhuma. Quem deixa planos de um relacionamento anterior na agenda?

Carter suspira, e seus ombros relaxam.

— Miranda — diz ele com suavidade. — Se eu estivesse saindo com outra pessoa, você não acha que perceberia? Olhe para mim. Estou completamente comprometido com você, eu juro. Só tem você. Só tem *você*.

Ele leva a mão ao queixo dela, puxando-o em sua direção, e o gesto faz o lábio inferior de Miranda estremecer de emoção.

Ela não acha que ele está mentindo agora. Seus olhos estão límpidos e ele está sustentando o olhar dela.

Carter dá um beijo delicado nos lábios de Miranda.

— Sinto muito por ter deixado isso no meu calendário. Você sabe como minha vida pode ficar bagunçada. Sabe como sou desorganizado. Mas já apaguei. E, se você quiser, pode ter todas as sextas para sempre. Todas as sextas. Elas são todas suas.

— Olá? — grita Adele pela porta. — Olá-á?

— Estamos indo! — grita Miranda, dando as costas para Carter e encarando o espelho. — Meu Deus, não tenho mais tempo de fazer a maquiagem direito. Vou ter que improvisar o resto.

— Você está linda — diz Carter, e Miranda resiste ao impulso de rir.

Ela está vestida pela metade, pelo amor de Deus, com um olho feito e o outro totalmente sem maquiagem.

— A gente está bem? — pergunta ele, hesitante, se aproximando por trás dela.

Eles ficam tão bonitos no espelho, mesmo com o rosto de Miranda maquiado pela metade. Ela se encaixa direitinho embaixo do queixo dele, seus ombros largos a envolvem, exibindo sua roupa sexy de caubói. Parece saído direto de uma fantasia.

A raiva de Miranda se dissipa enquanto ela olha para o reflexo dos dois. Desaparece como água escorrendo pelo ralo, deixando-a apenas com o cansaço.

— Está — responde ela, porque não sabe mais o que dizer e eles precisam ir para a festa. — Por enquanto. Estamos bem por enquanto.

Siobhan

No começo de novembro, Siobhan se sente como uma xícara de porcelana que foi estilhaçada e colada de volta. Ela está dolorosamente ciente de todos os lugares onde rachou e seus remendos, mas, mesmo hesitante, se descreveria como inteira de novo.

Só esteve algumas vezes em Londres desde sua crise emocional; mesmo depois de todos esses meses de recuperação, o lugar ainda lhe parece estranho, como uma terra hostil que exige que ela seja outra pessoa. Siobhan está vestindo botas de salto e calça jeans skinny: esse é o tipo de look que lhe inspira poder. O casaco dela é enorme; de pele sintética com um capuz gigante drapeado. Ela parece o tipo de mulher que seria parada por um fotógrafo para uma coluna da *Vogue* sobre moda das ruas de Londres, e ao vislumbrar seu reflexo numa vitrine sente uma leve palpitação causada pelo que agora sabe que se chama *dissociação*, aquela sensação de estar se observando à distância e não saber se é de verdade.

Ela está a caminho do escritório que aluga quando está em Londres, para retomar suas sessões individuais com Richard e uma porção de outros clientes: Chanelzinho, Testão, Cara da Gravata. Está aos poucos retomando suas obrigações, ou pelo menos as que sobraram.

Richard chega primeiro, bem quando ela está se acomodando. Esse prédio comercial é um daqueles lugares com grama artificial no corredor e máquinas de venda cheias de frutas e smoothies; Siobhan ainda não se decidiu se o acha maneiro ou entediante.

Já faz meses que ela não encontra Richard pessoalmente, e, assim que o vê, lembra que ele é menos esbelto do que parece na tela, sentado atrás da mesa. Mas, quando sorri, é encantador como sempre, estendendo a mão para apertar a de Siobhan e se aproximando para um beijo na bochecha.

— Como você está, Richard? — pergunta Siobhan, puxando o caderno para o colo.

Ela acha que o caderno acalma as pessoas mais tradicionais, dá um aspecto mais oficial às coisas. Também ajuda ao lhe dar algo para fazer com as mãos.

— Os últimos meses foram... interessantes — responde Richard, ajustando a gravata sobre a camisa. Ele se recosta na cadeira, cruzando um tornozelo sobre o joelho, passando o dedo sobre o lábio superior. — No lado profissional, eu estou bem encaminhado.

Quando Siobhan começou a atender Richard, ele chegava nas sessões com uma lista do que exatamente queria tirar daquilo. Uma promoção, algumas questões profissionais específicas sobre as quais precisava de conselho, e queria falar com ela sobre como tornar homens como ele melhores. "Eu me dou bem com mulheres", disse com um sorriso ligeiramente envergonhado, "mas os homens costumam não gostar de mim."

— E você? — diz ele, olhando-a com aquela expressão que faz quando quer parecer interessado. — Está bem?

— Estou ótima. Espero que meu período sabático tenha lhe dado a oportunidade de explorar uma abordagem diferente com o Eko.

— Preciso admitir que as coisas não foram tão bem assim.

Siobhan sorri com educação e não responde. Richard parece ligeiramente surpreso com a falta de resposta — ela costuma ser mais amigável com ele —, mas continua:

— Já na minha vida particular... Eu e minha secretária... As coisas seguiram, hum, evoluindo. Temos dificuldade de nos controlar perto um do outro, para ser sincero. O corpo dela, as coisas que ela faz comigo... quer dizer, nossa, eu me sinto um adolescente de novo. Hormônios em ebulição. Transamos na cadeira do meu escritório hoje de manhã, sabe, pelo amor de Deus.

Ele ergue o olhar para Siobhan ao dizer isso, e, de repente, ela entende. Tem algo a ver com estar no mesmo cômodo que ele. Fica completamente óbvio de uma forma que o Skype não permitia.

É um exibicionismo. Contar a Siobhan sobre a fantástica sedução da secretária, o sexo na cadeira, os hormônios em ebulição. Não tem nada a ver com falar sobre as emoções; ele quer que *ela* saiba.

Siobhan odeia quando Fiona está certa.

Enquanto Richard continua falando sobre sua secretária sexy, se remexendo na cadeira e se sentando com as pernas bem abertas, Siobhan se pergunta o que exatamente ela deveria fazer ali. Ele não disse ou fez nada inapropriado. Ela pode cancelar o acordo que acabou de renovar com a equipe de RH da empresa de Richard, mas perderia todos os seus clientes particulares e os cursos de assertividade corporativa que oferece lá — e que lhe rendem muito dinheiro. Tentar abordar a questão com Richard diretamente é uma opção, mas... ele é tão evasivo. Seu instinto lhe diz que não acabaria bem.

De qualquer forma, ela precisa sair da vida de Richard Wilson. Siobhan cerra a mão, mas suas unhas estão curtas demais para machucar a palma. Todas as suas manias de autoflagelação — morder a pele do pulso, puxar o cabelo — melhoraram enquanto ela cuidava da saúde mental, mas esse é um hábito do qual não consegue se livrar quando está estressada.

E isso é definitivamente estressante. Siobhan pode não ter o melhor histórico com homens, mas tem experiência o bastante para identificar um que não presta. E o mais preocupante é que ela sabe que, quando está em seus momentos mais frágeis, quando está se sentindo inadequada, homens como Richard se tornam bem o tipo dela.

De alguma maneira, hoje, sozinha num bar de hotel com o frio enevoado e denso de novembro pressionando as janelas, uma taça grande de pinot noir é o suficiente para acabar com a determinação de Siobhan.

Ela vai ligar para Joseph. Sabe que vai. O impulso vibra por sua corrente sanguínea, formigando em seus dedos. Em algum momento entre pedir a taça de vinho tinto e terminá-la, isso se torna uma verdade inevitável e inquestionável, mesmo enquanto ela está sentada ali dizendo a si mesma que não vai ligar.

Talvez Fiona e Marlena estejam certas. Talvez eu não consiga me abrir para homem nenhum por causa do Cillian. Ela encara a taça. É irritante pensar em como um homem tão fraco a impactou por tanto tempo. Ela amava Cillian, mas não *deveria*; ele não era tudo isso. *E até ele me rejeitou*, ela pensa e se encolhe.

Siobhan sente tanta falta de Joseph que *dói* pensar nele. Já perdeu as contas de quantas vezes abriu a conversa dos dois e leu todas as mensagens que ela nunca respondeu; ela até sonhou com ele outra noite. Também havia uma lhama no sonho, e um homem com um pote de geleia equilibrado na cabeça, mas mesmo assim. Isso não costuma acontecer quando ela decide terminar um *affair*.

O dia com Richard hoje lhe lembrou por que ela mantém homens à distância — a maioria é babaca —, mas também a fez pensar em como Joseph é diferente. Em como ele não só a fazia se sentir sexy e desejada, como a fazia se sentir segura. Feliz.

Joseph atende no terceiro toque. Mais de duzentos dias de abstinência jogados fora em menos de cinco segundos.

— Siobhan? — diz ele.

Ela fecha os olhos, apertando a haste da taça de vinho com os dedos. Atrás dela, no bar, uma mulher vocifera o final de uma piada e o restante da mesa ri. O burburinho da vida das outras pessoas continua, e Siobhan está aqui, sozinha, debruçada sobre a mesa, mantendo a voz de Joseph no ouvido.

— Sim, oi — responde ela, então franze o rosto numa careta. Por que esperar *meses* para fazer uma ligação e começá-la com "Sim, oi"?

— Você me ligou — diz Joseph, chocado.

— Você me atendeu — observa Siobhan, e ela se sente ligeiramente melhor com essa resposta, mesmo que só esteja apontando o óbvio.

— Eu achei que não... Já faz um tempo.

Siobhan mexe a taça para a frente e para trás. Há um restinho de vinho no fundo, menos de um gole.

— Mas você salvou meu número — continua Joseph lentamente, e ela pensa ter notado um sorriso em sua voz.

Eu não devia ter te ligado, pensa ela. Vem pensando isso desde que ele disse o nome dela, porque, honestamente, no momento em que ele fez isso, ela estava entregue. Siobhan não resiste ao som de seu nome na boca de Joseph Carter.

— Você está em Londres? — A voz dela sai rouca.

— Na verdade, estou voltando para Winchester — diz Joseph depois de um tempo. — Eu estava numa festa, mas... É, já fui embora.

Ela confere a hora. São onze e meia da noite. Tinha ido a um restaurante italiano com Kit, depois comeu sobremesa e botou a conversa em dia com Vikesh e Kalvin no apartamento deles antes de voltar para o bar do hotel para uma saideira, e... acabou ficando tarde.

Não é um horário apropriado para ligar para um homem a não ser que você esteja em busca de sexo.

E então?, pensa Siobhan ao brincar com a taça de vinho, olhando para suas unhas curtinhas, aparadas como se ela fosse uma criança que não para de se coçar. *Para que você está ligando para esse homem, Siobhan Kelly?*

— Eu poderia... eu poderia ir até você — diz ela. — Só para conversar. Quer dizer. Hoje é a primeira sexta do mês. Minha, né? — acrescenta suavemente.

O silêncio é excruciante. Ela não consegue decidir qual parte da sua frase foi mais humilhante: o fato de que, depois de todo esse tempo, ela vai viajar até essa cidadezinha do subúrbio para encontrá-lo no meio da noite, ou o fato de que está fingindo que é "só para conversar".

— Eu adoraria — responde Joseph na hora em que ela abre a boca para tentar retirar o que disse. — Eu gostaria muito, Siobhan.

Lá vai ele de novo, dizendo o nome dela. Siobhan fecha os olhos por um momento e sabe que vai passar todos os minutos da viagem de trem até Winchester destruída de pavor e dúvida.

— Até já — diz ela, e desliga.

* * *

Quando o trem para em Basingstoke, ela chega tão perto de desistir que se levanta para descer. Poderia voltar para Londres e transformar tudo numa história engraçada que termina com ela sendo uma mulher independente que certamente não viaja por uma hora para encontrar um cara com quem costumava transar. Ou talvez pudesse só fazer hora em Basingstoke até amanhecer; ela não conhece ninguém na cidade? Não tinha uma mulher que fazia o Certificado Nível 3 em Estudos Psicoterapêuticos com ela? Ou era um ex de Kit, o baixinho cabeludo?

Mas ela continua no corredor como se estivesse paralisada, segurando a bolsa com força na lateral do corpo, até que as portas apitam e fecham, e o trem dispara a caminho de Winchester à uma da manhã. E é aterrorizante. Ela está se expondo. Para um homem. Não é um território confortável.

Não tem ninguém esperando na plataforma quando ela sai do trem em Winchester. O ar noturno está dolorosamente frio; um bêbado passa cambaleando por ela, cantando "You'll Never Walk Alone", e uma mulher com saltos de quinze centímetros que vem saltitando atrás o manda calar a boca, mas está sorrindo. Siobhan tem muitas pessoas em sua vida; ela quase nunca se sentiu sozinha. Mas, naquele momento, ao observar o homem esperando a namorada de salto alto alcançá-lo, com um grande sorriso bêbado no rosto, o sentimento a atravessa como um objeto pontiagudo. Siobhan quer alguém que espere por ela.

— Siobhan?

Ele está descendo os degraus de outra plataforma, as mãos nos bolsos do casaco. Sua aparência é a mesma: óculos, cabelo castanho amassado, sorrisão. Vê-lo provoca uma onda de alívio doce e quente pelo corpo dela, como o momento em que você ouve a boa notícia que estava esperando. Ela se pergunta como eles vão se cumprimentar, mas ele só a beija na bochecha e a puxa para um breve abraço.

Ele não a leva para a casa dele.

— Longe demais da estação — diz, mas não faz contato visual com Siobhan, e a impressão de que ele está mentindo afasta a sensação calorosa que sua chegada causou.

Por um momento, Siobhan pensa em se afastar e voltar à estação. Então Joseph a abraça com mais firmeza, e o cheiro dele, a sensação do corpo dele no dela depois de tantos meses afastados, basta para man-tê-la ali.

Eles fazem check-in num hotelzinho fofo a poucos minutos da esta-ção. Ela agradece por não ser um hotel qualquer, como se isso de alguma forma tornasse o encontro menos decadente. O dono parece conhecer Joseph, e ela se pergunta se ele já levou outras mulheres ali, com o cora-ção murchando. Mas ela se surpreende quando Joseph propõe:

— Vamos pegar uma bebida no bar antes de eles fecharem?

Ela presumiu que eles iam direto para o quarto.

— Claro — responde Siobhan, e ele já está seguindo para uma mesa na janela, tirando o casaco.

Ela pede uma taça de pinot noir sem pensar; outro hotel, mesma taça de vinho.

— Então. — Joseph sorri para ela, mas seus olhos estão ligeiramente desconfiados, talvez até magoados. — Você queria conversar.

A situação toda está cada vez mais bizarra. Siobhan e Joseph não con-versam. Eles não se encontram em estações de trem. Eles não se sentam à mesa com bebidas.

— Bem. Você disse em várias mensagens que sentia minha falta — diz Siobhan, erguendo a sobrancelha para parecer provocativa em vez de carente.

Joseph baixa os olhos para a cerveja com um sorriso quase pesaroso; as mãos de Siobhan se flexionam no colo. Ela está com uma sensação ruim. Ele parece cansado; ela se pergunta por que ele foi embora da festa tão cedo e já estava voltando para casa às onze e meia.

— Eu senti mesmo sua falta — responde ele, e a sensação ruim cresce. — Eu sinto a sua falta. Mas...

Ai, meu Deus, pensa Siobhan, os punhos cerrados. *Ai, meu Deus, ele não me quer mais.* Aquilo tudo é um pesadelo, o mesmo que ela imaginou re-petidamente no trem até aqui, e ela já está abrindo a boca para dizer que também não está interessada nele quando Joseph continua:

— Olha, fiquei bem chateado por você ter me dado um gelo nesse verão. — Ele ergue a cabeça e sustenta o olhar dela. — Eu estava... as coisas pareciam estar indo bem entre a gente até você sumir. Não entendi.

— Sim — diz Siobhan, brincando com a taça de vinho. — Entendo que tenha sido... confuso.

Por isso é importante você manter sua palavra quando decide colocar um ponto-final nas coisas. Não colocar um ponto-final para depois ligar para a maldita pessoa de novo e aparecer na cidade dela à uma da manhã.

— Você ficou chateada com alguma coisa naquele dia — fala Joseph. — E eu fiz o que você pediu, te deixei sozinha, mas... não pareceu certo. Passei o dia pensando em voltar para ver como você estava. Acho que eu deveria ter feito isso.

Siobhan exala devagar.

— Eu provavelmente teria expulsado você de novo.

Joseph pressiona os lábios, pensativo.

— Você sabe por quê?

É uma maneira estranha de formular a pergunta — algo que ela poderia dizer a um cliente durante uma sessão —, e pega num ponto fraco, porque Siobhan realmente não *sabe* muito bem por quê. Ou melhor, tem suas suspeitas, mas não quer confrontá-las.

— Eu só não gosto de ser... sabe. Eu não gosto de ser abandonada. — Ela faz uma careta. *Não* é isso que ela quer fazer agora, revirar sua vida miserável. Ela passa tanto tempo revirando a vida das outras pessoas que já devia estar acostumada, mas nunca gostou de olhar para dentro de si assim. — E, às vezes, quando eu sinto que isso vai acontecer, acho que posso meio que, bem, abandonar a outra pessoa primeiro.

— Para não se magoar — diz ele.

— Para me manter no controle — corrige ela depressa. — Para me certificar de que estou no comando.

— Certo. — Ele sorri ligeiramente. — Entendo.

— Mas peço desculpas — diz ela depois de um longo silêncio — se eu te magoei. Ou melhor, não. — Ela ergue a mão. — Esse é um daqueles não pedidos de desculpas dos políticos. Desculpe por ter te magoado.

Ela ganha um sorriso decente dele agora, um sorriso típico de Joseph, e é como tomar um gole de uma bebida quente. O sorriso dela aumenta em resposta. Só de ver aquela expressão no rosto dele sente que valeu a pena ter rastejado, ter engolido o orgulho. *Eu sou um caso perdido*, pensa ela, o pânico crescendo, mas ainda sorrindo para ele, como se o rosto dela estivesse desconectado do restante do corpo.

— Honestamente, quando você me cortou da sua vida foi meio que um sinal. Eu venho tentando ser um cara melhor. Sossegar um pouco, beber menos. E parar com os... relacionamentos não exclusivos. — Joseph desvia o olhar.

— É por isso que estamos conversando aqui embaixo em vez de na cama no andar de cima? — pergunta Siobhan com um tom leve, mas seu coração está disparado; ela não sabe o que vai fazer se ele a rejeitar.

— É, em parte. — Joseph lhe lança um olhar que a faz estremecer. — E em parte porque eu acho que talvez a gente não tenha conversado o bastante no andar de baixo da última vez.

Da última vez talvez dê a entender que haverá uma próxima. Siobhan ajeita a postura, cruzando as pernas, deixando o pé roçar a canela dele. Joseph mexe a sobrancelha como se a repreendesse. Ela devolve o olhar, toda insolente, sem vergonha.

— Siobhan — diz ele, e ela desvia o olhar ao ouvir o tom dele. — Eu não posso. Não mais. Eu estou... saindo com outra pessoa.

Ai. Ela recolhe o pé, os punhos cerrados com tensão no colo. *Certo.* Ela tenta se recompor. É ruim, mas não tanto quanto poderia ser: não é que ele não a queira, é só que encontrou outra pessoa nesse meio-tempo.

— Vocês estão sérios? — pergunta ela, engolindo em seco.

É claro que ele já foi conquistado por outra pessoa. Olhe só para ele. Fica dolorosamente óbvio como ela gosta desse homem. Quando estavam juntos, ela insistiu para que mantivessem uma relação casual e não exclusiva, mas agora imaginá-lo nos braços de outra pessoa lhe dá vontade de quebrar o nariz de alguém.

Joseph brinca com o copo de cerveja.

— Não tenho certeza. Talvez.

— É parecido com o que nós temos? É tão intenso quanto o que há entre nós dois?

Ele cora. Ela ama tanto aquele rubor; é como vislumbrar o garoto por baixo do homem bonito e elegante.

— Siobhan...

— Está bem, está bem, eu não deveria perguntar. Tudo bem.

Siobhan morde o lábio. Ela pode ser insensível, até inescrupulosa se precisar, mas não roubaria o homem de ninguém. Sororidade é importante para ela, talvez uma das coisas mais importantes: ela faria quase tudo pelas mulheres da sua vida.

O que significa que, se Joseph está comprometido, ela precisa aceitar. Como ela foi idiota. Todos esses meses sem ele, e para quê?

— Amigos, então? — pergunta ela.

Ele parece aliviado, seus ombros largos relaxando.

— Com certeza. Eu adoraria.

— Bem, voltarei a Londres no fim de semana antes do Natal. Se estiver por perto, talvez possamos nos ver. Como amigos.

Ele estreita de leve os olhos. Ela ergue as sobrancelhas para ele.

— É sério — reforça Siobhan. — Só amigos. Não tenho qualquer interesse em furar o olho de ninguém.

Mas... ela também não está pronta para desistir totalmente dele.

Jane

Os dedões de Jane pairam sobre o nome de Joseph Carter.

Eles se falaram umas duas vezes desde o casamento, mas não se viram no último mês e meio. Só trocaram mensagens triviais, do tipo que Jane odeia; conversas sem qualquer profundidade. *Como você está? Bem, obrigada, e você?*

Eles concordaram em ser amigos, mas será que isso é realmente amizade, esse papinho superficial? Se for, ela não quer. Ela o quer por inteiro, o cheiro dele, os braços ao redor dela enquanto eles dançam. Já desistiu de resistir a esse sentimento. A tristeza daquela dança no casamento mostrou como era inútil tentar não amar Joseph Carter; aceitar todo o sofrimento tem causado certo alívio. "Ter sentimentos é difícil, Jane", disse Aggie outro dia. "Nem uma infinidade de regras conserta isso. Às vezes você só precisa se permitir sentir, mesmo que seja ruim."

Lenta e deliberadamente, Jane clica no nome de Joseph. O rascunho da mensagem dela a espera: Você ainda topa jantar hoje à noite? Bj

Eles tinham feito os planos bem antes do casamento; estavam conversando sobre cozinhar depois de ler *To Lahore, With Love*, e Jane mencionou seu curry de frango especial, o que ela faz sempre que precisa de uma comida reconfortante. Ele nem hesitou. "Você precisa fazer para mim", disse. "Estou me convidando para jantar, aqui, me dê seu celular." Segundo ele mesmo, escolheu uma data mais para a frente para que ela tivesse tempo de sobra para praticar. Ela riu do entusiasmo dele, lhe disse que não era *tão* especial assim. E havia relaxado, afinal faltava muito para novembro. Cozinhar um jantar para Joseph quebraria todas as regras que ela criou para mantê-lo afastado, mas tinha tempo de sobra para inventar uma desculpa e fugir do compromisso.

Talvez Joseph soubesse que ela só aceitaria se ele escolhesse uma data distante. Distante o suficiente para lhe passar segurança. Jane mudou muito desde que *curry reconfortante para Joseph* entrou no calendário dela... agora, pensar na possibilidade de esse jantar *não* acontecer é muito mais terrível do que a ideia de cozinhar para ele.

Com um arquejo súbito, Jane mexe o dedão sobre a tela e aperta *enviar*.

Está tão preocupada encarando o celular que, quando o sino acima da porta da loja beneficente toca, Jane leva pelo menos cinco segundos para erguer o olhar e notar sua antiga colega de trabalho, Lou, parada ali, se balançando sobre os pés, parecendo sem graça.

— Oi — diz Lou num tom pesaroso. — Eu não sabia como entrar em contato a menos que aparecesse aqui, e... precisamos conversar.

— Ah — responde Jane, olhando de relance para os fundos da loja, onde Mortimer está organizando pilhas de livros surrados. — Desculpe, você... você veio lá de Londres? Só para me ver?

Lou assente, pressionando os lábios.

— Você gostaria de ir para um lugar reservado?

— Estou bem aqui — responde Jane, um pouco assustada.

Mortimer é uma presença bem reconfortante e não consegue ouvir de onde está.

Lou contorce os lábios, olhando ao redor.

— Está bem. Eu só... queria alertar você. Não sabia se ainda tinha contato com o pessoal da Bray, ou se alguém iria lhe contar. Tem um boato correndo pela empresa. Trouxe à tona... fez as pessoas comentarem sobre... a sua saída. De novo.

Por favor, só fale logo, pensa Jane, o coração batendo com tanta força que ela o sente nos braços e nas pernas.

— Ele está procurando você — sussurra Lou. — Sinto muito. Achei que ia querer saber.

O medo chega espiralando como fumaça. Jane agarra a borda do balcão com tanta força que seus dedos doem.

— Entendi — responde ela, trêmula. — Está bem. Obrigada por me contar.

— Você poderia vir para Londres, talvez? Enfrentá-lo nos seus próprios termos? Eu ficaria do seu lado, sabe, se isso ajudar. Desculpe, sei que você mal me conhece, então não deve importar muito.

Na verdade, importa mais do que Jane é capaz de compreender agora.

— Obrigada — diz ela, com a voz fraca. — Mas vou ficar aqui. Se acontecer alguma coisa eu vou conseguir lidar.

— Acho que foi isso que eu vim dizer, na verdade — fala Lou, exibindo uma expressão pesarosa. — Você meio que está... lidando-com-a-situação *agora*, eu acho? Quer dizer, não é possível que ele encontre você aqui? Você não está longe de Londres.

Jane se encolhe. Essa nem é a pior parte. Todo mundo que a conhece bem sabe que Winchester foi onde ela nasceu e sua mãe morreu. É por isso que ela voltou, apesar de ser muito mais sensato ir para algum lugar distante se realmente quisesse fugir. Mas ela sempre se sentiu atraída por este lugar.

Ela não se lembra do começo de sua vida aqui; só conhece o vilarejo perto de Preston onde cresceu com o pai. Ele nunca fala sobre Winchester; para Jane, há algo proibido nesta bela cidade, e quando ela descobriu que o Fundo Count Langley tinha um brechó beneficente aqui, pareceu destino. Uma das pouquíssimas coisas que Jane sabe sobre a mãe é que o Fundo Count Langley a ajudou quando ela descobriu que estava morrendo. Jane encontrou a papelada uma vez, quando ainda era adolescente, guardada com o programa do funeral. Ela roubou o programa, pois tinha várias fotos da mãe que nunca vira, e passou horas olhando, mergulhada no rosto sorridente da mãe, seus olhos castanhos carinhosos tão parecidos com os de Jane.

Jane poderia fugir de novo. Sair de Winchester. Ir para algum lugar onde ele não a encontraria.

— Não — diz Jane, a voz embargada. — Não posso ir embora daqui. Ainda não.

Tem Joseph, o jantar que eles planejaram. E, ah, Aggie; o apartamentinho de Jane; o gosto das panquecas do Josie's Café e o aconchego do

Piecaramba... Ela não suporta a ideia de deixar tudo para trás. Fecha os olhos com força. Se precisar ir embora, ela vai. Mas ainda não.

Quando Joseph chega — atrasado, como sempre —, o apartamento está tomado pelo cheiro de temperos cozidos em baixa temperatura. Jane está usando o vestido creme de seda que ela usa todo sábado, descalça, segurando um copo de água tônica gelada.

— Oie — diz ele, beijando-a na bochecha.

Ela consegue, com muito esforço, não desmaiar.

— Oi — responde ela, se agarrando ao aparador. — Olá.

— Mil desculpas pelo atraso — fala Joseph, se abaixando para cumprimentar Theodore. — Minha mãe se atrapalhou com a porta do banheiro, depois eu recebi uma ligação do trabalho sobre uma entrada USB, acho que o filho de alguém tinha enfiado chiclete lá dentro, mas não tinha como convencer o sócio-gerente disso, mas, ah, nossa, você não precisava saber disso, me desculpe, eu estou um pouco... — Ele se endireita e encosta o ombro na geladeira, que grunhe em protesto; como a maioria das coisas do apartamento de Jane, a geladeira está velha e acabada, mas de um jeito meio charmoso. — Nervoso. As coisas andam meio esquisitas entre nós dois, não andam?

— Bem, sim, um pouco — responde Jane, afofando o arroz com um garfo e evitando o olhar dele. Joseph não é muito de tagarelar, mas ela acha tão fofo que chega a doer.

— A culpa é minha — diz ele, massageando a nuca. O relógio dourado dele brilha sob as luzes da cozinha. — Desculpe. Eu deveria ter sido mais claro com você desde o começo sobre o que... o que eu poderia oferecer.

— Você nunca me disse que seríamos nada além de amigos — afirma Jane depois de uma pausa cuidadosa.

Ela pega suas melhores tigelas do armário, que tilintam em suas mãos trêmulas. É torturante falar sobre esse assunto. Ela quer se encolher inteira, não suporta olhar para ele. Passa o dedão sobre um lascado na borda da tigela.

— Tipo, quando a gente se conheceu, você me disse que tinha namorado — diz Joseph. Há algo estranho em sua voz. — Então sabe como é...

— Sei. Você nunca me viu dessa forma. Eu entendo.

— Não, Jane, não é... não é o que eu estou dizendo. — A voz dele fica mais baixa, e ele estende a mão como se fosse tocar o braço dela, então a abaixa. — Eu também acho difícil ser só amigo.

Ela cora e arrisca uma olhadela ao começar a servir a comida; o rosto dele está sério, e há um rubor tingindo suas bochechas, um sinal de que está sentindo algo que não está dizendo.

— Mas é tudo o que você tem a oferecer — diz Jane lentamente.

— Sim. É tudo que eu tenho a oferecer.

A ideia de que outra mulher tem o restante dele... faz Jane se sentir desesperada, descontrolada, furiosa. Ao menos ele não lhe disse nenhum nome. Ela sabe que, se ele disser, não vai se conter e vai fuxicar as redes sociais até encontrar a mulher que ele ama mais do que a ela.

— Por você... tudo bem? A decisão é realmente sua, Jane. Se for inconveniente... sabe, que a gente continue se vendo, sendo amigos...

— Não é inconveniente. — Ela abre um breve sorriso. Por um momento, considera provocá-lo, "Por favor, você não é tão irresistível assim, sabe", mas está tentando ao máximo parar de mentir, então engole o comentário. — Fico feliz em ver você.

— Tem certeza?

Ela sente que ele está fazendo aquele negócio de abaixar a cabeça, tentar contato visual, e seu coração aperta.

— Tenho. Pode pôr a mesa?

Ela sobrevive ao jantar sem agir de maneira estranha; fica com os olhos cheios d'água quando serve um segundo prato aos dois, mas está de costas para Joseph e, se ele percebe, não fala nada. Mas ela está com as emoções à flor da pele depois de ver Lou.

— Jane? — diz Joseph com hesitação enquanto eles terminam a sobremesa.

É uma mousse de chocolate; Jane nunca tinha feito e não está *totalmente* confiante de que não vai causar uma intoxicação alimentar neles

— todas aquelas claras cruas —, mas ficou deliciosa, e, para ser sincera, morte-por-chocolate até parece um pouco atraente agora.

— Você está bem?

Ai, meu Deus, pensa ela, as lágrimas brotando de novo. *Não me pergunte isso.*

Ela toma um gole d'água; sua mão treme tanto que derrama um pouco no prato.

— O que houve?

A voz dele é gentil. Isso torna tudo muito pior. *Por que você não pode só ser horrível?, pensa ela. Por que não pode ser só um traidor horrível, mentiroso, galinha, que nunca me contou sobre sua namorada, que me deixou pensar que eu era a única?*

Ela aceitaria isso. Justo agora, por um milésimo de segundo, pensa: *Eu seria a outra. Você nem precisaria mentir para mim.*

Ela se afasta da mesa e se levanta quando as lágrimas voltam. Porque é isso que ela realmente é: uma mulher que ama tanto a ponto de perder toda a moral num instante.

— Com licença — diz ela, indo para o banheiro.

Joseph vai atrás, mas, em defesa dele, não tenta estender a mão e tocá-la. Ao entrar e fechar a porta do banheiro, Jane o escuta apoiar as costas do outro lado e deslizar até o chão. Ela imita o gesto, afundando a cabeça entre os joelhos e encarando os azulejos do banheiro, que já estão molhados de lágrimas. Ela está chorando intensa e silenciosamente, os soluços treinados de alguém que sabe passar despercebida.

— Jane, eu sinto tanto, tanto — fala Joseph, a voz abafada pela porta. — Eu não sabia como seria difícil para você...

— Não é você — responde Jane, por mais que seja ele, *é* ele, ela sente como se sempre fosse ser. — Tem algumas... tem algumas outras coisas acontecendo. Eu fiquei meio sobrecarregada, só isso. — Pega o papel higiênico e assoa o nariz. — Vai ficar tudo bem já, já, sério — diz ela, tentando abrir um sorriso trêmulo.

Há um longo silêncio do outro lado da porta.

— Eu realmente sinto muito — diz Joseph.

O silêncio se prolonga. O exaustor inútil do banheiro zune na parede oposta, um fio de teia de aranha preso nas pás.

— Eu não estava mentindo sobre ir à Hoxton Bakehouse para ver você — fala Joseph.

Jane continua imóvel, o papel amassado na mão esquerda.

— A história que inventamos, sobre como nos conhecemos... Quando eu disse que ia no mesmo horário todo dia porque esperava ver você lá, porque eu te achava linda.

Jane pressiona a mão fechada no peito. Há uma dor real ali, como se o coração dela estivesse mesmo partindo e alguma parte do cérebro estivesse lhe dizendo que precisa segurar o peito com força para impedi-lo de se rasgar.

— Eu não estava mentindo. Gostaria de estar, de verdade, porque não me orgulho disso, mas eu não estava mentindo.

— Foi por isso... foi por isso que você puxou assunto comigo? — pergunta Jane com esforço. A voz dela está embargada pelas lágrimas. — Porque me achava linda?

— Eu achei você... fascinante, na verdade. Disse a mim mesmo que não havia mal em olhar. Então pareceu que também não havia mal em puxar papo, e depois eu fiquei tão aliviado quando você disse que tinha namorado, porque é claro que isso significava que você estava fora dos limites e eu não precisava me preocupar em ficar tentado. Quando você enfim me contou a verdade sobre o namorado... nós já éramos amigos, e eu pensei que poderíamos continuar assim. Eu estava tão *satisfeito* comigo mesmo. — A voz dele falha. — Pensei que tivesse conseguido. Pensei que tinha feito amizade com uma mulher linda, inteligente, engraçada, e eu não tinha tentado levar você para a cama.

Só o pensamento já causa arrepios em Jane.

— Mas aqui estou eu — diz Joseph. — E tudo o que eu quero é abrir essa porta, te tomar nos braços e te beijar.

Ela ouve um baque — o punho dele no chão, talvez — e se sobressalta, batendo a cabeça na porta. Ela fecha os olhos e fica ali, com o rosto erguido para o teto, a cabeça encostada na madeira fria. Ela quer memorizar tudo: a sensação dos azulejos sob seu corpo, esfriando seu vestido; o ressecamento das lágrimas em suas bochechas; o som de Joseph dizendo que a quer.

— Fiz uma promessa a mim mesmo, Jane — continua ele, e ela se pergunta se ele também está chorando, pois sua voz sai rouca e baixa. — E, meu Deus, eu quero quebrá-la por você. Por que é tão *difícil*?

— Eu também fiz uma promessa a mim mesma — diz Jane. Seu corpo todo treme, da cabeça aos dedos dos pés. — E já a quebrei. Falei que não me apaixonaria de novo, Joseph, e você... você... Eu não consigo *fazer* isso. Não consigo fazer as coisas pela metade. Não consigo ter você e não ter. Não consigo dividi-lo com outra pessoa.

— Jane, não faça isso. — Ele está definitivamente chorando agora.

Ela pensa por um momento em abrir a porta. Deixar que ele a tome nos braços e a abrace, ver o que a força de vontade dos dois é capaz de suportar.

— O que devemos fazer? — pergunta Jane baixinho. — O que fazemos agora? Podemos ser amigos?

— Não estamos mandando muito bem nisso no momento — diz Joseph, e Jane ri. — Mas eu quero. Eu realmente quero.

Ela tenta imaginar. Reuniões do clube do livro como costumavam ser, cafés no Josie's, as mensagens que ela esperava uma hora para responder. Já faz meses que ela é amiga de Joseph e apaixonada por ele. Por que isso precisa mudar agora?

Mas precisa, porque ela contou para ele, ele sabe. Não podem desfazer aquela minúscula fração de momento em setembro, o beijo que quase não existiu.

— Acho que não consigo ser sua amiga, Joseph — fala Jane, abrindo os olhos. — Não consigo. Desculpe. Se eu fizesse isso, só estaria enganando a nós dois. Eu não vou parar de amar você.

Ele fica em silêncio por tanto tempo que Jane se sente subitamente muito solitária ali, no chão do banheiro. Como se ela falasse sozinha e Joseph não estivesse ali de verdade.

— Está bem — diz ele enfim. — Está bem.

Ele respira fundo, e ela o ouve se mexer. Vira-se num impulso para a porta, mas não a abre; ela precisa deixá-lo ir ou isso nunca vai acontecer.

— Tchau, Jane. Espero que saiba que eu... — Ele suspira de novo. — Espero que nos reencontremos algum dia, talvez. Quando nós dois estivermos em outra fase. Quando for um momento melhor.

Jane não responde. Eles não vão se reencontrar. Porque ela vai embora amanhã. Decidiu em algum instante entre "Acho que não consigo ser sua amiga, Joseph" e "Eu não vou parar de amar você".

Talvez para as Hébridas Exteriores, ou algum lugar remoto na área rural do País de Gales. Um lugar onde não há absolutamente ninguém, porque aí Jane não terá a oportunidade de se apaixonar de novo.

Miranda

O mês de novembro de Miranda passa num borrão, como se as semanas estivessem acontecendo com outra pessoa. É difícil para a equipe trabalhar com mau tempo; ela está ficando mais em casa do que gostaria, perambulando pelo apartamento e tentando se manter ocupada. Carter está decididamente animado, talvez até mais encantador do que o normal. Está se esforçando. Ela ainda tem aqueles flashes de não-acredito-na-minha-sorte ao olhar para ele do outro lado da mesa do pub ou apoiar a cabeça no peito nu dele na cama, porém estão mais raros. Ele perdeu um pouco o brilho, como o dourado numa joia barata.

Já é dezembro, frio de doer, e há luzinhas de Natal perigosamente penduradas entre as figueiras que se alinham na sua rua. Determinada a trazer alguma alegria ao ambiente, Miranda decorou o apartamento com milhares de enfeites. Num fim de tarde, depois de chegar em casa de um dia de compras natalinas, enquanto está virando um copão d'água na cozinha, uma rena espalhafatosa cai da porta da geladeira e apunhala seu pé com os chifres festivos e brilhantes.

— Ah... *porra! Maldita. Porra, porra, porra!*

— Miranda! — exclama Frannie, erguendo a cabeça por cima do sofá. — Você acabou de falar palavrão?

Miranda se sobressalta. Não percebera que Frannie estava ali.

— Não — responde ela, culpada, então faz uma careta, ainda pulando num pé só. — Talvez. Eu passo o dia com homens que falam muito palavrão, está bem?

Frannie dá um sorrisinho.

— Não me incomoda, você que é a certinha.

A frase a irrita, de alguma forma. Talvez seja o frio do inverno embaixo da gola da camisa dela, ou o fato de que não se exercitou o dia todo, ou a dor latejante no pé direito. Mas algo estoura.

— Quer saber, Fran, na verdade eu não sou certinha. Ninguém com mais de doze anos é, para ser honesta, mas isso não importa, o que estou dizendo é: eu sou uma mulher foda. Moro sozinha, já morava antes de vocês duas chegarem sem ser convidadas, e tenho um trabalho *ótimo* que amo, que por sinal envolve fazer coisas bem assustadoras e corajosas o dia todo, e tenho um namorado incrível. — A voz dela falha em "namorado". Mas continua: — Não sou mais a pessoa que eu era quando morávamos na casa dos nossos pais, está bem? Tenho minha própria vida agora. E você tem dezoito anos, Fran. Talvez devesse estar tentando arrumar uma vida também, em vez de ficar seguindo Adele por aí e fazendo nada no meu apartamento sem pagar aluguel.

Os olhos de Frannie se arregalam de surpresa. Elas se entreolham em silêncio por um momento.

— Desculpe — diz Frannie com a voz bem fraca.

Miranda murcha, ainda equilibrada numa perna só.

— Não, eu que peço desculpas. Estou sendo horrível. É esse tempo. Me deixa rabugenta.

Frannie levanta e se vira para encarar Miranda direito, abraçando uma almofada.

— Você quer que a gente se mude?

— Não! Não. Desculpe. Eu só... às vezes acho que vocês podem ser meio sem noção e falam comigo como se eu fosse uma... — Ela balança a mão, baixando o pé para o chão. — Não sei, uma completa fracassada?

Os olhos de Frannie se arregalam ainda mais.

— Nós não achamos que você é uma fracassada. Nem um pouco! Você tinha que ouvir a Adele falando do seu trabalho para outras pessoas. "Ela é a única arborista mulher de toda a região." A Adele vive falando sobre você!

Miranda encara a irmã, boquiaberta.

— Está falando sério? — Ela faz uma pausa para absorver a informação. — Por sinal, isso não é verdade.

— Ai, meu Deus, a gente deveria, tipo, arrumar mais a casa? — Frannie parece verdadeiramente em pânico agora. — Ou cozinhar? Ou... — com horror crescente — pagar aluguel?

Miranda se esforça bastante para não rir. Ela se junta a Frannie no sofá.

— Talvez arrumar um pouco a casa? — diz, examinando o pé machucado. Nada de sangue, que decepcionante. — E respeitar que esse é o meu espaço e às vezes eu quero jantar com meu namorado sem ser interrompida.

— Jantar — repete Frannie com um olhar sugestivo. — Entendi. Vocês jantam bastante, né?

Miranda acerta Frannie com uma almofada e diz:

— *Ecaa.* Você com certeza é nova demais para saber sobre jantar. Na minha cabeça você ainda tem doze anos, Fran.

— Queria que alguém quisesse jantar *comigo* — diz Frannie, merecendo outra almofadada.

Elas acabam fofocando e gargalhando até tarde da noite, e Miranda vai dormir um pouco mais alegre. No fundo, foi bom gritar com Frannie. E também foi bom fazer alguma coisa *legal* juntas, mesmo que só bater papo no sofá enquanto tomavam um chá, comiam biscoitos e colocavam uma pilha cada vez maior de cobertores nas pernas.

Ela se deita às onze da noite, de gorro e agasalho de lã para aguentar o frio. Está tarde para os padrões dela, já que eles vão começar cedo no dia seguinte, mas Miranda não consegue dormir. Encara a escuridão, pensando, pensando, pensando, sem chegar a lugar algum.

Isso tem acontecido com muita frequência ultimamente. Miranda Rosso é uma pessoa ativa. Ela segue em frente, resolve problemas, cumpre metas. Não fica deitada por aí, *se questionando*. Mas essa história com Joseph parece simplesmente... impossível de resolver. Não há nada para resolver; já está resolvido, e ainda assim ela não para de se lembrar daquela nota fiscal. O café da manhã inexplicado. *Minha noite ;)* no calendário.

Ela fecha os olhos, se forçando a dormir, mas não está nem um pouco cansada, e ficar deitada na cama parece deixá-la com menos sono ainda. É como se ultimamente houvesse algo elétrico que começa a faiscar na barriga dela assim que apaga a luz. De repente, ficar parada se torna insuportável.

Ela se levanta e acende a luz, estreitando os olhos diante da luminosidade da lâmpada. O celular dela está carregando no chão ao lado da cama, e ela se abaixa para olhar os aplicativos distraidamente. O WhatsApp abre na conversa com Trey; ele está on-line, e ela franze a testa, olhando a hora. Já passa das três da manhã.

Ela hesita, então começa a digitar:

Está fazendo o que acordado?

Trey se tornou um bom amigo nesses últimos meses. Ele é o tipo de pessoa confiável, tranquila; Miranda acha o pessimismo dele muito encantador, como a agressividade de um terrier pequeno e convencido. Quando um dos trabalhadores de campo que não são fixos na equipe chamou Miranda de *garotinha idiota*, Trey foi procurá-la enquanto ela almoçava e perguntou se ela estava bem; quando ele queria melhorar sua técnica de escalada, ele foi até ela, não até AJ, o que a deixou emocionada.

Fazendo idiotices com AJ, é claro. Bjs

Miranda sorri.

Que tipo de idiotice?

Ele responde com uma foto. É quase impossível ver o que está acontecendo, a imagem está muito escura, mas depois de analisar a tela por alguns segundos Miranda se dá conta de que está olhando para baixo a partir de uma cesta aérea na completa escuridão. O braço articulado está estendido, como se eles estivessem trabalhando no alto de uma árvore.

?! Onde vocês estão?

Na frente da casa do meu parça Reedie.

E vocês estão numa cesta aérea porque...?

Porque o Reedie queria ver o jardim da casa vizinha por cima da cerca viva.

Miranda ri pelo nariz.

No escuro??

Não podemos fazer isso de dia, né? Alguém veria.

Outra foto: dessa vez a cena está iluminada pelo feixe de pelo menos uma lanterna de cabeça. Ela consegue distinguir o topo de uma cerca viva densa de ligustro e o contorno do que suspeita ser a perna de AJ no canto inferior esquerdo da imagem.

Você tá bem?

Miranda hesita antes de responder:

Pensando demais. Não consigo dormir.

Precisa de ajuda para se animar?

Não é uma frase muito típica de Trey, e Miranda encara a mensagem com surpresa.

É, seria legal.

Aguenta aí, então. Te encontro em vinte.

Oi??

Mas ele some. Miranda relê as mensagens, mas, sim, continua parecendo que ele planeja aparecer na casa dela às três da manhã. Ela pensa em trocar de roupa, mas em vez disso fica relendo as mensagens que ela e Carter trocaram na época do aniversário de Scott, quando ele tomou aquele misterioso café da manhã no centro de Londres. Ela volta a se sentir enjoada, agitada demais e presa em seu quartinho.

Uma nova mensagem aparece no topo da tela, de Trey.

Abre as cortinas.

Ela se levanta, entendendo o que está acontecendo, e já começa a rir ao abrir a cortina. Ali estão eles, AJ e Trey, numa cesta aérea, Trey segurando uma cerveja, AJ olhando de relance para cima do painel operacional. Ele estacionou o veículo na rua e estendeu o braço articulado de forma a posicioná-los bem na frente da janela dela.

— Ai, meu Deus — diz Miranda em voz baixa, abrindo a janela. A persiana quebrada bate na moldura, e ela a empurra para o lado ao se inclinar para fora para falar com eles. — O que vocês estão *fazendo*?

— O que parece? — pergunta AJ. Ele está de calça jeans e jaqueta de couro, a mão enfiada no bolso, e mesmo só com a luz do quarto dela e dos postes da rua abaixo, Miranda nota a diversão nos olhos dele. — Quer uma cerveja? Ou uma carona?

— Eu... — Miranda baixa o olhar para si mesma. Realmente deveria ter se trocado. Está de gorro de lã, calça de pijama felpuda e um agasalho de tricô com blusa térmica por baixo. — Calma aí — diz ela, voltando para dentro para pegar um moletom de capuz e um casaco.

Sair pela janela do quarto é muito mais difícil do que adolescentes fazem parecer nos filmes. Para piorar, os músculos de Miranda vivem doloridos — um fato que ela já aceitou há muito tempo — e o movimento exige uma boa dose de flexibilidade. Ela se espreme para fora, segura as barras da cesta e escala para dentro.

É mais apertado do que ela esperava com os três lá dentro. Ela se dá conta, tarde demais, de que esqueceu o celular no quarto, mas na verdade é bem prazeroso estar do lado de fora, no ar fresco da noite, sem ele. É como deixar a vida real para trás.

— Oi — diz ela, olhando de AJ para Trey. — Aonde estamos indo?

AJ dá de ombros e abre uma cerveja com os dentes.

— Aonde você quer ir?

Ela o encara. Ele a está olhando com a expressão que costuma exibir para Miranda: algo entre curiosidade e malícia.

— Preciso clarear a mente — responde ela.

AJ faz que sim com a cabeça.

— Muito bem.

Ele se vira para o painel de controle. O braço começa a se retrair, e Miranda esbarra em AJ ao se firmar. O contato a deixa arrepiada. Isso costuma acontecer quando AJ está por perto. Ela aprendeu a ignorar a sensação, a afastá-la, mas essa noite, num momento de rebeldia, pensa em encostar nele. Deliberada e provocativamente.

Ele permitiria. Ele aproveitaria a oportunidade para passar um braço por sua cintura, talvez, ou pressionar o corpo contra o dela. Ela sabe que sim.

— Qual foi a da aventura noturna? — pergunta Miranda, se afastando de AJ o máximo que pode no espaço disponível.

O vento sopra seu cabelo, e ela o prende com mais firmeza sob o gorro.

— AJ também precisava de ajuda para se animar — conta Trey, e Miranda ergue bruscamente as sobrancelhas.

— *Você* precisava?

— Por quê? Você acha que garotos bonitos não têm sentimentos? — pergunta Trey, e AJ o empurra.

O veículo está avançando pela rua. Miranda tem quase certeza de que eles não deveriam estar ali dirigindo um veículo com braço articulado sem alguma licença especial, e, além disso, eles também não deveriam estar juntos na cesta desse jeito; se Jamie estivesse ali, se certificaria de que eles tivessem um arnês os prendendo com segurança. Mas, enquanto bebe sua cerveja, Miranda fica surpresa ao notar que não se importa. Ela está empolgada e viva de novo, e a sensação é *boa*.

Pensa na pergunta de Trey.

— Eu acho que ele tem sentimentos — diz ela, olhando de relance para AJ. — Mas eles geralmente têm a ver com tesão.

AJ ri de desdém.

— Você acha que me conhece direitinho, né?

— Basicamente — responde Miranda, dando um gole na cerveja, deixando que o lúpulo atinja o fundo da língua e sentindo os ombros relaxarem.

Cervejas geladas têm algo de especial... trazem as melhores lembranças. Noites no bar, conversas profundas, os momentos em que Miranda é mais como ela mesma.

— Bem, talvez eu tenha camadas — diz ele, erguendo as sobrancelhas ao operar os controles. — Qual é o seu problema, por sinal? Por que não conseguia dormir?

Ela quase conta, mas, pensando bem, não suportaria compartilhar. Se ela lhes contar sobre a nota fiscal e o evento no calendário, não poderá mais fingir que não está acontecendo. E, bem no fundo, sabe exatamente como isso vai soar.

— Só um daqueles dias — responde ela, inclinando a cabeça para olhar as luzinhas natalinas enquanto avançam lentamente pelas ruas suburbanas de Erstead.

Ela quase consegue erguer o braço e puxá-las, de tão perto. Atrás deles o céu está preto como piche; não dá para ver nenhuma estrela.

— É aquele seu homem? — pergunta AJ baixinho.

Ela olha para ele. Com os postes de rua de ambos os lados e o brilho suave das decorações de Natal, AJ está dourado. A luz bate na tatuagem no pescoço dele: um galho subindo do peito, as folhas tocando por pouco sua clavícula. Por um momento, enquanto avançam em meio ao brilho das decorações natalinas acima deles, a tatuagem quase parece se espalhar pela pele, os galhos se estendendo.

— Você anda quieta nesses últimos dois meses — comenta AJ. Sua cabeça está inclinada para o lado; seus olhos, como sempre, a encaram por um pouco mais de tempo do que deveriam. — Não está sendo... Miranda.

— É verdade — confirma Trey, encarando as casas enquanto eles passam pela placa que lhes agradece por dirigir com cuidado em Erstead. — Você está tristonha.

— Estou? — Miranda encara os dois; Trey mantém o olhar desviado.

Ela está genuinamente surpresa, pois tem estado um pouco para baixo, é verdade, mas não tanto a ponto de eles notarem, não é?

— Parece um pouco que você foi, sabe... — Trey gesticula como se empurrasse alguma coisa para baixo. — Esmagada — conclui. — Você está um pouco esmagada.

— *Esmagada?*

— Sim — afirma ele. — É. É isso.

— Entendi — responde Miranda, sem forças.

As casas estão mais afastadas umas das outras agora, há jardins ao redor, estão mais distantes da rua, com longas entradas para carros e aquelas cercas pontudas de metal que são o pior pesadelo de qualquer arborista. O vento açoita as bochechas de Miranda, que se segura nas barras gélidas da cesta.

— Eu não gosto disso — diz AJ.

Há uma suavidade em sua voz que torna impossível não olhar para ele; Miranda sente um frio na barriga. É mais difícil ignorar essa sensação agora, assim como o contato visual, o anseio pelos projetos maiores de derrubadas de árvores porque significa trabalhar com ele. Ela tem tomado tanto cuidado; nunca baixou a guarda para ele. E não vai. Nem mesmo agora.

Está ficando mais difícil, só isso.

— Então, eu e Carter estamos passando por um momento difícil — conta Miranda, dando de ombros. — Acontece com todo mundo. — Ela tenta sorrir. — Se um de vocês já tivesse tido um relacionamento sério, saberiam disso.

Nenhum dos dois ri. AJ está olhando fixo para o painel de controle.

— Eu já tive um relacionamento sério — diz ele por fim.

Miranda pisca, sem reação.

— Ah. É?

— Ele era totalmente apaixonado — diz Trey, se recostando nas barras enquanto a cesta balança. Eles erguem a voz um pouco acima do vento. — Quando estávamos na escola, ele só falava da Mini. Ficaram juntos até ela ir para a universidade. Ela terminou com ele porque...

— Trey — fala AJ, baixinho.

Trey cala a boca. Miranda olha de um para o outro; é difícil interpretar suas expressões no escuro.

— Por que ela terminou com você? — pergunta Miranda.

AJ bufa, tipo um suspiro, um meio grunhido. Ele olha para os campos que começam a se estender depois do último poste de luz. Não há mais ninguém na rua; ninguém mais é idiota o suficiente para ficar dirigindo pela área rural de Surrey quase às quatro da manhã.

— Ela queria um cara inteligente, rico. Achou que encontraria alguém desse tipo na faculdade. — AJ dá de ombros. — Se casou com um banqueiro no fim das contas, então acho que conseguiu o que queria.

Miranda encara a nuca de AJ, pensando em como ele faz o papel do cara forte, durão: sempre de calça jeans suja, sempre flexionando os bíceps, sempre olhando para mulheres.

— E aí, o que aconteceu? — pergunta ela.

— E aí eu percebi que existe um mundo inteiro lá fora — diz AJ, lançando um sorrisinho pretensioso para ela por cima do ombro.

Mas Miranda o conhece melhor agora. Ela sabe que aquele sorrisinho é sua ferramenta preferida quando quer desconversar.

— Ela magoou você? — pergunta Miranda.

Trey se mexe entre eles. O silêncio se prolonga, trêmulo, instável, o tipo de quietude que quase faz você se encolher. Ela não deveria ter feito essa pergunta, é pessoal demais e eles não têm esse tipo de amizade. Ela mesma garantiu que não tivessem.

— Dá para dizer que sim, é.

Miranda não sabe o que a surpreende mais: a ideia de AJ ter o coração partido ou ele admitir isso.

— Sinto muito — diz ela, engolindo em seco. — É por isso que você vive transando com todo mundo?

— Miranda — responde AJ, e há certa irritação em sua voz —, já faz quase um ano que eu não transo com mulher nenhuma.

Por um momento, a frase a deixa em silêncio, atordoada.

— Oi? — pergunta ela.

AJ faz uma curva abrupta demais; os três são jogados para um canto, o cotovelo de Trey bate na barriga dela, as costas de AJ batem na lateral. Quando voltam a se afastar, AJ já assumiu uma expressão de indiferença neutra.

— Por que você nunca... você sempre... — Ela olha para Trey. — Todo mundo diz que você é o maior mulherengo!

AJ dá uma risada de desdém.

— O problema com *todo mundo* é que eles não costumam se atualizar. Eu dormi com muita gente aos vinte e poucos anos, sim. Mas hoje em dia, não. Já cansei.

— Mas... você vive dando em cima de mim! — diz Miranda.

— É. — AJ contorce a boca. — Eu sei.

— Então, o quê, é... só... implicância?

Trey se reclina para trás com um grunhido, erguendo o olhar para o céu noturno.

— Eu não estou bêbado o bastante para testemunhar essa conversa.

Miranda olha de um para outro, perplexa. AJ revira ligeiramente os olhos.

— Não, Miranda, não é só implicância.

— Então você... Humm, desculpe, você quer transar comigo ou não?

AJ começa a rir. Miranda o observa, as árvores escuras atrás dele oscilando um pouco em sua visão enquanto a cesta balança.

— Eu quero convidar você para um drinque — diz AJ, passando o dorso da mão sobre a boca. Ele faz contato visual com ela e sustenta o olhar. Completamente óbvio e insinuante. Mas talvez... *não* seja algo que ele faz com todo mundo? — Eu nunca pedi nada além de um encontro, ou já?

Miranda abre e fecha a boca, segurando a barra da cesta atrás dela. Trey continua encarando o céu, provavelmente fingindo estar em outro lugar, e ela sente vontade de cutucá-lo, de perguntar: "Você está vendo isso? Está ouvindo isso?"

O veículo começa a desacelerar. No automático, os três se seguram numa lateral enquanto a cesta oscila no ar e AJ estaciona na lateral da rua. Quando ele desliga os faróis, os três mergulham numa escuridão total, densa como veludo. As estrelas estão visíveis agora que se afastaram dos postes de luz: intermináveis pontinhos prateados, como sementes de papoula brilhantes espalhados pelo céu. O vento gelado atinge o fundo da garganta de Miranda como se ela tivesse engolido gelo. Trey e AJ não passam de sombras; ela quase poderia fingir que eles nem estão ali, que ela está flutuando no céu.

— Tudo certo? — pergunta AJ.

Ele a toca; só uma das mãos no cotovelo dela. Dois dedos no máximo. Mas é tão gratificante, delicioso, que Miranda precisa de toda a sua força de vontade para não se render ao toque. Ela não está mais flutuando. Está *aqui*.

— Aham, tudo bem. — Ela não se inclina para perto, mas não se afasta; é AJ quem abaixa a mão. — Onde estamos? O que estamos fazendo aqui?

— Escalada noturna — responde AJ. — Tenho um kit extra que você pode pegar emprestado.

— Isso é uma má ideia em tantos níveis... — diz Miranda, porém seu coração já está batendo mais rápido. Ela nunca escalou à noite. —

Como vamos escolher os pontos mais seguros para amarração? Jogando a corda?

Trey acende a lanterna de cabeça, e Miranda se encolhe diante da luz súbita, protegendo os olhos com o braço.

— Oops — diz ele. — Foi mal.

Ele se vira para analisar as árvores ao lado deles, seu feixe atingindo os galhos expostos, úmidos. Também está ventando; as folhas farfalham como papel de presente. Não é um dia bom para escalar nem à luz do dia.

— Trouxemos a cesta aérea para confirmar tudo antes de subir — explica Trey, apontando com a lanterna para os galhos. — É tudo muito seguro e responsável.

Miranda ri de desdém, mas já está flexionando as mãos, girando os ombros. De repente, quer escalar mais do que qualquer coisa. Pode ser idiota, mas é *empolgante*. Faz muito tempo que ela não se sente verdadeiramente empolgada.

— Aqui. — AJ lhe entrega uma lanterna de cabeça. — Dá só uma olhada. Você decide se quer escalar. Se quiser, vai usar meu capacete.

As mãos deles se tocam quando ela pega a lanterna.

— E você? — pergunta ela.

— O famoso cabeça-dura — diz ele, lançando um breve sorriso que a lanterna de Trey ilumina. — Sou totalmente a favor de correr riscos, mas gosto desse seu cérebro.

Ele ergue a mão e toca o cabelo dela sob o gorro, bem ao lado da orelha. Retrai a mão num instante, mas, mesmo assim, o corpo dela estremece.

No fim das contas, Miranda pegou o kit de Trey; depois de insistir em ir primeiro e fazer seis tentativas malsucedidas de passar a corda principal ao redor de um dos galhos mais baixos no escuro, ele se declarou "bêbado demais para essa história toda", tirou seu arnês de forma desajeitada e passou-o para Miranda. Agora está acomodado na cesta aérea, usando a lanterna de cabeça para acompanhar os movimentos deles e oferecer um pouco mais de orientação quando necessário.

Ela e AJ escalam a mesma árvore, um de cada lado. Miranda sobe lenta e dolorosamente. Já faz um tempo que não escala sem o peso de uma motosserra no quadril, e passou mais ou menos os primeiros dez minutos desequilibrada, além de meio cega. Também tomou uma cerveja, só uma, mas ainda assim suas extremidades estão dormentes, e seus reflexos estão mais lentos do que deveriam. No entanto, sem aquela cerveja ela provavelmente seria sensata e não tentaria escalar no escuro.

O problema é prender os pontos de amarração. Já é difícil jogar a corda por cima de um galho à luz do dia, que dirá quando os galhos acima são uma massa de escuridão cinzenta contrastando com o céu. Tudo leva pelo menos cinco vezes mais do que o normal. Mas é fascinante como isso muda a escalada: Miranda sente tudo com mais intensidade, o tronco nos joelhos, a corda queimando a palma, e ela está escutando a árvore, seus gemidos e rangidos, sua proximidade. Está completamente focada. Nada de pensar, nada de se questionar, nada de ficar obcecada com Carter. Só escalar.

— Vamos parar aqui?

AJ está mais perto do que ela esperava. Ambos estão próximos do tronco, e ela perdeu totalmente a noção do quanto escalou, mas sente que a árvore está afinando, que ela está se aproximando da copa. Está mais tarde do que ela pensava, ou mais cedo, na verdade; por entre os galhos, atrás dos ombros de AJ, há uma faixa rosada no horizonte.

— Vamos.

Ela está sem fôlego, arfando. Só agora sente a ardência de todos os arranhões nos braços e pernas. A calça do pijama dela está embolada dentro do arnês, e um braço do moletom deslizou para cima; o feixe da sua lanterna de cabeça ilumina uma mancha de sangue na manga de um dos cortes mais profundos no antebraço. Ela manobra em direção a AJ, que se sentou num galho quase horizontal, então ajeita a corda principal de forma que aguente um pouco do seu peso. Com o cordelete ao redor do tronco, ela está o mais segura possível. Então exala, ergue a mão e desliga a lanterna.

A de AJ já está desligada, e o efeito é instantâneo. No momento em que a luz se apaga, só existe o breu vertiginoso, uma ausência; ela estende cegamente o braço para se agarrar ao galho ao lado, como se caísse na súbita escuridão. Então os olhos dela se acostumam e a realidade se esgueira de volta à medida que o mundo retoma a nitidez. Não está nem de longe tão escuro quanto ela pensou. Por entre os galhos finos pretos que arranham o céu, o horizonte é uma faixa clara, e a mata ao redor está cinza-carvão, clareando a cada instante.

— É melhor descermos, irmos trabalhar — diz Miranda. A voz dela está um pouco rouca de chamar AJ enquanto eles escalavam. — Ao menos a adrenalina não vai nos deixar cansados.

AJ sorri. Ela consegue vê-lo só um pouco agora: o contorno do maxilar barbado, o brilho dos olhos.

— Sempre olhando o lado bom das coisas — diz ele. — A gente não dormiu nada, lembra?

Miranda ri. Ela deveria estar preocupada; *nunca* apareceu no trabalho virada, seria loucura, e com certeza não é seguro. Mas está energizada pela escalada, e ali em cima do carvalho ela se sente mais tranquila do que nunca.

— Jamie vai nos matar — fala ela.

— Aposto que isso nem se compara ao que Jamie aprontava na época dele. Além disso, eu te ajudo. Um café no caminho e você vai estar em forma como sempre.

Ela o observa enquanto ele encara o amanhecer iminente. É estranho pensar que comentários como esses — "eu te ajudo", "em forma como sempre" — podem não ser só bajulação, no fim das contas.

— Pensei que eu fosse só uma brincadeira para você — diz Miranda em certo momento, se virando para o horizonte. O céu já está se transformando de cinza-claro para um azul-claro, invernal, e aquela fina faixa rosa no horizonte vai escurecendo para um tom magenta. — Todo o flerte e tal. Achei que você só gostasse do desafio.

— Talvez no começo — fala AJ depois de um momento. — Mas talvez não. Talvez nem no começo. Eu sabia que você era especial assim que a conheci, para ser sincero. Você é... você não consegue ser falsa. É completamente autêntica. Além de deslumbrante, é óbvio, o que ajuda.

A respiração de Miranda acelera de novo. Ela passa a palma das mãos de leve no tronco abaixo, deixando que raspe em sua pele.

— Mas eu entendo. — Ele a olha de soslaio por um instante. A luz fraca deixa o verde dos olhos dele enevoados e cinzentos, como líquen. — Acho que não sei agir de outra forma. Não sei... ter conversas sérias com mulheres.

— Você está fazendo isso agora — aponta Miranda.

— Talvez eu precise estar a dezoito metros de altura, então.

Dezoito metros? Miranda olha de relance para baixo, mas não enxerga o chão. Não importa quanta experiência você tenha, nunca se acostuma para valer àquela sensação de olhar para baixo, a súbita mudança de perspectiva, o momento em que seu cérebro recebe a informação: "Isso é perigoso."

— Não pode ser isso — responde Miranda com esforço, voltando a fixar o olhar no horizonte. — Você já falou merda a dezoito metros de altura várias vezes.

AJ ri.

— Não sei se é muito melhor, sabe — continua Miranda. — Que você realmente gostasse de mim quando me dava mole. Eu tenho namorado. A atitude de um cara legal seria perceber que estou fora dos limites e se comportar.

— É, bem... eu nunca disse que era um cara legal.

— Não faça isso.

Ele lança um olhar questionador para ela.

— Usar essa desculpa de "eu não presto". Assuma a responsabilidade, AJ. Você *é* um cara legal, sabe que não deveria flertar comigo se não estou solteira.

Ele pausa, pensando.

— Talvez — admite. — Talvez eu saiba isso. Mas não acho que tenha passado dos limites.

Miranda ergue as sobrancelhas.

— Não acha? Então você flertaria assim com outra mulher se estivéssemos juntos?

— Não — responde AJ imediatamente, então se encolhe. — Hum. Bem. Não sei se é a mesma coisa, mas... ok, tudo bem. É só que esse seu homem não te faz feliz, e eu *faria*.

Miranda aperta o galho abaixo dela com mais força, deixando a casca da árvore se afundar em suas palmas.

— AJ — começa ela, por mais que não tenha a energia necessária para detê-lo.

— Me fale. — Ele se aproxima mais dela, e ela sente o calor do corpo dele ao seu lado. — Ele te ama do jeito que você é, ou quer que você seja outra pessoa?

A palavra *ama* a tira do eixo, como se ela tivesse levado um soco no estômago. AJ não está dizendo que a ama, é claro que não, mas... a palavra na boca dele parece importante. Miranda sempre imaginou que ele transaria com ela e depois a esqueceria. Sempre que se permitiu imaginar qualquer coisa, ou seja, o mínimo possível. Ela olha de relance para ele, de perfil; agora está claro o bastante para ver sua barba por fazer.

— Na verdade, eu acho que Carter... gosta de mim como eu sou — responde Miranda em certo momento. Afinal, ela e Carter nunca usaram a palavra "amor". — Não acho que ele necessariamente me *entenda*, mas não tenta me mudar. — Ela inspira fundo; o ar cheira um pouco a fumaça, aquele cheiro matinal de inverno. — Acho que sou eu, na verdade. Talvez eu não o aceite como *ele* é tanto quanto deveria, sabe, talvez eu tenha uma ideia de como ele deveria ser na minha cabeça. Meu namorado adulto que tem a vida resolvida. Quando, na verdade, ele é... humano, eu acho.

Ela dá uma olhada para baixo. Já está quase amanhecendo. Ela definitivamente precisa parar de falar antes que acabe admitindo que não confia mais em Carter e não sabe se um dia vai recuperar essa confiança.

— Temos que ir, AJ — diz ela. — Precisamos descer e trabalhar.

— Precisamos — responde ele, à vontade, sem se mover. — Mas eu meio que quero ficar aqui. Você não?

Miranda faz uma longa pausa antes de responder. Ela nunca encorajou AJ. Nem uma vez. Nem uma palavra, nem um olhar, nada. Naquele momento, sentada ali enquanto o sol nasce acima da mata, com o mundo real abaixo deles, com AJ ao seu lado, ela sente uma vontade desesperada de fazer isso.

Mas Miranda Rosso não é essa mulher. Ela está comprometida com Carter, apesar de todas as questões de confiança, e gosta demais de AJ para dar corda para ele.

— Olhe, AJ — diz ela. — Você precisa saber que nada nunca vai acontecer entre nós dois. — Ela engole em seco. — Desculpe. Só não quero que fique criando esperanças, esperando por mim, sendo que nunca vai rolar, sabe?

— Certo — responde AJ baixinho depois de um instante. — Bem. É isso, então.

É a coisa certa a fazer. Miranda tem certeza.

Mas ela não *sente* que é a coisa certa a fazer, só isso.

O dia de trabalho é *horroroso*. Jamie dá uma olhada nos três quando eles chegam dez minutos atrasados — o que é um feito e tanto, levando em consideração a noite anterior — e fecha a cara.

— Água, todos vocês — diz ele. — Meio litro cada um, e quem vomitar vai ficar com a pior parte do trabalho braçal.

Por sorte, todos seguram a água no estômago, embora Trey pareça ter vomitado um pouquinho dentro da boca. Ele definitivamente está pior do que os outros dois; afinal, ficou bebendo enquanto AJ e Miranda escalavam. Em certo momento ele deixa cair um tronco perigosamente perto do pé de Miranda, e Jamie dá uma bronca tão feia nele que a cliente sai de casa para ver do que se trata toda a comoção.

Quando o trabalho enfim termina e Miranda volta para casa, há flores esperando por ela na porta. Cravos vermelhos, rosa mosqueta e folhas de eucalipto, tudo amarrado com uma fita escarlate. O bilhete diz:

Para trazer um pouco de cor para sua semana!
Com amor, Carter.

Ela leva o buquê para dentro e o coloca num copo grande, então, do nada, enquanto o posiciona no meio da mesa, cai no choro.

— Mir! — diz Adele, enfiando a cabeça para fora do quarto. — Ai, meu Deus, você está *chorando*?

Ela fica ainda mais chocada do que quando Frannie a flagrou falando palavrão.

Miranda enxuga o rosto apressadamente.

— Não, não, eu estou bem — diz ela, mas sua voz está embargada, e é *tão* óbvio.

Adele se aproxima por trás e abraça sua cintura. Miranda fica paralisada, uma das mãos no pulso da irmã, emocionada pelo gesto; isso faz seus olhos se encherem d'água de novo, e ela solta um grunhido frustrado, se afastando para pegar o papel-toalha e secar o rosto.

— Cadê a Fran? — pergunta Miranda. Ser flagrada chorando pelas *duas* irmãs parece humilhação demais para um dia.

— Está numa entrevista de emprego — diz Adele, e Miranda se vira para olhá-la. Algo em sua expressão faz Adele cair na gargalhada. — Não precisa ficar *tão* chocada — comenta ela, indo pegar a chaleira. — Frannie sempre foi a mais determinada de nós duas, não?

— Foi? — responde Miranda, e Adele dá uma risadinha. — Ah, você está brincando.

— É, estou implicando, mas estou orgulhosa dela. Foi lá e fez tudo sozinha!

Algo na voz de Adele faz Miranda se perguntar se a piada foi um pouco mais profunda do que isso. Se você é a gêmea que sempre faz tudo primeiro, deve ser estranho ver a irmã tomando iniciativa com algo que você nunca fez.

— Por que o choro? — pergunta Adele. — Imagino que queira chá…

Miranda lança um olhar de "é claro que eu quero" para ela e vai para o sofá, onde desaba com um suspiro. Já se sentiu tão cansada assim? O fundo dos olhos dela parece uma lixa, e ela sente uma leve dor pelo corpo, como se estivesse gripada.

— Foi um dia muito longo — diz Miranda.

— Você pode conversar comigo, sabe.

Miranda se apoia num dos braços para ver a irmã. Adele está ocupa-da fazendo chá, mas há algo contido na casualidade dos gestos, como se fossem meio exagerados. Miranda se pergunta se as duas irmãs con-versaram sobre o surto dela depois do incidente da rena-no-pé do dia anterior.

— Valeu — diz Miranda, se recostando para trás, então pensa em como tinha sido bom rir com Frannie. — Se eu te contar uma coisa, promete que não conta a ninguém? Além da Fran, é óbvio, mas você pre-cisaria fazê-la jurar segredo também.

— É claro. Totalmente. Eu sou muito boa em guardar segredos agora.

Miranda abre um sorriso sarcástico. O "agora" é uma referência ao fato de que, na infância delas, Adele era responsável por dedurar todo mundo, até o pai, quando ele fumava um cigarro escondido nos degraus dos fundos.

— Eu gosto muito do Carter — diz Miranda depois de um momento.

Adele deixa os chás na mesa e levanta os pés de Miranda para o seu colo conforme se senta.

— Hum, está bem? Que bom?

Miranda fica com medo de essa conversa profunda não funcionar. Ela fecha os olhos por um instante, e é tão bom que quase dói, mas ela não quer dormir. Se for para a cama, sua mente voltará a acelerar.

— Você gosta muito do Carter, mas...? — diz Adele.

— Mas — repete Miranda. — Mas...

— Mas — diz Adele, muito séria, e de repente Miranda começa a rir. Elas disseram a palavra tantas vezes que está soando ridícula.

— O que foi?! O que foi?! Eu estou ouvindo! — reclama Adele. — Eu não quis dizer, tipo... *mais*, só mas!

Miranda puxa os pés para o peito, gargalhando agora, lacrimejando. Adele bate na canela da irmã.

— Se concentre e me fale o que te deixou chateada. Vai, eu te ajudo.

Miranda fica séria e volta a apoiar os pés no colo de Adele.

— Eu gosto muito do Carter, e ele é perfeito para mim na teoria.

— Na *teoria* — diz Adele, e Miranda faz uma careta.

— Não era para eu ter soado como uma apresentadora de um reality show de namoro.

— Não, não, você está falando a minha língua. Gostei. Continue.

— Mas estou com medo. Sinto como se... eu tivesse colocado na cabeça que nosso relacionamento era perfeito. E não é. — Miranda exala. — Até dizer isso é horrível. Ele é um cara tão legal.

Não é? Ele é, não é?

— Mas...? — Adele lança uma expressão desaprovadora para Miranda quando ela começa a sorrir. — Não ri! Estou falando sério, "ele é um cara tão legal" não é uma frase completa, né? Ou, tipo, não é motivo para chorar quando ele lhe dá flores.

— Ele é um cara tão legal, *mas* eu meio que sinto que não o conheço de verdade. — Miranda pressiona a mão na testa, sem vestígio de sorriso. — Nossa, isso é ridículo. Estamos juntos há tanto tempo. É óbvio que eu o conheço. Mas é como se houvesse uma... porta trancada. E às vezes ele se fecha. E com AJ... — Ela morde o lábio.

— Com *AJ* — repete Adele, cheia de ênfase. — Passe o chá.

Miranda se mexe com um grunhido para pegar os chás, um por um.

— AJ do seu aniversário? O lenhador tatuado sexy?

— Não somos lenhadores aqui no Reino Unido, Adele, nós somos...

— Eu *sei* — interrompe Adele, dando um gole ruidoso no chá. — Eu sei o nome da sua profissão. Fala sério. Eu só acho que ele *é* um lenhador. Quer dizer, o cara estava basicamente usando flanela.

Miranda abre a boca para perguntar o que significa "basicamente usando flanela", mas pensa melhor.

— É, isso — diz ela. — Esse AJ.

— Ele não tem nenhuma dessas portas trancadas misteriosas — incita Adele. — É isso o que você quer dizer?

Miranda pensa. Não é bem isso. Há definitivamente profundezas insondadas em Aaron Jameson.

— É mais que, com AJ... eu sei que ele me daria a chave.

Adele fica em silêncio, dando outro gole no chá.

— Que profundo isso — comenta ela. — Então, tipo, Carter se fecha para você?

— É. É, isso mesmo. Ele está *ativamente* retendo informações. Omitindo.

— Mentindo? — pergunta Adele.

— É — diz Miranda devagar. — Acho que sim. Talvez. Mas... não entendo por quê. Não acho que ele esteja me traindo. Realmente não acho.

— Está bem — responde Adele, meio incerta.

— Tudo bem, eu penso isso *às vezes* — admite Miranda. — Mas não... *sinto* que seja verdade.

— Mas algo a fez *pensar* que pode ser verdade?

A nota fiscal. O evento no calendário. Mary Carter insistindo que Miranda não é de fato a namorada de Carter, que ela está se referindo à *outra*.

— É — confirma Miranda. — Tem algumas coisas. Elas estão me afetando. Fiz um bom trabalho em manter AJ afastado, mas agora que todas as dúvidas sobre Carter se infiltraram na minha cabeça, está ficando muito mais difícil.

— Bem — diz Adele, envolvendo a caneca de chá com as mãos —, então você precisa cavar.

— Cavar?

— Conseguir mais informações. Fazer um pouco de espionagem.

— Com *Carter*? Eu não posso espionar meu namorado.

— Claro que pode. Você precisa tomar as rédeas, Mir. É isso que está incomodando você, pelo que eu percebi. Odeia deixar que as coisas aconteçam com você. Você precisa *fazer alguma coisa*.

Adele fica em silêncio, com uma expressão presunçosa, enquanto Miranda a encara, boquiaberta. É *exatamente* isso. Como ela sabia?

— Eu sou um gênio — diz Adele. — De nada. Você pode preparar outro chá para mim, se quiser.

Siobhan

— Piranha demais.

Siobhan joga as botas para trás e pega outro par.

— Esforçada demais.

— Esse?

— "Ah, eu acabei de sair do meu barco" demais.

— Que específico. Tá bom. Esse?

— Jovem demais para você.

Siobhan arqueja em um ultraje falso, levando a mão ao coração. Marlena dá uma risadinha.

— Está se divertindo? — pergunta Siobhan, buscando seu par favorito de botas marrons com salto de sete centímetros. Há um motivo para ela sempre acabar com esse sapato.

— Sim... — responde Marlena. — Não estava claro?

Fiona entra, trazendo o celular tocando "All I Want for Christmas Is You" aos berros e uma bandeja com canecas fumegantes. Seu clássico chocolate quente com Baileys. Siobhan fecha os olhos e sente o cheiro; nada é mais natalino do que o chocolate quente de Fiona. Siobhan sempre tenta replicá-lo no Natal, mas nunca sai igual. Tem um quê de Fiona na bebida, alguma essência de melhor amiga.

— Ainda está fazendo a mala? — pergunta Fiona, encarando a bagunça de roupas na cama de Siobhan. — Não é *possível* que você vá levar isso tudo.

Fiona é famosa por viajar com pouca bagagem; ela é uma dessas pessoas que levam frasquinhos especiais de viagem com xampu em vez de comprar produtos novos, e ao fim da viagem usou todas as roupas que levou pelo menos duas vezes. Siobhan gosta de ter opções. Ela não reutiliza nada, nem pensar.

— Preciso de muitos looks — explica, se acomodando na ponta da cama com sua caneca de chocolate quente. — Não faço ideia do que vai acontecer nessa viagem para Londres. Preciso de um possível look de conhecer-os-amigos-dele, preciso de um look primeiro-quase-encontro--noturno-de-verdade...

— Precisa? — pergunta Fiona. — Esse evento não é especificamente um *não* encontro?

— Bem, até onde eu sei, sim, se essa outra mulher ainda estiver no páreo — responde Siobhan, avaliando a pilha de vestidos na cama. — Mas é melhor estar preparada.

— Esse é o espírito — diz Marlena, começando a balançar os quadris no ritmo da música. — Vá atrás do seu homem, Shiv.

— Marl, cuidado, você vai derramar — alerta Fiona.

Marlena lança um olhar de desdém para a amiga. Certa vez ela pulou numa piscina segurando uma taça de champanhe e não derramou nenhuma gota.

— Acho ótimo que esteja dando outra chance a ele — fala Marlena, tomando um gole do chocolate quente enquanto dança. — Você não tem um relacionamento decente desde Cillian, e isso é estranho. Você é uma pessoa de relacionamentos.

— Valeu, Marl — responde Siobhan com indiferença. — Mas somos amigos, por favor, não se esqueça. Eu *não* estou "dando outra chance a ele". Fiona não transa há uns sete anos, dá para focar nela?

— Ah, pode acreditar — diz Marlena com a boca cheia de chocolate quente —, ela é meu próximo alvo.

Estar com Joseph Carter à luz do dia, ao ar livre, é bem surreal. Tipo ir a uma boate com todas as luzes acesas ou ver a foto de um cachorro no banco do motorista de um carro.

Quando se aproximam da enorme árvore de Natal de Covent Garden, eles são imprensados por dois grupos de turistas, e a mão de Siobhan roça na de Joseph. Ela já encostou nesse homem muitas vezes, de muitos jeitos, mas, de alguma forma, o contato das mãos enluvadas dos dois naquela praça lotada é tão íntimo quanto qualquer coisa que eles já tenham feito na cama. Siobhan estremece.

— Totalmente superestimado — comenta ela, pigarreando e olhando para ele.

Estão debatendo suas opiniões sobre o Ano-Novo, que, em todos os seus vinte e oito anos, Siobhan sempre achou absolutamente péssimo.

— Não! — exclama Joseph, horrorizado, conforme desviam de uma pequena procissão de crianças num passeio escolar, todas de mochilas neon. — Quem não gosta do Ano-Novo?

— Humm, todo mundo?

O frio está fazendo as bochechas de Siobhan doerem; ela deve estar terrivelmente rosa e manchada, e passou uma base leve demais para isso, mas não se importa nem um pouco.

O dia foi maravilhoso. Fazer compras de Natal e beber cafés quentes e fortes de cafeterias incríveis; sentar-se em bancos para observar as pessoas e parar para ouvir artistas de rua cantando músicas natalinas.

— Como você comemora? Talvez o seu erro esteja aí — diz Joseph.

— Já tentei de tudo — responde Siobhan quando eles entram no shopping. Um aroma de maçã e canela emana de uma loja chique de cosméticos, e a janela da loja ao lado está cheia de pilhas de macarons em todos os tons pastel. — Jantar com amigos próximos, rave gigante, fogos de artifício no terraço, festa em casa...

— Rave gigante? — repete Joseph, analisando Siobhan com leve surpresa.

— Claro. Eu vou a raves. — Ela ergue a sobrancelha para ele, que ri.

— Eu adoraria ver isso — comenta ele, e ela ri de desdém, como se dissesse "Vai sonhando".

— Então, onde você vai passar o Ano-Novo? — pergunta ela.

É boa demais a sensação de caminhar lado a lado com Joseph, de passar um dia inteiro com ele. É pura extravagância: sorvete de chocolate, vinho tinto caro.

— Eu e Scott vamos a uma festa da organização beneficente para a qual ele trabalha, um evento de gala gigante na The Grange, perto de Winchester — conta Joseph. Eles perambulam pela multidão, olhando as vitrines. Tem muito tempo que Siobhan não faz algo só por fazer, e ela nem se importa; é bom simplesmente perambular com ele. — O lugar parece uma espécie de templo grego, mas depois que você entra, é todo de gesso exposto e tábuas. É mesmo maravilhoso; um amigo meu se casou lá no verão passado.

Estamos falando de casamentos!, exclama uma parte do cérebro de Siobhan, como sempre acontece quando um homem toca nesse assunto, e ela não consegue silenciá-la, não importa o quanto diga a si mesma que nem sequer acredita na instituição do casamento. Essa regra social em particular simplesmente está enraizada demais nela. Ela culpa as adoradas comédias românticas da sua infância.

— Parece incrível — comenta Siobhan.

Há uma pausa. Um bando de adolescentes passa empurrando-os, numa discussão acalorada sobre Kanye West; uma criança pequena chora com as mãos para o alto e é pega pelo pai. Uma lojinha vendendo bolsas de mão a alguns passos à frente toca "Jingle Bells" nas alturas. A ausência de convite para essa festa maravilhosa de Ano-Novo é ensurdecedora, mais alta do que todos os outros sons, e Siobhan sorri com frieza para os próprios pés. Um lembrete útil de não se deixar levar demais. Afinal, eles são só amigos.

Eles saem para jantar naquela noite num restaurante escuro e caro do Soho. A equipe de garçons é muito jovem para o gosto de Siobhan, mas a comida é uma delícia. Joseph parece diferente — está rindo um pouco alto demais, falando mais do que o normal — e, depois de um tempo, Siobhan chega à conclusão de que ele está um pouco nervoso.

Siobhan está sentindo o oposto. De alguma maneira, remover o sexo da equação tornou isso infinitamente mais relaxante. Não lhe ocorreu que ela poderia apenas passar um tempo com o homem de quem gosta, sem a pressão do romance. Ela achava que *affairs* eram a forma mais inteligente de fazer um relacionamento funcionar, porque mantêm a parte boa (sexo) e excluem todo o drama (o resto). O dia de hoje foi uma revelação.

— Então — diz Siobhan depois de uma taça e meia de vinho. — Já que somos amigos, podemos ser honestos, certo?

— Eu já era honesto antes — diz Joseph calmamente, e Siobhan ri.

— Não era nada. Ninguém é honesto quando quer transar com alguém.

Joseph pisca para ela através dos seus óculos redondos ridículos. O fato de que Siobhan não sente vontade de levá-lo para comprar uma armação nova é um sinal do quanto está caidinha por ele. Um homem bonito assim usar óculos tão feios é um grande mistério, e inegavelmente cativante.

— Vou começar. Eu finjo tirar toda a maquiagem na hora de dormir, mas se você estiver comigo, eu deixo minhas sobrancelhas.

Depois de uma pausa surpresa, Joseph ri.

— Suas sobrancelhas?

— Sim. — Ela balança a mão na frente do rosto. — São uma ilusão cuidadosamente preparada. Na verdade, quase não tenho sobrancelhas. Era moda no início dos anos 2000 tirar quase todos os pelos. Culpo a Britney Spears.

— Sinto que entendi menos de cinquenta por cento do que você acabou de falar. Mas suas sobrancelhas me parecem lindas.

Siobhan revira os olhos, bebendo o vinho.

— A questão é justamente essa, mas tudo bem. Sua vez.

— Bem. Humm. Eu definitivamente fingi estar menos a fim de você do que estava, eu acho.

Siobhan não esperava por essa. Ela sustenta o olhar de Joseph por cima da borda do copo, observando o rubor tentador das bochechas dele, sinal de que não está conseguindo manter o controle. Dá vontade de se debruçar por cima da mesa e beijá-lo lentamente, um beijo do tipo que seria escandaloso num lugar como aquele.

— Por que você faria isso? — pergunta ela, em vez disso.

Joseph brinca com o cardápio.

— Você deixou bem claro que queria algo casual. Eu não queria ser intenso demais e assustar você.

Siobhan se ofende.

— Eu não me assusto fácil.

Joseph ergue o olhar com um sorrisinho e espera. Ela revira os olhos de novo.

— Está bom, eu me assusto um pouco.

— Você me ignorou por meses quando as coisas começaram a ficar muito boas — observa ele, e seus olhos voltam a esbanjar charme, escondendo a vulnerabilidade.

Não foi porque você gostava demais de mim, pensa Siobhan. *Foi porque eu estava começando a gostar demais de você.*

— Está bom, continuando. Qual é a sua birra com relacionamentos? O que realmente te irrita?

Joseph faz uma pausa, pensando.

— Gente que come fazendo barulho — diz ele, balançando a cabeça. — É tipo unhas arranhando um quadro-negro para mim.

— Entendido — responde Siobhan, desejando não ter acabado de pedir espaguete.

— Tem outra que talvez pareça estranha, mas... — Ele pressiona os lábios um no outro, pensando. — Percebo que as mulheres costumam me colocar numa caixinha.

Siobhan abaixa a taça e o observa, cabeça inclinada. *Isso*, sim, é interessante.

— Que tipo de caixinha? — incita ela quando ele não continua.

— Não sei bem. Acho que eu passo a impressão de ser... não sei, *qual é a impressão que eu passo?* — Ele ergue o olhar para ela, sorrindo com timidez. — Você é especialista em interpretar pessoas.

Siobhan não gosta de ser chamada de especialista.

— Você passa a impressão de ser bem cuidado, alguém que tem a vida sob controle — diz ela, inclinando a cabeça para o outro lado. — Tipo um cara legal. Um cara bom, estável, confiável.

— Nossa — diz Joseph, rindo. — Nada é mais sexy do que estável e confiável.

— Não, não, mas *é* sexy — insiste Siobhan. — Sinceramente, as mulheres amam essa merda. O mundo lá fora é um ninho de víboras. Tenho certeza de que existe algum instinto primitivo que nos faz querer um cara que não vá embora da nossa caverna assim que nos engravidar, ou algo do tipo. — Ela se encolhe ligeiramente. — E, enfim, sejam homens ou mulheres, as pessoas gostam de se sentir protegidas pelo companheiro, não gostam? Elas querem alguém que as façam se sentir seguras, como se nada de ruim pudesse acontecer enquanto aquela pessoa estiver por perto.

A comida chega e, por um tempo, prende a atenção deles, mas Siobhan não é de se distrair fácil.

— Então esse negócio de ser-colocado-numa-caixinha é uma birra sua? — pergunta ela, enrolando o espaguete no garfo.

— Ah, não sei — responde Joseph, olhando para a pizza. — Acho que sempre sinto que as mulheres querem que eu seja algo que não sei se consigo ser. Eu não sou exatamente perfeito, sabe?

— É mesmo?

— *Você* acha que eu sou perfeito? — pergunta ele, e olha de relance para ela por meio segundo antes de voltar a atenção para o prato.

Siobhan pensa no sorriso tranquilo dele, na maneira como deixa todo mundo confortável, em como ele é importante para todos.

— Definitivamente não — responde ela. — E, sendo sincera, acho que você deveria parar de passar tanto tempo tentando ser.

O sorriso dele a assusta. Ela esperava que o comentário fosse irritá-lo.

— É disso que eu gosto em você, Siobhan Kelly — diz ele. — Você vai direto ao ponto.

Siobhan e Joseph acabam se encontrando de novo no domingo para um brunch que emenda num almoço que emenda num chá da tarde. É uma surpresa genuína descobrir que eles se dão bem. Siobhan sempre viu Joseph como um cara carismático, do tipo que é sempre uma presença agradável; ele provavelmente faz todo mundo se sentir assim. Mas não é só isso, ela tem certeza. Eles *combinam*. Ele a faz se esquecer de si mesma, a faz rir até chorar lágrimas de rímel pelas bochechas, a faz sentir que o mundo é infinitamente mais colorido do que ela pensava. As horas passam voando, e ela as deseja de volta, querendo só mais alguns minutos com ele, como uma criança que não quer que o Natal termine.

Agora que ele foi embora e ela tomou consciência desse fato, é claro que está apavorada, ainda mais levando em consideração que não pode ter esse homem que estava à sua disposição oito meses atrás.

— Fiona — sibila ela para o celular, andando de um lado para outro sobre a faixa de tapete entre a cama e a televisão do quarto do hotel dela. — Fiona, foi *tão bom*.

— Que ótimo — diz Fiona. Há uma pequena pausa. — Não é?

É uma manhã de segunda-feira, e está definitivamente cedo demais para ligar para alguém. Fiona parece meio sonolenta.

— Não! — exclama Siobhan, pressionando a testa na mão. — Eu estou toda...

— Afobada? — sugere Fiona com calma.

— *Ecaa*, não — responde Siobhan, uma mulher que se recusa a ficar afobada. — Eu só estou...

— Com as pernas bambas?

— Dá para parar? Eu só estou *apavorada*. Eu me abri para ele, Fi. Me abri de verdade.

— Está bom, Siobhan, eu não preciso de detalhes explícitos — diz Fiona, e Siobhan percebe que a amiga está tentando não rir.

— *Aff!* Não desse jeito! Somos só amigos agora, lembra? — Seu tom sai um tanto amargo. — Mas acho que ele sabe que eu não quero só amizade. Estou envolvida demais. Não deveria ter passado o fim de semana todo com Joseph. Ele está na vantagem agora, não está? E tem namorada, então vou ser vista como amiga para sempre, indo atrás dele feito um cachorrinho até ele me chutar para escanteio...

— E aí? — incita Fiona. — E aí você vai ficar triste?

— Não — retruca Siobhan, ríspida. — E aí eu vou ficar com raiva.

— Você já parece estar com raiva. Se me permite o comentário.

— Você não está ajudando!

— Porque o que você está falando não faz sentido, Shiv — fala Fiona com gentileza. — Seu plano era só conhecê-lo como amigo, certo, e se em algum momento isso evoluísse para algo mais...?

— *Shh!* — diz Siobhan, porque ela não chegou a exatamente *articular* esse plano, e ouvi-lo em voz alta a faz se sentir uma pessoa muito ruim. — Eu não quero roubá-lo de alguém nem nada assim. Não tenho um plano. Não existe plano nenhum.

Há silêncio do outro lado da linha.

— Alô? — chama Siobhan. — Você ainda está aí?

— Estou — responde Fiona com cautela. — Só estou me perguntando por que você *está* tentando se tornar amiga desse cara pelo qual está apaixonada se não estiver planejando...

— *Shh!* — diz Siobhan de novo, passando a mão na testa. — Ah, merda, eu sou uma planejadora, não sou?

— Está na sua natureza — fala Fiona com compaixão. — Não é sua culpa.

— É, bem, isso foi um desastre. — Siobhan se senta na cama. — Sinto como se fosse fazer algo maluco. Está meio que borbulhando na minha barriga.

— Não faça nada. Sério, Siobhan. Só volte para a cama, durma mais algumas horas antes do seu voo. Não se sabote, *por favor*.

Siobhan morde o lábio. Fiona tem cuidado tanto dela esse ano... Não costumava ser assim. Há um ano, Siobhan nunca teria deixado ninguém vê-la no estado que Fiona a viu, não importa quão próxima a amiga fosse. Siobhan é quem cuida dos outros. Ela ficou confortável demais se apoiando nas amigas desde que sofreu a crise; precisa se fortalecer de novo.

Seu celular vibra. Ela olha de relance para a mensagem.

Siobhan, aqui é Richard Wilson. Espero que não se importe por eu estar entrando em contato, sei que não temos sessão agendada hoje, mas eu realmente precisava de uma. Alguma chance de você conseguir me encaixar? Peço desculpas pela falta de antecedência. Bjs

Richard, Olhar Quarenta e Três, do sexo-na-mesa-de-trabalho. Um cliente. Fora dos limites. E bem o tipo de homem calejado, sem coração que Siobhan levaria para a cama normalmente, antes de conhecer Joseph. Radiante, bem cuidado, problema certo.

O corpo dela estremece. O pânico se arrasta por sua pele, aquela sensação terrivelmente familiar escorrendo por ela como lava; ela está pronta para tomar uma decisão muito ruim.

Definitivamente não deveria responder Richard nesse momento. É imperativo que mantenha limites apenas profissionais com ele, já que desconfia de que ele a veja como mais do que uma *life coach*. Se ela estivesse em casa, com Fiona no quarto ao lado, nem pensaria em responder. Mas está ali, num quarto de hotel em Londres, e Joseph Carter pertence a outra pessoa.

Na verdade, eu estou em Londres. Posso te encontrar para um café da manhã, que tal? Abraços, Siobhan.

Richard parece um pouco mais magro do que da última vez em que ela o viu, e isso combina com ele; em seu casaco azul de alfaiataria e cachecol xadrez, ele é o arquétipo do coroa gato. Siobhan se levanta e aperta a mão dele quando ele chega; Richard se inclina para a frente a fim de beijá-la na bochecha. Ele cheira a colônia cara, complexa demais. Quando sente os lábios dele na sua pele, Siobhan deseja não ter respondido a mensagem. Foi uma ideia ruim; ela nem queria vê-lo. Por que fez isso? Por que faz essas coisas?

— É bom ver você — diz Richard, sua mão se demorando no quadril dela ao se afastarem.

Ela escolheu um café neutro perto do hotel; nada romântico, bem impessoal. Mas agora que ele está aqui, o encontro não parece uma sessão normal. Ela engole em seco.

— Então, como você está? — pergunta Siobhan, dando um gole na água da casa.

A manhã saiu do controle, e ela sente um leve latejar na barriga, um nó de pânico crescente. Olha de relance para o celular ao lado dos talheres: a tela mostra uma mensagem de Fiona, uma captura de tela de voos de Dublin para Londres no Ano-Novo: "Que tal?! Bjss." Pensar em Fiona faz a sensação temerosa pulsar mais forte no estômago de Siobhan; Fiona vai ficar muito decepcionada com ela. Siobhan se pergunta por um instante se pode se levantar e ir embora, afinal já provou o que quer que precisasse provar para si mesma, não foi? Ela já mostrou que Joseph não é seu dono.

— Ah, Siobhan — diz Richard. — Estou enfrentando uma situação no trabalho. E realmente preciso conversar sobre isso.

Siobhan relaxa um pouco. É um assunto seguro.

— Vá em frente — pede ela.

— Lembra que falamos sobre minha secretária?

— Aquela com quem você está transando? — pergunta Siobhan educadamente, chamando um garçom ao mesmo tempo. Ela precisa se certificar de que isso será só um café, não um café da manhã completo.

— Sim. Ela. Bem, ela... Veja bem, ela me entregou um formulário que tem a ver com uma abertura de processo, não vou entediar você com os detalhes, mas o fato é que precisava ser assinado e registrado até uma data bem específica. Mas nós acabamos, hum, nos distraindo um pouco. E eu cheguei a assiná-lo, mas, sendo totalmente honesto com você, não o coloquei na bandeja de saída para que ela o enviasse. Então não foi registrado a tempo.

— Então você está com problemas? — pergunta Siobhan. — Um *flat white*, por favor — pede ela para o garçom. Não é um dia para leite de aveia.

— Ah. Bem, eu *estaria*. Eu estaria. Mas eu o triturei. O formulário. E disse que ela nunca o entregou para mim.

Siobhan o encara, tentando elaborar uma resposta neutra, digna de uma *life coach*, a esse comentário cem por cento inaceitável.

— Olhe, ela não vai perder o emprego, eu garanto — continua Richard, poupando Siobhan do esforço. — E, de certa forma, é sensato que ela me deva algo, sabe? Para o caso de as coisas entre nós se complicarem mais? Uma apólice de seguro.

A paciência de Siobhan, sempre escassa, está completamente esgotada; esse é o fundo do poço do seu trabalho. Esse homem se prova ser cada vez mais escroto sempre que ela o encontra. Ele incriminou a mulher com quem está transando para que tenha munição se um dia quiser que ela seja demitida? E ele está aqui para, o quê, receber um pouco de atenção feminina positiva, agora que sua secretária deve estar furiosa com ele?

Se ela fizer seu trabalho direito, Richard vai concluir que foi um imbecil por conta própria; Siobhan acredita que só assim ele conseguirá rever suas atitudes. No entanto, ela também gostaria *muito* de lhe dizer que ele é um babaca. Por um momento, deseja não ter insistido em manter confidencialidade absoluta com todos os clientes quando criou esse contrato; ela estava pensando na proteção de quem orienta, se certificando de que não exigiriam que ela "repassasse relatos" para o empregador. Mas agora tem uma pobre mulher com o emprego em risco e ela não pode denunciar Richard para o RH sem quebrar o maldito contrato. Siobhan se remexe de forma desconfortável na cadeira.

— Como você se sente com essa decisão, Richard? — pergunta ela depois de um instante.

— Bem — diz ele, com um tom ligeiramente magoado, como se a resposta devesse ser óbvia. Ele tenta sustentar o olhar dela daquele jeito ensaiado, o comportamento de um homem que leu *Como fazer amigos e influenciar pessoas* mil vezes. — É óbvio que é complicado. Não estou dizendo que fiz a coisa certa. Eu procurei você porque achei que fosse me escutar, e nós tivemos...

Siobhan tem a sensação de que algo ruim está por vir, algo desagradável do qual ela não conseguirá se esquivar.

— Nós tivemos uma conexão, não tivemos? Eu e você? — pergunta Richard, encarando-a bem nos olhos com um sorriso discreto.

Aí está. Ela engole em seco.

— Acredito que tenha sido um erro nos encontrarmos assim, fora do meu escritório, Richard — diz Siobhan. — Acho que, no futuro, é realmente importante manter nossas sessões nos horários e locais

MESA PARA UM | 214

pré-agendados, ok? Precisa ficar claro que nossa relação é apenas profissional.

Richard franze a testa.

— Ah, vai.

— Se você passar mais do limite, não poderemos nos encontrar mais
de nenhuma forma, Richard.

Ele a avalia. Ela não gosta desse olhar. É lento, calculado, como um
gato olha para uma presa.

— Está bem, Siobhan — diz ele, no tom de alguém que entra na brincadeira de uma criança. Ele nunca usou esse tom. — Vamos encerrar por
hoje. Mas eu não vejo a hora de encontrá-la de novo. Afinal, você sabe
meu segredo agora. — Ele sorri ligeiramente. — Mais uma razão para
continuarmos nossas sessões juntos, eu diria. Não consigo me enxergar
com mais ninguém além de você.

O Natal passa num borrão um tanto penoso de reuniões familiares e
bate-papos forçados. Não é que Siobhan não se dê bem com a família,
eles simplesmente não se entendem o bastante para serem próximos. Os
pais tentam ao máximo fingir interesse nas coisas que ela fala, mas são
pessoas de exatas, matemáticos, e bem no fundo ela sabe que eles veem
life coaching como uma grande palhaçada. Nunca dizem isso, é claro, mas
acaba sendo quase pior. Siobhan preferiria um belo confronto saudável.

O irmão dela é dez anos mais velho, e eles nunca tiveram uma relação
particularmente amorosa; ela passa o dia 26 de dezembro na casa dele,
seus filhos agarrados aos seus braços e pernas e exigindo que a tia os
carregue nas costas. Siobhan fica emocionada com suas mãozinhas e sorrisos radiantes. Vai embora tão cedo que com certeza vai ser considerada
grosseira. Não há dúvida de que o gesto entrará para o grande histórico
da família como mais um exemplo de como Siobhan é egoísta e metida.

Ela volta para seu belo apartamento em Dublin no dia seguinte, que
por acaso também é o aniversário dela. Siobhan odeia aniversários. Não
é fã de envelhecer de forma geral, e uma comemoração pensada especificamente para destacar o fato de que ela está um ano mais perto dos

trinta — na verdade, a apenas um ano dos trinta — não a agrada. Ela já tentou dar festas enormes para se distrair no passado, mas hoje em dia prefere tomar vinho e sorvete com Fiona e Marlena.

— Senhoras — diz Siobhan às amigas depois que ela e Fiona se acomodam no sofá e Marlena se estica no tapete, uma taça de vinho ao lado. — Passei o Natal pensando e cheguei à conclusão de que eu talvez tenha uma tendência autodestrutiva.

— Não! — exclama Marlena, fingindo surpresa.

— Cale a boca — diz Siobhan. — A pergunta é: o que eu faço com Joseph? Ferrei epicamente essa situação toda.

Ela morde o lábio, envolvendo a taça de vinho com as mãos para resistir ao impulso de cravar as unhas nas palmas. Sua saúde mental está oscilando; ela sente o pavor e a autorrepulsa invadindo seus pensamentos.

Mal acredita que se encontrou com Richard fora do horário de trabalho. Foi uma ideia tão idiota. E ela nem mesmo *queria* vê-lo. Mas foi o choque de realidade de que ela precisava. Não é surpresa ter sofrido uma crise em abril: sua necessidade de controle, sua inabilidade de se abrir para as pessoas, sua tendência a tomar péssimas decisões quando está em pânico... Não havia como continuar assim.

Siobhan inspira e expira devagar. Não é tarde demais para mudar.

Ela espera.

— Olhe, Shiv, você só precisa decidir se realmente se importa com o fato de ele estar com outra pessoa — diz Marlena. — Se eu fosse você e amasse mesmo esse cara, pelo menos tentaria dizer isso a ele, ainda mais depois de ele dizer que as coisas com essa outra mulher *talvez* sejam sérias.

— Você não acha errado? — pergunta Siobhan. — Sei que não a conhecemos, mas ela continua sendo uma mulher. E não merece isso.

— Se ele estiver destinado a ficar com você, nada vai mudar isso — diz Fiona depois de um momento. — Você não vai tentar seduzi-lo. Só vai dizer como se sente para que ele tenha a informação e possa fazer uma escolha.

— Até onde ele sabe vocês estavam só ficando, certo? E ele acha que você nunca gostou tanto dele quanto ele gostava de você. — Marlena dá de ombros. — Acho que vale a tentativa, Shiv.

Siobhan estende a mão para o pote de sorvete na mesa de centro, trocando-o por sua taça de vinho, e afunda uma colher na parte macia na beira do pote. Ela sente que está cedendo; talvez sempre soubesse que cederia. Mas é simplesmente excruciante pensar em Joseph se acomodando com outra pessoa sem nunca saber como ela se sente.

— Bem... e a festa de Ano-Novo? — Ela contou a Fiona e Marlena sobre os planos de Joseph para o Réveillon, em parte porque pareceu épico, aquela mansão grega meio decadente, e em parte porque ele de fato parecia gostar do Ano-Novo, o que ela acha fascinante. — Estávamos planejando ir para Londres de qualquer maneira, não fica muito longe. Eu poderia fazer uma surpresa para ele. Um gesto grandioso.

— E vai dizer a ele que você...? — pergunta Fiona.

— O ama? — completa Marlena.

— Ah, porra, será que eu amo? — diz Siobhan com um pânico genuíno, agarrando a colher de sorvete com força. — Merda. Merda, será?

As outras duas tentam não rir. Siobhan grunhe, recostando a cabeça no braço do sofá.

— Acho que amo. — A ideia a faz suar. — Isso é aterrorizante. Caramba. Mas estou tão cansada de afastar pessoas boas, de verdade. — Ela se recosta e engole um bocado de sorvete congelante. — Resolução de Ano-Novo: não foder minha própria vida.

— Um brinde — diz Marlena, erguendo a taça. — Então a gente vai com você? Para essa festa?

— Para catar meus cacos se ele estiver apaixonado por outra mulher? — responde Siobhan com frieza.

— Humm, não. Para comemorar o momento de alegria quando você recuperar seu homem — corrige Marlena.

Jane

Jane ergue o celular para o céu branco, estreitando os olhos com a claridade.

— Alô?! — exclama ela. — Consegue me ouvir agora?

A barra de sinal aparece, desaparece, aparece de novo. A voz de Aggie sai metálica e entrecortada do outro lado da linha, e o celular treme nas mãos de Jane, que está congelando. Só dá para receber ligações na colina acima do chalé onde ela está hospedada, na área rural de Powys; não há sinal em mais nenhum lugar alcançável a pé, e ela ainda não resolveu a questão do Wi-Fi.

— Estou te ouvindo, mais ou menos — responde a voz de Aggie.

Ela está gritando, como se isso fosse compensar a falta de sinal. São em momentos como esse que a diferença de idade entre elas fica realmente visível, reflete Jane com um sorriso.

— Você está meio com voz de Dalek! — berra Aggie.

Jane ri. Essas conversas têm sido o ponto alto de todos os dias do último mês, desde que ela se mudou para cá, mesmo que seus dedos dos pés estejam dormentes dentro das botas e suas bochechas formiguem no vento. Jane nunca foi tão grata por ter uma boa amiga. O Natal foi sem graça e solitário; ela disse ao pai que estava alugando um chalé no País de Gales com amigos, incapaz de suportar a ideia de mentir sobre sua vida de novo por três dias na casa da tia dela, em Preston, mas se arrependeu amargamente. No dia do Natal ela sentiu saudade do pai de uma maneira nova, visceral, quase como se o tivesse perdido também.

Mas o presente de Natal de Aggie animou um pouco o dia, e já está pendurado acima da velha cabeceira de metal do Chalé Rhosyn: uma pintura de Winchester, estilizada em tinta a óleo rosa.

— Me promete que você vai pensar sobre vir para cá amanhã à noite? — grita Aggie. — Vai ser divertido! De verdade!

O vento sopra forte nos ouvidos de Jane. Ela amarrou o cabelo o mais justo que pôde na nuca, mas algumas mechas se soltaram mesmo assim e chicoteiam sua testa e bochechas, entrando em seus olhos semicerrados.

— Vou pensar — promete Jane. — Tchau, Aggie.

— Te amo um montão — grita Aggie. — Fique quentinha!

Jane fica parada no frio depois que Aggie desliga. Ela está encarando o celular, o tempo esquecido. Seus olhos ardem. Aggie nunca tinha dito "te amo".

Jane olha de relance por cima do ombro. O rapaz atrás do balcão desvia o olhar muito depressa e fica tão vermelho que Jane não se contém e fica olhando para ele, observando a cor brotar na pele até deixá-la num tom completamente diferente. Isso a faz pensar no rubor que parecia pintado a pincel nas maçãs do rosto de Joseph, em como transformava seu rosto de perfeição bem cuidada em algo ainda melhor.

Alguém dá uma risadinha ao lado dela. É uma idosa que ela já viu na lojinha do vilarejo algumas vezes: tem um nariz imponente e pontudo e a testa franzida de um jeito feroz, tudo de alguma forma suavizado pelos óculos com estampa de Ursinho Pooh pendurados numa corrente ao redor do pescoço.

— Chame ela para jantar logo, Malcolm, pode ser? — fala a mulher para o homem atrás do balcão.

Malcolm assume um tom ainda mais forte de vermelho.

— Ai, gente — diz Jane baixinho, largando um bando de cenouras na cesta. — Humm...

— Gladys! — vocifera Malcolm. — Por favor! Eu não... quero... incomodar... a moça simpática.

Ele parece profundamente arrependido do "moça simpática", ou talvez queira sumir de uma vez.

— É Jane — diz ela, erguendo a mão. — Olá, Malcolm.

— Fala sério, amanhã é Ano-Novo! — fala Gladys, erguendo os óculos meticulosamente e avaliando Jane com mais atenção. — Humm. Noite perfeita para um jantar romântico! Você não tem planos, tem? Está hospedada sozinha no Chalé Rhosyn, não está? Não tem nada para fazer lá em cima além de observar as pipas vermelhas. Desça para jantar na casa do Malcolm. Vamos lá, ele é um menino de ouro, eu o conheço desde que usava fraldas.

— Gladys! — exclama Malcolm de novo, agarrando a beirada do balcão. — Por favor, pare! Eu sou um... homem adulto! Posso chamar mulheres para sair por conta própria! Eu sinto muito — diz ele para Jane, que está se esforçando muito para não sorrir.

— Não tem problema — diz ela.

— E aí? — diz Gladys, balançando o braço. — Chame, então!

Malcolm está começando a suar. Jane fica com pena.

— Sinto dizer que tenho planos. Vou encontrar uma pessoa.

Gladys estreita os olhos. Jane recua ligeiramente sob a força do olhar da idosa.

— Um homem?

— Não, não — responde Jane, se dando conta de que essa teria sido uma mentira melhor, mas na hora só pensou em Aggie. Já faz tempo que não precisa fingir que tem namorado, perdeu a prática. — Uma amiga mulher. Quer dizer, só amiga.

— Ela vem para cá, é? — pergunta Gladys, duvidando.

Jane fica quieta. Gladys parece muito ciente do fato de que Jane está morando sozinha no Chalé Rhosyn; Jane tem a sensação de que a ausência de um segundo carro na propriedade não passaria despercebida.

— Na verdade — diz Jane. — Eu vou a uma festa com ela.

A frase parece ridícula, e ela sente que eles percebem — parece que Malcolm e Gladys sabem que Jane não vai a festas —, então ela se compromete com o pecado capital da mentira e continua:

— Ela está fazendo um evento numa casa histórica linda em Hampshire. De arquitetura neogrega. — Jane se encolhe ligeiramente. O rosto de Gladys permanece inabalado pela credencial arquitetônica do The Grange; Malcolm, no meio-tempo, aos poucos está se transformando de vermelho-rubi em branco novamente. — Enfim, ela ganhou ingressos como parte do pagamento, e pelo visto vai ser um evento maravilhoso, então eu vou com ela. — Tenta sorrir. — Não sou muito de festas em geral, mas sabe como é. Não quero decepcionar minha amiga.

O estômago dela se revira quando diz isso. Aqui, ao que parece, há um pouco de verdade. Ela *não* quer decepcionar Aggie, que pareceu tão orgulhosa quando contou sobre as árvores na área interna, as luzes roxas e azuis apontando de baixo para cima na mansão irregular e dilapidada, a hera reluzente que ela já pendurou para o evento amanhã.

Aggie sempre esteve ao lado de Jane. Ao se aproximar de Malcolm atrás do balcão, de cesta em mãos, ela se dá conta de que ser uma boa amiga requer responsabilidade. Ela quer mostrar a Aggie que a apoia. Quer estar ao lado dela.

Jane detesta festas. Todas aquelas pessoas, todo aquele barulho, as risadas falsas, o exibicionismo. Mas. Mas...

Ela ama Aggie.

Voltar para Winchester é meio como voltar no tempo. Já faz cinco semanas e meia desde que ela fez uma mala, convenceu Theodore a entrar na caixa de transporte e se despediu da equipe do brechó beneficente do Fundo Count Langley. Mortimer não pareceu surpreso por ela estar indo embora sem aviso prévio, mas se emocionou ao lhe dar um abraço de despedida.

Com as costas doloridas da viagem, Jane enfim estaciona na frente da garagem de Aggie, no estacionamento que elas um dia bombardearam com balões de água. Aggie já está parada no portão do prédio quando Jane sai do carro; ela a deve ter visto pela janela. Ver seu rosto familiar, radiante, e seu cabelo vermelho espalhafatoso é quase dolorosamente comovente.

— Você *veio* — diz Aggie, guiando-a para dentro.

Até mesmo o cheiro do apartamento de Aggie, a combinação de perfume cítrico forte com o cheiro de aspirador recém-desligado... faz Jane sentir um aperto no estômago. Ah, como ela sente saudade de Winchester. Saudade de casa.

— Você trouxe alguma coisa para vestir? — pergunta Aggie, já ocupada fazendo uma xícara de café para Jane.

Ela pega um potinho de creme da geladeira, e Jane segura o braço da amiga, interrompendo-a.

— O que foi? — pergunta Aggie, olhando para baixo com surpresa.

— Você se lembra — fala Jane, olhando para o creme.

Aggie sorri.

— O quê, como você gosta do café? É claro que lembro, sua bobinha. Só faz cinco semanas. Achou que eu esqueceria tudo sobre você enquanto estava longe, é?

Para começo de conversa, Jane nunca imaginou que alguém se importaria o suficiente para notar esses detalhes. Ela solta o braço de Aggie com um sorriso um tanto trêmulo e vai para seu lugar favorito do sofá.

— Não, eu não trouxe nada especial para vestir — diz Jane. — Tudo o que levei para o País de Gales era bem... prático.

Roupas térmicas, meias de lã e roupas felpudas. Nada muito apropriado para um enorme evento de gala numa mansão. Jane sente um frio na barriga; agora que chegou ali, está nervosa, e não pelos motivos que imaginou. Achou que se sentiria ameaçada ao voltar a Winchester, considerando o que Lou lhe dissera antes de ela ir embora. Mas, apesar do que a lógica lhe diz, ela se sente segura ali; o apartamento de Aggie é, de alguma forma, na mente de Jane, um castelo intangível.

Não, o nervosismo não é por causa da sua vida de Londres a alcançando. Elas estão prestes a ir a uma *festa*.

— Que bom — diz Aggie. — Eu passei para visitar Mortimer e Colin e eles arrumaram o look perfeito para você ontem. Colin insistiu *muito* para que eu te dissesse como ele e Mortimer sentem sua falta, e ele também disse, calma aí, deixe eu falar direito... — Ela franze os lábios ao mexer os cafés. — *Não rejeite o sutiã push-up até experimentá-lo com o vestido.*

— Ah, não. — Jane pega o café de Aggie e faz uma careta. — Acho que isso não parece muito...

Aggie ergue o dedo e diz:

— Colin já decidiu! Você vai desafiá-lo?

Jane abaixa a cabeça.

— Não, é claro que não.

Elas botam a conversa em dia enquanto bebem o café. Jane não tem muito para contar; não acontece nada de mais no Chalé Rhosyn, exceto pelo estranho acidente com o aquecimento central. Mas Aggie gosta bastante da história de Gladys e Malcolm.

— Então foi isso que convenceu você a vir! — exclama Aggie.

— Não foi bem assim — responde Jane, franzindo a testa; parece importante deixar claro. — É que eles... eles me fizeram perceber que eu *deveria* vir. Eu quero ver você, apoiar você, e... — O queixo de Jane treme de novo; ela não entende de onde todas as emoções estão vindo. — Desculpe. É só que eu sou muito grata a você.

— Ah, cale a boca. — Aggie dá um tapinha na perna de Jane. — Ande. Termine sua bebida e me deixe bancar a fada madrinha. E então, Jane Miller, você irá ao baile.

O vestido é de seda verde-escura, com uma amarração atrás do pescoço, e desce até logo abaixo do joelho. Deixa uma porção estonteante de pele à mostra: seus braços, seus ombros, um grande triângulo do peito. Colin tinha razão: o efeito do sutiã push-up é ligeiramente impressionante. Já faz tanto tempo que Jane não usa lingerie de verdade que ela se sente depravada, mesmo que o sutiã seja de segunda mão.

Aggie lhe entrega sapatos cheios de tiras com um salto baixo; Colin e Mortimer já conhecem a falta de habilidade de Jane para andar de salto alto. Ela os calça enquanto Aggie vasculha a bolsinha de maquiagem de Jane.

— A maioria dessas coisas está tão velha que ressecou — diz ela, segurando um pote de base contra a luz. — E não pode usar a minha, é tão clara que você vai parecer doente. Ainda bem que tem um brilho natural, hein? Pelo menos meu rímel vai servir.

Jane consegue cutucar os dois olhos e desenhar uma linha preta do lado esquerdo do nariz enquanto tenta aplicar o tal rímel, para a diversão de Aggie. No final, Aggie assume a tarefa.

— Certo. Acho que você está pronta. Finaliza com um gloss transparente? — pergunta ela, lhe entregando um tubo rosa perolado. — Pronto, está linda.

Jane arrisca uma olhadela para o espelho. Seu reflexo a encara de volta com olhos arregalados, sérios. É raro demais olhar para si mesma, e quando o faz, não está com essa aparência. Aggie tem razão. Ela se sente linda. Seus olhos começam a se encher de lágrimas, e ela exala com frustração, erguendo o olhar para o teto.

— Nada de chorar! — repreende Aggie. — Vamos lá, pensamentos felizes. Pôneis. Filhotinhos. Theodore se cagando de puro pavor ao ver uma aranha.

Isso faz Jane rir.

— Melhor! — diz Aggie. — Agora a gente deve ir. Preciso chegar cedo para os retoques finais.

Jane engole em seco enquanto elas sobem o extenso caminho de cascalho em direção a The Grange. A mansão é verdadeiramente magnífica, como se tivesse saído de um mito grego; atrás dos pilares, o céu noturno está tão preto que é atordoante. É uma noite sem nuvens, e fria o bastante para fazer seus olhos lacrimejarem.

Os funcionários estão agitados ao redor da mansão. Só faltam cinco horas até esse ano se transformar no próximo. Apesar da apavorante obrigação de ir a festas, Jane sempre gostou bastante do conceito do Ano-Novo. Inovação, um novo começo; essas coisas a atraem. Pela primeira vez em muito tempo, ela é tomada pelo pensamento de que talvez não queira deixar totalmente esse ano para trás.

— Não fique nervosa — diz Aggie com firmeza, acenando para um grupo de funcionários que ajeita as luzes sob os pilares. — Você está maravilhosa, estarei com você o tempo todo, vamos nos divertir.

— Não quero que você precise cuidar de mim — responde Jane, inquieta, alisando o vestido.

Ela não tinha um casaco que combinasse com a roupa, então foi sem; está congelando, mas já se acostumou ao frio depois de todas as ligações de Aggie no topo da colina.

— Eu gosto de cuidar de você — afirma Aggie. — Por que acha que eu rodeei você até virar minha amiga? Sou uma mulher solteira sem filhos precisando de um projeto. Sem você, eu teria que começar a tricotar.

Jane ri pelo nariz quando Aggie abre um sorrisinho para ela antes de se virar para o segurança na porta. Por acaso Jane sabe que Aggie é imensamente feliz com a vida que construiu para si, apesar de todas as suas piadas sobre tricô. É um dos motivos para admirá-la. Jane acha a ideia de ser feliz solteira bem incrível. Estar solteira só a faz se sentir solitária e com o coração partido.

— Esse projeto não bastou para você? — pergunta Jane ao passarem pela mansão. — Ah, Aggie — suspira ela.

É como entrar num conto de fadas sombrio. A casa parecia impecável do lado de fora, mas dentro está caindo aos pedaços. O gesso foi meio arrancado das paredes, expondo os tijolos vermelhos; o teto é aberto ao chão abaixo, as bordas irregulares exibem as extremidades quebradas das vigas que um dia já suportaram o segundo andar. Uma lareira está decorada com guirlandas pesadas de hera e teixo, e há árvores posicionadas pelo espaço como se estivessem ali desde sempre, crescendo por entre os escombros.

— Está deslumbrante — elogia Jane, se virando para a amiga.

Aggie dá de ombros, mas está sorrindo.

— É fácil quando se trabalha com uma tela dessas. Eu quase não tive que fazer nada.

Ela bota Jane para trabalhar deslocando coisas milimetricamente para a frente e para trás, acendendo velas, rearranjando folhagem. As pessoas estão chegando quando Aggie de repente começa uma de suas sessões de xingamentos bem inventivos.

— Cacetada! Cacetada! — diz ela, se acalmando. — Os malditos cartazes de patrocínio!

Ela se infiltra mais no edifício. Jane vai atrás, um pouco perplexa. Junto à parede dos fundos de um dos cômodos, escondidos nas sombras, há três cartazes branco-prateados dobrados.

— Venha, precisamos pendurar isso em algum lugar. Eles acabam com a decoração, mas eu preciso pendurá-los, porque pagaram por isso, afinal. Talvez na área das poltronas, assim não estragam o efeito logo que as pessoas entram. Será que vão deixar passar? — reflete Aggie ao abrir o cartaz de cima.

Jane fica imóvel. Ela sente como se alguém tivesse derramado um líquido congelante em suas costas, por cima dos seus ombros, dentro do vestido. É pavor. Uma sensação familiar e terrível.

Bray & Kembrey, diz o cartaz numa fonte azul-marinho grossa embaixo do símbolo de uma bolota. *Generoso patrocinador do evento beneficente desta noite.*

— Aggie — diz ela, recuando. — Eu não posso estar aqui.

— O quê? — Aggie parece atormentada, seu cabelo se soltando do coque. — Você pode carregar os outros cartazes, por favor, só aqueles ali?

Mas Jane já está se virando. Já está correndo.

— Jane! — grita Aggie.

— Não posso! — exclama Jane de volta, com a voz presa na garganta. — Sinto muito mesmo.

Ela dispara em direção à entrada, por entre as pessoas; o lugar já está muito mais cheio do que há dez minutos. Cabeças se viram na direção dela. Todos estão iluminados de baixo para cima pelas luzes roxas e azuis de Aggie, com uma aparência horrível, assustadora, assomando sobre ela na escuridão.

Ela se força a desacelerar. Seu coração parece um punho socando o peito. Ela não chegou à entrada principal, pegou o caminho errado; mas há uma porta, e ela volta a correr ao passar por ali, seguindo por um lance enorme e interminável de escada de pedra.

Jane está muito ocupada olhando para os pés, e quando nota que tem alguém subindo à sua frente já é tarde demais. Eles colidem. Ela atinge o peito dele e perde o fôlego. Ele cambaleia para trás sob o peso de Jane, então segura os braços dela com as mãos firmes, equilibrando-a.

Ela vê os sapatos polidos dele, a parte de baixo da calça do terno. Ao tentar seguir em frente, murmurando um pedido de desculpas, ela mantém os olhos baixos, mas ele a segura com mais força. O coração dela martela sem parar a caixa torácica, como se quisesse escapar.

— Jane Miller — diz o homem. A voz dele é suave e opulenta, como um uísque caro. — Não acredito. Rodei o Reino Unido atrás de você, e aqui está. Caindo direto nos meus braços.

Miranda

— Eu não *acredito* que você finalmente deixou a gente fazer isso — diz Frannie, brandindo um pincel de maquiagem com alegria genuína. — Tem ideia de há quanto tempo queremos fazer uma transformação em você?

— Não vai rolar transformação nenhuma! — protesta Miranda, olhando para o relógio. Já são quase oito da noite; elas estão na casa da mãe de Carter, onde ele continua morando, e ele está esperando no andar de baixo. Por algum motivo, não parece tão animado para a festa, o que deixa Miranda ansiosa. Ela sempre fica assim quando percebe que Carter está estranho. — Nós não temos tempo para uma transformação! Eu falei para me maquiar um pouco, só isso.

— Claro, claro — fala Frannie, balançando a mão. — Adele? Já escolheu o vestido?

— Calma aí. Eu *tenho* um vestido — reclama Miranda, tentando se levantar.

Frannie a empurra para baixo de novo com uma força surpreendente.

— Sente-se — diz ela, se posicionando na frente da irmã. — Feche os olhos. Relaxe.

— Isso não é relaxante! Eu não confio em vocês duas.

Frannie arqueja, magoada, então dá um tapa na cabeça de Miranda quando ela abre os olhos.

— Feche! — ordena.

— Você não deveria ser a gêmea legal?

— Trouxe algumas opções, Mir — diz Adele, vasculhando a mala ridiculamente grande que ela levou para passar uma noite em Winchester. — Imagino que você fique feliz em mostrar os peitos e as pernas, não é?

— Viu? Eu sou a gêmea legal, *sim* — argumenta Frannie de forma presunçosa, voltando a trabalhar no rosto de Miranda.

Miranda precisa relutantemente admitir que elas a arrumaram direitinho. Depois de um pouco de tensão e alguns gritos, Adele cedeu e deixou Miranda usar uma roupa que a deixa confortável em vez de um dos looks de balada de Adele que Miranda nunca vira e agora insistia para que a irmã não usasse mais. Miranda escolheu uma saia de cintura alta, uma blusa de seda que enfiou para dentro e seus scarpins favoritos. É meio informal para uma festa tão luxuosa, mas roupas formais fazem Miranda suar. São sempre muito apertadas e desconfortáveis, e você precisa pensar em que partes do seu corpo vão aparecer toda vez que se senta.

Ela vasculha distraidamente a bagunça da mesa de Carter enquanto Adele e Frannie discutem sobre qual bolsinha de mão ela deve levar. Estão *empolgadíssimas* por terem sido chamadas para a festa de Ano-Novo — Carter foi muito fofo por convidá-las —, e estão demonstrando a animação sendo ainda mais escandalosas do que o normal.

Tem uma pilha de livros no fundo da mesa; ele já usou todo o espaço das estantes. Os livros de Carter são amassados e malcuidados, o que não é uma surpresa, já que ele os enfia nos bolsos dos casacos. Tem um exemplar de *Manage Your Mind* na mesa com a lombada rasgada e um bilhete de trem marcando a página; *Passagem para o Ocidente* está estranhamente inteiro, mas o livro embaixo está com a lombada tão dobrada que Miranda leva um tempo para ler o título. *Finding a Better You*. Quando ela o pega para ler o subtítulo — *Moving Through Grief, Addiction or Trauma* —, encontra um cartão embaixo da pilha.

Ela sua frio. O nome no envelope é *Siobhan*.

"Você deve ser a Siobhan", disse Mary Carter quando conheceu Miranda. O nome ficou gravado na memória dela desde então; Carter nunca o mencionou, nem uma vez.

Ela olha para Adele e Frannie, que estão gritando tão alto que até Miranda — acostumada ao volume do falatório da família Rosso — se incomoda. Lentamente, ela larga o livro e pega o envelope.

É óbvio que não deveria abri-lo. Mas pensa no que Adele lhe disse, que ela precisa explorar, assumir as rédeas da situação, e sabe que vai fazer isso. Ao deslizar o dedo sob o selo, Miranda sente como se estivesse escorregando, os pés escapando do chão.

É um cartão. Um dos cartões desenhados a mão de Joseph. Mostra um homem e uma mulher parados em frente a uma árvore de Natal gigantesca num quadrado rotulado como Covent Garden; eles estão se olhando, mas sem se tocar. No interior há um recado na letra caótica de Joseph:

> *Querida Siobhan,*
> *Feliz aniversário! Não duvido que vá comemorar em grande estilo.*
> *Venho pensando muito sobre nosso fim de semana de Natal juntos. E minha cabeça está cheia de dúvidas sobre se eu deveria te mandar isso e dizer que... não sei. Pareceu mais do que amizade para mim. E mais do que o que tínhamos antes também; mais do que as ficadas da primavera, mais do que sexo. E eu realmente quero saber se você sentiu a mesma coisa.*
> *Enfim, aproveite seu vinho e seu sorvete. Aposto que seu novo ano trará coisas maravilhosas para você, Siobhan Kelly. Beijos.*

— Mir? — chama Frannie. — Está tudo bem?

Parece tão *errado* ver essas palavras na letra de Carter. Como vê-lo de mãos dadas com outra pessoa. Ela pensa naquele momento em que o flagrou escrevendo o cartão de aniversário dela na manhã antes do passeio dos dois pelo Kew Gardens e mal consegue acreditar que exista outra pessoa para quem ele escreve esses cartões, com suas capas desenhadas a mão e sua letra caótica, torta, de menino. É tão... *íntimo*. Isso a deixa enjoada.

— Mir?

Adele e Frannie se aproximam por trás dela. Uma delas põe a mão no ombro de Miranda, que se contorce para se manter de costas, examinando a árvore de Natal na capa do cartão. Carter estava em Londres no fim de semana antes do Natal. Foram esses dias que ele passou com Siobhan? Ah, *caramba*, Miranda está furiosa, com raiva, ela está profundamente *triste*. Todas as piores emoções se desenrolam na barriga dela como se estivessem esperando ali todo esse tempo.

Carter está subindo a escada; ela ouve os passos dele no carpete.

— O que houve? — perguntam Frannie e Adele em uníssono.

Miranda afasta as mãos delas e enfia novamente o cartão embaixo do livro na mesa. Há uma leve batida na porta.

Miranda encara a pilha de livros. Sente Adele e Frannie tentando fazer contato visual com ela, trocando olhares confusos entre si.

— Olá? Posso entrar? — pergunta Carter.

— Ele pode? — sussurra Frannie, passando um braço ao redor de Miranda. — O que está acontecendo, Miranda? O que tinha naquele cartão?

— Ai, meu Deus — diz Miranda. Ela pigarreia e ergue o olhar para a porta. — Sim. Sim. Entre.

— Vocês estão bem? — pergunta Carter ao abrir a porta. — Uau, Miranda, você está linda.

Ela olha para ele. Seu namorado inteligente, que usa ternos e lê livros com seus óculos certinhos e adoráveis, seu sorriso largo e convidativo. O cara legal. Aquele em quem confiamos.

Miranda pode até xingar de vez em quando, mas ainda é preciso muito para trazer um palavrão à sua mente. Porém, ao olhar para Carter, ela pensa: *Seu desgraçado escroto.*

Ela sabia que ele era um mentiroso. Ela *sabia*. Deveria ter seguido seus instintos. Carter olha para ela e sua expressão muda um pouco; ele fica cauteloso, talvez, ou resguardado. Olha de relance para a mesa.

— Mir? Você está bem? — pergunta Frannie com uma timidez atípica, e Miranda desvia o olhar de Carter com esforço.

Ela quer gritar com ele. Quer rasgar os livros, jogá-los nele, amassar aquele cartão cuidadosamente desenhado numa bola e arremessá-la na cabeça dele. Ela quer empurrá-lo ao passar e correr para o frio de dezembro e continuar correndo até que a queimação nos músculos alivie a adrenalina furiosa que brota sob sua pele.

Mas suas irmãs estão ali. Elas estão animadas com a festa de Ano-No-vo. Miranda não pode surtar na frente de Adele e Frannie; ela é a adulta ali.

Então cerra os dentes e engole os sentimentos. Até sorri. É incrível, na verdade. Nunca achou que conseguiria. Pensa no que AJ disse sobre ela, como Miranda "não consegue ser falsa", e por um momento deseja com todo o coração estar com seu equipamento de trabalho e em cima de uma árvore com um homem que a vê como a pessoa que ela realmente gostaria de ser.

O táxi está esperando na frente da casa. Mary Carter acena para eles da janela, seu cabelo prateado perfeitamente penteado, sua expressão um pouco preocupada, como se talvez tivesse esquecido aonde o filho está indo. Ou com quem ele está indo.

Carter aperta o joelho de Miranda, e ela precisa de todas as suas forças para não afastar a mão dele com um tapa.

— O que está acontecendo? — pergunta ele em voz baixa.

Adele e Frannie estão sentadas ao lado deles, seus pés batucando no ritmo da música que toca no rádio do táxi.

— Mais tarde — diz Miranda.

Sente Carter franzir o rosto de preocupação. Ela o conhece tão bem. Ou, ao menos, achava que sim.

A festa é diferente de tudo o que Miranda já viu. Para início de conversa, é numa casa de campo insana que parece um palácio em ruínas por dentro. Há árvores de verdade em vasos, oliveiras de três metros e bétulas se estendendo pelo teto escancarado, aberto para os andares de cima. Tudo está iluminado em roxo e azul e com luzinhas natalinas prateadas, e há ramos de teixo e azevinho em todas as superfícies possíveis; parece um cenário de filme.

Quando eles chegam, Carter é engolido por um grupo de amigos, ou talvez colegas; ela não sabe direito como ele conhece essas pessoas. Ele desaparece por um tempo, precisa resolver algum problema com os patrocinadores: esse evento é para angariar fundos para a organização beneficente de direitos humanos para a qual Scott trabalha, outro fato que Carter deixou de mencionar.

Em sua defesa, no entanto, quando ele volta, por mais que pareça meio estressado e abalado, ele de fato a apresenta a todo mundo. "Minha namorada, Miranda", diz várias vezes, a mão pairando sobre as costas dela. Como no momento parece que é *só amigo* dessa Siobhan, então talvez ele não veja nenhum mal em apostar todas as suas fichas em Miranda. Agora que ele e Siobhan não têm mais *ficadas de primavera*.

— Miranda!

Ela se vira. É Scott. Ela o cumprimenta com um abraço e reapresenta suas irmãs, que ele encontrou brevemente na festa de Halloween; Frannie observa Scott com interesse demais para alguém dez anos mais nova do que ele, e Miranda olha feio para ela até que ela revire os olhos e saia para buscar drinques com Adele.

— Quase meia-noite! — grita Scott no ouvido dela, por cima da música. — Está pronta para 2019?

Com certa ansiedade, Miranda observa Frannie e Adele desaparecerem no meio da multidão. Elas *são* adultas, obviamente, só que... também são crianças, e ela se sente responsável.

— Oi? — diz Miranda, se voltando para Scott. Ele repete a frase, com a boca mais perto do ouvido dela; as palavras dele se confundem com o barulho da festa, mas dessa vez ela entende. — Ah, sim — responde de forma sombria. — Estou muito pronta para um ano novo.

— Ah, é? — Ele olha para ela com interesse. Está bebendo uma cerveja lager direto da garrafa e usando uma camisa azul-prateada meio anos 1990, mas fica excelente nele. — Esse ano não foi como o planejado?

— Você sabe quem é Siobhan?

Miranda realmente não tinha ideia de que ia fazer essa pergunta até ela sair de sua boca. Os olhos de Scott se arregalam.

— Ah — diz ele. — Então... Carter te contou sobre ela?

— Ainda não. Mas está prestes a contar.

Ela olha de relance para onde Carter está, em meio a um bando de gente, abaixando a cabeça para falar com uma loura curvilínea em saltos

altos e finos. Quando olha para ele, Miranda sente uma onda de algo similar a ódio; é asqueroso, como engolir algo podre. Ela não odeia ninguém. Está virando outra pessoa, e foi ele quem fez isso... Carter fez isso com ela.

— Olha, o que você precisa entender é que... — Scott está tentando escolher as palavras. — Siobhan sempre vai ter esse poder sobre Carter. Ele não consegue superá-la totalmente.

— Ah, coitadinho — retruca Miranda com desprezo. — Tenho certeza de que é tudo culpa da Siobhan.

Scott faz uma careta, dando um gole na cerveja.

— Ok, eu vou ficar fora dessa — diz ele, começando a se afastar.

— Carter foi à sua festa de aniversário esse ano? — pergunta ela.

Ele fica paralisado. Seus olhos se voltam para Carter.

— Hummm, sim? Sim, ele foi.

— E ele ficou na sua casa depois?

— Ficou... — diz Scott.

Miranda não está nem um pouco convencida. Ele provavelmente só está protegendo o amigo. Ela range os dentes ao sentir a raiva pulsar pelo corpo. Sua raiva só aumentou desde que ela devolveu o cartão de aniversário à mesa. Ou antes, talvez; é provável que venha se acumulando há meses, como cálcio numa chaleira, cobrindo suas paredes internas, endurecendo-a.

— Olha, minhas duas pessoas favoritas! — diz Carter, chegando por trás deles, espalmando uma das mãos no ombro de Scott e passando a outra ao redor da cintura de Miranda.

Ela o afasta, e ele olha para Miranda com a testa franzida.

— Estou fora — diz Scott, inclinando a cerveja para Carter. — Boa sorte.

Carter tenta pegar a mão de Miranda, que se esquiva.

— Miranda? O que está havendo? Você está brava comigo a noite toda.

Ela se afasta. O som estrondoso da banda tocando um cover de "Firework", da Katy Perry, fica um pouco mais baixo quando ela sai da mansão. Já é quase meia-noite e tem uma multidão no gramado em frente à

casa. Há rumores sobre fogos de artifício, e a escolha da música pré-meia-
-noite deixa a surpresa meio óbvia.

— Fale comigo — pede Carter, alcançando-a.

Ela se vira. Ele se retrai de leve ao ver sua expressão. Estão sob os pilares da entrada, e ele está parcialmente iluminado pela luz que escapa da
festa lá dentro, mas o resto está no escuro.

— Eu sei sobre a Siobhan — diz Miranda.

Para uma frase tão potente, ela parece muito pequena.

Carter fica imóvel. A banda está finalizando a música da Katy Perry, a
bateria pulsando, e Miranda nota um som de vidro se quebrando, alguém
gritando de surpresa. O peito de Carter sobe e desce depressa, como se
ele não conseguisse recuperar o fôlego.

— O que o Scott andou dizendo para você? — pergunta Carter, por
fim. A voz dele não sai como ela esperava. Pensava que ele estaria na
defensiva. Em vez disso, parece temeroso.

— Ah, nada. Não precisa se preocupar com seu amigo, ele guarda seus
segredos. Eu encontrei o cartão de aniversário dela, esperando para ser
enviado. Na sua mesa.

Ele passa a mão no rosto e fala:

— Caramba.

— Você não vai dizer *nada*? — A voz dela se eleva ao mesmo tempo
que, lá na festa, o vocalista anuncia que falta um minuto para a meia-
-noite. — Não vai rastejar, falar que sente muito, que eu sou mais importante para você do que ela?

Carter se encolhe de novo.

— Oi?

— Como assim, *oi*? Você não se arrepende do que fez comigo?

— O que eu fiz... Miranda. — Carter passa a mão pelo rosto de novo. —
Desculpe por não ter te contado, está bem? É isso que você quer que eu diga?

— *É isso que eu quero que você diga?* — Miranda está gritando, sua voz
falhando enquanto a multidão do lado de dentro grita e a banda começa
uma batida baixa, pulsante, criando expectativa, preparando-os para a
contagem regressiva.

Carter segura as mãos dela e não as solta quando ela puxa. O rosto dele está retorcido de emoção, aquela expressão feia, grotesca que homens fazem quando estão com medo de chorar.

— O que você quer de mim, Miranda?

— Quero que você admita. Que *peça desculpas* por me desrespeitar, mentir para mim e *me trair*.

Ele afrouxa as mãos; ela puxa as dela para longe.

— Do que você está falando?

Ela mal consegue escutá-lo acima do barulho da banda, mas não importa. Já está se afastando por baixo dos pilares, deixando-o para trás.

— Vamos nos despedir de 2018? — grita o vocalista, arrastando cada sílaba, e os gritos de comemoração ficam ainda mais alto.

— Eu nunca traí você, Miranda — grita Carter para as costas dela. — Meu Deus. Eu nunca traí você.

Ela se vira nos saltos, as mãos fechadas em punhos para baixo. Por um momento, pensa em bater nele, simplesmente se aproximar e lhe dar um soco na cara.

— Então como você explica o evento no calendário? O cartão de aniversário? O café da manhã misterioso no centro de Londres, bem perto de Covent Garden, onde passou aquele fim de semana com Siobhan?

A expressão dele é quase demoníaca, retorcida pelo esforço de segurar as lágrimas. É tão óbvio... *Por que ele não chora logo, pelo amor de Deus*, pensa ela amargamente, observando-o tentar se recompor enquanto as luzes piscam pela porta atrás dele.

— Não posso falar sobre isso, Miranda — diz Carter com esforço depois de um tempo.

— Você está *brincando*? Não *pode* falar sobre isso?

Ele está recuando agora, indo para longe dela, em direção à multidão sem rosto dentro da festa.

— Fique onde está, seu filho da puta sem caráter — grita Miranda, e ela nem reconhece a própria voz; *nunca* diria algo assim normalmente. Ela respira fundo, reprimindo um soluço de choro. — Você ainda gosta da Siobhan? — pergunta, e dessa vez sua voz sai queixosa.

A expressão de Carter está quase irritada, ainda parecendo uma máscara, ainda horrível. Ele afasta o olhar. Depois de um longo e estranho momento, recupera a compostura e a encara novamente.

— Sim, eu ainda gosto da Siobhan — diz Carter com amargura. — Eu tentei superar, mas... sim. Eu gosto.

Por mais que ela estivesse esperando por essa resposta — incitando-o a assumir —, o peso da frase ainda pega Mirada desprevenida, atingindo-a mais profundamente do que ela imaginava que seria possível. Ela pressiona a mão no rosto, incrédula, e pensa: *Isso está mesmo acontecendo? Isso está mesmo acontecendo?*

A contagem regressiva começa lá dentro, para a satisfação ruidosa da multidão, e a batida ainda pulsa por trás de tudo. *Dez. Nove. Oito.*

— Mas, Miranda, você entendeu tudo errado. Eu não traí você com a Siobhan.

Seis. Cinco. Quatro.

— Sim, ela criou aqueles eventos no meu calendário. Sim, eu escrevi aquele cartão para o aniversário dela.

Três. Dois. Carter se mexe enfim, se aproximando, segurando o braço dela, que tenta se afastar.

— Mas, Miranda. Miranda, escute.

Um. A multidão explode, e os estouros dos fogos de artifício quase abafam as palavras que Joseph Carter diz em seguida:

— Isso aconteceu há muito tempo. Tudo isso, eu e a Siobhan... Já faz mais de dois anos.

Siobhan

— Olá, 2016! — grita o vocalista, e o barulho aumenta até ficar tão alto que vira um único som, um rugido alto.

Siobhan joga a cabeça para trás e grita junto da multidão. Ela nunca esteve tão pronta para começar um novo ano. 2015 foi uma *bagunça*. Siobhan vai ser feliz, saudável e determinada a não se sabotar.

— Você está bem? — grita Fiona no ouvido dela. — Vamos tomar um ar?

Siobhan quer ficar ali, bem no meio da pista de dança, rodando e girando em seus saltos, mas uma olhadela para o rosto de Fiona lhe diz que sua amiga está pifando.

— Claro — diz ela, seguindo Fiona para longe da banda e para o gramado do lado de fora.

Os pilares do The Grange estão iluminados em toda a sua grandeza; Joseph não estava errado sobre essa festa. É verdadeiramente épica.

— E aí? Já o encontrou? — pergunta Fiona, erguendo o cabelo do pescoço para se refrescar.

Está chuviscando bem de leve, o tipo de chuva que você mal sente na pele.

— Não. — Siobhan olha de volta para a mansão. — Eu não o vi em lugar nenhum lá dentro.

— Talvez ele tenha mudado os planos — diz Fiona, olhando para o rosto de Siobhan.

Ela passou lápis de olho, uma pequena concessão ao fato de que está numa festa.

— Do jeito que ele falou pareceu que sempre vem para cá — declara Siobhan.

Sair da festa sugou um pouco da energia dela; Siobhan fica subitamente consciente da dor aguda onde os sapatos apertam a pele. Ela engole em seco e ergue o queixo. Então Joseph não está aqui. Mas não importa. Não há nada de mágico no Ano-Novo; e daí se ela só disser a ele como se sente daqui a alguns dias?

— É só que você praticamente não pensou em outra coisa nos últimos três dias, não foi? — responde Fiona ao argumento da amiga.

Siobhan olha feio para ela.

— Pensei, sim. — Não pensou nada. — Tivemos uma noite legal, não tivemos?

Fiona mantém uma expressão positiva por educação.

— Ah, não, você está odiando. — Siobhan puxa Fiona para um abraço. — Você só quer ir para casa e ver filmes de Natal, não é?

— Não! Eu amo festas! Festas são ótimas! — tenta Fiona, envolvendo os braços na cintura de Siobhan. — Está bom, vai, eu não amo festas gigantes tipo esta, onde não dá para ouvir nada e todo mundo está bêbado e se pegando à meia-noite. Mas... eu amo você? Então...

— E eu amo você, por isso... vamos embora — diz Siobhan, se afastando de Fiona. — Vamos lá. Vamos arrancar Marlena de qualquer que seja a mulher linda em quem ela está dando uns amassos.

— Amassos? — repete Fiona, enlaçando o braço ao de Siobhan enquanto elas retornam para a mansão. — Sério?

— Estou prevendo uma volta dessa gíria em 2016. Espere só. Em 2017, ninguém mais vai dizer "se pegando", todo mundo vai dar uns amassos de novo.

Fiona ri.

— O que mais vai acontecer em 2016?

— Humm. Acho que 2016 vai ser o ano em que resolvemos tudo. Paz, benevolência e compreensão. Seremos todos mais tolerantes, solidários e pararemos de usar macacões porque vamos perceber: ei, e na hora de fazer xixi? E...

Siobhan para de falar. Fiona continua andando, dando risadinhas, e leva um momento para perceber para onde Siobhan está olhando. Assim que percebe, a expressão dela muda de diversão para fascínio incrédulo.

— Aquelas pessoas estão chegando *a cavalo*? — pergunta ela.

De fato, duas pessoas se aproximam da The Grange pelo caminho de cascalho do outro lado em grandes cavalos brancos; ou *corcéis*, pensa Siobhan. Esses cavalos são corcéis. São enormes, têm crinas longíssimas e levantam demais as patas a cada passo, como se o chão não fosse bom o bastante para eles.

O que prende tanto a atenção de Siobhan, no entanto, é o fato de que um desses homens é Joseph Carter.

Ele não é um cavaleiro particularmente competente; não que Siobhan seja especialista, mas ele parece estar quicando bastante. Mesmo assim, tem alguma coisa em relação a um homem bonito num cavalo branco que simplesmente... *funciona*.

— É Joseph — sibila ela para Fiona. — E o amigo dele, Scott, eu acho. Ai, meu Deus.

Seu estômago se revira, porque se Joseph está aqui, então o plano *vai acontecer*, está na hora, ela não tem outra opção além de fazer o que jurou: precisa dizer a esse homem que o ama. Está tão preocupada com a imensidão dessa ideia que leva um tempo para registrar os outros fatos importantes.

— O que eles estão *fazendo* nesses cavalos?

— Não faço ideia — responde Fiona. — Joseph cavalga?

— Não? — diz Siobhan enquanto os dois homens montados quicam na direção delas. — Geralmente não? — Eles se aproximam mais rápido do que ela pensava; o estômago dela se revira. — Merda. Ok. É isso. Ai, meu Deus. Você pode lidar com Scott?

— Lidar com ele? — repete Fiona, olhando os cavalos. — Lidar com ele como, exatamente?

— Não sei, você é uma mulher cheia de recursos — diz Siobhan enquanto observa Joseph, seu cabelo cor de avelã voando ao vento, suas bochechas rosadas por conta do esforço.

Ele tem ombros bem largos. Fica muito bonito montado num cavalo. *Ah, puta merda*, pensa Siobhan, *eu sou um caso perdido. Deveria estar olhando para esse homem e pensando: por que esse idiota está montado num cavalo?*

Eles quase as alcançam. Joseph está rindo de algo que Scott diz, segurando as rédeas um pouco alto demais no peito. Scott solta um "oops"; já tem uma pequena multidão de espectadores interessados se formando sob a entrada cheia de pilares da The Grange.

— Shiv, eu não sei agir sob pressão! — sibila Fiona. — Você sabe disso!

— Sabe, sim! Você é genial em improvisação! — responde Siobhan, puxando o vestido para cima e ajeitando o cabelo.

O coração dela está disparado. Não foi exatamente assim que ela imaginou este momento (há mais quadrúpedes, por exemplo), mas está diante da chance de dizer a Joseph como realmente se sente em relação a ele e está absolutamente apavorada, no nível que dá branco e faz suas mãos tremerem.

— Não sou! Você só acha que eu sou! Eu sabia que sua fé ridícula nas minhas habilidades voltaria para nos ferrar um dia! Ah, oi — diz Fiona, um tanto desesperada quando Scott e Joseph passam trotando. — Posso pegar uma carona?

Siobhan olha com desconfiança para ela por um momento antes de voltar a atenção para Joseph. Ele literalmente olha duas vezes quando se depara com ela. Então puxa as rédeas com tanta força que o cavalo para de repente e empina, erguendo as pernas dianteiras uns bons noventa centímetros no ar. Por um milagre, Joseph consegue se segurar, mas Siobhan dá um gritinho mesmo assim.

— Puta merda — diz Joseph, sem fôlego, agarrando-se à sela com uma das mãos e a crina do cavalo com a outra. — Isso realmente aconteceu.

Enquanto isso, Fiona parece estar subindo no cavalo de Scott. Ela lança um olhar de "Que porra é essa que está acontecendo" enquanto Scott a puxa para sentá-la na frente dele.

— Ai! — exclama Fiona. — As pessoas fazem isso parecer muito mais confortável na televisão. Está bem. Para a festa! Não espere esses dois, eles precisam conversar. Scott, não é? Oi, eu sou a Fiona. Ou Fi, se você preferir. Normalmente não parto para essa intimidade toda assim que conheço um cara, mas era uma emergência.

A voz dela vai desaparecendo à medida que eles se afastam. Joseph e Siobhan se entreolham por um tempo, ela com a cabeça inclinada para cima, ele com o rosto corado.

— Oi — diz Siobhan, aliviada ao perceber que sua voz não está tremendo tanto quanto o restante do seu corpo. — Belo cavalo.

— Ideia do Scott — responde Joseph, ainda agarrado para não cair. — Eles são de uma mulher de Stockbridge que ofereceu um passeio como parte da rifa beneficente, então disse que nós poderíamos pegá-los emprestado para animar as pessoas com o prêmio e... bem, é uma longa história, bem a cara do Scott. A gente perdeu a virada?

Siobhan ri.

— Sim, faz tempo.

— Droga. Cavalos não são tão rápidos quanto você imaginaria. — Ele abre um sorrisinho breve e bobo, do tipo que sempre exibe quando está fazendo palhaçada. — Você quer... subir aqui?

— Não exatamente. — Siobhan olha o cavalo de cima a baixo.

O animal a analisa com uma expressão que sugere que não está muito a fim de carregá-la também.

— Vou descer, então — diz Joseph, espiando o chão, um pouco hesitante. — Humm. O chão está bem longe, hein?

Siobhan olha ao redor, balançando de leve a cabeça, mas sorrindo sem querer. É tão típico de Joseph chegar tarde a uma festa de Ano-Novo a ponto de perder a virada e ter uma desculpa *tão* complexa. Como ele se mete nessas situações? E por que ela acha fofo?

— Ali — diz ela, apontando para um longo lance de escadas à esquerda da entrada principal, levando a uma ala diferente da mansão. Há um muro baixo, e ela imagina que seria mais fácil usá-lo para desmontar.

— Certo — fala Joseph, afundando um pouco os calcanhares na barriga do cavalo. — Lá vamos... *uuf.*

Siobhan caminha ao lado de Joseph e seu cavalo e se pergunta como exatamente foi parar ali. Sua pulsação assustada palpita na garganta; ela acalma a respiração, flexionando as mãos ao lado do corpo. Ao chegarem ao muro, Joseph desmonta de forma nada graciosa, então se encolhe, virando-se de costas brevemente para se ajeitar.

— Então — diz Siobhan quando ele se vira e se lança para segurar as rédeas do cavalo que tenta se afastar para comer uma grama de aparência mais gostosa. Ela está sorrindo apesar do nervosismo; Joseph é adoravelmente enrolado. — Será que eu vou receber uma explicação um pouco melhor sobre como você acabou com esse bicho de estimação novo?

— Antes de tudo, é claro... o que você está fazendo aqui? — pergunta ele, piscando para ela. — Eu não...

— Me convidou? — diz ela com animação, sentindo um hematoma surgir em seu ego.

Ele cora.

— Quero dizer...

— Tudo bem. Eu vim com umas amigas, vínhamos passar o Ano-Novo em Londres de qualquer maneira, e ainda havia ingressos à venda para hoje, então pensamos que seria só um pequeno desvio. — Ela comprime os lábios, resistindo ao impulso de parar por aí e se fazer de desinteressada. Respira fundo. — Mas eu vim mesmo para ver você.

Algo se acende no rosto dele; esperança, talvez? Ou Siobhan só está sendo otimista?

Preparando-se, engolindo em seco, ela atravessa o gramado até que os dois estejam próximos o bastante para se tocar. O cavalo relincha atrás de Joseph e ele se sobressalta.

— Eu não posso... Desculpe — diz ele enfim, ajeitando o cabelo. — Estou tentando não tirar conclusões precipitadas, mas está parecendo bom demais para ser verdade, então o que posso fazer é perguntar por que você veio me ver. Para o caso de ser porque você queria me devolver alguma coisa, ou precisava me dar uma má notícia pessoalmente, e não pelo que eu realmente espero que seja, que é... bem... o que me faria ir atrás de *você* em Dublin se eu fosse ousado o bastante para isso.

A vulnerabilidade em sua voz dá a coragem necessária a Siobhan, e antes que possa se questionar, antes que possa se sabotar, ela abre a boca e diz:

— Eu vim dizer que te amo.

Eles se encaram, totalmente imóveis.

Siobhan mal acredita que falou isso. Ela nunca disse essas palavras para nenhum homem além de Cillian, que acabou decepcionando-a tão profundamente que pelo visto ela precisou de meia década para se recuperar.

— Ai, meu Deus — diz ela enquanto Joseph permanece em silêncio. — Merda.

— Não! — exclama Joseph, segurando a mão dela. — Não, não, eu estou...

— Horrorizado? Estarrecido?

— Muito feliz — diz Joseph, e seu rosto se ilumina num de seus melhores sorrisos gigantes. Siobhan sorri de orelha a orelha para ele também, e nem sente o frio, não se importa que começou a chuviscar e o cabelo dela vai ser arruinado. — Meu Deus, é sério? Você realmente me ama?

— Por quê? — Siobhan continua sorrindo, se aproximando. — Você também me ama? — O tom dela é provocativo, implicante, mas ela quer tanto ouvir a resposta que sente dificuldade de respirar.

— Ah, sem dúvida nenhuma. Eu sei disso desde aquela manhã horrível em abril quando a deixei naquele banheiro de hotel. Passei o ano todo tentando superar você, tentei ficar com outras pessoas, mas assim que a vi em Winchester eu soube que ainda sentia alguma coisa por você. Mas nunca pensei que você também me amava. Nunca *pareceu* me amar.

Siobhan dá risada, apoiando a cabeça no ombro dele. A felicidade está crescendo sem parar, crepitando na ponta dos seus dedos, dançando até seus dedos dos pés meio congelados.

— Eu estudei teatro, lembra? — diz ela, erguendo o rosto para ele. Então fica um pouco mais séria ao ver a expressão dele: não está tão convicto quanto sua voz faz parecer. — E me desculpe, você tem razão, eu deveria ter me aberto com você sobre meus sentimentos. Eu estava com medo, eu te afastei, eu... — Ela passa uma das mãos no rubor que cobre a maçã do rosto dele, descendo até seu maxilar com barba por fazer, desfrutando, *exultando-se* na sensação da pele dela na dele. — Eu te amo de verdade. Eu te amo.

Joseph abre um sorriso radiante para ela, marcado pelos dentes brancos, bochechas vermelhas de frio e olhos cor de avelã perfeitos. Ficar tão perto sem beijá-lo está se tornando insuportável, então Siobhan se ergue na ponta dos pés e se aproxima do rosto dele. É tão maravilhoso apenas *beijá-lo*, sem precisar disfarçar nada. Ela deixa seu corpo se derreter no dele; é difícil acreditar que fez isso sem pensar tantas vezes. A pele dela vibra de desejo, como sempre acontece quando ela está a mais ou menos um metro de Joseph Carter.

— Ah, merda — diz ela de repente, se afastando. — E a outra mulher?

Joseph pisca para ela, atordoado.

— Como?

— Você disse que havia outra pessoa — fala Siobhan com impaciência. — Outra mulher com quem você está saindo?

— Ah, não, não — responde Joseph, se aproximando para beijá-la de novo.

Siobhan se afasta, insatisfeita com a explicação.

— Não, quer dizer, tinha, mas nós passamos aquele fim de semana em Londres antes do Natal e ficou óbvio que eu não havia superado você. Eu terminei com a Lola. Na verdade, cheguei a escrever um cartão de aniversário para você dizendo que achava que nós éramos muito mais do que amigos, basicamente, mas... — Ele parece tímido. — Eu o perdi. E achei que talvez fosse um sinal de que não deveria te falar.

Siobhan revira os olhos.

— Foi um sinal de que você precisa ser mais organizado — diz ela, e ele sorri enquanto ela pressiona os lábios nos dele de novo.

O beijo se intensifica e o calor se acumula na barriga dela. Siobhan se lembra de como o corpo de Joseph simplesmente entende o dela, de como ela enfim relaxa quando os braços dele sustentam seu peso.

— Meu Deus, estou tão feliz em ter vindo aqui — diz ela, com a boca ainda sobre a dele.

— Caso contrário, nunca teria conhecido o Nighthawk. — Joseph a puxa para mais perto. Ela sente o coração dele batendo forte através do paletó.

— Nighthawk? — repete Siobhan com o rosto no peito dele.

O cavalo relincha.

— Ah, ele se chama Nighthawk? — pergunta ela, rindo e erguendo o rosto de novo para Joseph.

— É claro. Minha revista em quadrinhos favorita quando eu era criança — diz Joseph, roubando outro beijo intenso, tocando a língua na dela.

— Joseph Carter — fala Siobhan quando eles se afastam, entrelaçando as mãos ao redor da cintura dele. — Por acaso você é um nerdão escondido no corpo de um atleta gostoso?

Ele sorri para ela.

— Sem a menor dúvida. E você disse que me ama. Não dá para voltar atrás.

— Você não disse, sabe — diz Siobhan, então se encolhe ao se ouvir.

— Desculpe. Na verdade, eu sou muito carente, você vai perceber. Só escondi bem até agora.

— Não é nada carente. — Joseph a beija na bochecha. — E não escondeu tão bem assim, Shiv.

— O quê?!

— Só quero dizer que alguém magoou você — diz ele, mais baixo agora. — Eu percebi isso logo que a gente se conheceu. Você protege seu coração.

Siobhan está inquieta; isso tudo é muito novo, e em meio à alegria também há medo. Joseph passa a mão fria na bochecha dela e sorri.

— Eu te amo. Eu te amo, Siobhan Kelly. Eu te amo há séculos. Não paro de pensar em você, na verdade. Pergunte só para o Scott. Ele está cansado de me ouvir falar de você sem parar.

— Ele deve estar trocando figurinha com a coitada da Fiona — diz Siobhan, pressionando a testa no peito de Joseph. — Ela está cansada de me ouvir tagarelar sobre você.

De repente, ela percebe que está congelando, e conclui com a mesma prontidão que não se importa. Não quer voltar para dentro. Quer ficar ali, nos braços de Joseph, com Nighthawk, o incongruente cavalo branco pastando atrás deles. Siobhan tem dificuldade de estar presente, mas nunca se sentiu tão *imersa* num momento quanto agora.

— Meu Deus, a gente pode simplesmente... ficar junto agora? — pergunta Joseph, um tanto maravilhado. — Você é minha namorada?

— Acho que sim — responde Siobhan, sorrindo para ele. — Parece meio direto demais para nós dois, não é?

— Não, não, não. Não comece a analisar demais — diz ele depressa, arregalando os olhos com pânico fingido.

— Então me beije. — Siobhan baixa o olhar para os lábios dele. — É uma cura infalível.

— Vou me lembrar disso — diz Joseph ao se inclinar para a frente e beijar sua namorada de forma intensa, deliciosa, arrepiante, o tipo de beijo que parece bom demais para ser verdade.

Jane

Basta uma olhada no rosto dele para ela sentir como se tivesse voltado no tempo. Ela é a Jane daquela época: intimidada, abalada, facilmente influenciável. Ele está um pouco mais grisalho do que da última vez em que ela o viu, e um pouco mais inchado, como se tivesse perdido peso e depois o recuperado. Mas os olhos dele ainda são daquele azul envolvente, cínico, faiscante, e estão fixos nela.

Richard Wilson é muito bom em contato visual. Quando Jane trabalhava na Bray & Kembrey, quando era secretária de Richard, foi aquele contato visual charmoso que a deixou completamente apaixonada por ele.

— Precisamos conversar — diz ele.

Suas mãos ainda prendem os braços dela, secos e quentes; ela tenta se soltar, mas ele está segurando com força. Os dois estão no meio da escada e, por um momento, Jane pensa em empurrá-lo. Deixá-lo rolar pelos degraus de pedra e tirá-lo de vez de sua vida.

— Richard, me solte — fala ela, tentando se desvencilhar.

— Dessa vez, não — responde ele com firmeza, mas passa a segurar apenas o braço direito dela e começa a levá-la escada abaixo como se ela fosse uma criminosa sendo escoltada para uma viatura policial. — Vamos lá. Você odeia esse tipo de festa. Posso levá-la para casa.

Ela não pode entrar no carro com ele. Está arrepiada. A mão dele no seu braço parece uma coisa errada. Indecente.

— Me solte, Richard, ou eu vou fazer um escândalo — diz ela com o máximo de calma que consegue.

Ele parece surpreso com a obstinação dela. Ali estão aqueles olhos cativantes; suas sobrancelhas e o maxilar contraído em destaque. Ela se lembra bem demais daquele olhar. Ele se recompõe com um esforço visível e tenta sorrir, parando ao lado dela. Jane olha de maneira incisiva para a mão no braço dela e, depois de certa relutância, ele afrouxa o aperto e enfia as mãos nos bolsos.

— Tudo bem — diz ele. — Desculpe. Acho que fui um pouco bruto demais. Mas estou procurando você há muito tempo, Jane.

— Jura? — pergunta ela. Também se recompôs; sua voz está mais controlada. — Eu não estava longe. Se você realmente quisesse me achar, poderia ter achado.

A princípio, ela ansiou por isso. Imaginou que ele viria e imploraria por perdão, a tomaria nos braços e a levaria de volta à vida onde ela pertencia a ele. Tinha sido muito apavorante sair de Londres para começar do zero; ela não se deu conta de como se acostumara a viver de acordo com os comandos de Richard até estar sozinha e só ter as próprias regras para seguir.

Richard estica os braços para os lados. Eles estão no gramado; um grupo de fumantes ali perto conversa em voz baixa, e um casal caminha de mãos dadas em direção ao rio, a luz da festa dançando em suas cabeças baixas.

— Ah, bem, você me pegou. A situação mudou um pouco, Jane. Achei que precisávamos de uma reunião. Já faz tempo demais.

Reunião. Como se fosse de trabalho. Aqueles limites sempre foram muito mal definidos entre eles. A insistência para que ela usasse terninhos de saia cinza todos os dias; seria um pedido do chefe dela ou de um namorado controlador? E o hábito de sempre escolher o que eles comiam em todas as refeições que ele a mandava pedir no escritório; não era razoável, já que ele era seu superior? Quando ele lhe disse que era melhor não ir ao happy hour depois do expediente com as outras secretárias porque ela era indiscreta demais, será que só estava cuidando da carreira dela?

Jane respira fundo. Esses pensamentos são antigos, ultrapassados. Ela já provou que ele estava errado; pode ter levado um tempo, mas ela *fez* amigos, e começou a descobrir a Jane que os amigos enxergam. E se ele estava errado quando lhe disse que ela "simplesmente não se dava bem com outras pessoas", que ela era "estranha, peculiar", que "as pessoas nunca a entenderiam como ele entendia"... então talvez ele também estivesse errado sobre todo o resto.

Jane não acredita mais que é uma mulher impossível de ser amada. Saber disso, mesmo depois de descobrir que Joseph Carter não a ama, é uma conquista maior ainda, percebe ela. Ela ergue ligeiramente o queixo e encara Richard.

— Sobre o que você quer conversar? — pergunta.

— Não quer ir para algum lugar mais quente? Toma. — Richard tira o paletó.

Jane recua um passo. Ela está tremendo, mas até o cheiro do paletó de Richard faz seu estômago revirar.

— Não, obrigada — responde ela. — Vamos andar logo com isso.

Ele ergue as sobrancelhas. A Jane que ele conhecia teria aceitado o paletó; teria feito qualquer coisa que ele pedisse.

— O que você esperava? — pergunta ela, baixinho. — Você achou que nada teria mudado?

— Não exatamente — diz Richard, mas ele achou, isso está claro. — Eu só quero repassar algumas coisas. Houve um mal-entendido no trabalho, e existe a chance de alguém querer entrar em contato com você para lhe perguntar sobre a nossa... relação profissional quando você trabalhava na Bray & Kembrey. Só quero me certificar de que ainda estamos na mesma página.

— Um mal-entendido? — repete Jane, a voz fraca. — Tipo o *mal-entendido* que aconteceu antes de você me demitir?

Os olhos dele se estreitam ligeiramente; ele não está entendendo muito bem.

— Eu não demiti você, Jane, não tive opção a não ser desligá-la. Você já tinha uma advertência no histórico e cometeu um erro que custou uma quantia enorme à empresa, se é que se lembra.

— Eu não esqueci — diz Jane com firmeza.

A advertência viera pouco antes de ele revelar o erro de Jane com o formulário de abertura de processo. Ela fizera uma confusão na agenda dele, pelo visto, e ele perdera uma reunião importante. Ela aceitara a reprimenda na época, apesar de ter ficado confusa — tinha *certeza* de que pusera a reunião no dia certo —, mas ultimamente Jane começou a se questionar. Richard talvez não fosse conseguir se livrar dela só com o erro da abertura de processo. Precisaria de algo mais.

E, àquela altura, já estava claro havia alguns meses que ele queria se livrar dela. Seu interesse sexual diminuíra; os boatos pela empresa sobre os dois já tinham começado; alguém os flagrara na sala de reunião depois do expediente.

— Surgiu outra denúncia de assédio contra você? — pergunta Jane. — É por isso que o RH está fazendo perguntas?

Richard ergue bruscamente a cabeça, olhos incisivos.

— Nunca houve uma denúncia.

— Ah — diz Jane com timidez. — Então você conseguiu dar um sumiço naquela, foi?

— Nunca houve uma denúncia — repete ele, se aproximando um passo.

Jane se encolhe sem querer, recuando, incapaz de se manter firme. Ela baixa os olhos para os sapatos, a confiança minando. Mas houve uma denúncia, *sim*. Ela viu a papelada quando esvaziara sua mesa, com lágrimas escorrendo pelas bochechas, a porta para o escritório de Richard firmemente fechada.

— Posso confiar em você para contar a verdade, Jane? — pergunta Richard.

— Que verdade seria essa? — É o tipo de resposta direta pela qual ele a teria repreendido se eles ainda estivessem juntos. Ele gostava de sua Jane meiga e dócil.

— Seria muito mais simples focar na nossa relação profissional. Não há necessidade de se prolongar na pessoal. Só vai complicar as coisas para mim.

Ela o encara, então.

— Você era meu namorado. Você... você era *tudo* para mim.

Ele suspira, erguendo os olhos por um momento.

— Não sejamos dramáticos.

Jane pensa em todas as vezes em que ele lhe disse que eles eram "feitos um para o outro". Em que ele a aninhou no colo, acariciando seu cabelo, tranquilizando-a quando ela dissera alguma bobagem numa reunião de equipe ou ficara em pânico durante um grande evento corporativo.

Richard suspira de novo quando Jane não responde.

— Olha, eu não queria ter que mencionar isso, Jane. Mas você me deve. Sabe disso.

Ah, caramba. O dinheiro. O dinheiro.

Será que ela já sabia mesmo naquela época que o dinheiro serviria para mantê-la calada? De que era mais uma forma de dominá-la? Ela gosta de pensar que não; quando Richard terminou com ela, Jane já estava muito acostumada a que ele pagasse pelas coisas. Começara com um pequeno empréstimo quando ela teve dificuldade de bancar o aluguel por alguns meses depois que chegou a Londres; então foram jantares e presentes, e depois uma mesada para que ela levasse o estilo de vida que ele queria. Roupas bonitas, um apartamento que ele preferia ao cubículo que ela alugara quando chegou na cidade.

Ele foi muito gentil quando disse que o relacionamento estava acabado, segurando sua mão enquanto ela chorava, lhe dizendo que ainda tomaria conta dela. Ele precisava desligá-la da Bray & Kembrey — o erro com o formulário simplesmente não podia ser ignorado —, mas ele sabia que seria difícil para ela se virar sozinha, por isso se certificaria de que ela ficaria bem.

Quando a quantia apareceu em sua conta bancária, ela sentiu um lampejo de esperança. Se ele estava lhe dando todo aquele dinheiro, ainda devia se importar. Ela poderia ter se perguntado por que ele sugerira que ela recusasse a entrevista de desligamento com o RH enquanto eles conversavam sobre o dinheiro, por que havia uma denúncia de assédio em cima da mesa e o que o RH pensaria se ela contasse que transava com Richard em segredo havia mais de um ano... Mas Jane estava fraca demais àquela altura. Foi silenciada por meses enquanto Richard dizia que ela sempre entendia essas coisas errado. Ela não deveria se envolver nos negócios dele. Não entenderia.

— Aquele dinheiro tem servido bem a você, ao que parece. — Richard baixa o olhar pelo corpo dela.

— Esse vestido é de um brechó beneficente — diz Jane, tensa, mas é uma desculpa esfarrapada e ela sabe disso.

Ele tem razão. Ela tem se sustentado com aquele dinheiro. Foi o que permitiu que ela trabalhasse no brechó de graça, que alugasse seu lindo e iluminado apartamento em Winchester e o chalé no País de Gales. Ela se sentia muito incapacitada para um trabalho de verdade quando chegou a Winchester. Como poderia trabalhar para uma empresa? Era péssima em politicagem corporativa, ninguém nunca gostava dela, só estragava tudo. *Não consigo me virar sozinha*, pensara ela, infinitas vezes, como um mantra.

— Se a fonte estiver secando, Jane, eu posso ajudar — diz Richard, sua voz subitamente mais suave. Ele inclina a cabeça. — Você está tendo dificuldades?

Algo se contrai dentro do peito de Jane. Um impulso antigo e dormente emerge por um momento. "Sim", ela quer dizer. "Tudo é mais difícil sem você."

Então ela pensa em Aggie, em seu cabelo esvoaçando ao vento enquanto lhe entrega outro balão de água. Ela pensa na expressão de Keira quando Jane a enfrentou no casamento de Constance. Ela pensa em Colin, bebendo seu chá gelado e dizendo "obrigado, Jane".

Ela está ficando sem dinheiro. Mas Aggie já disse que ela seria bem--vinda para ajudá-la como freelancer em alguns projetos maiores e, com sua experiência no brechó beneficente, ela deve conseguir uma vaga em vendas. É perfeitamente capaz. Vai se virar.

Então não. Ela nunca mais quer aceitar o dinheiro de Richard.

Mas ela *quer* saber o nível do desespero dele.

— Quanto? — diz ela, descruzando os braços e entrelaçando as mãos às costas. Não é exatamente uma pose de poder, mas é o melhor que ela consegue. — Quanto para me calar?

Ele a avalia e comenta:

— Eu praticamente nem te reconheço mais. Cadê minha pequena e meiga Jane?

— Já não existe há tempos — diz Jane com um sorrisinho. Imagina se Richard soubesse que agora Jane era uma mulher que usava vestidos vermelhos com fendas até a coxa; imagina se ele soubesse que ela era corajosa o bastante para beijar o homem que amava, mesmo que isso partisse o coração dela. — Diga o que quer dizer.

A festa continua apesar do silêncio entre eles, alta e ruidosa, cheia de pessoas esperando por um novo começo.

— Vinte mil — declara Richard por fim. — Precisaríamos tomar cuidado com os rastros, então talvez você não receba tudo de uma vez.

Jane assente, pensativa.

— Me dê seu cartão. — Ela sabe que ele tem um no bolso interno; ele nunca vai a lugar nenhum sem um cartão de visita. — E eu te ligo quando estiver pronta para falar.

Há um momento, quando ela vira as costas para Richard Wilson e volta para a casa, em que pensa em fugir. A última coisa que quer agora é uma multidão agitada, o barulho da música pop, o suor, as luzes. Mas ela deixou Aggie lá dentro sem nenhuma explicação, e Aggie não merece isso.

Jane está tremendo. Ver Richard de novo não foi nem um pouco como ela esperava. Foi quase... arrebatador. Ela nunca sentira a diferença entre presente e passado com tanta precisão: parada diante do homem que dominou sua vida em Londres, pareceu uma mulher completamente diferente.

Ao caminhar pelo gramado, para longe dele, ela avista alguém dolorosamente familiar apoiado num dos enormes pilares da The Grange, com as costas iluminadas por pisca-piscas, o cabelo um pouco bagunçado, os ombros largos. O estômago de Jane dá um nó e ela para de imediato.

Ele a está observando. Ela logo percebe que há algo errado. A postura dele não está normal. Ele não está relaxado e tranquilo, emanando charme. Está tenso, braços cruzados. Quando finalmente se move na direção dela, suas mãos estão cerradas em punhos.

— Joseph? — diz ela, a voz fraca. Faz tanto tempo que não o vê, e, apesar da ansiedade diante da tensão e da raiva dele, ela sente uma onda de alegria só por estar perto.

— Por que você estava falando com Richard Wilson? — pergunta Joseph, com a voz cortante. Então ele parece registrá-la, finalmente vê-la, e sua expressão se suaviza um pouco. — Você está bem?

O coração dela ressoa nos ouvidos.

— Estou bem. Não sabia que você... Por que está aqui?

— Venho a essa festa com Scott todo ano. De onde você conhece Richard?

Ele está longe demais dela, furioso, desconfiado; ela odeia isso. Mas sabia que aconteceria; por que mais esconderia que trabalhou na Bray & Kembrey na mesma época que ele? Jane só viu Joseph assim uma vez, há anos, no dia em que ele entrou bruscamente na sala de Richard, quando ela era só a secretária sentada atrás da tela do computador.

Poderia mentir para ele. Considera a possibilidade; é o que quer fazer, para ser sincera. Porém não tem mais nada a perder. Já perdeu Joseph. Ele tem namorada; não escolheu Jane. E agora mentir parece exaustivo demais. É um ano novo. Ela gostaria muito de começá-lo com a verdade, para variar.

— Eu era secretária de Richard. Trabalhei na Bray & Kembrey antes de vir para Winchester. Fui embora meio... humilhada, na verdade. Todo mundo sabia que eu estava sendo desligada porque ele me deu um pé na bunda. — A vergonha parece enorme demais; parece irradiar dela, quente e vermelha. — Eu não queria que você soubesse. Não queria que me visse como aquela mulher.

Os olhos de Joseph se arregalam. Ele parece genuinamente perplexo.

— Você era a...

Isso é tudo o que ele diz, mas já basta para destruí-la. Ela não sabe muito bem como ele vai concluir a frase, mas imagina. *Piranha, vadia, cadelinha.* Ela ouviu os boatos que correram na empresa antes de ir embora; as coisas que deixou Richard fazer com ela, os lugares onde as fizeram. Algumas completamente fantasiosas, outras dolorosamente verdadeiras.

Ela passa esbarrando em Joseph e corre para a festa, onde poderá passar despercebida, onde poderá encontrar Aggie.

— Jane, espere! — chama Joseph, mas ela já entrou, forçando passagem em meio ao barulho, aos corpos; de cabeça baixa, começando a chorar.

— Ei — diz alguém, segurando o braço dela.

Ela se encolhe com o contato e cambaleia para o lado, erguendo o olhar. É o amigo de Joseph, Scott.

— Jane, não é? — pergunta ele, passando por entre casais para se aproximar. — Oi!

Ela olha para trás. Está a uma boa distância da porta, uma multidão densa entre ela e Joseph.

— Você está bem? — pergunta Scott.

— Estou — diz Jane, olhando para a porta às suas costas.

Ela deveria ir embora. Encontrar Aggie. Mas Scott está bem ali, e há algo que ela quer muito saber.

— Scott. Joseph está aqui com a namorada? — pergunta ela depressa.

Scott se afasta, franzindo a testa.

— Humm... Ele não tem namorada. Na verdade, eu meio que achei que você fosse a namorada dele, para ser sincero.

Ela o encara. As luzes dançam no rosto dele. Ela ficou meio desconfiada de Scott logo que o conheceu, no começo do ano, mas agora o olhar dele é gentil, e ele se manteve afastado quando percebeu que ela se encolheu com o toque dele, apesar da dificuldade de se escutarem.

— Não estou entendendo — diz Jane, e ela está começando a se sentir zonza; o barulho da festa é terrivelmente alto, a música pulsando como uma dor de cabeça, as vozes e risadas estridentes se erguendo acima de tudo feito abutres. — Ele me disse... Ele falou...

— Jane?

É Aggie. Jane se vira cegamente para a voz da amiga. Aggie estende a mão para firmá-la. O cabelo dela está ainda mais bagunçado do que o normal; uma mecha ruiva aponta para cima, balançando com suavidade na brisa que entra pela porta.

— Vamos pegar um ar — diz ela.

— Não posso voltar lá para fora — fala Jane com esforço. — Podemos ir... a algum lugar...

— Vou levar você para a tenda do buffet, nos fundos. Não, não se preocupe, eu cuido dela — avisa ela para Scott ao guiar Jane pela multidão. — O que está havendo? Por que você saiu correndo?

Jane cambaleia atrás da amiga, então inspira profundamente o ar fresco de inverno quando elas saem para o terreno aos fundos da mansão, para o complexo de tendas e geradores que mantém a festa rolando. Ela fecha os olhos enquanto Aggie a leva para um cantinho aquecido entre duas tendas de lona, o barulho dos funcionários e da cozinha zunindo ao redor.

Aggie é bondosa. Ela já viu tanto de Jane, sua estranheza, sua fraqueza, e ainda assim parece amá-la. É o tipo de amiga que Richard fez de tudo para que Jane não tivesse em Londres. Com uma amiga como Aggie, Jane é mais forte, é mais *ela mesma*.

— Aggie — diz Jane, a voz trêmula. — Posso conversar com você sobre o que aconteceu em Londres?

Miranda

— Eu terminei com Carter — diz Miranda.

São sete da manhã do dia 1º de janeiro. Ela está sentada no chão da sala com Adele e Frannie; de alguma forma todas foram atraídas para lá, copos de café nas mãos, pernas esticadas à frente, pés se tocando. Um triângulo de irmãs Rosso. Em vez de passar a noite na casa da mãe de Carter, Miranda colocou as duas num táxi até a estação e pegou o trem de volta a Erstead a sabe-se-lá-Deus-que-horas, um daqueles trens paradores pós-meia-noite que passam por estações com nomes estranhíssimos. As gêmeas dormiram por todo o caminho, enquanto Miranda só encarava a escuridão, revivendo a festa sem parar.

— Você *o quê*? — grita Adele, derramando o café no braço com o choque. — Merda. — Ela se limpa com lambidas, feito um gato. — Mas, sério, você o quê?

Miranda apoia a cabeça na mão. Foi horrível. Um pesadelo. Depois que Carter disse que não estava mais saindo com Siobhan e não a via há anos, ele encerrou completamente o assunto e não quis mais falar *nada* sobre ela.

"E o Dia dos Namorados?", gritou ela. "E aquele café da manhã depois do aniversário do Scott? Por que você ainda escreve cartões de aniversário para essa mulher? Você literalmente acabou de me dizer que ainda gosta dela, pelo amor de Deus!"

"Eu não quero falar sobre Siobhan", era só o que Carter dizia, seu rosto duro como pedra. "Não quero falar sobre ela."

"Ou você fala sobre ela, ou eu vou embora agora mesmo", disse Miranda.

— Ah, não — diz Adele enquanto Miranda conta sobre a conversa. — Um ultimato.

— Isso sempre termina muito bem — comenta Frannie, fazendo uma careta.

— É, bom, vocês duas estavam lá dentro *enchendo a cara*, então não puderam me avisar que era uma péssima ideia dar um ultimato para Carter — diz Miranda.

As gêmeas estavam no meio de uma competição de dança extremamente arriscada quando Miranda as encontrou. Depois que Frannie rolou por cima de um monte de caco de vidro, Miranda chegou à conclusão de que já tinha passado da hora de intervir e levar suas irmãs mais novas para casa.

— E aí, o que ele disse? — pergunta Adele, reclinando a cabeça para trás sobre o sofá.

— Ele ficou muito quieto. Então disse: "Quer saber, não conseguir falar sobre isso com você... só me mostra que nós não somos feitos um para o outro. Isso não está certo. Você quer que eu seja um cara perfeito e eu simplesmente não sou." Ou alguma bosta desse tipo. Aí ele meio que recuou e saiu correndo.

— Correndo?

— Talvez ele tenha andado — admite Miranda. — Mas foi de um jeito bem apressado. Ele saiu correndo-caminhando.

— E agora? — pergunta Frannie.

Miranda resmunga e termina seu café.

— Agora eu vou trabalhar. E tentar não sentir muita pena de mim mesma.

— Como *você* se sente? — pergunta Adele depois de um momento, enquanto Miranda se levanta.

— Nem sei. De ressaca. Confusa. Um pouco irritada?

— Triste?

— Ah, sim, definitivamente triste — começa Miranda, então para. Será que é verdade? Ela se sente quase...

— Você está aliviada? — tenta Frannie.

Não é bem isso. Não exatamente. Mas ela está brava com Carter há muito tempo. Pelos motivos errados, ao que parece agora, mas... independentemente de ter havido traição ou não, ele está escondendo alguma coisa. Durante os últimos meses, ela vem sentindo um incômodo horrível, uma sensação de que Joseph Carter não é o homem que parece ser.

Agora que a tensão veio à tona, é como se um peso tivesse saído dos ombros dela. É bom ter tomado uma atitude em vez de só deixar tudo apodrecer, mesmo que as consequências tenham sido drásticas.

Miranda encara das irmãs. Pensa no que Trey falou, naquela noite na cesta aérea, sobre ela estar *esmagada*.

— Ah, caramba — diz ela. — O que eu estava *fazendo* nesses últimos meses?

É como se uma névoa densa se dissipasse. As noites insones, a obsessão. As noites maravilhosas com Carter, enroscados um no outro, rindo até doer, mas então ele saindo pela porta na manhã seguinte e a dúvida voltando a aparecer. Miranda poderia dizer que tudo tinha sido uma grande *merda* nesses últimos seis meses, mas ela não fala esse tipo de coisa.

— Tudo tem sido extremamente "não Miranda" — comenta Adele, os olhos castanhos subitamente bem sérios. — Tanto *drama*.

— Tanta angústia — adiciona Frannie.

— E poucos sorrisos — completa Adele.

— É — concorda Frannie. — A Miranda de 2018 foi muito emburrada.

— E ficar emburrada envelhece muito, Mir — diz Adele, ainda com o olhar seríssimo. — Você *sabe* que precisamos falar sobre sua rotina de skincare mesmo apesar disso.

Miranda pega uma almofada do sofá e joga em Adele, mais para quebrar a tensão do que qualquer coisa. Ela não consegue pensar nisso tudo agora; é sufocante. Por que tudo é tão complicado? Quando ficou desse jeito?

Graças a Deus ela vai trabalhar hoje. Miranda Rosso precisa subir numa árvore, e para já.

* * *

Jamie não cobra demais deles hoje; sabe que pedir que trabalhem no dia 1º de janeiro já é muito. Também está pagando em dobro, o que serve de consolo enquanto Miranda avança por um prado enlameado, arrastando uma bolsa cheia de gravetos e pequenos galhos às costas. Nada de escalar hoje; ela está trabalhando no chão.

Nunca encha demais a bolsa, essa é a regra. Aos poucos e com frequência. Ainda assim, *toda* vez, ela enche muito a bolsa, o que dificulta arrastá-la até o triturador, e...

— Aqui — diz AJ, segurando a alça. — Deixe comigo.

— Eu consigo — responde Miranda no automático, tentando pegá-la de volta.

Rip se balança entre os pés deles, mexendo o rabo. Ele já é um adulto, mas definitivamente ainda tem o coração de um filhotinho. E ainda é muito incontinente, o que não é uma surpresa, visto que AJ não fez esforço algum para treiná-lo.

— Você já fez oitenta por cento do trabalho; eu sei que consegue — fala AJ, apontando com a cabeça para a distância que ela já percorreu. — Mas sua ressaca parece pior que a minha, então estou fazendo uma boa ação. Tudo bem?

Ela sorri. Ele está com olheiras, mas parece feliz.

— Como foi seu Ano-Novo? — pergunta ela, andando ao lado dele enquanto se aproximam do triturador.

— Foi bom, na verdade.

Os músculos dele se contraem com o esforço de puxar a bolsa, e Miranda sente uma leve empolgação ao lembrar que, na verdade, ela pode olhar. Está solteira.

— AJ *conheceu alguém* — conta Spikes, se levantando de onde estava, curvado atrás do triturador, com um sorriso enorme.

O estômago de Miranda se revira.

— É mesmo? — fala ela, com o tom mais leve que consegue. Depois se abaixa para fazer carinho em Rip, que bate o rabo na grama.

AJ faz uma careta para Spikes.

— Uma *garota* — continua Spikes, recuando depressa quando AJ larga a bolsa de detritos muito perto dos dedos dos pés dele. — E sabe o que fizeram a noite toda?

Não quero saber, não quero saber, não quero sa...

— O que fizeram a noite toda? — Miranda se ouve dizendo, os olhos fixos no nariz molhado e determinado de Rip.

— Eles *conversaram* — responde Spikes.

AJ bate no braço do amigo, que se contorce com um *hunf*. O coração de Miranda está martelando. Ela olha para AJ, que tenta inutilmente reprimir um sorriso, e de repente se sente a maior tola do mundo.

É só orgulho ferido, diz ela para si mesma ao voltar pelo prado, AJ caminhando silenciosamente ao seu lado e Rip trotando entre eles. *É normal se decepcionar um pouco por ele ter superado você.*

— Então, essa garota — diz ela, olhando de soslaio para ele. — Você gosta mesmo dela?

— Acho que sim. — Ele esfrega a nuca. — Acho que talvez. Não sei. É só... bom estar aberto a isso de novo.

Ele olha para Miranda por um momento; ela não se permite fazer contato visual.

— Você mesmo disse — completa AJ. — Eu preciso seguir em frente.

Miranda está no chuveiro, a cabeça inclinada para trás, os olhos fechados, deixando que a água leve embora as camadas de areia e serragem. Que dia. Se ela se basear nas últimas vinte e quatro horas, 2019 vai ser monumentalmente péssimo.

— Já acabou aí? — grita Frannie.

— Não! É por isso que o chuveiro continua ligado e eu ainda estou embaixo dele! — grita Miranda.

Ela *ouve* os gestos impacientes pela porta. Revira os olhos e pega o sabonete líquido. Não deveria estar nem de longe tão péssima; não deveria dar a *mínima* para AJ, obviamente. Mas está triste e rabugenta. Fica repassando toda a cena, o momento em que Carter saiu andando, o sorriso brotando nos lábios de AJ quando Spikes falou sobre a mulher que ele conheceu ontem à noite.

Ela desliga o chuveiro e sai do boxe, se enrolando na toalha. Frannie está esperando na frente da porta do banheiro, e Miranda leva um susto quando abre.

Frannie parece prestes a começar um discurso sobre a duração do banho de Miranda, mas então percebe a expressão da irmã e muda de ideia.

— Quer que eu faça um chocolate quente para você?

— Quero — responde Miranda, os ombros murchando. — Urgentemente, por favor.

Siobhan

Em janeiro, no dia em que Joseph leva Siobhan para conhecer Mary Carter, ela conta a ele sobre o bebê que perdeu.

É um momento gigante, de uma importância monumental para ambos. Joseph nunca levou uma mulher para sua casa, por mais que a mãe ansiasse por isso desde que ele tinha levado Sharon para o baile de formatura aos dezesseis anos. (Siobhan ficou perplexa ao perceber que tinha sentido ciúmes de Sharon; a intensidade dos seus sentimentos por Joseph vive pegando-a de surpresa, mas invejar uma adolescente de dezesseis anos num vestido de babados cor de romã parece um novo recorde.)

Mary abraça Siobhan no hall de entrada de sua casinha gótica perto da estação Winchester. O lugar é escuro, e Mary tem um certo ar vago, um glamour cansado. Siobhan chega a ficar enjoada de tão nervosa; o estômago dela ficou se revirando durante toda a viagem de Dublin até aquele hall. Mary, no entanto, é uma anfitriã exemplar e facilita tudo. Ao ser guiada pela sala, Siobhan vislumbra um episódio de *Ambition* passando no mudo na televisão; é um programa da BBC Three filmado em Dublin, e a protagonista cursou teatro com ela. Em pouco tempo, Mary e Siobhan estão trocando figurinha sobre as várias reviravoltas da série até então, e Joseph abre um sorriso radiante para elas da porta ao voltar com xícaras de porcelana cheias de chá. Tem leite demais; ele sempre exagera muito no leite. Joseph será eternamente o homem que se voluntaria para fazer as bebidas, mas nunca foi muito preciso com a quantidade de cada coisa.

Depois do almoço, Mary faz a coisa mais típica que uma mãe é capaz de fazer e pega um álbum de fotos. Joseph é seu único filho e ela morre de orgulho dele. Siobhan passa pelas fotos de infância, aquele menino sorridente, descabelado, de bochechas vermelhas, e não consegue conter o sorriso, por mais que não seja o tipo de mulher que liga muito para fotos de infância. Ela *nunca* deixa ninguém ver nenhuma dela. Não era uma criança fofa. Estava sempre fazendo caretas e suada.

O pai de Joseph aparece nos primeiros poucos anos do álbum; cabeça loura inclinada para o bebê em seus braços, a mão grande segurando uma mãozinha. Ele some quando Joseph tem uns dois anos. Conheceu outra pessoa, contou Joseph a Siobhan numa de suas ligações noturnas, as ligações que se estendiam até as horas sonolentas, balbuciantes da madrugada.

Joseph continua mantendo contato com o pai, por mais que o homem seja um pouco distraído; esquece aniversários mais ou menos a cada três anos, nunca se lembra dos nomes das namoradas do filho. Joseph nunca falou sobre isso, mas Siobhan suspeita que a necessidade que ele tem de agradar os outros seja resultado da ausência do pai.

— Ah, olhe só para mim! — exclama Mary, se abaixando para pegar uma foto que escorregou da parte de trás do álbum. — Eu sentia tanto orgulho dessa barriguinha.

Siobhan pega a foto e sente um nó na garganta. Vê uma Mary jovem e muito bonita de lado. Suas mãos envolvem a barriga que acabara de ficar arredondada, olhos virados para baixo, sorriso no rosto. Ela usa um vestido amarelo-girassol e emana felicidade.

Siobhan nunca chegou ao ponto de ter barriguinha de grávida, só inchaço de primeiro trimestre, mas, durante as duas semanas antes do aborto espontâneo, ela precisou deixar os botões de cima da calça jeans abertos, e toda vez que subia o zíper, sentia uma pontada de felicidade.

— Com licença. — Ela se levanta e começa a seguir para o corredor. — Onde fica o banheiro, por favor? — pergunta com esforço.

— Eu mostro — diz Joseph, levantando-se num pulo e a seguindo. — Aqui, no andar de cima.

Ela sobe silenciosamente a escada, o corpo pulsando com a lembrança da dor.

— Está tudo bem? — sussurra Joseph.

— Aham. — É tudo o que ela consegue responder.

Suas mãos estão cerradas em punho, e Joseph abre uma delas e a segura firme.

Quando eles chegam ao andar de cima, nenhum dos dois segue em direção ao banheiro, visível pela porta aberta. Siobhan abaixa o olhar para a mão entrelaçada à dele e se concentra em não chorar.

— Eu já estive grávida — sussurra ela. — Quando o Cillian me deixou, na verdade. Mas perdi meu bebê uma semana depois que ele foi embora.

— Ah, Siobhan. — Joseph a puxa para um abraço esmagador e ela se afunda no calor do suéter dele, pressionando o rosto no seu peito com tanta força que quase dói. — Ai, meu Deus.

Siobhan desiste de não chorar. Os ombros dela balançam, os soluços abafados pelo peito de Joseph.

— Eu sinto muito mesmo — sussurra Joseph, beijando a cabeça dela. — Nem consigo imaginar como deve ser perder tanto de uma vez só.

— O Cillian disse que queria o bebê — conta Siobhan, se afastando ligeiramente para limpar a maquiagem borrada e verificar se sujou o suéter de Joseph. — Mas acho que ele não queria. Então o bebê também se foi. — Ela dá de ombros, tentando recuperar alguma compostura. — Ficou difícil confiar nas pessoas depois disso.

— Shiv, não tenho como fingir que entendo tudo pelo que você passou, eu só... fico muito triste que isso tenha acontecido.

Joseph se afasta, e ela vê o rosto dele: é como se estivesse sentindo o mesmo que ela. Siobhan se agarra ao namorado e vira o rosto; não aguenta ver seu sofrimento refletido nele desse jeito.

— Está tudo bem. Eu estou bem — diz, fungando. — É só que aquela foto mexeu muito comigo.

— É claro. — Ele se encolhe, comprimindo os lábios. — Sinto muito. E estou bastante... Estou honrado por você ter confiado em mim para me contar.

Ela não pensou muito nisso, na verdade. Pareceu tão natural... Só agora percebe que foi impressionante; ela nunca deixava nem Fiona tocar no assunto, e aqui está, nos braços de Joseph, contando tudo a ele.

E é uma sensação boa. Botar para fora a verdade que ela sempre carrega no peito. Ao erguer o olhar de volta para o de Joseph, se pergunta quão corajosa é capaz de ser.

— Posso te fazer uma pergunta? — diz ela, apertando a própria mão.

— É claro. Qualquer coisa.

Ela respira fundo.

— Você quer ter filhos? — A voz dela está levemente trêmula. — Eu quero. Muito. É meio que bem importante para mim.

Joseph sorri com tranquilidade.

— Com certeza — diz ele, levando a mão à bochecha dela. — Eu quero com certeza.

Siobhan relaxa o corpo no dele. Não percebeu o quanto estava reprimindo aquela pergunta, mas a tranquilidade com que ele responde a inunda de uma alegria vibrante, tão deliciosa que quase a sufoca. Ela está uma bagunça de lágrimas e sorrisos, chorando de novo, rindo também. Ele a abraça com força.

— Certo. Que bom — diz ela com o rosto no suéter dele, se recompondo. — Está bom. Beleza. — Ela funga, passando os dedos sob os olhos para limpar os rastros de rímel. — Vamos voltar lá para baixo antes que o chá esfrie?

— Tire um minuto para você. — Joseph beija a testa dela. — Não precisa ter pressa. — Ele pausa, com uma expressão um pouco preocupada, observando-a limpar o rosto. — Sabe, você realmente não precisa estar sempre impecável. Eu diria que agora é um momento perfeito para só... — ele balança a mão na frente do rosto dela — ter um pouco de rímel no nariz e tudo bem?

— Ai, meu Deus, no nariz? — pergunta Siobhan, já se limpando.

Joseph ri e se abaixa para beijá-la, e ela nem o impede, por mais que seu rosto esteja uma bagunça e ainda molhado de lágrimas. Siobhan permite que ele a puxe para si e a abrace, e deixa as emoções borbulharem, a alegria e a tristeza. Quando tudo começa a se acalmar em um zumbido baixo, ela pressiona a bochecha no peito dele e sente outra coisa florescendo: a paz que surge quando deixamos que outra pessoa assuma um pouco do fardo.

Contar a Joseph sobre o aborto muda tudo. Algo se liberta dentro de Siobhan; durante as semanas seguintes, ela desabrocha, compartilhando mais e mais, ainda mais rápido, como se tivesse entreaberto uma porta que agora está escancarada.

Ela nem sempre se sente segura. Com frequência fica convencida de que Joseph vai largá-la. De vez em quando dá foras nele, se preparando para afastá-lo, mas ele vai até lá e a abraça, e o medo simplesmente se dissipa.

Certo dia, em janeiro, Siobhan conta a Joseph como abril de 2015 foi difícil para ela. Ele segura a mão dela, de palma para cima, e beija o ponto onde as unhas se cravariam. Ela mal suporta a sensação, a ternura do gesto.

— Eu fico com medo — sussurra ela — de que aqueles sentimentos horríveis voltem a me dominar e me levem para aquele lugar.

— Isso não vai acontecer. Você já avançou muito desde então. E, se acontecer — diz ele, tocando a mão dela com os lábios —, eu vou estar aqui.

É a melhor coisa que ele pode dizer, e sabe disso. *Vou estar aqui.* Ele repete isso o tempo todo; parece ter um estoque interminável de frases tranquilizadoras agora que sabe que é disso que ela precisa. A princípio, Siobhan implica, não gosta que ele as use assim só porque sabe que ela quer ouvi-las, mas, depois de um tempo, lentamente vai começando a se permitir aproveitar Joseph lhe dizendo que não vai a lugar algum.

Tecnicamente eles só deveriam se ver na primeira sexta do mês — ainda é dela, marcada no calendário —, mas ela vai a Londres em todas as semanas de janeiro, com uma desculpa ou outra, ou apenas porque ele pediu. Os voos são baratos mesmo, por que ela não iria?

No final do mês, ao terminar um dia de sessões individuais no escritório de casa, encontra Fiona a esperando na sala com expectativa, chaves em mãos, sapatos nos pés.

— Humm, oi? — diz Siobhan.

— Finalmente! — exclama Fiona, já guiando-a para a porta. — Sapatos! Sapatos!

— Como assim?

— Calce os sapatos!

— Por quê?

— Nós vamos sair, é óbvio.

— Para onde?

— Sapatos! — insiste Fiona, entregando o par de botas mais próximo.

Siobhan faz uma cara de desaprovação e imediatamente os troca por um par que combina com a roupa dela. Pode não saber aonde vai, mas sabe escolher o melhor par de botas para usar com um vestido azul.

Fiona enfia os braços de Siobhan num casaco assim que ela se calça.

— Aonde você está me levando, mulher?! — reclama Siobhan quando a porta do apartamento se fecha às suas costas.

Fiona está com uma mala pequena pendurada no ombro; tem um táxi esperando na frente do prédio, e ela enfia a mala no bagageiro antes de elas entrarem no banco de trás. O motorista aparentemente já conhece o plano, porque começa a dirigir de imediato, sem qualquer pergunta.

— Isso é um sequestro? — pergunta Siobhan.

Fiona ri.

— Sim — diz ela carinhosamente, buscando a mão de Siobhan. — Eu, sua colega de apartamento, estou te sequestrando para... ter você toda para mim? Mas em outro lugar?

— Você não vai me dizer aonde estamos indo, vai? — insiste Siobhan, cruzando as pernas e segurando a mão de Fiona.

Há pouco tempo, ela teria evitado o gesto tranquilizador, mas está melhorando nesse tipo de coisa.

— Não — responde Fiona com um sorriso animado. — E será uma viagem longa, então é melhor encontrarmos outro assunto.

Ela tem razão: a viagem é longa, quase uma hora e meia, e quando o táxi enfim para, está tão escuro lá fora que Siobhan continua sem ter ideia de onde elas estão. Sabe que foram para o sul de Dublin, mas só. Quando ela sai do táxi, a primeira coisa que a atinge é o cheiro: o ar está fresco, o tipo de frescor que só se encontra no interior. Os saltos das botas dela afundam de leve na lama; elas estão numa rua ladeada de árvores escuras.

— Ok, isso ainda está bem parecido com um sequestro — comenta Siobhan, olhando ao redor em busca de Fiona, que está tirando a mala do carro. — Ei, o que você está fazendo?

Fiona está voltando para dentro do táxi.

— A gente ainda não chegou?

— Você chegou — responde Fiona, soprando um beijo para Siobhan. — Tenha uma noite fantástica.

E com isso ela fecha a porta do táxi. Siobhan fica sem reação, se virando, procurando alguma pista do que está acontecendo, e então nota o brilho de luzes em meio às árvores do outro lado da rua. Ela franze a testa, se aproximando, então solta um gritinho quando um homem grande sai do meio do mato.

— Surpresa! — exclama o sujeito.

Siobhan leva a mão ao peito. É Joseph; ele vem na direção dela com uma expressão bem preocupada.

— Ah, você está bem?

— O que você está fazendo aqui? O que eu estou fazendo aqui? Onde é aqui? — pergunta Siobhan, mas já está nos braços dele, erguendo o queixo para beijá-lo.

— Eu queria fazer algo romântico para você, porque estamos sempre correndo e com o tempo apertado — responde Joseph, dando um beijo leve e provocante nos lábios dela. — Então nós vamos acampar.

Siobhan fica imóvel.

— Oi? — diz ela. — Você me conhece, por acaso?

Joseph cai na gargalhada, abraçando-a.

— Não se preocupe. Venha comigo.

Ele a guia pelo meio das árvores; há uma trilha estreita ali, de cascalho e bem demarcada. Quando ela se abre, Siobhan arqueja profundamente, olhos arregalados.

Há uma grande tenda na clareira, a abertura revelando um interior
maravilhoso e aconchegante, completo com uma cama gigante coberta
de mantas e almofadas. Tem um grande deque lá fora, com lareira e assentos baixos. Siobhan solta um gritinho esganiçado involuntário quando vê um ofurô a lenha do outro lado da tenda.

— *Glamping* — anuncia Joseph, com a voz risonha. — Acampamento
à la Siobhan.

— Eu te amo — diz Siobhan, se jogando nele. E se sente entorpecida,
repleta de uma alegria desenfreada e desconhecida.

— E aí, o que você quer fazer primeiro? — pergunta ele, sorrindo
para ela. — Tem um forno de pizza, e eles deixaram os ingredientes à
disposição, se você estiver pronta para o jantar... ou podemos pular no
ofurô?

— Cama — responde Siobhan, já puxando as mãos dele. — Vamos
começar pela cama.

O celular de Siobhan a acorda cedo na manhã seguinte; está no silencio-
so, mas o brilho de uma nova ligação na tela interrompe a escuridão da
tenda e chega a seu rosto. Ela semicerra os olhos. É Richard. De novo.
Siobhan franze o rosto para o celular, inquieta. É a quinta vez que ele
liga desde dezembro, e já mandou algumas mensagens, tentando cair
nas graças dela de novo. *Siobhan, me desculpe, você estava certíssima em me
repreender.* Esse tipo de coisa.

Ela tem uma sessão agendada com ele em meados de fevereiro, mas
já conversou com a equipe de RH da Bray & Kembrey sobre não se sentir a *coach* certa para ele; graças a Deus, trataram o assunto com muita
delicadeza e logo informarão Richard de que outra pessoa será indicada
para ele.

— Tudo bem? — sussurra Joseph, se aconchegando às costas dela.

— Uhum — responde Siobhan, rejeitando a ligação.

Ele vai entender o recado em breve; Siobhan tem muita experiência em ignorar homens, e sempre funciona em algum momento. A última coisa que ela quer pensar nessa manhã é em Richard. Siobhan é realista demais para descrever algo como *perfeito*, mas a noite passada com Joseph chegou bem perto disso. Eles tomaram champanhe no ofurô, comeram queijo vegano derretido com as mãos após as pizzas caseiras terem desmoronado no forno, e tudo isso *depois* de um sexo que Siobhan não sabia ser realmente possível até conhecer Joseph. Ele a deixa genuinamente fraca de desejo, com as pernas bambas, como se tivesse passado o dia anterior correndo e em seguida tivesse ido direto para um spa. Está entre a exaustão e o relaxamento.

— É Richard de novo? — pergunta Joseph.

Siobhan não tinha se dado conta de que ele conseguia ver a tela por cima do ombro dela. Ele nem deveria saber que Richard é um dos seus clientes, mas juntou as peças rapidinho quando viu *Richard (B&K)* aparecendo na tela do celular dela há algumas semanas.

— Não se preocupe — diz ela. — Eu não vou responder. Nunca respondo... prometo.

Ela se aconchega de volta nele, se encaixando na conchinha quente do seu corpo. A tenda está aquecida, apesar do frio de janeiro. Joseph beija a orelha dela.

— Eu sei. Mas ele não deveria estar ligando.

Siobhan está acordada agora, acordada demais para voltar a dormir. Ela confere a hora — seis e meia —, então se vira para Joseph, que está sonolento e descabelado. Ela se pergunta se algum dia vai se acostumar ao luxo de acordar ao lado dele assim, sabendo que é todo dela; parece bom demais para ser verdade. Ela sente aquele impulso de novo, incomodando-a, dizendo que, assim que ela baixar a guarda, ele vai desaparecer.

— Você está pensando que eu posso fugir, não é? — pergunta Joseph, sem abrir os olhos, beijando os dedos de Siobhan e entrelaçando-os aos dele.

— Estou. — É emocionante ser tão honesta com ele.

Toda vez que ela faz isso e ele fica, toda vez que ela mostra um pouco mais de si e ele não foge... é como se aquela cicatriz em seu coração ficasse mais fraca.

— Ajuda dizer que não vou?

— Fugir?

— Uhum.

Ele chega mais perto, baixando os lábios para as mãos dela de novo, beijando os dedos dela, um por vez. Os dois estão deitados sob o peso de um monte de cobertas, deliciosamente aconchegantes.

— Você teria que dizer tantas vezes que ficaria de saco cheio, para ser sincera. É como chover no molhado. — Ela tenta abrir um sorriso pesaroso, mas Joseph a beija antes que ela consiga fazer isso.

— Eu não me importo — responde ele, ainda com os lábios nos dela. — Quero continuar dizendo. Quero repetir sem parar até você saber que é verdade.

Ela sorri e o beija com mais intensidade.

— E você? — pergunta ela em dado momento, voltando a se recostar no travesseiro. — Quer dizer... eu *cheguei* a fugir, não foi? Quando parei de falar com você no ano passado. Tem receio de que isso aconteça de novo?

— Ah, o tempo todo — diz Joseph, abraçando Siobhan com força.

O estômago dela se contrai com o contato, mas também com culpa.

— Eu não sou tão boa com palavras tranquilizadoras quanto você, não é? — fala ela com remorso, beijando o peito dele.

— Bem, que tal... — Joseph para no meio da frase.

Siobhan se afasta ligeiramente. Tem algo novo na voz dele. Ele abaixa a cabeça e percorre uma trilha de beijos por seu ombro; ela tem a sensação de que ele está evitando contato visual.

— Que tal você me dizer só uma vez, sendo bem sincera, e eu vou acreditar — diz ele.

Siobhan espera o pânico chegar — ele quer mais dela, ela não pode dar, não pode baixar a guarda para ele desse jeito —, mas então passa. Ela já evoluiu muito esse ano. É quase um milagre saber que o medo pode chegar, mas que vai embora.

Ela leva a mão à bochecha de Joseph e se ajeita para ficar cara a cara com ele. Há certa tensão ao redor dos olhos dele, um pouco de nervosismo até.

— Eu sou sua — diz Siobhan. — Eu te amo. Não vou mais fugir, estou aqui para ficar.

Jane

Jane? Por favor, me ligue quando puder. Eu sinto muito por ter sido tão babaca no Ano-Novo. Se você me deixar explicar... Eu não quero inventar desculpas, mas realmente adoraria ter uma chance de conversar com você. Bjs.

Jane engole em seco, virando a tela do celular para baixo sobre a mesa de centro.

— Joseph? — pergunta Aggie da cozinha, onde está fazendo um risoto para o jantar.

Depois do Ano-Novo, Jane retornou para seu lindo apartamento de paredes brancas. Ela não tinha como continuar pagando o aluguel do chalé no País de Gales, e sentia mais saudade de Winchester do que imaginava que uma pessoa poderia sentir de um lugar. Desde que voltou, criou o hábito de jantar na casa de Aggie.

— Como você sabia? — pergunta Jane, esticando as pernas sobre o sofá, se sentindo em casa.

Seus sapatos estão numa sapateira perto da porta, seu cardigã, pendurado nas costas de uma cadeira.

— Você faz uma cara diferente quando recebe mensagens de Joseph, uma coisa tipo... — Aggie se inclina para trás para que Jane possa vê-la da porta da cozinha e faz uma careta franzida, com o lábio inferior tremendo.

Jane ri.

— Nossa, obrigada, estou lisonjeada. — Ela fica séria. — É só que... está ficando muito difícil ignorar as mensagens dele.

Na verdade, é quase impossível. Elas a mordiscam, a cutucam, devoram todos os momentos em que seu cérebro não tem mais nada com que se ocupar.

— Mas ainda não está pronta para falar com ele? — pergunta Aggie, de costas para o fogão.

— Ainda não estou pronta — responde Jane com um suspiro.

O celular dela vibra na mesa; Jane o vira e franze o rosto. É Colin. Ele nunca ligou para ela. Eles têm o número um do outro caso surja alguma emergência no brechó beneficente. Ela hesita antes de atender, mas então é tomada por uma sensação arrepiante de que alguma coisa pode ter acontecido com Mortimer.

— Alô?

— Jane?

— Sim, oi? Está tudo bem, Colin?

— Eu matei a Bluebell! — urra Colin no celular.

Jane afasta ligeiramente o aparelho do ouvido.

— Você... matou... a Bluebell?

— Eu acabei com ela! — grita Colin com alegria. — Acabei de falar para minha mãe que, na verdade, ela é um homem de setenta e um anos chamado Mortimer, e sabe o que ela disse?

Jane sente o sorriso crescendo. Aggie está inclinada para trás para vê-la pela porta da cozinha de novo, curiosa.

— O que ela disse? — pergunta Jane.

— Ela respondeu: "Estou com noventa e seis anos, meu filho. Quando se tem a minha idade, você está cagando demais para tudo para ficar tendo 'objeções'."

Jane ri.

— E isso é... bom?

— É a cara da minha mãe — responde Colin, também rindo. — Mas eu só queria te contar. Não teria conseguido se não fosse por aquela nossa conversa. Acho que tinha parado de notar o quanto isso incomodava Mortimer. Às vezes paramos de enxergar uma pessoa quando já a amamos por tempo demais e sabemos que ela não vai embora. Mas

Mortimer merece que eu mova montanhas por ele, e merece o casamento que quer.

— Então você vai pedir a mão dele em casamento?

— Nossa, não! — grita Colin. — Isso é com ele! Já fiz a minha parte! Já matei a Bluebell!

Jane ri.

— E contou para ele?

A voz de Colin suaviza.

— Ele chorou um pouquinho — confessa ele. — Foi bem fofo.

— Então agora você só precisa esperar até ele decidir que está na hora certa de fazer o pedido?

— Isso. De volta ao jogo da espera. Mas eu já disse antes e vou repetir, Jane Miller. Algumas coisas valem a espera.

Uma semana depois, Jane vai para o estúdio de Aggie após uma visita à agência de empregos, onde uma jovem entusiasmada de cabelo rosa disse muitas palavras de incentivo sobre o breve currículo dela. Agora Jane está agarrada a vários anúncios de vaga e se sentindo viva diante das possibilidades. "Tantas opções, né?", disse a mulher de cabelo colorido ao imprimir os anúncios, e Jane ficou surpresa em notar que fazer escolhas não a assustava mais. Era empolgante.

O estúdio de Aggie fica num moinho antigo repleto de todo tipo de negócios, desde terapeutas a startups de marketing. O prédio é decrépito e confuso; Jane nunca consegue se lembrar direito do caminho da porta principal até o estúdio da amiga, e geralmente acaba fazendo uma curva errada e indo parar numa área de reuniões aberta cheia de jovens estilosos bebendo café em copos de bambu.

Aggie ergue o olhar e abre um sorriso radiante quando Jane enfim entra na sala certa.

— Ah, aí está a mulher de que preciso! — diz ela. — Segure isso, pode ser?

Jane obedientemente segura a outra extremidade de um rolo de papel de parede. Aggie inclina a cabeça para um lado, depois para outro.

— Vermelho demais? — pergunta ela. — Vermelho sai tão ruim nas fotos...

— Um pouco vermelho, só que mais para rosa — diz Jane, e Aggie estala a língua, enrolando o papel de volta.

— Como está se sentindo em relação ao almoço, está pronta? — pergunta Aggie, enfiando o lápis no coque enquanto se vira para a outra amostra de papel de parede.

O estômago de Jane se revira.

— Eu não estou... animada. Mas acho que estou pronta. E você? Como está se sentindo em relação à viagem secreta do fim de semana?

— Não é bem secreta — responde Aggie, se ocupando com o papel de parede. — Eu vou visitar uma velha amiga que deveria ver mais. Kasima. Você me lembrou que... não sei. Me deu vontade de vê-la, só isso. — Aggie abre um sorriso breve. — Era minha vizinha logo que eu me mudei para Winchester. Ela me ajudou.

Depois que Jane lhe contou o que acontecera em Londres, Aggie lhe deu um gostinho do seu passado. Ela contou a Jane sobre a vida que deixara para trás na Cornualha quando fugiu para Winchester, cinco anos atrás. Tinha um estúdio de design lá, muito maior e mais respeitado do que o atual. Quando ela começara a ter problemas de saúde mental, disfarçou tão bem que ninguém notou, e foi só no dia em que Aggie botou fogo no próprio estúdio que seus amigos e colegas se deram conta de que havia algo errado com ela.

— Kasima ajudou você, tipo, com a mudança? — pergunta Jane, se mexendo para prender as pontas de outra folha de papel de parede.

Aggie solta uma risada.

— Podemos dizer que sim. Ela me arrumou um emprego como faxineira no escritório onde trabalhava. Me incentivou a tentar fazer terapia e, como a lista de espera do governo estava longa demais, me emprestou dinheiro para as consultas particulares. — Aggie evita os olhos de Jane; ela em geral parece muito tranquila, mas agora está visivelmente tentando esconder alguma coisa. — Ela não tinha nenhuma obrigação de me ajudar, ninguém lhe disse para fazer isso. Ela fez porque viu que eu precisava.

— Parece alguém que eu conheço — diz Jane, olhando para Aggie com timidez.

Aggie sorri.

— É, bem. Esse tipo de gentileza entra no nosso sangue. Depois que você a experimenta, sente vontade de fazer o mesmo pelo próximo. — Ela funga, se recompondo. — Enfim, eu vou vê-la amanhã, depois vou a Falmouth para visitar um antigo colega. Deixei muita gente na mão quando vim para cá. Ver você sendo tão corajosa me lembrou de que eu também não terminei de enfrentar meu passado.

— Ah.

Jane leva a mão ao peito. A ideia de que ela é capaz de ser corajosa o suficiente para inspirar qualquer um é nova e estranha, e um tanto incrível.

— Mas... você primeiro — diz Aggie, apontando para ela com mais um lápis antes de enfiá-lo no coque junto dos outros. — Está pronta?

Jane engole em seco e faz que sim.

— Estou.

O estômago de Jane se revira quando elas se aproximam do café. Lou já está lá; Jane ligou para ela há alguns dias. Desde o Ano-Novo, o dia em que viu Richard, ela vem pensando muito no que Lou disse quando visitou Jane no brechó beneficente. "Você poderia vir para Londres, talvez? Enfrentá-lo nos seus próprios termos? Eu ficaria do seu lado, sabe, se isso ajudar."

Aquela frase. "Eu ficaria do seu lado." Era pequena, mas tão importante, e lhe deu muita coragem.

— Oi — diz Lou timidamente quando Jane a apresenta para Aggie.

Elas entram juntas, um trio estranho: Lou em suas roupas elegantes de executiva, Aggie com quatro lápis no coque e botas de caminhada sob a calça de veludo cotelê, Jane em seu suéter rosa-claro de sexta-feira e calça jeans.

Tudo no Cafemonde parece um pouco inclinado; visto de fora, a construção está suave e encantadoramente cedendo em direção às ruas de paralelepípedos de Winchester, e independentemente de o chão no interior ser realmente nivelado ou não, depois que você entra não consegue se livrar da sensação peculiar de estar tombando para o lado. A comida delas chega rápido, grandes pratos fumegantes de café da manhã completo para Jane e Aggie, uma salada de abacate para Lou.

— Uau, nossa, isso tem uma cara ótima — diz ela, espiando a comida de Jane com inveja. — Nem me lembro da última vez que comi qualquer coisa que parecesse tão deliciosa.

Jane empurra o prato na direção dela.

— Vamos dividir.

Lou hesita, então faz uma careta.

— Ah, está bom, então — diz com um sorriso. — Valeu.

Elas comem em silêncio por um tempo. Em certo momento, Lou olha de soslaio para Jane, curiosa.

— Você disse no telefone que Richard te encontrou? — pergunta ela.

A pulsação de Jane começa a acelerar, latejando insistentemente na base da garganta, mas ela tenta manter a respiração estável. É só hábito, essa sensação de medo. Ela já fez a parte assustadora: enfrentou Richard. Não deveria mais sentir medo.

— Sim, ele me encontrou. Disse que alguém da Bray poderia me abordar com algumas perguntas sobre nossa relação. Ele me ofereceu dinheiro para que eu ficasse quieta.

Os olhos de Lou se arregalam.

— Nossa — diz ela.

— A gente ficou se perguntando se você saberia exatamente pelo que ele está sendo investigado — fala Aggie com a boca cheia de feijão.

Lou assente.

— O boato é que uma funcionária o acusou de enviar mensagens inapropriadas para ela — conta. — E ouvi dizer que outra pessoa se pronunciou porque foi intimidada por ele para que não mencionasse algo que aconteceu lá em 2016; você se lembra da Effie, que trabalha na sala ao lado da de Richard? — pergunta Lou, e Jane confirma. — Ela disse que ouviu um bate-boca, mas quando questionou Richard, ele forçou a barra para que ela nunca mencionasse o que ouviu para ninguém, e ela precisava do apoio dele para se tornar sócia, então aceitou. Tem uma nova chefe de RH na Bray hoje em dia, e ela leva coisas assim muito a sério. Anda investigando bastante sobre Richard.

— Você lembra quando foi exatamente que Effie escutou esse bate-boca? — pergunta Jane, com o garfo a meio caminho da boca. — Eu saí em meados de 2016, talvez ainda estivesse lá.

— Na verdade, sim... dia 14 de fevereiro. Lembro porque era Dia dos Namorados. E se ele estava brigando com alguém naquele dia, pensei que poderia ser algum *affair*, e... desculpe, Jane, mas eu me perguntei se era você.

Jane balança lentamente a cabeça, baixando o garfo para o prato. O coração dela não está só palpitando agora, e sim martelando, marretando em seu peito como um alerta. Ela olha para Aggie.

— Foi só uns meses antes de eu sair da empresa. E... foi quando eu vi Joseph pela primeira vez — sussurra ela.

Aggie arqueja.

— Joseph Carter?

— Desculpe, quem? — pergunta Lou.

— Um amigo — responde Jane depois de um momento. — Ele trabalhava no setor de TI da Bray & Kembrey na época.

Lou semicerra os olhos, pensativa.

— Alto, bonito, oclinhos meio de professor? — pergunta ela.

Jane sorri de leve.

— Ele mesmo. Brigou com Richard em 2016, no Dia dos Namorados. Eu lembro que Richard me fez remover algo da agenda dele naquela manhã e disse que eu não deveria contar a ninguém sobre o que tinha acontecido. Na época não pareceu tão estranho assim; ele sempre me pedia para tirar compromissos que não tinha conseguido cumprir da agenda, porque ele gostava de manter apenas o que tinha feito e quando, para o caso de precisar consultá-la. E eu imaginei que ele só não quisesse que ninguém soubesse sobre a discussão porque estava constrangido, ou talvez poupando Joseph, que estava obviamente aborrecido com alguma coisa. — Jane fecha os olhos por um instante. — "Só um velho amigo guardando rancor", disse Richard.

— Ah, nossa. — Lou arregala ainda mais os olhos. — O que foi que você apagou da agenda dele?

Jane morde o lábio e fecha os olhos de novo. Ela tenta lembrar. Joseph tinha passado direto por ela em direção à sala de Richard, batendo a porta ao entrar. Ela não escutou nada do que aconteceu na sala, só vozes altas e abafadas e uma ou outra frase; "sua culpa, nada a ver comigo". Então Joseph saiu em disparada da sala, o rosto manchado de lágrimas e contorcido, e cambaleou para o corredor. Ela se lembra da mão dele segurando o batente da porta por um momento, os nós dos dedos vermelhos, brancos e machucados.

Então Richard apareceu. Ele ajeitou o cabelo e disse para ela: "Ignore essa maluquice, por favor. Só um velho amigo guardando rancor. Não fale sobre isso com ninguém, entendeu?"

Jane se levantou num pulo para ver se ele estava bem. Tinha se machucado? Ele a afastou, e ela se retraiu para trás da mesa de novo. Àquela altura, já tinha aprendido que, se ele não estava no clima, era melhor manter uma postura profissional.

— Então ele disse: "Apague a reunião que estava na minha agenda essa manhã" — completa Jane, abrindo os olhos.

— Só "a reunião"? Só isso? — pergunta Lou.

— Sim — confirma Jane com pesar. Poderia ser quase qualquer coisa, uma conversa com um colega, um cliente... — Mas lembro que era um nome de mulher. — Ela engole em seco, baixando o olhar para o prato. — Eu verifiquei porque... já desconfiava de que ele não era fiel.

Lou lança um olhar compassivo para ela antes de responder.

— Bem. Isso é muito interessante. Tenho certeza de que ajudaria a confirmar o que Effie está dizendo. Você está pensando... bem... *o que* está pensando, Jane?

Jane engole em seco. Essa pergunta vem ocupando seus pensamentos quase tanto quanto Joseph: o que fazer? Ela consegue ser corajosa? Quão corajosa ela *pode* ser, depois de todo esse tempo, depois de gastar o dinheiro de Richard?

— Estou tentando me decidir — diz ela com cuidado. — Mas acho que talvez eu queira acabar com Richard Wilson.

Siobhan

Pronta para o Dia dos Namorados 2.0? Bjs

Siobhan sorri para a mensagem, ziguezagueando pela multidão ao seguir para a estação Leicester Square. Ela está usando uns sapatos ridículos, que esmagam seus dedos feito alicates, e o salto é fino como uma navalha, mas o modelo deixa suas pernas fenomenais, e ela quer entrar naquele café e ver o rosto de Joseph se iluminar.

Está com o vestido vermelho que usou no ano passado, para o fatídico Dia dos Namorados ao qual Joseph não compareceu; a primeira vez que ela tentou ignorá-lo. Sua tentativa menos eficaz.

Esse ano, quando ele disse que os dois deveriam sair para tomar café da manhã, ela decidiu mostrar exatamente o que ele havia perdido em 2015.

Acho bom você não se atrasar. Bjs.

Ela aperta enviar, e Joseph responde na hora.

Já aprendi minha lição. Bjs.

Por um momento muito sentimental, que Siobhan nunca confessaria a ninguém, ela aperta o celular no peito e o abraça com força. Ama esse homem. Ama a jornada que eles estão percorrendo, com todas as falhas, altos e baixos. Ela ama a pessoa que se tornou desde que o conheceu. Ao descer os degraus para a estação, agarrando-se com firmeza ao corrimão, se sente mais leve e feliz do que nunca.

Quando Siobhan se acomoda no assento do metrô, a bolsa no colo, ela vê quem menos esperava: Richard Wilson, sentado à sua frente, mais à esquerda.

— Merda — murmura ela, baixando o olhar para a bolsa e remexendo na alça de corrente.

Hoje deveria ser a sessão deles, agora cancelada porque ela disse que ele deveria se consultar com outro *life coach*. Ele ainda continuava ligando e mandando mensagens. Ela o bloqueou, mas ele encontrou outras maneiras de contatá-la: no formulário do site dela, no Instagram recém--reativado. Ele poderia estar ali por coincidência, mas Londres é uma cidade grande, e Siobhan não é ingênua a ponto de acreditar que seus caminhos se cruzaram por acaso, por mais que Richard esteja se esforçando bastante para exibir a postura de um homem que não entrou neste vagão especificamente para se sentar de frente para ela. Ele devia saber que ela estaria em Londres porque eles tinham a sessão agendada, mas como a encontrou ali?

Talvez Joseph tenha razão. Ela deveria tomar uma atitude. Siobhan suspira internamente enquanto Richard ergue o olhar, faz contato visual com ela e finge surpresa.

— Siobhan! — diz ele, sorrindo.

— Richard — responde ela, com um alerta na voz, que ele certamente percebe. Mas só continua sorrindo. — Vou descer na próxima estação — anuncia ela quando o metrô começa a desacelerar.

— Ah, eu também — responde ele, se levantando com ela.

Siobhan range os dentes.

— Richard, eu não quero falar com você. Acho que já deixei isso bem claro.

O metrô para. Algumas pessoas olham na direção deles com curiosidade; Siobhan ergue ligeiramente o queixo ao avançar para as portas.

Richard a segue pela plataforma, tão perto que seu braço roça o ombro dela. Pela primeira vez, Siobhan sente algo além de irritação; não exatamente medo, mas inquietação, talvez. Ele é maior do que ela se lembra, e por mais que a estação esteja cheia, eles estão em Londres, e ela não tem certeza de que alguém a ajudaria caso pedisse.

— Por que você continua insistindo, Richard? — pergunta enquanto eles esperam na fila para a escada rolante. Ela está virada para a frente,

olhando para ele por cima do ombro. Ele parece perfeitamente tranquilo, o que a perturba ainda mais. — Eu não quero nada com você.

— Opa, ei — diz ele, como se ela fosse uma égua arisca. — Eu só quero
conversar, Siobhan, como fazíamos.

— Você não é mais meu cliente, Richard — afirma ela secamente. —
Não preciso escutá-lo.

Eles estão na escada rolante agora, subindo pela estação; ela volta o
olhar para ele. Richard está sorrindo, um daqueles sorrisos calorosos,
cativantes que ela imagina que ele aprendeu em algum TED Talk, e ela
fica subitamente *com raiva*. Vai se atrasar para o encontro com Joseph,
pois teve que descer na estação anterior, que fica a pelo menos quinze
minutos de caminhada do café.

— O que você quer de mim, Richard? — Eles chegam ao topo da escada rolante; as pessoas passam esbarrando nos dois, e ele estende uma das
mãos para segurá-la quando alguém dá um encontrão no ombro dela.
— Não me toque. — Ela o afasta, caminhando para a saída. — Me deixe
em paz.

— Tudo bem, Shiv. — O apelido dela na boca de Richard lhe dá vontade
de explodir: parece íntimo, como se ele a tivesse tocado.

As catracas o atrasam; ela passa antes que ele tire o cartão do bolso,
então começa a correr. Que bom que ela é uma mulher que sabe correr
de salto alto. Passa por baixo de braços, esbarra em grupos de pessoas
conversando, ignora os resmungos e as exclamações.

Siobhan se sente melhor agora que está ao ar livre. Havia algo na estação fechada e abafada que deixava Richard mais ameaçador; sua proximidade era inevitável. Já do lado de fora, na chuva de granizo congelante
de Piccadilly Circus, com um homem encurvado de gorro de lã tentando
lhe passar uma cópia do jornal *Metro* e um artista de rua cantando sua
própria versão de "Take Me to Church", ela se sente livre de novo.

Ainda assim, avança depressa. Está atrasada, e Joseph com certeza
vai zombar dela por isso, levando em conta o quanto Siobhan o criticou
por ter dado um bolo nela no ano passado. Quando ela enfim chega à
Strand, suas costas estão úmidas de suor por baixo do casaco de pele

gigante, e a chuva deve ter arruinado seu cabelo. Mas qualquer pensamento sobre Richard some quando ela vê Joseph do outro lado da rua, sentado à janela do café, os olhos voltados para o cardápio. Ao redor dele, intermináveis mesas de casais se estendem de ambos os lados, e ela morde o lábio ao lembrar da sensação de ficar sozinha numa mesa dessas no Dia dos Namorados.

O trânsito está congestionado, como sempre acontece na Strand. Ela começa a passar pelos carros parados, e, como se sentisse seu olhar, Joseph ergue a cabeça e faz contato visual com ela através do vidro. Ele abre um sorriso radiante, e ela sorri de volta, mexendo um pouco mais os quadris, estufando o peito enquanto ele a observa atravessar a rua na sua direção. *Estou atrasada, mas é claro que ele esperou por mim*, pensa ela, o sorriso aumentando.

— Siobhan!

Ela se vira para trás com surpresa ao ouvir a voz de Richard; tinha tanta certeza de que ele não a seguiria, certamente não até ali. Ela está no meio de um passo. Distraída. Hesitante.

No momento em que a moto passa em disparada por entre a fila de carros, quando a pancada joga seu corpo girando no chão, quando sua cabeça bate tragicamente no asfalto, Siobhan ainda está no meio do seu pensamento sobre Joseph. *Estou atrasada, mas é claro que ele esperou por mim*, pensa ela, começando a desmoronar. *Ele sempre esperou por mim.*

Há um súbito silêncio ensurdecedor. Então um ruído branco percorre seu corpo, como se sua dor fosse audível e vibrasse com uma única nota terrível. E, simplesmente assim, num instante, como se o universo não se importasse com o fato de que sua história está apenas começando, Siobhan Kelly tem menos de um minuto de vida.

Não há aceitação. Ela não tem tempo para isso. Há apenas raiva, dor e perda.

Joseph está vindo até ela; por mais que não consiga ver, ela sabe que ele está vindo. Atravessando o café aos esbarrões. Jogando-se na porta, avançando com dificuldade pelo meio do trânsito, batendo no capô de um carro que quase o derruba.

Enquanto os últimos segundos se esvaem de seu corpo, não é a vida de Siobhan que passa diante dos seus olhos, é a vida que ela finalmente se permitiu começar a imaginar. Beijos fugazes logo de manhã enquanto Joseph lhe entrega o café. Caminhadas lentas à beira d'água e conversas sobre o futuro. Buscas por vestidos de noiva com Fiona quando Siobhan abandona suas dúvidas sobre casamento porque o *ama*, porque sabe que é para sempre, por mais que sua cabeça ainda diga que para sempre é bom demais para ser verdade. E os filhos. Os filhos. Todos os filhos pelos quais ela ansiou, os filhos que ela já conhece, em sua barriga, e ama com cada centímetro do seu ser.

Dói. Dói mais do que qualquer coisa. Mas como ela é Siobhan Kelly, uma lutadora, conforme aqueles últimos segundos passam, não é desespero que ela sente. É algo mais feroz do que isso. Ela está negociando com seu corpo, como sempre fez. Exigindo mais do que ele quer ser. *Me dê só mais alguns instantes*, pensa ela. *O suficiente para ele chegar até mim e me olhar nos olhos, para que eu possa lhe dizer...*

Miranda

Pou.

— Miranda! — esbraveja Jamie para ela. — Está chovendo pra cacete, porra! Mas que merda você está fazendo aí parada que nem um dois de pais?!

— Paus — corrige AJ suavemente, mas olha Miranda de cima com o rosto franzido de preocupação ao girar no arnês, se impulsionando para longe do tronco com as pernas.

Ela se afasta depressa. Está nesse trabalho há tempo demais para ficar parada embaixo de uma árvore, sonhando acordada, enquanto tem homens trabalhando lá em cima. Ela se dá conta de que Carter fez a mesma coisa um ano antes, no dia em que AJ precisou resgatá-la do carvalho. Ela e Carter estavam tão bem naquela época... Tudo nele parecia perfeito.

É Dia dos Namorados de novo e tudo está uma *bosta*. De verdade. Ela não para de pensar em AJ agora que ele está saindo com outra pessoa; para sua infelicidade, desde que ele virou zona proibida parece ter ficado cada vez mais sexy, e ele já era bem sexy, para começo de conversa. E ela também pensa muito em Carter. Sente falta do sorrisão tranquilo dele, de como se faziam rir.

Mas o que Miranda realmente quer dele são respostas. São os mistérios não solucionados que mantêm Carter na cabeça dela desse jeito, ela sabe disso. Aquele café da manhã no centro de Londres que ele nunca explicou. O encontro a que ele faltou no Dia dos Namorados. Dá coceira pensar que ela nunca saberá o *porquê* por trás de tudo. Miranda é dessas pessoas: ela arranca o rótulo da garrafa de cerveja, coça mordidas de mosquito. Não deixa as coisas em paz.

E a história de Carter não parece concluída. Tem mais alguma coisa ali. E ela está começando a achar que simplesmente não vai superar essa coisa toda enquanto não descobrir o que está acontecendo.

— Está tudo bem? — pergunta Spikes, demonstrando um interesse repentino na vida dela. Em geral, o máximo que ela consegue de Spikes é um "E aí?", e ele raramente espera pela resposta antes de sair ou começar a falar sobre futebol.

Ela fica olhando para ele.

— Alguém pediu para você me perguntar isso?

Spikes não parece ofendido.

— O AJ. Ele acha que você está pra baixo.

O fato de AJ se importar a agrada e irrita na mesma medida. Ela volta a recolher galhos, se deleitando com a dor muscular; pegou todos os trabalhos que Jamie tinha disponível para o último mês, desesperada pela distração. O corpo dela nunca esteve tão em forma, e seus braços e pernas têm tantos arranhões que as casquinhas nos seus joelhos já criaram outras casquinhas.

— Rosso? — insiste Spikes, nem um pouco disposto a desistir até concluir a tarefa.

Ela suspira, olhando de relance para ele por cima do ombro.

— Eu acho... que tomei uma decisão ruim. Só não consigo identificar qual foi.

— Certo — responde Spikes, começando a parecer meio nervoso, como sempre acontece quando as coisas ficam complicadas.

— Esse ano tem sido uma bosta até agora, e a culpa é toda minha. Estou presa no limbo. Mas a vida é curta demais para isso, não é? — Ela estica a coluna enquanto digere o pensamento. — É. A vida é *com certeza* curta demais para isso. Quer dizer, nunca se sabe quando vamos simplesmente... — Ela balança um braço. — Cair de uma árvore ou algo assim.

— Sim? — Spikes olha cheio de desejo para o triturador.

— Eu preciso decidir o que quero e correr atrás disso. Não é?

— É?

Spikes está piscando demais, um sinal nítido de desconforto, caso ainda não tenha ficado claro para Miranda que ele não está curtindo a conversa.

Para o azar de Spikes, foi ele quem fez a pergunta. E Miranda precisa muito falar.

— Porque se eu acho mesmo que tenho chance com um grande amor e estraguei tudo, não é estranho que eu esteja me sentindo tão inútil e para baixo. Eu não *gosto* de ficar esperando. Sou uma pessoa que enfrenta as coisas, que se joga de cabeça, não sou?

Spikes parece finalmente ter percebido que sua opinião não é necessária para a conversa prosseguir.

— É. É — diz Miranda, se sentindo melhor do que há semanas. — Hoje é o dia do amor, não é? Então quer saber? Eu vou tomar uma atitude. — Ela abre um sorriso radiante para ele. — Muito obrigada, Spikes. Você é incrível.

Spikes se anima.

— Ah, é, valeu. Não tem de quê.

Num impulso, ela fica na ponta dos pés e o beija na bochecha. Ele fica boquiaberto. Miranda sempre suspeitou que Spikes fingia que ela não era uma mulher para que eles pudessem manter a amizade; talvez tenha sido meio cruel beijá-lo. Mas ela sente uma onda tão grande de afeto por ele, com suas mãos gigantes como pás e seus olhos bondosos olhando ao redor sem parar enquanto ele tenta desesperadamente decidir o que dizer.

— Como você vai passar o Dia dos Namorados, Spikes?

— Eu e Trey vamos ao pub — diz Spikes, enfiando as mãos nos bolsos. — Encontro às cegas — lamenta ele.

Miranda arregala os olhos.

— Ah, mentira!

— Ideia do Trey — responde Spikes, olhando para qualquer lugar exceto para Miranda. — Já faz anos que a irmã dele tenta juntá-lo com alguém, então ele me pediu para ir junto caso tudo dê errado. — Spikes arrasta um pé pela grama molhada. — Vamos só levar um bolo, provavelmente.

Mirando sorri e dá um tapinha no braço dele.

— Alguns romances muito bons começaram dessa forma, sabe — comenta ela.

Jane

Quando Jane enfim reúne a coragem de que precisa para acabar com Richard Wilson, é Dia dos Namorados. De alguma forma, parece que tudo se encaixa.

Ela está com Lou de um lado e Aggie do outro ao avançar por Londres, toda vidro e metal elegantes emanando um brilho prateado sob a chuva. Aggie está com uma parca grande e laranja e galochas; Lou usa um sobretudo cinza sofisticado; Jane colocou o suéter rosa-claro de novo, porque é sexta-feira, e — como Aggie a lembrou essa manhã — ser corajosa não precisa significar mudar tudo de uma vez só.

Jane não entra no escritório da Bray & Kembrey desde 2016. Está tudo tão igual que lhe dá nos nervos: não trocaram nem as velhas flores artificiais no vaso grande ao lado da mesa da recepção. Por sorte, ela não reconhece a recepcionista; se registra como visitante e pega seu crachá com dedos trêmulos.

Jane se vira e olha para Aggie e Lou, que aguardam na sala de espera com o rosto transparecendo preocupação. Ela sorri.

— Vou ficar bem — diz em resposta à pergunta no rosto delas. Engole em seco. — Estou pronta.

Jane começa falando sobre o dia 14 de fevereiro de 2016. A misteriosa reunião com uma mulher que ela removeu da agenda de Richard, o homem que entrou furioso na sala e tentou brigar com ele. Ela não cita o nome de Joseph, mas talvez eles já saibam; vê duas das mulheres do RH trocarem olhares afiados quando ela menciona a briga.

Jane passa por todos os itens na lista amassada em suas mãos suadas. A denúncia de assédio que ela viu na mesa. O dinheiro que Richard lhe pagou. E a verdade sobre seu relacionamento com ele, toda a vergonha e feiura, a intensidade daquilo.

Elas fazem muitas perguntas sobre essa parte, em especial sobre consentimento, uma questão que Jane devia ter imaginado que seria levantada durante a conversa, mas não imaginou, e isso a deixa muito desconfortável. Ela aceitou o dinheiro de Richard, lhe obedecia com muita boa vontade, o amava. Falar sobre o *desequilíbrio de poder* entre eles parece reduzir a própria responsabilidade, e Jane não está exatamente pronta para se eximir do papel que desempenhou ao permitir que Richard mandasse na sua vida. Tudo isso vai exigir mais reflexão. A conversa a deixa meio enjoada, como se o horizonte se mexesse com uma mudança de maré.

São bondosas com ela. Profissionais, mas gentis ao mesmo tempo. Jane olha para o rosto sério, inquisitivo delas, e de repente pensa na pintura de Aggie em seu apartamento, aquela que diz *A maioria das pessoas é uma bosta, o que você vai fazer a respeito disso?* E reflete: *Vou reparar em todas as que estão fazendo de tudo para não ser.*

— Obrigada, Jane. Vou acompanhá-la até a saída — diz a chefe do RH, se levantando do assento.

Ela está de saia lápis e paletó preto; há um rasguinho na meia-calça, na lateral da panturrilha, e o cabelo está se soltando do coque cuidadoso.

— Você pode... Tem permissão para me contar o que aconteceu no Dia dos Namorados de 2016? Eu sempre quis saber — diz Jane depois de se despedirem e fecharem a porta.

— Infelizmente, não posso — responde a mulher quando elas entram no elevador, e morde o lábio. — Mas é terrível. Ele se envolveu num negócio muito desagradável. Mas tudo o que você nos contou foi extremamente útil. — Ela inspira por entre os dentes. — Ele não vai continuar nessa empresa por muito tempo, isso é um fato... ou em qualquer outra. Eu não deveria dizer isso, mas acho que você merece saber.

— Obrigada — diz Jane, sentindo um lampejo de vitória silenciosa.

Ela não deseja mal a ninguém, mas, *ah*, deseja, sim, um pouquinho de mal a Richard.

Lou e Aggie estão esperando por Jane na recepção do andar de baixo. Aggie se destaca feito um cone de trânsito nos tons apagados de cinza do escritório. Elas se levantam num pulo quando Jane se despede da chefe do RH e se volta para elas; as duas pairando numa posição muito específica que ela reconhece como a de pessoas que gostariam de se aproximar para um abraço mas não têm certeza se deveriam.

Jane sorri para as duas. Os olhos arregalados, afetuosos delas. O simples fato de que estão aqui, duas mulheres que eram praticamente estranhas há apenas alguns meses, fazendo um grande esforço para serem gentis. É quase avassalador o quanto ela se sente grata por tê-las, e o quanto se sente mais leve por ter voltado aqui e encarado a verdade.

— Vamos tomar chá com bolo — diz Jane, seu sorriso aumentando. — Eu quero um pãozinho de canela.

Miranda

No fim das contas, passar o dia pensando não ajudou nem um pouco Miranda a entender o que quer; ela só sabe que quer algo de Carter, e não pode deixá-lo em paz até conseguir. Em certo momento, lembra que odeia ficar se questionando, então ali está ela, com a calça jeans e a camisa de flanela que pegou do radiador depois do banho pós-trabalho, com cabelo molhado e camadas de roupa insuficientes para uma noite de fevereiro. E está batendo na porta da casa da mãe de Carter.

Mary Carter abre a porta. Elas se encaram sem reação por um instante, Mary com um xale apertado no peito, as roupas abotoadas errado, e o coração de Miranda amolece. Coitadinha dela. Coitadinho de Carter, por ver a mãe assim todo dia, por tentar conciliar o cuidado com ela com tudo o mais que ele faz.

— Siobhan? — diz Mary. — É ela? Joseph? Joseph, não chore, ela voltou!

Carter aparece no corredor e fica imóvel ao ver Miranda na porta. Ele está desarrumado, de calça de moletom e camiseta; não é de se espantar, a casa está um forno, ela sente o calor mesmo do lado de fora. O cabelo dele está meio arrepiado e há olheiras inchadas sob seus olhos.

— Essa é Miranda — corrige Joseph, sem emoção. — Entre e feche a porta, Mir.

— Obrigada.

Miranda entra no hall e se sente tola. O que está fazendo ali, aparecendo sem avisar na casa de Carter e sua mãe? Ela nem tem um plano. Dá tapinhas com a mão na própria coxa, remexendo os dedos.

— Ele não está muito bem — sussurra Mary para ela no silêncio. — Está triste demais.

Miranda engole em seco. Ela sempre teve a impressão de que há algo perturbando a tranquilidade da casa, como se eles estivessem esperando alguém chegar de mudança. Ela achava que esse clima estranho fosse por causa de Mary, mas talvez tenha sido Carter esse tempo todo. A aparência dele é sem dúvidas completamente diferente da do homem que fazia cócegas em Miranda até ela chorar de tanto rir, que a curvava para trás quando a cumprimentava com um beijo. Talvez esse homem arrasado, derrotado, seja o verdadeiro Joseph Carter. Ela gostaria muitíssimo de conhecê-lo.

— Pode entrar — diz ele em certo momento. — Mãe, estaremos na cozinha, se precisar de mim.

— Claro — responde Mary, dando um passo ao lado e observando-os se afastar.

A cozinha está muito mais limpa do que da primeira vez que Miranda a viu — Carter nunca a deixou ficar daquele jeito de novo —, mas está bagunçada, cheia de louças sujas. Ele vai até a geladeira e encara o interior, a calça de moletom frouxa nos quadris.

— Você está bem? — pergunta Miranda, antes de pensar se é uma pergunta apropriada.

Mesmo querendo que Carter estivesse desgrenhado assim por causa do término deles, ela percebe que não é isso. Ele mal parece registrar a presença dela; se estivesse chateado com Miranda, ou magoado com o afastamento deles, não ficaria chocado em vê-la?

— Ótimo — diz Carter. — O que você quer beber?

Ela olha de relance para a mesa e ergue as sobrancelhas ao ver que ele está bebendo uísque. Ele nunca foi de beber muito; sempre fizeram piada do fato de que ela entornava mais cerveja do que ele quando iam ao pub. Mas a garrafa já está um terço vazia, e ele encara a geladeira como se ali estivessem todas as respostas.

— Um chá seria ótimo — responde Miranda.

Carter não se mexe. Miranda vai até a chaleira.

— Por que você está aqui? — pergunta Carter abruptamente. — Não é um bom momento. Para ser sincero.

Miranda franze a testa ao encher a chaleira.

— Desculpe. — Ela morde o lábio. — Mas agora que estou aqui eu meio que... sinto que você não está bem, e talvez não devesse ficar sozinho.

— Eu não estou sozinho. Minha mãe está aqui.

— Carter — começa Miranda, então para de novo, porque *o que* ela quer dizer? Range os dentes de frustração consigo mesma. — Carter, eu quero saber o que aconteceu com Siobhan.

— Eu sei — fala Carter depois de um longo silêncio. A voz dele sai sem emoção. — Você deixou bem claro no Ano-Novo. Não foi por isso que a gente terminou?

— *Foi* mesmo? Não tenho certeza.

Ela se vira para ele enquanto a água da chaleira começa a ferver.

— Você já conversou sobre isso *alguma vez*? Com qualquer um? — pergunta ela.

Ele finalmente fechou a geladeira; agora está olhando a garrafa de uísque.

— Não — diz ele. — Nunca.

— Por que não?

— Porque — ele engole em seco, seu pomo de adão oscilando — dói.

Miranda se aproxima dele com hesitação.

— Talvez esse seja um motivo ainda maior para falar sobre o assunto. Carter. Vamos lá. A gente já era, eu e você, acho que isso está... Quer dizer, agora que estou aqui, não sei você, mas me parece... óbvio.

Ela para a alguns passos dele, sem graça. É a verdade: agora que está olhando para ele, magoado e arrasado, ela sente afeto, amizade e certamente algum tipo de amor, mas não está apaixonada por ele. Está começando a se perguntar se o homem com quem namorou foi fruto da imaginação dos dois. Carter nunca mostrou esse seu lado para ela, mas parece mais verdadeiro do que nunca agora.

— Espero não ter sido insensível — diz ela, com uma careta.

Carter exibe um esboço de sorriso para ela.

— Não foi. Você tem razão. Também me parece óbvio. Eu nunca estaria... eu nunca me permitiria ficar nesse estado na sua frente se estivesse apaixonado por você.

— Então estou aqui como amiga. E você parece precisar de uma.

É um alívio para Miranda descobrir que ela sabe, sim, o que quer, agora que finalmente está ali. Ela quer honestidade e autenticidade, e quer ajudar.

Miranda enche a caneca de água, se lembrando de quando conheceu Mary, de como estava nervosa. Naquela época, ela agia como outra pessoa perto de Carter; sempre tentava se controlar, dizer a coisa certa. Ela se vira para ele enquanto espera o chá ficar pronto.

— Sei como os homens são. Eles não perguntam uns aos outros como estão se sentindo tanto quanto deveriam. E sei que a maioria dos seus amigos é homem, né? Por acaso alguém já tentou conversar sobre isso com você? Alguém já disse "Está tudo bem, Carter? Porque você não parece bem"?

Ele vira o rosto, e ela busca o braço dele, segurando-o com firmeza.

— Se quiser chorar, pode chorar. Odeio ver você se contorcendo todo desse jeito. Não tem nada de errado em chorar. Acho que já te disse isso, na verdade.

— Se eu começar agora — fala Carter, engasgado —, não vou mais parar.

Miranda olha para o relógio acima da porta. São quase seis da tarde.

— Eu não tenho mais nada planejado — diz ela. — Então não precisa parar. Pode só continuar chorando.

É terrível. Dilacerante. Ele conta a história aos poucos, entre soluços, enquanto Miranda perambula pela cozinha, arrumando, e depois de um tempo começando a cozinhar alguma coisa para eles comerem; não quer ficar parada escutando como Siobhan Kelly morreu.

— Carter, *não* — diz ela, levando a mão à boca. — Você chegou até ela a tempo? Falou com ela antes que...

Ele está com a cabeça apoiada nas mãos. E a balança sem erguer o olhar.

— Não. Ela estava... ela estava... era tarde demais, ela não conseguia falar. Mas agarrou minha mão. — Ele toma um fôlego entrecortado. — Ela... isso vai parecer maluquice.

— Fale. Não vai parecer maluquice para mim.

— Ela tinha uma mania quando se culpava por alguma coisa. Quando estava estressada ou ansiosa. Ela cravava as unhas na palma da mão, assim. — Ele ergue a cabeça e fecha as mãos em punhos, olhando para elas sobre a mesa. — E isso deixava marcas. E, enquanto eu segurava a mão dela, ela só passou o dedão pela minha palma, bem no lugar onde minhas unhas se cravariam se eu fechasse a mão, sabe, bem aqui. — Ele aponta para o meio da mão, traçando uma linha. — E eu sempre senti que... talvez ela estivesse dizendo... não se culpe. — Ele dá de ombros, baixando a cabeça nas mãos de novo. — Eu não sei. Não sei o que ela quis dizer.

Miranda mal consegue conter o choro.

— Aposto que ela quis dizer isso mesmo — diz Miranda, determinada. — Aposto que ela estava dizendo para você ser feliz, e não sofrer. Ah, Carter, deve ter sido... eu não consigo... ter *presenciado*...

— Eu não consigo esquecer a cena. Às vezes sinto como se nunca tivesse parado de vê-la: a cabeça dela virando, a moto, o corpo girando feito uma boneca de pano...

Ele se derrama em lágrimas de novo. Miranda nunca viu alguém tão emotivo. Ele reprimiu o luto por anos, e esse é o resultado; ela não aguenta ver os ombros dele sacudirem a cada soluço. Como se o corpo dele mal conseguisse suportar.

— Eu queria matá-lo. O homem que a seguiu. No fim, não consegui fazer nada. Não tinha provas suficientes de que ele a estava assediando. Então ele continua vivendo sua bela vida de luxo, trabalhando na Bray & Kembrey... — Carter bate o punho na mesa, e Miranda se sobressalta, mas ele não parece notar. — Shiv foi o amor da minha vida. — Ele deita a cabeça na mesa, bochecha na madeira, ombros tremendo. — Ainda não acredito que ela se foi, e já faz *anos*. Ela só veio nesta casa uma vez, sabe, só uma vez, mas mesmo assim deixou muitas lembranças. Sei que ela se foi, mas eu não consigo... acreditar. O que tem de errado comigo?

Miranda se vira de volta para o fogão, mexendo o molho de macarrão que improvisou com o que tinha na geladeira. Ela respira profundamente, tremendo. Não adianta nada se preocupar com o que dizer agora; se ela não disser a coisa certa, pelo menos está tentando. E parece que ninguém nunca tentou com Carter.

— Não sei se ajuda, mas ela não se foi — diz Miranda. — Ainda é uma parte imensa da sua vida, e sempre será. E eu não acredito em um único grande amor.

Ela sente Carter se encolher ao ouvir isso.

— Não mesmo — repete ela com firmeza. — Acredito que você tem mais amor no seu coração. Acho que tem mais para dar, e talvez um dia conheça uma mulher para quem queira dá-lo. Mas só daqui a um bom tempo. Você precisa parar de namorar, Carter. Não está pronto.

— Já faz *três anos* — diz ele, com a voz novamente embargada. — Eu devo estar pronto. Preciso estar pronto.

Ele estica as costas um pouco. Seus olhos estão embaçados e inchados. Miranda deveria ter tirado seu uísque. Ela morde o lábio ao examinar a garrafa quase vazia ao lado da mão dele.

— Eu fui bom para você, não fui? Eu fui bom para você?

— Você foi bom para mim — responde Miranda devagar. — Mas não conseguiu me dar tudo, e eu sentia isso. Você não estava pronto. E não foi honesto comigo. Você precisa entrar num relacionamento e ser aberto sobre o que aconteceu, Carter. Você merece isso.

Ele balança a cabeça.

— Ninguém ia me querer se soubesse como eu sou problemático.

Ele está arrastando as palavras.

— Nada a ver. Um dia uma mulher vai amar cada pedacinho seu, quem você é de verdade; talvez seja alguém que tenha as próprias dificuldades, e ela vai ficar feliz por você entender como é a sensação.

Ela checa o macarrão. É estranho como se sente tranquila falando sobre Carter conhecer outra pessoa. Está até um pouco orgulhosa de si mesma; é bom saber, depois de meses de ciúmes e paranoia, que ela tem essa generosidade de espírito, no fim das contas.

— Você pode me dizer onde estava no Dia dos Namorados passado? — pergunta ela. — Imagino que... sua ausência... tenha alguma coisa a ver com Siobhan, não?

Carter fica em silêncio por tanto tempo que ela se pergunta se ele dormiu, mas ele acaba respondendo em certo momento:

— Eu apaguei. — Sua voz está rouca. — Eu bebi para... você sabe... eu só queria alguma coisa que me ajudasse a aguentar o dia, e nunca me permito isso normalmente, mas... nesse dia... então não parei.

Miranda analisa a garrafa de uísque, ficando cada vez mais preocupada.

— Humm — diz ela.

— Quando acordei, já eram duas e meia da manhã. Eu me senti péssimo. Não sabia o que fazer. Então me arrumei na manhã seguinte, comprei flores e fui encontrar você. Ah, e... e aquele café da manhã sobre o qual você vivia perguntando? Aquele café da manhã depois do aniversário do Scott, em abril do ano passado?

— Sim? — Ela não quer ser insensível, mas esse mistério a está corroendo há *meses*. — Onde você estava nesse dia?

— Siobhan tinha muitos amigos, mas era especialmente próxima de duas, como irmã. Nós estávamos tentando marcar um encontro desde o funeral. Elas tinham separado algumas coisas de Shiv que acharam que deveriam ficar comigo. Encontrei com elas aquela manhã. Concordei na noite anterior, quando estava bêbado com Scott, falando um pouco sobre Siobhan, e enfim pensei: *Talvez eu esteja pronto.* Mas foi horrível. Falaram dela como... se estivessem tão confortáveis... Elas choraram, mas riram também. Tipo, lembrando dela, contando histórias. Eu não consegui participar. Não consegui. É como... é como dizer que ela realmente se foi, e eu não quero isso, Miranda, eu não quero deixá-la ir embora, porque falei que nunca permitiria, falei que nunca a deixaria, e ela tinha tanto medo de que eu a deixasse, e eu não quero deixar. Não posso. Não posso deixá-la ir.

Miranda franze a testa, tentando acompanhar; as palavras dele saem tão arrastadas que ela mal consegue entender.

— Aqui, Carter, a comida está pronta — diz ela com delicadeza.

Na verdade, a massa ainda está bem dura por dentro, mas ele precisa comer algo *agora*; está perigosamente bêbado.

Miranda serve a comida e leva uma tigela para Mary, que está vidrada em alguma perseguição de carros na televisão, mas aceita com gratidão e educação, parecendo perfeitamente capaz de comê-la no colo, para o alívio de Miranda. Quando ela volta à cozinha, no entanto, Carter está apagado, garfo ainda na mão, massa mal tocada ao lado da cabeça.

— Ah, droga — murmura Miranda, empurrando o ombro dele.

Nada. Ele parece totalmente arrasado, curvado sobre a mesa da cozinha, o rosto sem emoção, mas ainda avermelhado e molhado de lágrimas.

O celular de Miranda toca no bolso; ela se atrapalha para atender. É Frannie.

— Ei, tudo bem? — diz Miranda, tentando outro cutucão no ombro de Carter.

— Tudo, então, tipo, cadê você? — pergunta Frannie. O tom dela faz Miranda se empertigar.

— Eu estou... estou na casa do Carter. Por quê?

— Você está... *o quê?* — diz Frannie, erguendo a voz. — O que você foi fazer aí?

Uma voz murmura ao fundo. Miranda franze a testa.

— Quem está aí?

— Então, hummm. É o AJ. Ele veio fazer uma grande declaração de Dia dos Namorados. Mas, tipo, você está na casa do seu ex, então... devo falar para ele ir embora?

— Ai, meu Deus — diz Miranda, levando a mão ao peito. — Ai, meu Deus.

Aquela voz no fundo de novo. Miranda se levanta num pulo.

— Não! — exclama ela. — Não, não, não fale para ele ir embora! Fale para ele... — Ela olha de volta para Carter, seu rosto triste e inchado, o jantar intocado. — *Argh.* Você pode passar o celular para ele?

— Claro. Ele é um gostoso, Mir, não estrague tudo — diz Frannie antes de passar o celular adiante.

— Alô?

Miranda fecha os olhos ao som da voz de AJ. Tudo parece muito óbvio de repente. Ela respira fundo, tremendo.

— Oi — diz ela. — Olhe, eu estou tendo uma noite estranha.

— Eu também. — Sua voz tem aquele tom tipicamente entretido dele. — Eu estava jantando com a Abigail...

Aff, Abigail. Miranda decidiu se esforçar muito para não pensar na Abigail nós-passamos-a-noite-toda-conversando-no-Ano-Novo.

— E aí, do nada, eu pensei: *Abigail nunca escalaria uma árvore comigo no escuro*. E pensei: *O que é que eu estou fazendo? Miranda Rosso está solteira.* — Ele pausa. — Você ainda está solteira, né?

— Sim! Sim. Estou. Só que estou... na casa do Carter agora. — Ela se encolhe de vergonha. — Mas estou aqui como amiga! E ele acabou de apagar na mesa e não sei se posso deixá-lo sem que isso faça de mim uma pessoa totalmente horrível. Mas eu *realmente* quero ver você. E ouvir seja lá o que tenha para dizer. — As palavras dela saem apressadas. — E escalar uma árvore no escuro com você, ou seja lá o que quiser fazer, porque AJ, meu Deus, eu tentei loucamente não ficar a fim de você, mas *já era*, sabe?

— Eu bem que *achei* que você estivesse. — A voz dele é calorosa. — Apesar de realmente ter testado meu ego por um tempinho.

— Ah, duvido que eu tenha feito qualquer estrago — diz Miranda, sorrindo. Ela fica séria ao olhar para Carter. — Escute... você é um homem que bebe bastante de vez em quando, não é?

— Humm, existe uma resposta certa para essa pergunta?

— Como eu posso acordar Carter se ele estiver apagado? Eu deveria fazer isso?

— Ele vai se afogar em alguma coisa?

— Não.

— Está respirando direito?

Miranda põe a mão na frente do nariz dele.

— Aham, acho que sim.

— Então deixe o homem quieto. Venha para cá. Eu tenho um discurso pronto, e se você não chegar logo, suas irmãs vão arrancá-lo de mim e ouvir primeiro. Elas querem que eu ensaie antes de você chegar.

Miranda massageia a testa, incapaz de reprimir o sorriso crescente.

— Ai, meu Deus, sinto muito por essas duas. Então você acha que eu posso simplesmente... deixá-lo aqui? Apagado? Só tem a mãe dele em casa, e ela tem demência, não sei bem se poderia ajudar se ele precisasse de algo. Ele estava péssimo hoje. E me contou... algumas coisas... A última namorada dele morreu no Dia dos Namorados. Na *frente* dele — sussurra Miranda. — Ele literalmente a viu ser atropelada enquanto chegava para o encontro.

Há um longo silêncio do outro lado da linha.

— Alô? — diz Miranda depois de um momento.

— Só estou pensando se sou um babaca ciumento o bastante para lhe dizer para largar seu ex-namorado traumatizado apagado com a mãe idosa e vir para cá para que eu possa beijá-la. E estou surpreso em descobrir que, na verdade, *não* sou tão babaca assim.

Miranda sorri.

— Estou orgulhosa de você.

— Me mande uma mensagem com o endereço — pede ele, e ela nota o sorriso em sua voz. — Eu vou até você.

AJ traz o cheiro do frio do inverno consigo ao entrar na casa de Mary Carter. Ele está usando sua calça jeans rasgada de sempre e moletom de capuz, além de estar barbudo, descabelado e tão maravilhoso que a faz tremer. Miranda sente o corpo todo se iluminar ao vê-lo. Que alívio se permitir esse sentimento.

— Oi — diz ela, meio tímida, ao fechar a porta.

— Oie.

Lá está seu sorriso sedutor bem treinado, o meneio convencido de cabeça; mas ela não se importa mais, porque o *conhece*, e sabe que ele não é o mesmo cara de quando ouviu boatos sobre o mulherengo Aaron Jameson.

— Então você foi à minha casa.

— E você foi à casa de Carter.

Miranda se remexe.

— Desculpe. É só que... me incomodava muito não saber o que tinha acontecido com ele. Nunca recebi as respostas que queria. Mas juro que não tem nada de romântico entre nós agora. Estou tão feliz que você... De verdade, estou... É...

AJ espera ela parar de falar, então, lenta e deliberadamente, estende a mão e toca sua bochecha. Passa o dedão pela linha da maçã do rosto dela, que sente como se ele tivesse desenhado alguma coisa ali com fogo.

— Miranda Rosso. Eu gostaria de levar você para sair.

— Está bem — responde ela, fraca.

Ele ergue um pouco as sobrancelhas, com um sorrisinho nos lábios.

— Eu vou precisar de um "sim" direito. Esperei muito tempo por isso.

— Sim, sim — fala ela com pressa, erguendo a mão para seu pulso e dando um passo na direção dele.

A batida do coração dela parece repercutir pelo corpo todo, e ela pensa: *Ah, deve ser essa a sensação de querer arrancar as roupas de alguém.*

— Ah, não. — O sorriso dele aumenta quando ela ergue o queixo, olhando para sua boca. — Você não vai ganhar seu primeiro beijo agora.

— Não? — pergunta Miranda, e acaba soando um pouco mais emburrada do que pretendia.

AJ vira a cabeça para a esquerda. Miranda segue o olhar dele. A mãe de Carter está parada no canto da sala, observando-os, perplexa.

— Mary — diz Miranda. — Esse é meu... meu... esse é meu amigo, AJ.

Ela se encolhe. Mary continua a encará-los, até que finalmente responde:

— Que fofo. Por favor, entre. Gostaria de uma xícara de chá?

Ela os leva até a cozinha, de repente a anfitriã exemplar; então para ao ver o filho apagado na mesa, ao lado de uma tigela de macarrão.

— Ah — diz ela numa vozinha fraca.

Miranda se aproxima e segura seu braço.

— Ele está bem, Mary — afirma ela em seu tom mais adulto; no fundo, uma imitação da mãe dela. — Ele só teve um dia longo e dormiu. Vamos levá-la de volta ao sofá e encontrar algo bom na TV.

Depois que Mary está acomodada, Miranda volta à cozinha e encontra AJ avaliando Carter inconsciente enquanto devora a tigela intocada de macarrão. Então diz, quando Miranda olha para ele:

— Não se pode desperdiçar comida, né?

Ela faz um muxoxo e pega o próprio prato, levando-o para a mesa. Após uma hesitação momentânea, se senta ao lado de AJ; seus pés se entrelaçam aos dele sob a mesa, e ela arqueja ao sentir as pernas dele nas suas. Ele abre um sorriso lento.

— Sabe o que é muito gostoso? — pergunta ele. — Você *se permitindo* fazer isso. Passei um ano vendo você se esquivar de mim.

— Bem, é. Você era... era uma situação... difícil — conclui ela toscamente, espetando um punhado de massa.

Ela vive sacaneando esse homem; por que do nada ficou tão sem palavras? É difícil engolir a garfada, é como se o coração dela estivesse batendo na garganta.

— Você quer dizer que eu sou irresistível — diz AJ, se recostando na cadeira e se espreguiçando.

— Não tinha um discurso? — pergunta ela. — Este é o discurso, "Eu sou irresistível"?

AJ fica um pouco mais sério.

— Não. Quer ouvir?

— Sim! É claro que quero.

— Está bom. — Ele pigarreia, limpando a boca com o dorso da mão. — Miranda Rosso. Eu gostaria de levar você para sair.

— Era isso? Esse era o discurso? — pergunta Miranda, pestanejando.

AJ hesita ligeiramente.

— Você pareceu gostar lá na porta. Enfim, eu não terminei.

— Ah, que bom — diz Miranda, começando a sentir a dinâmica usual deles voltar. Ela balança o garfo. — Continue, então.

Ele lança um olhar para ela, mas prossegue:

— Você entrou na minha vida num momento em que eu estava tentando me tornar um homem melhor. Eu tinha começado o ano com uma resolução: menos pegação, mais respeito próprio.

Ele está olhando para a mesa agora. O coração de Miranda se aperta.

— Eu imaginava que talvez houvesse uma mulher em algum lugar por aí com quem valesse a pena sossegar, e eu não a encontraria a não ser que parasse de, sabe, transar com todo mundo.

— Certo — diz Miranda, tentando não pensar demais na última frase.

— Mas você estava com outra pessoa durante todo esse tempo. E eu desisti de esperar.

Miranda morde o lábio, pressionando mais o pé no dele embaixo da mesa.

— Eu nem acreditei quando Spikes me disse que vocês dois tinham terminado. — Ele acena com a cabeça para o Carter adormecido. — Foi o pior momento possível. Abigail era fofa e legal, ela era transparente e tranquila, não tinha problema nenhum. Eu havia passado quase um ano esperando você. Pensei que merecia alguém que também me quisesse. E então ali estava você. Solteira de novo. E me *olhando*.

— Eu não estava te olhando! — exclama Miranda, corando.

AJ ergue a sobrancelha. Ela hesita.

— Quer dizer, com certeza não mais do que o normal.

— Mais do que o normal — afirma ele, sustentando o olhar dela. — Não negue, Rosso, eu conheço você bem demais para isso. Passei quase o ano inteiro a observando manter distância; eu via como você se mexia para nunca ficarmos perto demais e como sempre desviava o olhar do meu. Quando ficou solteira, passou a não desviar mais com tanta frequência. Acho que queria que eu voltasse a olhar para você.

Miranda está começando a ficar meio envergonhada de si mesma.

— Eu nunca... não era minha intenção...

— Então fiquei esperançoso. Mais esperançoso do que um homem deveria ficar quando está com outra pessoa. Mas as coisas estavam indo bem com Abigail, e eu pensei que você teve sua chance, poderia ter largado Carter por mim a qualquer minuto, e nunca fez isso. Na verdade, deixou bem claro que nunca faria.

O discurso não está saindo bem como Miranda esperava. Ela baixa o olhar para o prato de macarrão.

— Eu pensei: *A bola está com ela agora*. Mas então, sabe, hoje à noite, do nada, enquanto eu pensava no tipo de mulher que você é, e no tipo de mulher que eu quero... me dei conta de que você nunca faria nada, faria? Nem aguenta me ouvir falar de você estar me *olhando* enquanto eu estava com outra pessoa. Você é boa demais para tentar roubar o namorado de alguém. Eu deixei claro que estava disponível, não deixei, o ano todo? Eu deixei claro que você poderia ficar comigo se quisesse, mesmo que tivesse namorado, não foi? Mas você nunca faria isso. Nunca faria isso com Abigail. E enquanto eu pensava em tudo isso, olhei para a mulher sentada na minha frente. Ela era legal, mas eu só conseguia pensar: *Ela não é a Rosso.*

Miranda está com a respiração acelerada, os olhos ainda fixos no prato. Ninguém nunca falou com ela desse jeito. Ninguém nunca a viu do jeito que AJ a vê; como alguém que vale a espera.

— Talvez não seja muito sensato escolher ficar comigo; eu não sou Carter, com seus ternos, elogios e a vida toda adulta, sabe. Mas tenho quase certeza de que sou a escolha *certa*. Acho que você é a mulher com a qual vale a pena sossegar, Miranda Rosso. Acho que você é a minha escolhida.

— Posso beijar você agora? — pergunta Miranda, finalmente erguendo o olhar para ele. — Por favor?

— Vem cá — responde ele, empurrando a cadeira para trás.

Miranda se levanta e se aproxima dele com timidez, parando entre suas coxas. Ele põe a mão nos quadris dela, sentando-a no colo. AJ é quente por baixo do moletom, e forte, todo musculoso. A pele dela está com uma sensação diferente, como se cada centímetro estivesse em alerta máximo, hiperconsciente do mais leve arquejo na respiração dele, da cor em suas bochechas.

— Você se lembra do dia em que cortou suas cordas? — sussurra ele, com os lábios a um centímetro do dela.

— Lembro.

Ele sorri.

— Aquele caminho todo até o chão com você colada em mim... — diz ele, apertando o corpo dela ainda mais contra o dele.

O coração dela martela.

— Eu a desejei tanto naquele dia. Eu sempre a desejei. Já sabia como seria a sensação. Não dá para inventar uma química dessa, não dá para fingir ou forçar. Seu corpo e meu corpo. — Ele desliza a mão para cima e para baixo, do quadril até a cintura dela. — Eles simplesmente se alinham, não é?

Miranda se aproxima para beijá-lo, mas ele se afasta um pouquinho toda vez, fazendo-a esperar. A cada tentativa, seu desejo parece aumentar até que esteja queimando dentro dela, e os lábios dos dois nem se tocaram ainda.

Ela leva as mãos ao peito dele, enfiando-as por baixo do moletom para o calor da camiseta. Sente os pelos por baixo do tecido, os músculos firmes. Sobe a mão até o pescoço dele, passando o dedão por seu maxilar barbado. Os olhos de AJ ficam vidrados quando ela desliza a mão pelo seu cabelo. Os lábios dos dois estão tão próximos de se tocarem...

— Miranda?

Ela se sobressalta. Não é que tenha *esquecido* que Carter está ali, mas ouvir a voz do ex-namorado enquanto está sentada no colo de AJ é meio estranho. AJ a segura com mais firmeza quando ela tenta se levantar, e ela volta a relaxar no corpo dele enquanto Carter os encara, com olhos turvos.

— Oi — diz ela, num tom meio arrependido. — AJ veio... te... ajudar?

AJ ri com desdém.

— Eu vim dizer a Miranda que estou apaixonado por ela — conta ele a Carter. — Espero que não se importe, cara.

Miranda encara AJ. *Apaixonado*. Aaron Jameson realmente acabou de dizer que é apaixonado por ela. O coração dela está ainda mais acelerado, e sua pele continua formigando com a proximidade dele, e tudo o que ela quer é beijá-lo.

Mas... às vezes a vida real é um obstáculo. Ela volta a olhar para Carter, que está com marcas vermelhas na lateral do rosto por dormir na mesa.

— Merda — diz Carter, e ela se entristece.

— Ah, Carter, me desculpe. — Ela se desvencilha dos braços de AJ. — Foi muito insensível da nossa parte... a gente só... desculpe...

— Que horas são? — pergunta Carter, cambaleando ao se levantar.

— Oi? — diz Miranda.

— Que horas? São? — repete Carter com esforço.

Todos olham o relógio.

— Dez — informa Miranda com surpresa. — Quando ficou tão tarde?

— *Dez* — repete Carter com uma expressão de horror. — Não! Não!

Ele começa a vasculhar o aparador, pegando as chaves e a carteira.

— Opa, opa — diz AJ, se levantando. — Vamos com calma, cara.

— Eu preciso ir! — exclama Carter, então tropeça numa cadeira e é arremessado. Ele cai com força, estendendo a mão por pouco antes de cair de cara nos azulejos do chão.

— Joseph? — resmunga Mary da sala. — Está tudo bem aí?

— Tudo certo, mãe — responde Carter, se apoiando nos cotovelos.

Já tem um hematoma brotando na sobrancelha esquerda dele, que analisa a palma da mão vermelha e se encolhe.

Miranda se abaixa ao lado dele.

— Carter. Você bebeu demais. Não pode ir a lugar nenhum. Venha, volte para a mesa e nos conte aonde está tentando ir.

Carter consegue se sentar de novo numa cadeira com a ajuda de Miranda; ele está tremendo. AJ lhe entrega um copo d'água e se senta do outro lado da mesa.

— Tem uma mulher — começa Carter com esforço, dando alguns goles na água. Ele encara a mesa. — Uma amiga.

— Uma amiga — repete Miranda, trocando um olhar com AJ. — Que você vai encontrar no Dia dos Namorados?

— É. A gente... ela vai sempre na Hoxton Bakehouse. Ela é linda, e um pouco estranha, mas de um jeito bom, sabe? Meio fascinante. Eu falei para mim mesmo que não vou me envolver com ninguém, não tão cedo. Claramente não estou pronto. Quer dizer, nós tínhamos acabado de terminar. Não vou tentar falar com ela nem nada. Mas ela disse que tinha namorado, então eu pensei: *Ah, assim não tem risco, né? Só amigos!*

— É...? — diz Miranda.

— Mas eu deveria saber que esse negócio de "só amigos" nunca funciona. Eu deveria saber. Porque acabou que ela *não* tem namorado, no fim das contas.

— Eu te entendo, cara — comenta AJ.

— E agora nós somos... *amigos*. E ela é tão linda, inteligente e adorável... mas nós somos só amigos. Ela me pediu para ser o acompanhante dela, já que não tem nenhum, e é uma grande festa de noivado que a deixa apavora... apavora...

— Apavorada — conclui Miranda por ele. — Então você combinou de acompanhá-la como amigo? — Ela se encolhe. — E não apareceu?

— Ai, meu Deus — diz Carter, baixando o rosto para a mesa.

— Não, não, isso de novo, não. — Miranda o puxa para cima. — Está bem, tenho certeza de que tem solução.

Ela olha para ele, então para AJ, que está com uma expressão bem desconfiada.

— Não há a menor chance de esse homem ficar sóbrio o bastante para ser visto em público esta noite — fala AJ.

Miranda faz uma careta.

— Está bom. Carter, cadê seu celular?

— Humm? — diz Carter.

— Seu celular?

— Eu o joguei na parede — murmura ele, murchando na cadeira. — Meu quarto.

AJ e Miranda trocam outro olhar, então seguem juntos para a escada. Miranda nunca viu o quarto de Carter tão bagunçado: por um momento ela encara as pilhas de roupas e copos d'água pela metade enfileirados e pensa em todas as vezes em que ela arrumou apressadamente o próprio quarto antes que Carter chegasse. Eles se esforçavam tanto para impressionar um ao outro. Agora toda essa organização parece só uma perda de tempo exaustiva.

— Aqui. — AJ se abaixa e pega um celular de tela rachada do carpete.
— Humm — diz ele enquanto segura o botão de ligar.

A tela pisca e se acende, estranhamente roxa, atravessada por uma linha irregular.

— Bem, esse plano já era — diz Miranda, voltando ao andar de baixo.

— Alguma chance de você ter guardado o número dessa mulher em mais algum lugar? — pergunta ela ao entrar novamente na cozinha. — Ai, caramba. Carter!

Carter está apagado de novo. Ela o sacode e repete a pergunta. Ele balança a cabeça pesarosamente.

— Eu estou fodido tudo — diz ele, e por mais que não faça sentido, para Miranda parece um ótimo resumo da situação.

— Tudo bem, e amanhã? Por que não vai visitá-la logo cedo? Quer dizer, eu perdoei você por ter me dado um bolo, não foi? E eu era de fato sua namorada — observa Miranda.

— Ela vai trabalhar no brechó. Com as pessoas da festa. As pessoas da festa de noivado.

Miranda se anima.

— *Perfeito*. Você tira a noite para ficar sóbrio e vai ao brechó dela logo de manhã para recompensá-la! Mas — diz ela, erguendo o dedo em advertência — você *não* vai namorar essa mulher, Carter.

AJ franze a testa.

— Pegue leve, Mir — diz ele em tom de alerta.

Ela faz uma cara feia.

— Não que eu me importe! Mas olhe só para ele, não está pronto!

AJ inspeciona Carter.

— Humm. Verdade.

— Eu não estou pronto — repete Carter com pesar. Ele está afundando cada vez mais na cadeira; em certo momento, AJ o segura pela gola da camiseta e o puxa para cima de novo. — Valeu. — Os olhos de Carter focam em AJ brevemente. — Ah, é o grandão tatuado — fala ele com surpresa.

Os olhos de AJ brilham.

— Oi.

— Você e Miranda? — pergunta Carter.

Ela se contorce.

— É — confirma AJ. — Eu e Miranda.

— Ah. — Carter assente lentamente. — É, até que faz sentido, não faz? — Ele pausa. — E eu não posso namorar Jane?

— Você quer? — pergunta Miranda.

— Quero — responde Carter na mesma hora. — Acho que ela é encantadora.

— Já contou a ela sobre Siobhan?

— Não — responde Carter depois de uma longa pausa. — Não. Eu nunca contei para ninguém. Scott sabe, é óbvio. Minha mãe não entende direito o que houve. Mas eu não consigo... ficar falando sobre isso. Sair por aí falando sobre esse assunto. Ainda não. Ah, Miranda — diz ele, baixando a cabeça para os braços sobre a mesa. — Eu não estou pronto. Só vou magoá-la. Eu sou todo errado...

— Mais água, cara — diz AJ, lhe dando um tapinha firme no ombro e aproximando o copo.

— Que tal esperar um ano? — sugere Miranda. Ela sente uma confiança inédita, algo que nunca sentiu perto de Carter: uma crença genuína de que talvez saiba o que é melhor. — Um ano solteiro. Um ano concentrado em cuidar de si mesmo. Nessa época no ano que vem, se estiver pronto para se apaixonar, e talvez seja até com a sua Jane, você corre atrás dessa mulher. Mas, até lá, só amigos. Você deve isso a si mesmo. Precisa começar a se curar, Carter.

Carter toma um longo gole d'água e olha para Miranda. Ele estende a mão. Por um instante, parece mais o Carter de sempre: determinado, forte, encantador.

— Um ano — diz ele. — Fechado.

Eles trocam um aperto de mão.

— Agora — fala AJ, se virando para Miranda —, vamos botar seu ex--namorado para dormir.

Isso leva muito mais tempo do que AJ e Miranda gostariam. Enquanto Miranda guia Carter pela escada, para dentro do quarto e para debaixo das cobertas, ela fica muito consciente do calor do olhar de AJ, sua firmeza, a maneira como ele se recosta no batente da porta e a observa com aqueles braços enormes cruzados e um sorriso discreto. Quando finalmente desligam a luz e se esgueiram para fora do quarto, ela sente a pele vibrando de novo, e só o que AJ fez foi olhar para ela.

— Graças a Deus — diz AJ, e não espera nem mais um instante.

Ali, no corredor da mãe de Carter, no topo da escada, na escuridão, ele pega Miranda nos braços e a beija.

Ela *derrete*. É o tipo de beijo que deixa você mole e inebriada, o tipo que faz você perder qualquer sentido de tempo e espaço. AJ a puxa para mais perto. Passa as mãos pelas costas dela, pela cintura, pelos quadris, então serpenteia uma das mãos até embrenhá-la no cabelo; é como se não se cansasse de tocá-la, e ela sente o mesmo, tocando os músculos definidos dos ombros dele, agarrando a sua nuca. A língua dele toca a dela. Ela imagina as mãos dele percorrendo-a desse jeito em seu corpo sem nenhuma roupa e geme nos lábios dele.

— Eu ia levar você para a árvore que escalamos à noite — diz AJ, com a voz rouca, enquanto eles recuperam o fôlego. — Este não é o lugar mais romântico, mas não aguentei esperar.

Miranda vira a cabeça, olhando ao redor. Ela se lembra de algo que Carter lhe disse mais cedo, sobre como aquela casa está cheia de lembranças de Siobhan. E Miranda sente algo; nada fantasmagórico nem nada do tipo, mas talvez uma afinidade com essa mulher cuja ausência definiu o último ano de Miranda, por mais que ela nem soubesse.

A história de Siobhan foi interrompida cedo demais. Miranda abraça AJ com firmeza e apoia a cabeça em seu peito, sentindo-se absurdamente sortuda. Chega de evasão e dúvidas. De agora em diante, quando coisas boas acontecerem, Miranda Rosso vai agarrá-las e não soltar mais.

Jane

No dia 15 de fevereiro de 2020, Jane é acordada pelo som de alguém batendo na porta do apartamento dela de Winchester. Senta-se de repente, com o coração disparado.

— Jane?

Ai, meu Deus.

— Joseph? — responde ela, agarrando o edredom no peito.

Ela está de camisola surrada e vagamente vitoriana, uma daquelas vestes compridas e largas encontradas com frequência em brechós beneficentes (exatamente onde Jane achou essa). Ao estender a mão para olhar a hora, o celular dela se abre na mensagem que mandou para Joseph ontem à noite, sentada no sofá ocre de Aggie, enquanto bebia café descafeinado com creme.

Desculpe por ignorar suas mensagens. Tem sido muito difícil tentar superar você, e eu fiquei magoada depois de como você olhou para mim no Ano-Novo, quando eu contei o verdadeiro motivo de ter saído de Londres. Mas, se ainda quiser conversar, acho que estou pronta agora. Talvez pudéssemos nos encontrar. Bjs.

Ela não quis dizer... Semicerra os olhos para o celular. Sete da manhã.

— Desculpe! — exclama Joseph do outro lado da porta. — Está cedo demais? Está, né?

Jane precisa trocar de roupa. Esta camisola não é nem um pouco sensual, para não falar perigosamente transparente. Ela vasculha o guarda-roupa em desespero, muito desperta de repente. Joseph está aqui. Joseph está *aqui*.

Joseph está aqui.

Quando enfim abre a porta, Jane está afobada, e o poncho azul que ela jogou por cima da camisola com certeza só a deixou com uma aparência mais estranha. Ela está levando a mão ao cabelo — por que não pensou em ajeitar o cabelo antes? — quando os olhares deles se encontram.

— Olá — diz ele, e ali está o sorriso, o sorriso Joseph, aquele que a faz sentir como se estivesse sob um raio um sol. — Eu torci muito, muito para encontrar você aqui.

— Oi — responde ela, meio sem ar. — Quer entrar?

O sorriso dele aumenta e seus ombros murcham de alívio.

— Claro que sim.

Jane fecha os olhos por um momento quando ele passa por ela. Só o cheiro dele já faz o coração dela se apertar de desejo. Nada mudou de três meses para cá: ela não está nem um centímetro mais perto de abrir mão dele.

— Deixe eu ligar a chaleira — diz Jane, indo para a cozinha e a erguendo do fogão.

— Jane — chama Joseph, tocando o ombro dela. Só de leve, mas é o bastante: ela sente algo como uma crepitação, uma faísca de estática. Ela perde o fôlego. — Jane, eu sinto muito pelo Ano-Novo. Quero me explicar, se você permitir.

Ela engole em seco.

— Não precisa se explicar. Tenho certeza de que foi um choque descobrir que eu era *aquela* Jane.

Nas semanas antes de Richard se livrar dela, Jane ouviu um monte de gente da empresa a chamar de *secretariazinha sexy do Richard*; uma mulher se referiu a ela casualmente como *puta do Richard* na fila do café. E isso foi o que ela escutou. Só Deus sabe o que Joseph pode ter escutado.

— Não teve *nada* a ver com isso — diz Joseph. — Eu juro, Jane. Juro. Eu ouvi falar que Richard teve um relacionamento com a secretária lá em 2015, mas... não foi isso que me chocou.

A exatidão com que ele se lembra do ano a assusta; ela olha para ele por cima do ombro. Ele puxou uma cadeira da mesa e se sentou, mas volta a se levantar imediatamente, vai até a geladeira e se recosta nela, então pega canecas no armário. Está tão inquieto que deixa Jane ainda mais nervosa; suas mãos tremem enquanto ela as estende para os grãos de café.

— Não sei se você se lembra, ou se sequer estava lá... eu não consigo me lembrar, por mais que tenha tentado bastante... mas em fevereiro de 2016...

Joseph toma fôlego, trêmulo. Jane olha para ele de novo; está pálido e sério.

— Eu lembro — responde ela baixinho. — Você entrou no escritório e brigou com Richard. Desculpe. Faz mais ou menos um ano que lembrei disso, mas a essa altura eu já tinha começado a me apaixonar por você e não aguentei contar quem eu era. Todo mundo da Bray & Kembrey me achava... totalmente... desprezível. Bem — ela pausa, pensando em Lou —, foi como sempre me pareceu.

A chaleira assobia.

— Mas eu já cansei de me esconder disso tudo — continua Jane, de costas para Joseph enquanto tira a chaleira do fogão. — Ontem eu fui ao escritório da Bray & Kembrey para contar a eles tudo que Richard não queria que eu contasse. Acham que as coisas que eu falei sobre ele, junto da nova evidência de comportamento inapropriado que eles têm, será o suficiente para que ele seja demitido.

Joseph fica em silêncio por tanto tempo que ela se vira para olhar. Ele voltou a se sentar e está com uma das mãos sobre a boca, os olhos arregalados.

— Richard Wilson perdeu o emprego? — pergunta ele.

— Ele vai perder, eu acho — responde Jane, um pouco apreensiva com a reação dele. — Joseph?

Ele balança lentamente a cabeça.

— Desculpe. É só que... meu Deus. Eu nem sei dizer quantas vezes quis acabar com aquele homem. E você está me dizendo que está feito? Que *você* fez isso?

— Bem, quer dizer... sim? Eu acho? — Ela leva os cafés até a mesa e se senta de frente para ele, tentando interpretar sua expressão. — Joseph?

— chama ela, hesitante. — Por que você brigou com Richard naquele dia?

Joseph respira fundo e enlaça as mãos na caneca de café.

— No dia 14 de fevereiro de 2016, minha namorada, Siobhan, morreu — conta ele, as palavras tão apressadas que Jane leva um instante para se dar conta do que ele falou.

— Ah, Joseph, ai, meu Deus.

Ela toca o braço dele de maneira impulsiva. Certamente não estava esperando ouvir algo assim.

Ele baixa o olhar para a mão dela por um momento, de um jeito meio curioso, então a cobre com a dele, aquecida pela caneca de café.

— Richard a assediava. Ele ficou meio obcecado por ela, eu acho... Ela o rejeitou e ele não gostou.

Jane se encolhe. Ela se lembra de como Richard era persistente quando queria alguma coisa.

— Ele estava presente quando ela morreu. — A voz de Joseph está um pouco trêmula, suas bochechas pálidas. — Ela foi atropelada por uma moto, mas estava olhando para o lado errado porque ele a tinha seguido até lá. Eu senti... eu fiquei... eu senti que a culpa foi dele. Eu o culpei totalmente, saí da empresa porque não aguentava ficar no mesmo prédio que ele... Nunca desprezei ninguém antes, mas o *odiava*. Desejei coisas horríveis para aquele homem, Jane.

Ela segura o braço dele.

— Você estava sofrendo.

Ele lança um olhar agradecido para ela.

— Ainda assim, me livrar daquela raiva foi grande parte do processo de seguir em frente. Durante os primeiros dois anos depois da morte de Siobhan, eu... não soube lidar muito bem. Especialmente no Dia dos Namorados. — Ele engole em seco, ainda olhando para a própria mão sobre a de Jane. — Depois do ano passado, quando eu fiquei bêbado demais para ir àquela festa de noivado com você, fiz um pacto com uma amiga. Falei que ficaria um ano sem namorar. — Ele então ergue o olhar, com uma expressão pesarosa. — Você pode imaginar quantas vezes nos últimos meses eu me arrependi dessa promessa, mas era importante para a minha... acho que para a minha recuperação, na verdade. Eu estava me esforçando muito para conhecer uma pessoa nova, mas continuava tão profundamente apaixonado por Siobhan que não conseguia baixar a guarda de verdade para ninguém.

O coração de Jane começa a acelerar.

— Então você... você não estava namorando? No casamento de Constance?

Ele faz uma expressão sofrida.

— Desculpe por ter deixado você pensar isso. Foi covarde. Era mais fácil do que contar a verdade. Eu ainda... eu ainda meio que continuo uma bagunça, para ser sincero. Precisei de anos para chegar ao ponto de ao menos conseguir falar sobre isso; estamos em 2020, pelo amor de Deus. — Sua risada sai rouca, mas há lágrimas em seus olhos. — E eu ainda sou muito problemático.

Jane balança a cabeça.

— Joseph. Não existe prazo certo para essas coisas. E... não sei, você tem expectativas altas demais sobre si mesmo. Pode ser problemático. Tudo bem. Muitos de nós somos. Não significa que não seja um homem maravilhoso. Não significa que nunca possa ser feliz.

O rosto dele se retorce; ele está se esforçando para segurar as lágrimas. De repente, a mesa entre os dois parece demais; Jane se afasta para se levantar, então pega a mão dele de novo e o leva para o sofá.

— Enfim — diz Joseph, tremendo enquanto eles se acomodam lado a lado. Jane tenta afastar a mão, mas ele a segura com mais firmeza, e algo *zumbe* no corpo dela, tipo uma ternura dolorosa, ou talvez seja esperança. — Esse ano todo com você, o clube do livro, os jantares, ser *amigos*... foi meio que uma tortura. — Ele está olhando para a mão dela, aninhada no colo dele. — A princípio achei que fosse só um desafio porque você é, sabe... — Ele balança a mão para ela com uma breve olhadela. Ela percebe a vulnerabilidade nos olhos dele e sente o coração apertar dentro do peito. — Espetacular. Mas então eu te conheci melhor, e você é tão... — Ele fecha os olhos. — Você é tão bondosa e inteligente e gosta dos mesmos livros que eu — diz ele, e Jane sorri diante do tom sofrido em sua voz. — Toda vez que eu fiz você rir, senti como se estivesse voando. Nem sei dizer quantas vezes quase te beijei. Então, no casamento, eu fiquei simplesmente... Eu simplesmente perdi o controle, e pensei, *se eu a beijar uma vez, talvez isso facilite as coisas*, mas foi como uma faísca em palha seca. Eu não tinha... eu não tinha aquele tipo de... eu não sabia que poderia me sentir desse jeito em relação a alguém de novo, Jane. Então, ao mesmo tempo que sentia que não deveria me aproximar demais de você por causa da minha promessa, eu estava cheio de culpa por estar traindo a memória de Siobhan, e eu só... É. Uma bagunça — conclui ele, apontando para o próprio peito.

Ele continua evitando o olhar dela, que aperta a mão dele.

— Olhe para mim — pede ela. — Por favor? — A voz dela falha um pouco.

Ouvi-lo dizer essas coisas sobre ela é bom demais, e há uma alegria vivaz, poderosa, crescendo em seu peito.

Ele olha para ela. Outro choque atravessa seu corpo quando os olhos deles se encontram, e ela percebe que está prendendo a respiração, o coração disparado, dedos agarrando os dele com tanta força que com certeza deve estar machucando.

— Eu te amo, Jane — diz Joseph Carter. — Estou completamente apaixonado por você.

A cabeça de Jane fica turva; ela sente que pode desmaiar a qualquer momento. Estava tão acostumada a se virar em momentos ruins, a se privar, a nunca esperar nada de ninguém. Mas aqui está Joseph Carter, o homem que ela ama com todo o coração, sentado à sua frente, de mãos dadas com ela, dizendo que também a ama, e a sensação é tão maravilhosa que ela precisa agarrar as mãos dele com mais força para se lembrar de que é de verdade.

— Não será perfeito — diz Joseph, com os olhos cheios de lágrimas.

— Joseph, pare — fala Jane. Eles estão mais próximos, coxa com coxa, ambas as mãos entrelaçadas. — Eu não quero que você seja perfeito. Por que eu ia querer isso? Eu quero *você*. Quero todas as suas partes, as problemáticas, as que manteve escondidas. — Ela solta uma das mãos e a leva ao rosto dele, e o olhar de Joseph dispara para o dela, cheio de esperança. — Isso é amor, não é? — sussurra ela. — Ou é assim que eu te amo, pelo menos. Sou ambiciosa. Quero você inteiro.

Ele apoia a testa na dela.

— Eu quero fazer você tão feliz, Jane — diz ele, com a võz embargada. — Quero levar café com creme para você na cama toda manhã e fazer você rir, gargalhar de verdade, do jeito que você raramente faz, e quero ler livros, comer pãezinhos de canela e saber qual roupa você gosta de usar no domingo. Quero fazer parte da sua rotina. Quero ficar ao seu lado numa festa lotada e segurar sua mão com firmeza para que se sinta segura. Quero *conhecer* você, todos os seus hábitos, todos os segredos que reprimiu. Você não está mais sozinha, Jane. Você me tem. Sempre.

Os lábios deles se tocam em *sempre*. É um beijo que já deveria ter acontecido mil vezes, mas só pôde acontecer ali, agora, com tantas verdades entre eles. Não é glamouroso; o beijo é úmido de lágrimas, os dois estão tremendo. Mas é puro. É absoluto. É um beijo que diz *sempre*.

Epílogo

Joseph

Enquanto eles desenrolam seus cachecóis e tiram os casacos no conforto da casa aquecida, Jane se vira e lança para Joseph um daqueles sorrisos que o fazem sentir como se estivesse desabrochando: um verdadeiro e alegre sorriso de Jane. No início, eles eram raros; geralmente ele recebia os desconfiados, que desapareciam antes de se formarem direito. Agora, toda vez que ela abre um sorriso de verdade para Joseph, ele sente como se tivesse recebido algo precioso.

Ainda parece milagroso para Joseph que 365 dias tenham se passado desde que ele disse a Jane que a amava e ninguém tenha aparecido e o mandado devolver todos esses momentos preciosos.

Eles saíram para uma longa caminhada; o vento de fevereiro estava implacavelmente frio e forte, açoitando o rosto deles enquanto andavam de mãos dadas, e por um momento passa pela cabeça de Joseph — um velho hábito — que suas bochechas vão ficar vermelhas. Da primeira vez que disse a Jane o quanto odeia como suas bochecham coram no calor, ela só se inclinou e beijou o rubor das bochechas dele. "Você tem ideia do quanto eu amo quando suas bochechas ficam coradas?", disse ela, deixando-o mais vermelho do que nunca.

— Pronto? — pergunta ela com delicadeza.

— Acho que sim — responde Joseph, buscando a mão dela, e é verdade; ele está meio nervoso, mas está pronto. — Deixe só eu dar uma olhada em Val e mamãe.

Sua tia e sua mãe estão conversando alegremente à mesa da cozinha com chá e biscoitos; os ombros dele relaxam quando as vê, e Val lança um olhar para ele que diz "tudo certo". A mãe dele tem andando mais feliz; sua memória está cada vez mais deteriorada, mas a frustração e a tristeza que acompanharam aqueles primeiros dois anos depois do diagnóstico se abrandaram. Hoje em dia ela não sabe mais do que se esqueceu, o que é uma bênção.

Quando ele sobe para o escritório, Jane já está ali, adicionando uma segunda cadeira à escrivaninha. Por um momento, ele só a observa. Seu longo cabelo escuro balança sobre o rosto; ela está de calça jeans puída nos joelhos e um dos suéteres largos que ama tanto. Jane pode até ter decidido parar de usar as mesmas roupas toda semana, mas continua cheia de manias cativantes; ele ama encontrá-la num de seus suéteres favoritos de ficar em casa, aqueles que só ele vê.

Ao observá-la agora, sente vontade de beijá-la, deslizar as mãos por baixo do suéter largo e encontrar suas curvas suaves. Ela olha de relance para ele e abre um sorrisinho breve e travesso que significa que ela sabe exatamente o que ele está pensando, deixando-o sem fôlego. Pensando bem, talvez *esse* seja seu sorriso de Jane favorito.

Ao se acomodarem lado a lado e clicarem no link do Zoom, Joseph se dá conta de que não sente culpa pelo quanto a deseja, nem mesmo hoje. Achava que aprender a ser feliz de novo, depois de Siobhan, exigiria muito esforço, mas na verdade é uma corrente de pequenas vitórias como essa, momentos que ele mal nota até que tenham passado. Ele entrelaça os dedos aos de Jane enquanto a chamada de vídeo carrega e todo mundo aparece na tela.

— Feliz Dia dos Namorados! — grita alguém.

Estão todos ali; Joseph e Jane são os últimos a entrar. Ali está Marlena, toda glamourosa apesar de suas constantes reclamações sobre não poder cortar o cabelo por causa da quarentena; Kit, Vikesh, alguns dos amigos de Siobhan da escola de teatro, e algo que Joseph nunca vai se cansar de ver: Scott e Fiona, na mesma janelinha de vídeo.

Scott sempre teve uma quedinha por Fiona, desde aquele passeio a cavalo no Ano-Novo há tantos anos; ele perguntava sobre ela sempre que via Joseph, como se um dia o amigo fosse responder: "Ela está bem, cara, e perguntou se você quer sair com ela, o que acha?" Era uma piada recorrente, até o dia em que Fiona levou Joseph para comprar uma fantasia de Halloween; de todas as amigas de Siobhan, Fiona foi a mais determinada a manter contato. Enquanto eles experimentavam chapéus, ela confessou que era a fim de Scott. Os dois levaram mais um ano para de fato oficializar as coisas depois que Joseph os colocou em contato, em parte porque Fiona tinha se mudado para Los Angeles para um novo papel na TV, mas agora eles estão bem firmes e juntos em Dublin.

Joseph abre um sorriso radiante para os dois, que cresce ainda mais quando ele olha de relance para a esquerda, onde Miranda está empoleirada no joelho de AJ num cômodo que ele reconhece como o quarto do apartamento novo deles em Erstead. Fiona adorou a sugestão de Joseph de convidar Mir e AJ para o encontro; de algum jeito estranho, eles parecem fazer parte da história de Siobhan, por mais que nunca a tenham conhecido.

— Então — diz Fiona —, é óbvio que eu queria poder ter feito esse encontro pessoalmente, como planejamos, mas o princípio é quase o mesmo: eu só queria reunir todo mundo e... eu acho, meio que manter Shiv aqui com a gente, relembrando todos os momentos maravilhosos que vivemos. E todos os momentos que não foram tão maravilhosos assim, como as vezes em que ela surtou quando alguém a ultrapassou na estrada ou ousou comentar que ela *sempre* queimava tudo o que tentava cozinhar.

Isso faz todo mundo rir. Joseph sente os ombros relaxarem um pouco mais. Ele consegue fazer isso. Ainda o surpreende, mas ele *quer* fazer isso. Os dedos de Jane se apertam sobre os dele.

— Falecida mas nunca esquecida, certo? — diz Fiona.

— Com certeza — responde Joseph, porque fazer isso era importante. É sempre importante manter viva a memória daqueles que se foram. Em especial a de Siobhan.

Sempre pareceu cruel que uma mulher que sentia tanto medo de ser deixada precisasse ser relegada ao passado. Siobhan tinha muita vontade de *viver*; ela queria ser vista, sentida e ouvida. Mas ela se fora.

No entanto, nunca seria esquecida.

O encontro é agendado para durar só uma hora, mas eles acabam falando por quase duas. Há lágrimas, algumas de Joseph; Jane também chora, e ele a ama por isso, por ela ter a empatia de chorar por uma mulher que nunca conheceu. Desde o primeiro momento, Jane não apenas aceitou a lembrança de Siobhan em sua vida como a acolheu. Foi só quando conheceu o pai de Jane que Joseph começou a entender a insistência dela de que as pessoas que havíamos amado e perdido não deveriam simplesmente ser deixadas para trás.

Por mais que Jane tenha se reconectado com o pai, por mais que enfim tenha lhe contado a verdade sobre sua saída de Londres, ela ainda tem dificuldade de falar com ele sobre a mãe. Parece muito óbvio para Joseph que Jane *anseia* por conexão com a mãe; o fato de ter vindo para Winchester e trabalhar para o Fundo Count Langley é com certeza uma grande prova disso. Mas Jane não parece perceber, ou talvez não consiga articular essa necessidade direito ainda.

Mas está ali. Quando Joseph sugeriu ao pai de Jane que ele talvez pudesse colocá-la em contato com alguns dos parentes da mãe, a expressão dela fora quase dolorosa de ver. Um anseio, uma esperança sofrida, tudo rapidamente reprimido. Jane cresceu numa casa onde a mãe era um assunto doloroso demais para ser discutido; o pai dela é uma sombra de homem, ainda incapacitado pelo luto décadas depois. Enquanto observava Bill Miller se arrastar de volta para o carro depois de sua visita, com os ombros curvados, Joseph pensara: *Graças a Deus Miranda me fez falar. Graças a Deus Jane me mostrou como amar de novo.*

— Ei, Joseph? — chama Marlena pela tela.

— Oi?

— Sabe o que a Siobhan estaria lhe dizendo agora?

Ele sente um sorriso crescendo.

— O quê?

— Ela diria que é bom você ter planos *incríveis* pra cacete de Dia dos Namorados para essa sua mulher, porque, pelo que eu ouvi, tem muito o que compensar pelo ano em que deu um bolo nela.

Joseph se vira e olha para Jane, que está bem envergonhada.

— O assunto surgiu quando fomos ao pub no verão — reclama ela enquanto os outros riem. — Marlena é muito boa de papo.

— Eu sei tudo sobre você agora, Carter — grita Marlena. — Agora vamos indo, galera, eu preciso me preparar para um encontro por Zoom! Amo vocês!

Eles desligam num coro de acenos e adeus; as bochechas de Joseph doem de tanto sorrir e ainda estão um pouco úmidas de lágrimas. Ele limpa os óculos na camiseta, engolindo em seco.

— Não dê ouvidos a Marlena — diz Jane enquanto eles se levantam. — A gente não precisa ter encontro nenhum. Hoje é o dia de Siobhan.

Joseph balança a cabeça. Ele vem esperando por isso há meses. Seus planos estão preparados, o que não é pouca coisa (é raro os planos de Joseph se concretizarem, não importa o quanto ele tente). Mas com alguma ajuda de sua tia Val, com quem formou uma rede de apoio no ano passado, ele se sente bem confiante de que está prestes a oferecer o melhor encontro de Dia dos Namorados da vida de Jane Miller.

— Vamos — diz ele, levando-a para o andar de baixo pela mão. — Hora da surpresa.

— Ah! — exclama Jane quando percebe aonde ele a está levando. — Eu finalmente vou ter permissão de entrar no porão?

Já faz quase dois meses que ele a baniu do porão. Não foi um projeto fácil de manter em segredo enquanto os dois trabalham de casa; por sorte, o novo emprego de Jane no RH do Fundo Count Langley exige que ela trabalhe presencialmente de vez em quando, então Joseph providenciou que as maiores entregas chegassem quando Jane estivesse fora. Ainda assim, ele precisou ser muito sorrateiro, o que não é bem o seu forte.

— Muito bem — fala Joseph, se virando para Jane quando eles chegam à escada do porão. — Feche os olhos.

Ela pisca os olhos enormes e fascinantes para ele, alinhados por seus cílios absurdamente longos, então os fecha com obediência. Joseph se aproxima para beijá-la — ele não consegue se segurar —, então se vira para guiá-la com cuidado pelos degraus.

— Abra os olhos.

Ela arqueja. Aquele som — o encantamento contido nele, a alegria infantil — é exatamente o que ele esperava durante as últimas seis semanas de trabalho.

— Ah, Joseph — diz ela. — Uma biblioteca!

Uma limpeza profunda do porão estava no topo da lista deles logo que se mudaram para esta casa no outono passado. Joseph decidiu não só limpá-lo, mas transformá-lo. Lixou e pintou, cobriu as paredes com prateleiras, arrancou o carpete velho e feio e espalhou tapetes de segunda mão por todo lado. Então escolheu um sofá de leitura, com duas luminárias em arco, onde ele e Jane poderiam se aconchegar juntos.

— Que incrível.

Joseph vê os olhos de Jane se encherem de lágrimas enquanto ela perambula pelas prateleiras, passando os dedos pelas lombadas.

— Onde você *arrumou* todos esses livros? — pergunta ela, encarando-o por cima do ombro com fascinação.

Ele não consegue ficar longe por muito mais tempo; se aproxima por trás, deslizando as mãos por sua cintura, encaixando a cabeça dela embaixo do queixo enquanto ela acaricia os livros.

— Muitos são da mamãe e da Val. Alguns são de segunda mão. Mortimer e Colin ajudaram muito, por mais que, obviamente, planejar o casamento ainda seja a prioridade número um... — Ele tosse, e Jane ri. Mortimer e Colin estão levando os preparativos do casamento com *muita* seriedade. A última novidade que Joseph ouviu envolvia a participação de cisnes vivos.

— E eu fiz uma compra enorme na P&G Wells — acrescenta ele.

Jane se vira nos braços dele.

— Seu bônus? — pergunta ela, sussurrando.

Ele a beija.

— Quer maneira melhor de gastar?

Na primeira reunião do clube do livro que ele marcou com Jane, ele lhe disse que livros eram seu lugar feliz e viu o rosto dela se transformar. Ela relaxou, sorriu, lhe dando uma pista da mulher que vivia sob aquela carcaça. "Livros também são meu lugar feliz", respondeu ela, e Joseph vivia se perguntando se foi naquele momento que ele se apaixonou por ela.

Quando Joseph pensasse em 2020, ele não pensaria no medo, na ansiedade, no isolamento. Ele se lembraria das noites em que Jane se deitou nos braços dele e os dois conversaram sobre lugares onde nunca estiveram, mas que pareciam tão reais para eles quanto a cama onde estavam deitados, e as pessoas que eles nunca conheceram que pareciam velhos amigos. Ele se lembraria das histórias que compartilharam.

— Aqui — diz ele, direcionando-a para o piquenique arrumado na mesa de centro. — Feliz Dia dos Namorados, Jane.

Ele muda de posição para ver a expressão dela ao avistar toda a comida na mesa. Observar as expressões de Jane é uma das maiores alegrias de Joseph; ela sempre foi muito fechada, mas está perdendo esse hábito, e vê-la desabrochar é maravilhoso.

—Ah, olhe só! — Ela dá uma risada. — Todas as minhas coisas favoritas!

— Então, essa biblioteca tem uma regra — diz ele enquanto ela ergue a tampa do pote de nata e cheira a geleia, sorrindo ao descobrir que é de cereja. — Você só pode se divertir aqui. Cem por cento de pura satisfação. Por isso... aqui estão todas as suas comidas preferidas para jantar.

— Em que ordem nós comemos? — pergunta ela, pescando uma fatia de manga de uma tigela. — Pãezinhos de canela de entrada, depois Doritos apimentados e scones de sobremesa?

— Não tem ordem, Jane — responde Joseph, rindo, envolvendo-a nos braços. — Você escolhe.

— Quanta ostentação. — Ela abre um dos seus sorrisos travessos. Ele a beija, um beijo lento e suntuoso, o beijo de duas pessoas que estão começando a entender que têm todo o tempo do mundo juntas. — Obrigada — diz ela em voz baixa. — Isso é muito maravilhoso.

— Bem, Jane Miller. — Joseph se aproxima para outro beijo. — Já passou da hora de você ter o Dia dos Namorados que merece.

Agradecimentos

Em primeiro lugar, eu gostaria de agradecer à minha agente, Tanera Simons, que sempre me apoia incondicionalmente, ainda mais com este livro. Obrigada por assumir a custódia do manuscrito do Livro 4 quando necessário, e obrigada por todas as complicadíssimas sessões de *brainstorming* sobre como organizar datas, tanto no livro quanto na minha vida real...

Em segundo lugar, eu gostaria de agradecer a Gilly, que me deu uma ideia que se tornou a chave para destrancar essa história, e que é uma amiga incrível e valiosa. Espero que, quando estivermos velhas e grisalhas, continuemos mandando áudios uma para a outra sobre as desobediências dos nossos cachorros e/ou personagens.

Obrigada às minhas editoras, Cassie, Emma e Cindy, por confiarem que eu conseguiria fazer este livro dar certo e por toda a sua contribuição incrivelmente criativa. Obrigada a Hannah, Ella, Hannah, Bethan, Ellie, Aje, Kat e todos da Quercus, que são brilhantes, e obrigada a Brittanie, Fareeda, Angela, Jessica e todos da Berkley, que *também* são brilhantes. Sou muito sortuda por trabalhar com todos vocês.

Este livro envolveu pesquisas relativamente incomuns, e por isso sou especialmente grata a Tom, da Tom Fisher Tree Care, por me mostrar como escalar um carvalho, fazer ligações estranhas sobre veículos de braços articulados e por compartilhar histórias comigo. Obrigada também a Anna Wright da ACWArb por ceder seu tempo para falar comigo sobre ser uma arborista, e para todos que contribuem com a ArbTalk, que foi uma fonte inestimável! Todos os erros relacionados a árvores são obviamente de minha autoria.

Sou muito grata a Lisa Burdett e Maggie Marsland por conversar comigo sobre o mundo do *life coaching*; mais uma vez, todos os erros são de minha autoria (e os erros de Siobhan são totalmente de autoria dela também...). E obrigada a Jack, que fez uma doação muito generosa a CLIC Sargent para que sua namorada, Lou, pudesse ter seu nome neste livro.

Há algumas pessoas megaespeciais que suportaram a confusa experiência de conversar sobre este livro durante seu andamento. Aos meus pais: obrigada por todos os telefonemas, por acompanhar todas as reviravoltas e por serem maravilhosos, no geral. Para Pooja: obrigada pelas caminhadas durante a quarentena e por não se importar com todos os spoilers! Para Paddy: seu conhecimento realmente pertence ao próximo livro, mas eu agradeço a você por subir bem mais do que deveria numa árvore durante nossa sessão de pesquisa com Tom, de forma que eu pude testemunhá-lo gritando "desça se arrastando bem devagar!" quase com pânico; tudo muito bom para autenticidade. Por fim, obrigada a Sam, o amor da minha vida e a pessoa mais paciente do mundo para sessões de *brainstorming*; depois de todos esses anos, eu ainda não acredito que você é meu. Tem certeza de que não é bom demais para ser verdade?

Gostaria de terminar agradecendo aos trabalhadores essenciais que enfrentaram um mundo aterrorizante e ajudaram a salvar tantas vidas em 2020 e 2021. Todos vocês são incríveis, e espero que nunca se esqueçam disso; o restante de nós com certeza não esquecerá. Obrigada por sua coragem.

intrinseca.com.br

@intrinseca

editoraintrinseca

@intrinseca

@editoraintrinseca

editoraintrinseca

1ª edição	MARÇO DE 2023
reimpressão	JUNHO DE 2023
impressão	CROMOSETE
papel de miolo	PÓLEN NATURAL 70G/M^2
papel de capa	CARTÃO SUPREMO ALTA ALVURA 250G/M^2
tipografia	NUSWIFT